苦蚕

李国武 著

海峡出版发行集团
海峡文艺出版社

图书在版编目(CIP)数据

苦蚕/李国武著. —福州:海峡文艺出版社,2025.3
ISBN 978-7-5550-4021-7

Ⅰ.I267

中国国家版本馆 CIP 数据核字第 2025QV4248 号

苦蚕

李国武　著

出 版 人	林　滨
责任编辑	余明建
出版发行	海峡文艺出版社
经　　销	福建新华发行(集团)有限责任公司
社　　址	福州市东水路 76 号 14 层　　　邮编　350001
发 行 部	0591－87536797
印　　刷	福州力人彩印有限公司
厂　　址	福州市晋安区新店镇健康村西庄 580 号 9 栋
开　　本	720 毫米×1020 毫米　1/16
字　　数	285 千字
印　　张	24
版　　次	2025 年 3 月第 1 版
印　　次	2025 年 3 月第 1 次印刷
书　　号	ISBN 978-7-5550-4021-7
定　　价	68.00 元

如发现印装质量问题,请寄承印厂调换

结茧与蝶变

◎ 孙绍振

李国武是我多年前的学生。算起来，他是我诸多学生中的另类，离开大学校园"破蚕"而出后，一直深耕远程教育，继而进入房地产开发行业，干得风生水起。每次匆匆一面谈起来都是他那套生意经，鲜有触及文学话题。世事倥偬，睽违长年，一别又是数年未见，偶尔想起他就让我联想起"利欲驱人万火牛，江湖浪迹一沙鸥"这句古诗。不久前他突然出现在我面前，抱来一叠文稿，嘱我为之作序。在文学日渐式微的今天，我欣喜地看到一位曾历商海浪潮又甘归于寂寞写作的人，一个被文字引领的全然不同的李国武，一个在市场的喧嚣与现实的起伏中内心深处的文学情怀始终未曾湮灭的李国武。

福建曾是散文大省，文采斐然有林语堂、冰心、郭风、何为等，改革开放前后，又涌现出章武、唐敏、南帆、舒婷等，在全国文坛有着重要的影响力，尤其是南帆的审智散文，拓宽了新散文创作的非虚构性写作边界。近年来，相对于评论和诗歌，闽派散文创作活跃度不如过去。在此大背景下，李国武《苦蚕》的写作为福建当代散文写作提供了一个值得关注的文本，注入了一股鲜活的动力。南帆的散文强调知识性与思想深度，保持着一种冷静与克制，避免抒情类的情绪表达，其作品让人感受到一种独特的气质和智性氛围。我曾推崇过"演讲体散文"的概念，亦属非虚构性写作的一个分支，演讲体散文注重美与哲思的交融，也以审智代替审美，传播新知识、新观念、新思想，虽说古已有之，但这一文体样式在新媒介时代又彰显出自身的审美风尚。它从根本上来说就是散文，和当前最为流行的学者散文、审智散文在精神价值上异曲同工。这些观点在我所著的《演说经典之美》均有论述。如果说南帆是理论批评式的散文家，李国武就是小说式的散文创作者，我更愿意将他归入新近出现的第四种文体：非虚构性文学创作。他从具象的事物、场景或经验处落笔，通过叙述让读者产生代入感，记录海坛世俗乡土的社会文化特征、人际关系以及时代变迁下的鸟迹虫丝，既有现实的关怀，也包含历史的纵深感。他不用华丽的辞藻和滥情的表达，文字朴素而精准，以写实的姿态完成一部关于半个世纪一个海岛的故事。这不仅仅是一部关于故乡的文字，更是一场跨越时空的精神还乡，一次从钢筋水泥的都市向海岛烟火深处的深情回溯。

"苦"字贯穿了这部散文集，并在书中化作千万形态：有时是海岛石厝的百年油垢，有时是农耕人家的背脊弧度，更多时候则是不堪回首的少年往事。作者用解剖刀般的笔触，将生活的肌理层层剥开，让那些蛰伏在皱褶里的苦楚，在纸页间舒展成带刺的藤蔓。

李国武的高明之处在于，他让苦难显影时始终保持着自然的尊严。与山海为邻，同风雨共处，生活点滴处的柴米油盐，乡间小路旁的花草树木，也在用朝向太阳的姿势完成对黑暗的注释——那些深埋地底的苦根，终将在某个惊蛰时分，顶开压着弹片的冻土。

在苦难中，李国武经历了漫长的忍耐与等待，更付出了倍于常人的血汗与艰辛。商海浮沉，他深耕教育、地产行业数十年，仍是与他人的土地和命运打交道，笔下自然多了几分敬畏，而全无半分铜臭味、功利气。他以近乎虔诚的姿态，将目光投向故乡平潭的每一寸礁石、每一缕海风、每一盏渔火。这种从"造屋"到"造境"的转变，恰似一种宿命的轮回——曾经用砖瓦搭建容身之所，而今以文字构筑灵魂栖居之地。在他的笔下，平潭式的乡愁变得具体，是海风裹挟的咸湿与潮涌，平潭也不再是地理名词，而成为血脉中流淌的文化基因。

李国武作品中较新颖的，还有对方言的认知。平潭话属福州语系，保留中原古音，可解唐诗韵律，亦能道尽市井百态。他虽熟稔乡音乡话，却并未将方言囿于怀旧的标本，而是赋予其现代性解读。与他对方言写作持审慎态度相对应的，是他对"乡土"的书写避开了滥情的讴歌。他以疼痛的笔触，为消逝的风景写下悼词。这种矛盾与诚实，恰是文学的力量所在。

因识人间苦，才知结茧痛，终得化蝶美。或许，正是商海的历练，让他对"栖居"有了更深的理解。这部散文集，与其说是文学创作，不如说是他为自己搭建的精神居所——以平潭的礁石为地基，以海风为梁柱，以方言为瓦片，最终让漂泊的现代性在此靠岸。《苦蚕》的珍贵，在于它超越了地域书写的局限。平潭的渔火、礁石、方言、传说，在李国武笔下成为一面棱镜，折射出当代人对文化根脉的追索、对精神原乡的回望。

作为他的老师，我欣喜于他的回归。这世上有太多人将文学视为青春的遗物，而他证明了：真正的写作，从来不是少年的特权，而是所有未背叛初心者的终身志业。《苦蚕》或许就是李国武一生的寓意。蚕食桑而茧自缚，蜕变于艰忍与磨砺之时，因此以笔为丝，吐丝成文，将过往的乡村体验、海岛故事和各种人生苦乐交织成书。李国武回归文字，既是中文系学子的深度情怀、文心雕龙；也昭示出他对人生另一种可能性的探索。文坛与商业并非对立，也可以相互交融。正因为李国武有着大半生现实世界丰富的历练，才有了这本《苦蚕》的厚重与深邃。

　　读者能在此书中听见海坛岛的潮声，亦能从中辨认出自己灵魂的归途。

　　是为序。

（孙绍振，福建师范大学文学院资深教授、博士生导师）

目 录

第一章

追思考妣

一

我爸16岁那年，一场鼠疫失去父母、姐姐和弟弟。一家五口只剩下他一人逃生。为了活命，他跟一位远房亲戚学木匠活。满师时他19岁，告别了师傅从此流浪，靠木匠手艺谋生。丰收年，修家具农具的雇主多，他就忙起来，能养活自己，能吃饱饭。饥荒年，主家少了，就只能饿肚子。实在没法子了，也去乞讨过。就这样过了7年，他的手艺越来越娴熟，但却居无定所，也没有成家的希望。

26岁这年，是丰收年。他遇上了一位好主家，姓翁，是个家境富足的雇主。主家有良田几十亩，长年请雇工打理农作、养猪养羊。良田多了，农具也多，劳作一年，有的农具坏了，需要修补；有的农具陈旧了，需要更换。主家的家具，餐具什么需要修理的、添置的，属细活，我爸也很拿手。他出活快，肯吃苦，工钱很公道，雇主就把我爸留下来。算是长工吧，农忙时帮忙干活，农闲时对雇主的农具家具修修补补，以新补旧。

雇主有三个男孩，两个女孩。大女孩后来就成了我妈，那年她19岁。我妈看上我爸的勤快和吃苦，又怜悯我爸没有父母。人都有同情护

3

弱的心理,尤其是单纯的女孩。渐渐地他俩喜欢上了,我妈就怂恿我爸去提亲。

我爸找了远房亲戚到外公家。谁知他未来的岳父不但不同意,还劈头盖脸地训斥一顿。我妈的性格也很倔强,跟她爸大吵一顿,就是要嫁我爸。

还是做外婆的心软,对外公说:"既然女儿铁了心要嫁这小伙子,女大不中留,咱们就应允了吧。我看这小子踏实也肯吃苦,又有一门手艺,应该会善待女儿的。"

她看了看外公的脸色,好像没那么生气了,又说:"女儿的脾气你又不是不知道,惹急了,像村里张伯的女儿那样,跟喜欢的人私奔也不是不可能。到时候,鸟儿飞走了,鸟蛋也没了。咱们更难堪。"外公听了,觉得外婆说得也在理。就不坚持自己的主张了。外公默认了。

我爸再让他的远房亲戚上门提亲,再穷,六礼是要的,并让地保做了证婚人,写了婚书,摁了手印。这样的结局自然是没有嫁妆的。还是我外婆心疼女儿,塞给自己的女儿几件衣服,一点细软。

离开外公家后,我父母就在远房亲戚家租了一间仅能放下一张床的小房,暂住下来。我爸为了养家,就改行去挑八股绳,就是两箩筐各拴四根绳子,用一根扁担挑着。这是桩小买卖,先垫钱到海边购买拉山网刚捕获的新鲜鱼货,挑到县城城关沿街串巷卖给居民。靠差价赚点小钱。这是苦力活。但只要渔民有渔获,居民喜欢买,就有生意做,就能赚点钱生活下去。

我爸头脑灵活,比如100斤鱼货20元,平均1斤2毛钱,他把鱼货分为三等,大的挑出50斤,每斤卖3.5毛;中等挑25斤,每斤卖2毛;剩下25斤小的,每斤卖1.5毛,这样就卖得快,也基本夜不留货。

有的同行笼统卖货,每斤3毛钱,一口价。低于这价格不卖。这样就常常卖不完。冬天还好，天气冷，第二天可以再卖，但卖相就不是很好。喜欢吃鱼的人都知道，吃鱼讲究新鲜。若是夏天就不行了，以前没有冰箱，当天卖不完的隔夜鱼只能腌成咸鱼卖。

我爸卖鱼虽然利润不高，但卖得快，卖的是新鲜，就渐渐地有了固定的买鱼人，也知道哪家哪户有几口人，什么时间需要鱼，喜欢吃什么鱼。我爸卖完鱼，就买了地瓜片回家，我妈在等着这些地瓜片煮饭呢。家里人多，基本夜无余粮。

后来挑八股绳的人渐渐多了，互相杀价，生意就不好做了。赚不到钱，我爸就在城关镇上开了家卖家具和餐具的店，也卖些日杂品，维持生计。

父母在远房亲戚家租住了4年，生下我的大姐大哥。租房太挤了，容不下4口人。爸妈合计搭一间房，作为容身的地方。自家没有土地，又没房子，我家是流民。好在离我妈娘家不远的地方有个山包，山包上有座孤墓。北方挖坑放下棺材，填土成堆即为坟；但咱沿海一带则不同，这跟台风有关，沿海也按北方的埋法，一次台风就把土堆刮平，找不到坟的踪迹了，何况每年有好几次台风呢。

沿海一带建坟在地面，叫墓。墓基四周用石头砌好，再用红砖砌成拱形的墓顶，再里外抹面，防止漏水。墓底用三合土夯实，为防止棺材腐朽，便在棺材底下四角，放上红砖，垫起与地面隔空。山包上的这座孤墓是夫妻双葬型的，长度能放两口棺材。夫妻不管哪个先去世，就葬在里头，外头一段空位留给后死者。

这座坟里埋过一个男的，坟里还有一半是空的。每年清明，他的子孙也曾来烧过纸钱，后来就没见子孙来过。坟的周边那破败的景象，好生凄凉。乱草狼藉，鼠蛇出没，没有鸟迹。我父母就在离孤坟几丈远的地方搭房。山包上有许多杂石，我爸把石头聚拢，用借来的石工锤把石头的一面稍稍敲平整。为了生活，除了木匠活，他也学会泥匠活。他叫来几个帮工，用红黏土做浆，两三天就把墙弄起来，墙高只有2.5米。他又向别人买了屋顶用的旧木料和瓦片，是别人拆旧房剩下的。这样简易房就建成了。

住进简易房的第二年秋天，晚上，我爸在城关赶不回来。下半夜我大哥起床尿尿，睡眼惺忪的，透过窗户，看见一个人影鬼鬼祟祟钻进屋外的羊圈，圈里有一只母羊和两只未断奶的羊羔。

"妈，快起床，有人！"我大哥吓得哭起来。

我妈从床上惊醒坐起，下床。鞋都来不及穿，拿起挂在门后的铜锣，"你们在屋里待着。"她嘱咐哥姐，自己冲了出去。

"捉贼呀，捉贼呀！"她一边大喊，一边使劲地敲响铜锣，虽然铜锣有点破损，但沙哑的锣声也能在空旷寂静的空中传得很远。小偷见我妈是个女人，扛起母羊想跑走，我妈死死拽住他。他向我妈腰间狠狠踢了一脚，我妈禁不住疼痛跪在地上，但双手还是紧紧扯住羊腿不放手。

小偷又抽起羊圈旁的一根木棍，朝我妈的头上砸下，我妈下意识头向后仰，头是躲过了，但木棍狠狠砸到我妈的鼻梁上。鲜血从鼻孔喷出，一阵天旋地转，我妈昏死过去。

小偷见状，心虚了，放下母羊跑走了。

哥姐把妈拖到屋里，哭喊摇动她的身子，她才慢慢苏醒了过来。她让姐姐拧把冷水敷在鼻梁上，又让哥哥用手使劲压住头顶旋，血才渐渐止住。她自己用手撑住床沿慢慢站了起来。"妈妈，你鼻梁歪到一边呀。"我姐泪流满面说。

妈妈叫姐姐拿来镜子，知道自己鼻梁骨断了，鼻翼软骨向左边歪去。她咬紧嘴唇，把软骨推回正位，有血从嘴角流出，她咬破了嘴唇。她叫哥哥去抽屉找跌打损伤的膏贴，那是爸爸从江湖人手里买的，他做木工，难免手被刀具割伤流血。用上几次，效果很好。原来买一贴，现在只剩下不多了，她用剪刀剪下一块，让我哥贴在她鼻梁的断骨上。

过了几个月，她的鼻梁才好利索，但从此留下鼻塞，呼吸不畅的顽疾。这顽疾折磨她一辈子。遇到天气阴阳变化，就更难受。

我家在简易房住了两年，家里又添了一张嘴，她就是我二姐。生我二姐时是农历四月中旬。到四月底，端午节水开始发了，大雨没夜没日地下，倾盆大雨呀，片刻不停过。我家简易房是直接建筑在地面上的，没有地基。大雨很快泡软了地面，一面墙开始有了裂缝。

"没事，雨很快就会停的。"我爸安慰着家人，但他自己心里焦虑到极点，他背过身抽烟，点烟的手抖着，几次都没点上。我妈还在坐月子，他不想让我妈看到。他心里知道，这垒墙用的是红黏土和成细泥做浆把石头砌上去的，红黏土遇水就散了，哪顶得住这么大的雨呀！

到下半夜雨还在下，一阵紧似一阵。雷电也是不停在山包上空炸开。孩子们缩成一团，在被窝里簇拥着我妈。"他爸，这房……"我妈欲言又止，语气里都是无奈与无助。一声炸雷响过，耳朵被震得嗡嗡响。没等这滚地雷向远处滚去。一直蹲在地下的我爸跳了起来。他看见墙上的泥巴往下掉。"不好，快离开！"他喊道。随即拿起蓑衣帮我妈穿上。我妈抱着二姐，我爸拉着大姐和大哥，向门外冲去。

全家刚跨出房门，"砰"的一声，房屋轰然倒塌。

屋里的什么东西都没带出。茫茫四野，漆黑一片，全家人不知往哪儿去，哥姐躲在妈妈的蓑衣下，雨水顺着他俩的头发往下流。他们颤抖着，无助地抬头望着身边的父亲。

借着闪电的亮光，爸爸看到前面的那座孤墓，他领着全家大小往孤墓跑去。几天大雨，墓门堵着的石块倒塌了。我家五口人钻了进去，才长长舒了口气。

第二天，雨小了一些，我爸穿着蓑衣跑回家，从瓦砾中挖出了被雨淋湿的地瓜片，又把桌椅和能用的东西清理了出来。他又跑到远房亲戚家求情，希望能在他家大厅暂住几宿。亲戚家也是心善的人，可怜我家的遭遇，点头了。

二

我妈在远房亲戚家住到二姐满月。四五月正是断粮的季节，大部分的人家粮食都不够吃。我爸仅有的一点积蓄都买了地瓜片，有好的，也有发霉的，掺杂在一起煮，每顿分到孩子碗里的地瓜片也是很少。很多年以后我大姐还向我妈抱怨说："三块地瓜片一碗汤。"我妈月子期间地瓜片也没吃饱。我爸看她坐月子，孩子需要奶水，不能总是半饥不饱的，每顿都给她的碗里多盛些地瓜片。我妈又把地瓜片夹到我爸碗里，推来推去。争到最后还是我妈把地瓜片分些给哥姐。

满月后，我爸跟我妈说，不能老住在远房亲戚的大厅。就又寻了一个住的地方，那是别人放弃的牛圈，主家说，租金随便给点。我爸把牛圈清扫干净，全家就住了进去。也许是牛粪尿浸透了地面和墙壁，味太重，呛得无法呼吸，三个孩子被刺激总是流泪，啼哭不止。没法子又搬了出去，就这样兜兜转转十几个地方，到了我现在的村子才安顿下来。

那年代，家里断粮是常有的事，爸爸常常守了一天的木活店也没卖出什么东西。家里是嗷嗷待哺的几张嘴等着食物。

他掏尽衣袋，数数仅有的零钞，买了摊边晒干的地瓜杂碎，包括削下的地瓜皮、地瓜蒂和被蚁象蛀食的部分坏地瓜。丰年时这些本来是用来喂猪羊鸡鸭的，因为发苦发臭，煮熟了连牲畜都不想下口。

我妈把爸爸买来的地瓜杂碎洗了再晒干，用石臼捣碎，用石磨磨成粉，买不起糖，就撒点盐巴，和成薄饼，贴锅边烤熟，给我们分食。

日子就这样在半饥半饱中度过。

1960年初，我爸对我妈说自己浑身无力，双腿乏软。吃了几贴中药，也不见好。我妈把唯一下蛋的母鸡杀了，想炖给他补补身子。鸡炖熟了，他把鸡腿和好的鸡块分给我们几个孩子和我妈。我妈把鸡肉又夹回他碗里，并发了脾气，我爸才吃了两块鸡肉和一碗汤。

晚上，我在隔板的小屋睡醒，听见我妈在抽泣，小声地责备我爸说：

"你从来都这样，有点好东西自己舍不得吃，都留给孩子。你一根扁担挑着这么多张嘴，万一倒下了，这个家可怎么办呀！"

"我歇歇就好。"我爸安慰我妈说。

"唉！家里剩下的地瓜片只够吃这两三天。我每天尽量多放点水，小女儿今天还嘟着嘴跟我说，不到晌午就前胸贴后背，叫饿。"

"街上店里那些木件能卖出去就有钱买粮回来。你跟孩子她姨再借点，月底还她。过了这个月，麦子就熟了，打下麦子，孩子们就能吃饱。"爸爸很无奈地回答妈。

"家里还有一块大洋和我手上这银镯拿去兑换一些钱，不管能兑多少钱，止止急。"妈说。

"那不行，这是留给小女儿的。她出嫁时，咱们买不起金器，连个银镯都给不了女儿，让她怎么去夫家？咱还怎么做人呀！"爸爸反对。

妈妈的这个银镯子虽然值不了多少钱，但那是妈妈出嫁时，外婆从自己的手上脱下给她的。外婆心疼女儿，觉得外公心太狠，太无情，哪像个做爹样子。也有人家父女反目的，后来做女儿的有了儿子女儿，常回家看看，走动勤快了，就隔代不记仇。

这对父女脾气都犟如牛，谁也拉不回。外婆当年哭哭啼啼送妈妈走，还偷偷往妈妈口袋塞了5块大洋。妈妈这么多年走过来，日子再困难，也舍不得动这几块大洋。只是前面四个女儿出嫁了，每人用一块大洋给她们各打一个银镯子当作嫁妆，这是为娘唯一能做到的心意。

爸爸有一周时间没吃东西了，他吃不进地瓜片，每天只喝汤和水，全身都肿得透明，一按一个深窝。

临终前，他对妈妈说："我愧对孩子，无力把他们养大成人……"

妈妈哭着，贴着他耳边问："你想吃什么？"

"我想……想吃米糕。"爸爸有气无力地说。

妈妈脱下银手镯，叫大哥到银行兑换点人民币，买了点米回来。她连续一个多月照顾在爸爸左右，已经身心疲惫。三哥要去推磨，妈妈说不要。她自己连夜推着石磨把米磨成米粉，做成米糕。没糖，就加点大哥从西山向人家要的糖精。

妈妈泣不成声喂爸爸吃下，他只吃了半块，伸出颤抖的手招我过去，把一块米糕放在我手里。他摸了摸我的头，眼睛看着我，两行浑浊的泪水从他眼角流下，滴在我手上。他的手从我的头顶滑落，闭上眼睛，停止了呼吸。我妈伏在我爸身上，号啕大哭，肩膀抽动，不能自已。我把米糕凑到我爸嘴边，边哭边叫着：

"爸爸，你吃呀，你怎么啦？"

7岁的我虽然不知道死的意义，但从我妈凄切的哭声中，知道我爸的眼睛再也不会睁开。

三

我的父母一生养育着四男五女，生活再难，也不舍得把孩子送人。父亲走时，我四个姐姐早早就出嫁了。在家的还有大哥、二哥、三哥、五姐和我。那时我7岁，五姐12岁，三哥15岁，二哥17岁。除了大哥，都是嗷嗷待哺的孩子呀。大哥那时已成家，分出去住，他有三个孩子要养育，只好两头跑。这个家母亲是桶箍呀，她用自己羸弱的臂膀撑起这个家。

有一年秋天，我放学回家，呼唤几声都没有她的应声。我问邻居六婶婆："看见我妈没？""好像去那。"她用手指了指村子西边那片墓地说。

我一下子心慌了。朝墓地奔去。远远看见我妈伏在父亲的墓头，走近，我听见她嘤嘤的哭声，凄切悲伤。"你就这样甩手走了，我拿什么养活孩子呀？孩子他爸，你听见没？"我跑过去抱住我妈，大声喊道："妈妈，你怎么啦？"她立马停止哭泣，擦干眼泪搂住我："你饿了吗？妈回去给你煮饭。"

回家后，六婶婆告诉我，我妈已经不止一次瞒着我们跑到爸爸的墓前哭诉。"你妈太难了。"她补了一句。

我爸埋葬的地方，许多人都迁墓了，说没了树，祖宗脸朝天。太阳直晒雨淋头，子女后辈没出头。只有我爸的墓没动。后来看到我家子孙兴旺发达了，他们又陆陆续续把祖宗的墓迁回来。

他们迁墓还有个说法，因为生活好过了，家庭烧饭也改变了，不用树木烧火了。墓地的相思树又旺盛了起来。要说风水，这也许是吧！

我本不相信风水，认为它与求神拜佛一样，只是人在无奈无助时的心灵寄托与愿望。或许是年纪大了，或许是事情经历多了，我对风水也就半信半疑起来。

四

每年八月十五前后，妈把自家养的鸡鸭卖了，都留下两只，杀了炖给我们吃，我从没见她吃过。问她咋不吃鸡鸭，她说从小不吃鸡鸭，不喜那味道。有一年，正值杀鸡鸭，肉炖好，招呼我们，她自己却晕倒了。

下午小姨来看她。她俩在房间说话，我隔着门缝，听小姨问："你身体都累垮成这样，辛苦养成的鸡鸭怎么自己不吃点？"我妈好久才回答："一年能补身体的就这点鸡鸭肉，孩子都正在长身体。我咋咽得下。"又说："我答应过他爸，无论多难，都会抚养孩子成人，孩子身体有三长两短，我咋对得起他爸。"小姨抹着眼泪走了。

我家本来就因为穷，而且是单门独姓的外来人，村里那些大姓家的孩子就看不起我家。

父亲死后，那些同龄的孩子就把我去世的父亲和家人的名字，还有家贫的酸楚，编成歌谣，在我家门口故意吆喝。他们拉长声音，阴阳怪气，羞辱、讥讽我家。我被人堵在路上，被推搡、被起哄是家常便饭，几乎天天都有。

有时他们脱下裤子，故意向我身上撒尿。回到家，妈妈问我身上怎么湿成这样，我都谎称同学玩水，不小心溅到身上，次数多了，妈妈看出蹊跷，逼我说出实情。知道了又能怎么样？母子只能相拥而泣。

有的大人也这样。

有一天我去林子里耙树叶用来烧饭。正耙着，突然有个大姓的本村男人冲了过来："是不是你偷我地里的地瓜？"没等我回答，他一把提起我的草筐，把里面的树叶全部倒出。看见筐里没有地瓜，连说声道歉的话都没有。他哼了一声，又踢了草筐一脚，很不高兴地离开，回头去找其他耙树叶的孩子。

他刚才先路过他们的，为什么不先检查他们呢？因为我家穷？穷就会偷！他们这样认为。而且搜就搜了，能怎么着？因为我没有父亲，因为是外来姓！他们吃定我。

我妈生我时，46岁。分娩时我爸不在家，身边只有我三姐。她让我三姐烧水，把剪刀放灶火里烧过。要我三姐把马桶倒了，刷干净，放半桶水准备着。嘱咐三姐说："等下你把脐带剪断，生下来没有把子的，就扔到马桶里溺了。"因为穷呀，穷到老鼠从我家门口过都不愿意进屋。多一个人口，真的养不活。是男孩，苦着撑着将来还有希望能养家，对女婴就不待见。

我妈生我时，没有奶水，我妈让三姐到小姨家借了点小麦，回家用石磨磨成粉，筛成面，蒸熟，用陶罐装着，吃时挖一勺用热水冲成面糊加点盐喂我。稍大些喂煮地瓜，1岁多跟大人一样吃煮熟的地瓜片，还常常吃不饱。虽然不知道什么叫饱，好歹半饥半饱活过来。

五

有一天，我刚放学回家，我妈就抽起赶牛的木条往我身上抽。

"你是不是吃了丁老三孩子的大麦饼？"

"我吃的大麦饼是捡的。但不知道是大个子的。"

我不敢说谎，我怕我妈。她从小教育我不能说谎。

"我让你吃，让你吃。"她抽得更狠了。连我家的土狗都害怕得躲了出去。我一边哭一边用手挡着，很快手上胳膊上背上起了一道道血棱。

"走，跟我去跟人家赔不是。"

原来刚才丁老三的儿子大个子，向他爸告状，说我抢了他的大麦饼。我跑进里屋，反锁了门，听见我妈在外屋哭诉："你怎么这么不听话呀！抢人东西，你丢了祖宗的脸，我怎么向你爸交代呀。"我咬着嘴唇哭着，不敢出声，怕妈妈听到更伤心。无论她怎么敲门，我就是不开门，也不想辩解。

第二天早上我背上二哥留给我的帆布书包，肩背手臂火辣辣的痛。

我开门出来，看见妈妈头伏在饭桌上。听到门响，她抬起头，头发凌乱，眼睛肿得很大，我知道她昨晚一夜没睡。"还疼吗？"妈问。我不作声。"还生气呀。吃早饭再去上课。"她又说。我扭过身子，站着，狼吞虎咽吃完妈给我盛的大半碗地瓜片，上课去了。

课堂上老师看见我的手，问我咋回事。

我说："我没有抢大个子的大麦饼，那小半块大麦饼都扔在墙角，两天了，我路过捡着吃的。"

大个子扔大麦饼的地方，我第一天下课就看到了，想上前捡，不敢。第二天再路过，环顾四周没人，才走上前。当时肚子饿得前胸贴后背，经不起诱惑，才弯腰去捡，塞进嘴里，还没嚼细，就吞下去了。等我直起腰，大麦饼已经在肚子里了。饼已经馊了，但我管不了那么多。当时不知道大麦饼是大个子扔的，年纪那么小哪知道这是诱饵，是陷阱。

老师找来大个子，他承认了自己说谎。老师举起教鞭要抽他，他用书包挡住，瞪着眼对我说："你是没爸的饿鬼！我就说谎，说你抢！哼，跟你没完！"说完提起书包跑出教室。

下课后，老师陪我回到家，向妈妈说出了事情的原委。

妈妈听完，把我抱在怀里，摸着我的伤痕说："儿呀！你咋不早说？"

过了两天，大个子又来上课，我以为事情就这样过了，没想到傍晚下课时，他叫了三个同族的同学拦在路上，手里拿着纸包，把纸包的东西往我脸上扔，一阵恶臭，那是一包狗屎。没等我反应过来，他的帮凶又把另一包狗屎扣在我头上。"这带回去给你妈尝尝。"他们起哄着，手舞足蹈。

我没多想，从地上捡起一块石头狠狠地砸在大个子的脑袋上，血立即从他的头发上涌出，他双手抱头。鬼哭狼嚎，疼得在地上打滚，那两个同伙见状，像狗一样溜掉了。我发疯似的把他压在身下，又抓起散落地上的稀狗屎，朝他哭喊的大嘴抹过去，"你欺负我，还敢污辱我妈！我让你吃饱狗屎！"我一边说一边捂紧他的鼻孔，让他生生把狗屎吞下去。

我至今不知道我那时哪里来的这股蛮力，把个头比我大的他压得动弹不得。看见他血流不止，我感到害怕，家也不敢回，跑到野外，躲在堆积的番薯藤里。

后来听我三姐说，那天晚上妈为了找我，人都快发疯了。

村里有一片湿地，在湿地的中间，有个水塘，是排涝用的，也是浇水用的。水及成人脖颈，曾有一双小孩被母亲追打，情急跳塘，溺水身亡。

我跑过水塘时，丢落了一只拖鞋，因为紧张，来不及捡。我妈那晚来水塘找过，看到我的拖鞋，以为我掉进水塘。大声哭喊，自己奋不顾身想跳下池塘救我，被一起来的三姐拦住。我妈守着池塘，让三姐回家拿来松土用的四齿铁耙，绑在竹竿上伸向水塘深处捞人，没有结果。

她认定我跑的方向，以为我害怕会去跳海。又去海边找我，一边找一边喊，折腾到下半夜也不见踪影。她提着风灯到村里的各个角落找过，还连夜跑到邻村的小姨家，以为我躲在那，还到过村山脚下的水库找过，见到人就问："看见我家阿俤没？"一夜喊着我名字，声音都哑了。

找到我时是第二天早上，她心疼地搂住我说："妈都知道了，妈不怪你。"

听我妈说，大个子被送到乡医院头上缝了8针。那天夜里他们一家人围着我家不走，说也要让他的儿子把我的头砸破，交不出人就拆我家的房。我妈当晚把他们挡在门口，理直气壮地对他们说："药钱多少，我家赔。砸锅卖铁也会赔你们。拆我家的房也值不了多少钱。打我家阿俤，我劝你们再想想。这事来事去，四邻心中都明白。到底谁先欺负谁，你们心里也清楚。我就这话，你们看着办吧。"后来村长来了，让我家赔钱100元，我妈东挪西借只凑了80元，他们把我家一只半大的羊牵走抵债。当时的猪肉1斤才7毛多。

从那以后，大个子在学校看到我，就绕着走。班上的同学慢慢向我聚拢，期末班上选举班长，我自己都不敢相信，居然得票是最高的。

六

家乡的山是土石混合的，山上的石头经过千百年的风水雕琢，大都成了规则或不规则的石球。有全裸露的，有半截埋在土里的。石头也不大，有几百斤重的，也有上千斤重的，再大的很少见过。石头长年风吹日晒，表面呈黑褐色。但石头里面却是青色的，带麻点，我们都称它"芝麻青"。它是盖石头厝的上好材料。石头的开凿并不难，开石人用墨绳在石头面上拉一条直线，用钢凿子在直线上凿孔，每隔30厘米凿一方孔。再用钢錾子逐一插在方孔内，最后抡起铁锤逐一往錾子上砸。一遍，两遍，再砸，石头就豁然开裂，一劈两半。再用同样的办法，把石头切成四块，再切成八块，直到能砌墙为止。

石头是公共的财产，谁去开采都行，当时也没收什么矿产资源税。家乡的土地有限，讨海又不需要那么多人。剩余的劳力就上山打石头，赚钱养家糊口。

大个子磕磕碰碰念到高小就辍学。他在村子里晃悠了几年，没正经干过事。后来到城关赌场给人看场子，做马仔赚点钱填饱肚子。听说家乡山上的石头能赚钱，就打起了歪主意。

他买了一罐油漆，晚上上山，凡他看上的石头，都写上自己的名字，说这石头是他的。然后雇了两个小兄弟巡逻，谁想开采他的石头，就得交钱。

大个子把我爸坟墓周边的几块青石也用油漆写上了。

从来脾气温和的大哥，也愤愤不平，找大个子理论，他不理不睬。妈妈劝大哥说：

"算了，子孙有本事，什么都有。子孙成坏仔，给了金石头也会败光的。自己走邪路，子孙能走正路，结善果？这样的人，我还没见过。"

后来，我爸墓边的石头没人敢去拆，但红漆一直没去掉。

就这样大个子赚了一笔横财，没人敢管他。

后来他组织人偷渡去台湾，走的是水路，偷渡船沉了，死了几十号人。虽然他不是为首的，但活罪难逃呀。逃出去躲了几个月，还是被捉到，被判了10年。

从牢里出来都40出头的人了，也不好好做事，老实过日子。本地人知道底细，没有谁家姑娘愿意嫁给他。眼看年纪大了，就讨了个外地过来的二婚的女人。生了三个男孩也不争气。

七

渔岛虽然不像非洲，但我生活的家乡环境，苍蝇蚊子并不比非洲少。家乡的空气中，弥漫着臭鱼虾的味道，绿头苍蝇很接地气，一点鱼虾残骨丢在地上，立马就有几十只苍蝇围上去，重重叠叠。好在苍蝇不咬人，恶心归恶心，看惯了，就习以为常了。

但蚊子不一样，它是吸人血的，每年天气转暖开始，蚊子就开始作妖了，特别是夜幕降临后，不知道它们从哪里飞出来，见人肉就叮，耳边听到的都是嗡嗡声。

家乡的蚊子带斑纹的，个头也大，一叮一个包，早上起床，裸露的肌肤上全是密密麻麻的红包。还有一种小个头的蚊子，全身黑，叮肉不但起包，还痒得很，用手抓了就溃烂。

这季节每天晚上我自习，妈妈都要拔来青艾草，先用干草助燃，待火苗旺了，把艾草放上，就浓烟弥漫了。妈让我先去门外待着，关紧门窗，自己待在屋内，用蒲扇煽火，让艾草燃烧更彻底，烟雾更浓些。这样蚊子就会被熏晕或熏死。她自己常常被浓烟熏得咳嗽流涕，呼吸困难，恶心呕吐。但为了我晚自习，她每晚都这样遭罪。

妈妈总是坐在我身边陪着我学习，一张方桌一盏油灯。灯光暗了，她拔下头上的银簪把灯花拔去。这把银簪是她当姑娘时就有的，一生都插在头上，银簪的尖头原来雕有一只凤的，现已磨损得发亮，再也看不见原先的模样了。我实在困得不行了，打个盹了，她就用蒲扇面轻敲我的头，嘴里叨叨道："又困了，又困了。"我学习多久，她陪我多久。

长时间凑在煤油灯边，呼吸进去的煤烟聚集在鼻孔里，呼吸很难受。打个喷嚏，揩出的鼻涕都是漆一样的黑。我妈的鼻梁当年为抢回羊被小偷打断，落下的病根呼吸不畅，牵扯头痛难忍。我不忍心她这样陪着我难受，让她回屋休息，她嘴巴答应，就是不离开，担心离开，我就睡了。

家里虽然穷，我长大时，几个出嫁的姐姐向家里接济一些食物，主要是地瓜片或地瓜米，有时也送些花生和黄豆。嫁在渔家的五姐不时地送来咸鱼干。所以生活过得不像以前那么拮据。一年四季，只要我在家，晚上我妈都会在锅里留半碗地瓜或地瓜片，这是晚饭特地多煮的，学习到半夜，她就起身去热饭，端到桌面，看着我吃下。

而她自己已经习惯了半饥不饱的三餐。每晚我躺下就睡着了，不知道她几点才睡。每天大早，我都是在妈妈拉风箱的声响中醒来。她比我起得早为我煮饭。

有天早上我醒来听不到拉风箱的声响，喊她，发现她跪坐在放柴火的外屋地上。那年被小偷踢中腰椎的病又犯了。她抱着柴火几乎身子贴地艰难地向厨房爬去。身上再痛，她也不吭一声，忍着，怕吵醒我。而清晨她多难都得起来为我煮饭，担心我上街买肥晚了，上课迟到。

我成人后，村里大姓人家欺负我的事渐渐少了。不是他们信了上帝宽容开恩，也不是他们突然做梦遇见观音，点拨醒悟，心生怜悯，而是在我妈的操心下，村里的两户大姓子弟娶了我的两个姐姐。

虽然我家贫穷，但我的姐姐们都出落得很俊俏，加上家教严，人品好，到了出嫁的年龄，上门说媒的很多。

我四姐出嫁前，村里的媒婆来我家好几趟。其中不乏家境很好的。有一家对象的爷爷是开金银首饰铺的，有祖业。父亲是跑运输的，自家是大股份。家里有三层石头房。这对象也跟着父亲做运输业务，自己不下海。他浓眉大眼，身高体壮。家里只有兄妹俩，等妹妹长大嫁出去，这家产就全归了这对象。媒婆的口都说干了，我妈就是没应允。

后来来了本村的一个婶婆，是本村的大姓人家。她对我妈说："听说你的四姑娘要嫁人，门槛都踏破了。我大哥一直催着我来你家提亲，我自己不好意思来，因为听说好几个条件很好的男方，你都不应允。今天我大哥又催我，我就大胆来问下，你看我侄儿能行吗？"我妈说："过两天你再过来，我回复你。"这男方我妈知道，有四个兄弟，家境还好。他是老大，人品好，勤快，肯吃苦，有孝心。我妈曾多次看到他背着奶奶出来晒太阳，进进出出，不嫌累，不嫌烦。他奶奶80多岁了，年前摔倒了，腿骨折。有孝心的孩子心正，心好，会善待家人。

妈妈第二天就应允了这门亲事。妈妈选上的女婿，不是很富足的人家，但只要男方人品好，行正事，我妈就允了。也没要人家什么大聘礼。

我大哥和三哥也是我妈做主娶了村里另两家大姓人家，只看女方人品，不看嫁妆多少。家乡旧时的风俗都是用嫁女的聘礼，给儿子娶媳妇过门，我妈没有。好在我的两个嫂子的娘家，虽然是大姓，也没有要我家多少彩礼。我大哥三哥的身板、长相、为人摆在那，人家看中的也是人品呀。

我家刚搬到这个村子里像一艘风浪中飘荡的小木船，我妈嫁给我爸，一辈子过着有上顿不知下顿在哪里的生活，但从没怨言过。她毕竟出身大户人家，骨子里流淌着明白事理、通达人情的血液。通过嫁女娶媳妇给小船固定了四只锚，牢牢锁定在风浪中。

八

但家中还是穷。

我的父母为了九个子女的成长耗尽了自己的心血，为了把他们养大，没有什么余钱添置家产，更不要说贵重的东西。等我长大，除了破得不能再破的石头厝，还有父亲亲手做的一张八仙桌，四条长凳子，两条矮凳外，没有更多值钱的东西。

我妈从来没有向我要过什么，只开口要我出面调停一件事。

有一年夏天，我刚好工作10周年。省检察院的两三位朋友休假，我陪他们到渔岛海边玩。他们得知我的老家就在附近，坚持要去我家看我妈。家里事先不知道来客，也没什么东西接待。按乡俗，我妈给每个客人煮了两个冰糖荷包蛋。"这是老人家亲手煮的，我们一定要吃。"他们说。临走前，他们掏了几百元钱给我妈，说第一次来看老人家，没带什么礼物，就算抵礼了，我妈怎么也不肯收下。他们扔下钱就走，我妈都撵不上。

送他们到宾馆，我回到家里，妈妈把我拉到一边问：

"他们是干什么的？"

"检察院的，派出所逮捕人要经他们同意呀。他们也抓贪官。"我只能笼统地解释。

"那被人冤枉，他们管不管？"妈又问。

"什么人呀？"我惊讶地问。

我没听说自家亲属出了什么事。

"不是咱们家的，是村东头王大爷家的。他女婿做生意被对方骗了几十万元，都是借的。去讨钱，反被对方告了，说他女婿讹钱。他女婿现在关在拘留所里，家里人急得火烧脚。"

"这不是咱家的事，我也不是干公检法的，咱们就别管了。"我劝妈妈说。

"你爸在世时，家里住不下，晚上常到王大爷家里借宿。你爸常说，吃人一杯酒，心里结个纽。这人情，有能力咱得还。王大爷带女儿来咱家好多次，我说待你回来跟你慢慢说。"

看着妈妈急切的心情，我不敢违，答应跟朋友说说，看是否方便过问。

回省城后，我给我妈捎了口信，说省城检察院朋友通过地方的检察机关查清了真相，对方虽然有背景，也不敢再放肆，同意坐下来解决还款。王爷的女婿不日会回家。

遇到村里的公益事，她总是让家里人打电话给我，要我带头捐资。

"你是头，村子里有出息的都看着你，你带好头，大家就跟着。不要等村里管事的给你打电话，向你要钱才出手。"

又对我说："不管过去乡亲怎么对你，对咱家，咱们把好的记下，把不顺心的忘了。人都有潮起潮落的时候，家乡是你的血露地。"

她的每句话我都铭记在心上，并努力去兑现。

妈妈爱她的九个子女，又用同样的爱心去爱第三代。我的六个侄儿，六个侄女都是她一手接生的。

我三哥的老三是男孩，出生时没有哭声，也没有呼吸。她把孩子的脚提起，用自己的嘴巴把孩子的羊水吸出，一口接一口，并用手不停拍着孩子的后背。一直到孩子哭出声来，她累得瘫软在椅子上，流下欣慰的泪。

我妈1992年正月寿终正寝，她九个子女的后代计100多号人，守候在她床前，看她老人家安详地闭上眼睛。她享年85岁。出殡时，送葬的队伍长达数百米，是家乡几十年来最隆重的葬礼。她用自己的善良正直、吃苦耐劳、忍辱负重使得李氏子孙后代人丁兴旺、人才辈出、生活富足。她的人格赢得了子孙后辈的尊重，赢得子女身边亲戚朋友的尊重，赢得村民大人小孩的尊重。

年前我远房亲戚的小儿子90岁，生病了，我回家探望他。这是我妈生前交代的。她对我说："你将来发达了，不要忘了这一家人。"

见到他，我提出想去看看我爸妈自盖的简易房。他让孙子带我去。山包上的孤墓还在。我家的简易房只剩下一堆瓦砾，散落在齐胸高的芦苇中。芦苇荣了又枯，枯了又荣。我没有感慨，这是父母的生活。我会告诉子孙，不要忘记，但不会重复。

今年清明节，我回家乡给父母扫墓，下山时，我让儿子、侄儿他们先走。一个人独自坐在父母墓前的台阶上，仰望天空，白日无光。相思林中，杜鹃声声。周边又添新墓，有哭泣声传来，能感受到他家亲人别离的痛楚。我用手指沾着纯净水，在父母墓台上写下了《追思》："寸草难报三春晖，杜鹃啼血唤不回。商海搏命出行早，不见叮咛嘱早归。终身煎熬劳心苦，期盼子孙不众随。泣告考妣儿独立，领族雪耻已扬眉。"

依 依 紫 荆

一

那年4月2日，我和儿子从武汉坐高铁赶回福州祭祖，在站台上，看见一对老年兄弟走出车厢，年龄大的约80岁，脚有残疾。他弟弟也有70出头了，右边背着挎包，推着行李箱。

出车门时弟弟对哥哥说："哥，把包给我。"他哥背的也是一个挎肩包，看上去不重呀。不等他哥答话，做弟弟的就把哥的挎肩包取下挎在左肩。然后一只手推着行李箱，一只手搀扶着他哥朝出站口走去。

看着他们远去的背影，我的心一阵收紧，想起我的三哥，顿时潸然泪下。儿子见状，问我怎么啦。我有点尴尬，扭过头，擦下眼角。"没什么。"我苦笑道。

三哥心善，做人厚道，寡言。他懂得一种药能治好孩子的百日咳。百日咳很凶狠，孩子得了这病，会阵发性痉挛咳嗽，并发出鸡鸣的吼声，时间拖久会导致呼吸暂停、抽搐、惊厥、昏迷，并转入肺炎，不及时医治，常威胁小儿性命。而且这病病期很长，就算挺过来了，从发病到自然康复至少百天，故曰"百日咳"。

那年代缺医少药，连医院都没有办法。村里孩子有患百日咳的，找他帮忙,他从不推辞,人再累、天再黑、风雨再大,他都跑上山去采一种叫"鸟不搭"的草药。

这草药叶子主脉和侧脉都长刺,锋利如针,连鸟都不敢搭上面,所以绰号"鸟不搭"。

他采药拿回家用蒜臼捣烂,用纱布包起来挤出汁,立马送去给孩子灌下去,那味道大人都难咽,孩子被灌下该草药立刻裹着浓痰吐出来,灌两三次,久治不愈的百日咳居然好了。

我记得有一年冬天,那个风雨交加的晚上,有个邻里找他,要他帮忙上山摘草药,说孩子咳得很厉害。

"天色这么晚了,又风雨交加的。"妈说。

她不放心我三哥一个人,让我陪他去。

风大雨也大,我穿得旧蓑衣是我爸生前留下来的,领子那地方很单薄,挡不住雨,风一阵比一阵紧,雨也随风越来越大,水便从蓑衣的领子灌入身子,湿透的衣服贴着肉,冷得打颤,我们躲在树下,他那件蓑衣也是旧的,但里面用塑料袋剪开衬着,比我能挡雨。

看见我打颤,他把自己的蓑衣脱下,死活要我对换。

我们用风灯微弱的光线寻找鸟不搭,那是一片墓地,常有蛇蝎出没。我们在墓地间寻找,突然我看到一具棺材,棺材板散落一地,昏暗的灯光下可见棺材还有几成新。一阵狂风暴雨,阴气逼人,我分明看见棺材板在晃动,并啪啪作响。再看,晃得更厉害。我的毛孔全竖了起来,嗓子眼堵着东西,想呕吐,双腿发软挪不动。满脑子想的都是鬼,担心有什么东西从棺材跳出向我们扑来。

三哥看见我害怕,把我拉到他身后。"我在呢。"他对我说。凭记忆他找到了鸟不搭。采药时,慌乱中他被鸟不搭的尖刺扎得满手是血。

下山时水流挡住山路,脚下打滑,我俩都摔倒了。他的膝盖磕在石头上，擦掉了皮流出了血。风灯也同时摔坏了，乌漆嘛黑，风雨又急，我们摸索回到家已经过了午夜，他顾不得一身被雨湿透的衣裤，找出布条扎住膝盖，急忙捣好药给孩子送去。

受伤的事他不吭声，事后也从没跟别人提起。孩子的家长不知道。第二天孩子的妈送来10个鸡蛋，他也不收。他私下对我说，咱们李家在村里是独姓，又是外来人。爸在世时说，咱们没什么资本跟本村人在一张桌子上吃饭，只有咱能做到的事，不计报酬，立下口碑，别人记住咱家的好，咱家才能在这村子活下去。

农耕时节，他牵牛犁地翻土，种下一茬庄稼，自家的地翻好，把一垅之隔邻居家的荒地也翻了一遍，邻居道谢，他连连摆手，说不要不要。这样的事他年年做。

庄稼成熟的日子，邻里人手忙，他都乐于帮忙，能搭一把算一把。常说，力气是自己的，又不用拿钱买，谁家都有困难的时候。

有一天，我、我妈、三哥都在。我向我妈说起那晚看见棺材的事。妈回答我，那是有人家里三年死了三个人，就请地理先生看风水。地理先生说他们家十几年前死去的老父亲墓地有问题，他们家信了，就迁墓了。

"那棺木怎么会动会响呢？"我问。

虽然是白天，问这话时，我心里还有余悸。

"风吹雨打的。"三哥回答。

"你一个人经常晚上到那地方采药，不怕吗？"我又问。

"救人要紧。"他答。

"你怎么懂的这种药能治百日咳？"

"师傅教我的。"

三哥补渔网织渔网的手艺是拜过师傅的。这师傅在邻村，人称"千网王"，我见过。三哥喝水不忘掘井人，每年都给师傅拜年，送些花生豆子鱼干什么的，有时也送一箱"十全补酒"和一条"大重九"的烟。

我念大二那年，那师傅还健在。我代三哥去送礼，就聊起采药的事。我问王师傅：

"你怎么知道鸟不搭能治百日咳？"

"机缘巧合呀！"他回答我说，并介绍了事情的经过。

他家孙子得了百日咳，在乡医院住了十几天不见好，抱回家都准备后事了。子孙的事很烦心了，没料到自家养的两只狗，大黄和小黄也染上了百日咳，症状跟孙子差不多。过了三五天，那大黄症状有好转，能吃食了。他觉得奇怪，就留心起大黄的行踪。第二天他看见大黄领着小黄往山上走去，一路上提胯撒尿，走走停停，这里看看，那里嗅嗅。它们到了半山腰一处地方停了下来，开始啃吃一种植物叶子，小黄也跟着吃了起来。这叶子带刺，扎得大黄小黄龇牙咧嘴。它们连续几天都上山。又过两天，它们病好了，又蹦又跳闹得欢。令人奇怪。

王师傅顿了顿，喝了口茶，继续对我说："死马当作活马医，这药能治好狗，何不试试采些回来治我孙子？没多想，上山采了药绞成汁给孙子灌下去，连灌两天，孙子真的好转了。"

后来他把这药传给了我三哥。

听完他说的这件事，我从惊讶到悟道，天下万物皆有灵性，就算医学发展到现在，对于一些药物的甄别和认知，人不如狗呀。

三哥疼爱我，从小就和我走得近。

我读五年级的时候，在一所中心村落小学就读，离我村子有七八里路。走读，一天来回四趟。早上去，上午放学了，回家吃中饭。午饭后再去，傍晚放学回家。全靠两条腿走路，虽然累，但好歹有书念。

五年级下半学期，一天刚做完课间操，班主任通知我去二楼办公室一下。我想糟了，刚才上数学课时，我偷偷地看《七侠五义》，虽然偷着看，还是被老师发现。因为我是数学科代表，一个学期的数学作业都做完了，觉得老师讲的课没什么好听的。已经被抓过好几次了，老师每次批评后，总把书还我。有一次还问我：

"这《七侠五义》你看得懂吗？"

"有些看得懂，有些看不懂。"我如实回答。

老师想，这学生数学都会，上课看小说，很无奈。莫非老师向校长告状，开除我不成？怀着忐忑不安的心情，我上楼去。还好，不是校长。

问我话的是文体老师。

"你想不想演话剧？"

我听了脑袋嗡嗡的。指甲抠着墙壁上一块快要脱落的墙皮，有口无心地问：

"什么叫话剧？"

"跟你一时半会儿解释不清楚。"她说。

原来中心学区要搞一场文艺汇演。一个中心小学要搞一个节目。由学生演出。舞蹈，很费劲的事，要有基本功。我们学校没人。合唱，更不行。都是农村的小孩，哪有这方面的基础。特别是女孩，扭扭捏捏的，没有一个能拿得出手。思来想去，想搞一个话剧，没什么技术含量，能上台就行。

这个话剧叫《片甲不留》，剧情内容就是国民党蒋匪军被我军击败。剧中需要一个女角色，扮演敌方女秘书，上台只有一句台词：

"报告司令，共军打进来了。"

老师找遍全校没有找到合适的女同学。听说有找到几个，老师找她们谈话，没有一个愿意上台。刚才全校学生做广播体操，老师在二楼阳台看到我，觉得我长得高，又清秀，就点了名。她要我男扮女装，演那个一句台词的女秘书。

男扮女装羞死人，回来在学校还怎么混呢。我抗拒，但抗不过文体老师、班主任、数学老师左一句右一句的劝。特别是数学老师一招就让我屈服了。她说：

"你只要上台了，演了这个女秘书，讲一句台词。以后我上课，你能保持数学课成绩班上前三名，在不影响其他同学的情形下，我允许你课堂上看小说，承诺不没收你的书。"

有这么好的事？穿上女军装，头戴船形帽，一句台词，上台最多两分钟，老师就宽容我课堂上看小说？

我拼了，答应了。排练在路途更遥远的中心学区。临近端午，老天又开始一年一度的号哭。雨没完没了地下，旱地变沼泽，小溪成大河。我没什么事情做，就常蹲在排练厅的屋檐下发呆。我那年才12岁。

一个12岁的农村孩子，第一次出远门，端午节也不能回家。家虽然穷，但有母亲、哥哥姐姐在，多少比这里亲热些。在这里，一个亲近的人都没有。排练时那句台词我都说腻了，自己都感到厌烦，何况其他人。谁能看重一个一句台词的男扮女装的学生。所以没有多少人愿意跟我搭话。我就是一个木偶，为数学老师一句承诺，来这里丢人现眼。

我想逃跑，可是我是学生，回去还要继续念书。如果我逃跑了，学校会不会开除我？再说我跑了，这角色只有文体老师上。角色都是小孩，她虽然也是女的，但都30多岁了，当女秘书上台，不是笑死人。

留也不是，回也不是，我感到委屈。雨又淅淅沥沥地下，正发呆着，有人喊我，说有人找。

我跑到排练厅大门，看见一个人戴着竹笠，穿着蓑衣，雨水急速地顺着蓑衣棕丝往下流。他也不敢进大厅，怕带进雨水。就站在门口屋檐下朝我招手。

我走近一看，是我三哥。天哪！这么大的雨，他步行20多里路，来看我。他从怀里拿出用箬竹叶包裹着的端午节馍。一共10个。一路上他把箬竹叶揣在胸前，躬着身前行，前头的裤腿和一双解放鞋都全部湿透了。

"妈怕你想家，蒸好馍让我送几个来给你吃。"他说，"你还小，又是第一次出远门，家里人都不放心，你要听老师的话，不要耍脾气。"

说着他用手拭去溅在我头发上的水珠。

"妈妈说等你几天后回家，再一起过端午节。我们等你。"

他说完就走。

来回冒雨赶40多里路，为担心我一个人在外面，孤单思馍想家人，他送来馍。这就是我三哥。看着他的背影离去，我眼泪簌簌地流下来，跑到宿舍禁不住放声大哭。

三哥的一生奔波劳碌，因手艺好，干活又实在，一天能赶完的工，不拖两天，雇主多算钱给他，他退回。常常赶完这家的工又赶那家。

鱼汛季节，渔网触礁或海里沉船残骸什么的，网常常划破，破网的洞直径有几米的，也有十几二十米的。第二艘渔船又急着出海撒网捕鱼，破网没法下海，就需要找补网人。

补网人常常干通宵，得不到休息，也不按时吃饭，时间久了就得胃病，人感觉到胃疼是胃黏膜已经受损，遇到胃酸侵蚀就痛，胃酸分泌是两小时一次，旧胃酸排出，新胃酸又来。他不懂，胃痛时就吃点花生米稀释胃酸好受些，疼得厉害吃止痛片。时间久了受损的胃黏膜就会异形增生，再拖久，坏细胞就在那里筑巢了。

催他看病他总是忙。发现恶东西已经晚期了。做了手术，医生会诊，取样化验，家里合计希望能打靶向药。终因不能配对，无果。眼睁睁看着他食欲不振，消化困难，一天天地消瘦下去。若能治好他的病，靶向药再贵，我也舍得出。哪怕只能多活三五年。

三哥，家族所有的苦和劳，他受过，家族的繁荣和富足他没享受完。

当我的侄儿通知我他病重时，我放下电话，我立即告知几个居住在省城的侄儿坐上车往家里赶，我们的心都绷得很紧，一路缄默无声。

一个小时车程到家，他的眼睛还睁着，但已没有了呼吸。

侄儿说，一刻钟前他还喃喃问："尾叔回没？"侄儿回他："快了，一会儿就到。"终究他没有等到我，没有见他最后一面。

我把他的眼皮合上。怕众亲看到我失态难堪，我走出房门，扶着门框，心一阵绞痛，眼泪不能自已。我的三哥呀！这辈子我们做兄弟，人生若有下辈子，我愿意再做你的同胞兄弟。

三哥出殡时自发送葬的人排长队，有位邻居大嫂号啕大哭，拉着我的手说："这么好的人，怎么走得这么早呀！没天理呀！"旁人对我说，她亲兄弟死了也没这么哭过。

雁过留声，人过留名。我三哥是平凡人，走了，却活在未亡人的心里。

前年清明节，我回到家乡，到陵园看他。站在他的墓碑前，想起一辈子与他的林林总总，就仿白居易的那首《梦微之》，写下《追思·悼三哥》："寒食悲凉海水稠，疏雨萦肠泪莫收。兄埋泉下泥销骨，我寄人间雪满头。几回误听兄唤弟，回眸唯见空田畴。青烟有灵慰天国，追思无限痛悠悠！"哽咽焚之，祭之。

二

我的大哥，比我大30多岁。他年轻时很帅气，身高也够，不敢说气宇轩昂，但在村子里，也是一等一的男子汉。他听从我父母的安排娶了本村一户大姓人家女孩。

我父亲去世时，我和五姐、三哥、二哥都还没成人。家里没有劳动力，分不到口粮。我大哥就与大嫂分开立户，把工分划一部分在我妈名下，让几个未成年的弟妹得以生活下去。

我大嫂总是抱怨我大哥，哭哭啼啼的。我大哥没有发火过，总是忍。他心烦，有很大压力，但总不解释。手心手背都是肉呀。

我从懂事的那天起，没见过他有一天闲过，大年初一也是如此。他除了田地上刨食，讨海也不间断过。

他向父亲学了木工手艺，虽然做不了描龙绣凤的精细活。其他木工他都会。家里的餐具、桌椅、农具都是他自己做的。

有一天我放学回家，见他拖回几块棺材板，木质还有几成新。问他从哪里弄到的。他说别人家嫌风水不好，迁坟。捡了祖宗的尸骨埋到其他地方去了，棺材板就扔掉了。那边的墓都迁出好多，棺材板堆了一地，许多人都拉去旱厕做垫脚板。他也拖了几块回家做成水桶，挑水浇庄稼用。

做水桶是很难弄的木工活。

木板拼成圆桶，板与板之间除了刨成斜面，还必须严丝合缝，这样才不漏水。而这一切全靠手工和经验完成，不服不行。他开始锯棺材板，要我帮忙扶着，我不敢。他瞪了我一眼：

"怕什么？棺材在地下都埋了几十年，还能有什么味道？"

说完他自己用鼻子深吸了一口气。

"都是彬木味，不信你也闻闻？"他逗我。

后来我长大了，有了一点学识，才明白，人活在生活底层，到了极限，就无所畏惧鬼神了。就是我们常听到的那句话，"死都不怕，还怕什么"。

他也会做泥匠活，我家的老石头厝每一块石头都是他用石工锤敲出来的。

他待人处事，从来不温不火，不卑不亢，忍让和事，不负他人。

我记得十一二岁时，有天傍晚，去把拴在林子里吃草的牛牵回家，看见我大嫂家族里，有个同龄的孩子耙草回家的路上，环望四周没人，顺手偷挖了一户人家的几个地瓜，往草筐里塞。

后来这户人家问我看到谁偷挖了他家的地瓜。我被逼得没办法，说出了偷瓜人的名字，那人就跑去找偷挖地瓜的人。

结果，大嫂家族的人冲到我家，闹翻了天。说我做伪证，该天杀。要我当着那户人家的面，说不是他们家孩子偷的。

当时我大哥大嫂都在场，我委屈地哭了，盯着大哥，我怕自己惹事了，大哥会打我。

大嫂说我傻。用手指点着我的头说：

"这无凭无据的事怎么能说呢。我都没脸回娘家见人。"

"你能不能消停一下？"大哥瞪她一眼说。

他把我拉到身后，回头对他们说：

"你们别生气！我去问问那户人家，会不会是弄错了。"

等他们走了。他把我拉进里屋，摸着我的头说："你别怕！哥相信你，你做得对。"

大哥找到那户人家，对他说：

"抓贼见赃，现在无凭无据，你这样当面指贼，谁能承认呀。你把我弟手指做犁拴，把他夹中间，以后谁还能跟你讲真话？另外我去自己地里挖几块地瓜赔你。麻烦你去偷挖地瓜的人家里解释一下，就说听错了。把事情了了。如何？"

这人也是村里的小姓，胆子也小，也不想把事情闹大，只好点头。

但大哥也打过我。就是那次我读小学时，手掌被老师打了鞭子跑回家，不想去上学。他晚上对我说："明早回学校向老师道歉。"我没吭声，他以为我答应了。

第二天上午，他赶着牛去犁地，半晌，回家拿东西。看到我还在家里待着，我妈在旁边陪着流泪，就扬起手里赶牛的厚竹片，朝我的后背狠狠抽了一鞭。

"你怎么这样不听话，让妈妈伤心。你不读书，有什么出息？将来还要过现在咱家这样的苦日子吗？"

他还要抽我，被妈妈拦住了。

"我现在跟老师去说，下午去上学，再不去再揍你！"

他从来对外人、家人都没有发过这么大的脾气。从此，我怕他，学习再也不敢逃课和马虎了。

他生下五个子女，无论多困难，只要孩子肯读书，都培养到高中毕业，当时实属不易。特别是二儿子，为了考取理想的学校，他三次参加高考。

大哥三年来一直鼓励着儿子，不要灰心。他儿子的为人处事、性格人品也像大哥。大哥对后代潜移默化的影响是巨大的。

有一段时间，为上新项目，我晚上在公司加班。记得那天是周五，晚上快12点了，我侄子带着他的同事来找我，说同事的侄儿受别的同学连累，高校已拟文开除他的学籍，下周一就要公布处分结果，时间很急迫。

当时我侄儿已是省内著名国企综合处的处长，他说：

"这几天忙着接待国外客户，忙碌到现在，同事打电话跟我说这事，就赶过来了。"

他同事说："我也是从农村考上大学的，为报答哥哥的养育之恩，培养了侄儿，好不容易供到快毕业了，出了这事，这其中有蹊跷，希望教育主管部门能否再复查下，若草率开除了孩子的学籍，孩子一辈子就完了。"

听这同事的成长过程，我被感动。我自己何尝不是这样呢。

"你不要说了，我理解。明天我试着跟主管部门分管领导打个招呼，让他跟高校沟通下，查明事实，在不违反原则的情况下，看能否给孩子一条活路。"

我说完送他们走。临别时，侄儿同事指着我的侄儿对我说：

"谢谢你培养这么优秀的侄儿，他在我们集团里人见人夸。矢志事一，不搞投机。利不当，不思取。领导间不管有多大分歧，他都不偏不倚，稳重得体。"

"是我大哥言传身教的。"我回答他。

大哥的一生无论与谁相处，从不占别人便宜。与他相处的人没有一个说过他坏话，无论人前还是背后。

他虽然没有上过学，但会认识许多字。生产队不请会计，都是他记账的，每年年终大队部派专业会计来核账，没有一笔账差错过。平时生产队分东西到各家各户，都是他临时口算的，准确无误，被大伙戏称"七步算"。意思是绕着现场走七步，就能算出每家每户该分得多少东西。

他是中共党员，有数十年的党龄。长期担任大队部的贫协主席。鉴于他生前的人品与口碑，辞世时，大队支部决定报乡党委批准，在他身上覆盖中国共产党党旗，可谓实至名归。

三

我的二哥在我家是个文化人，他一辈子喜欢买书借书看书。哪怕身上只有2毛钱，饿着肚子也不会去买吃的。也会把钱拿去买书。我从小就是看他买的小人书长大的。长大了就看他买的小说。

我高考选择中文专业，与自小文学熏陶不无关系。

他不喜欢农事。干过农事的人都知道，地瓜生长期间，每场下雨过后，地瓜藤疯长，就会把根须扎进垅底，长出小小地瓜，这样养分就不能全部落到地瓜主茎块上。所以雨后要把地瓜藤掀起来晾晒，让根须枯萎，这是必需的工序。

父亲让二哥和三哥去干这活，那时他们还小。二哥就嫌活累，干一会儿就不干了，躺在田头翻开小人书，让三哥干。这是三哥亲口告诉我的。

二哥也不喜欢讨海，但讨小海他会。他就喜欢文学的东西。看书练字，也喜欢写小说之类的东西。他虽然只有高小文化水平，但却代过初小的语文课。

他有一次跟我说，咱父亲很重视子女读书，可惜没钱，需要子女干活糊口。虽然他没有念过书，但他为家计在外面奔波闯荡，听过评话，看过文告，也识了不少字。

有一次，父亲拿着一本小人书，指着里面的一个"乾"字问他："这字怎么读？""干。"二哥回答。父亲举起小人书，敲了一下二哥的头，"干个头。我听说有乾隆的，没听说有干隆的。"二哥辩说这是多音字。父亲不听，"年号也有多音，那天下不就乱了。"父亲强词夺理。二哥说："我辩不过他。要是他老人家现在还活着，咱两个喜欢文字的人，肯定辩过他。这个固执的老头子。"说完他笑了。

我到湖北做项目开发时，刚好九宫山和赤壁在辖区内。我邀他来逛逛。到了九宫山，导游说，这是李自成兵败被当地山民杀死的地方，尸首被秘密埋葬，后代无从查考。

下山时二哥跟我说，他不信。

若是山民所杀，用不着秘密埋葬。山民可以大张旗鼓拿着李自成的首级向清军领赏封侯去了。再说当时他退居湖湘时还有40万军队，驻扎九宫山一带也有几万人。跟随他身边的都是身经百战的强兵悍将，怎么会轻易被武装的山民围杀。再说山民与李自成无冤无仇，他们为什么要杀李自成？

他说，他翻看过许多有关李自成的正史和野史，认为李自成削发为僧避难，金蝉脱壳，以图东山再起的可能性最大。

这自古以来就有先例。

像梁武帝萧衍、宋恭帝赵㬎、唐宣宗李忱、明建文帝朱允炆，甚至李自成之后的顺治帝爱觉新罗·福临，他们中有自觉出家的，有避难求生的。

"李自成能战胜各路枭雄，建立大顺王朝，不是等闲之辈。史载他骁勇异常，机敏且智慧过人，他不像项羽无脑子，死要面子，会选择自杀。总之，不会那么轻易地被杀或自杀。"这是二哥的看法。

我觉得他说的也对。

到了武赤壁看赤壁，他连连摇头，没什么文化内涵。就庞统1800年前栽下的那棵银杏树是真的，说是赤壁之战的见证者，唯一有生命的幸存者。就算是古迹吧，也有人质疑是不是庞统亲自所栽。其他的，花那么多钱做新，没有意思。

站在周瑜雕像前看江景，他有些感慨："真是沧海桑田，曹操的20

万军队，装上船，连接起来都足够堵住眼前这并不宽阔的江面。再说没有波澜，哪能有曹操兵士晕船之说。"

到了文赤壁黄冈，看了今人刻在石碑上的《念奴娇·赤壁怀古》，他觉得苏东坡真伟大，值得佩服。借古抒怀，雄浑苍凉，大气磅礴，古今绝唱。他说，一首词，名扬全天下，养活万代人。

看来文化的影响力才是旅游景点真正的黄金内核。

返途中，二哥跟我侃侃而谈。

苏东坡因"乌台诗案"被贬黄州，即现在的黄冈，写下这首广为流传的绝唱。两年后宋神宗亲自下诏要他到汝州履职，途经泗州时，他还写了一首《如梦令·水垢》："水垢何曾相受。细看两俱无有。寄语揩背人，尽日劳君挥肘。轻手，轻手。居士本来无垢。"与《念奴娇·赤壁怀古》相比，就像饕餮盛宴中的一碟萝卜干，又土又干。初读粗俗，再读可爱。

"细观完人无完处，雅俗不同聚一身。"二哥感叹道，"再加细品，像嚼萝卜干，越嚼越有味，越脆爽。无垢二字，出自佛家偈语：本来无一物，何处惹尘埃。原来作者对乌台诗案强烈不满，莫须有的罪名差点把他置之死地。他是在告诉神宗皇帝下手太重了。真有意思。"

他喜欢烟酒茶。说自己从部队复员分配到省外一家汽车制造厂工作，因思念家人，开始抽烟喝酒喝茶，至今有几十年的历史。他喝茶只喝武夷岩茶。喜欢它的岩骨花香。他能尝出肉桂的桂皮香、水仙花的兰花香、铁罗汉的沉香和白鸡冠的蜜香。喜欢半天妖的香气多变，白牡丹的香气浓烈，金贵的香气独特，金锁匙的香气持久。他不喝绿茶和白茶，嫌没味道。

他在工厂干的是车工，在深圳干的是模具，当过车间主任，当过厂领导，但不影响他对文化的喜爱。

"职业只是谋生的手段，不是人生的最终目的。"他说。

他对我的影响在文学、学习和励志上。

我在高中阶段的每一篇作文几乎都寄给他看，他每次都改得很认真，连标点符号都改。

有时我也会写些散文诗和小小说。他说散文诗他外行，不敢指导我，怕引导我走了弯路。

但对小小说之类的，他一再强调文字要平实，接地气，就是要像跟别人聊家常一样。不要迷信用方言写作，以为就是接地气。老家的地瓜话不入流。用方言作词唱歌都费劲，还要括号解释半天，何况你写故事是写给读者看的。你看看中国古今哪一个大文豪是用方言写作的。都是普通话。还说写小说之类的要重情节，轻心理。中国读者习惯了听故事，要让人听得下去，情节就必须跌宕起伏。你看说书人，没事他也会讲出精彩来。

他举了例子，说有个说书人讲到半夜，该歇场了，他惊木一拍，说故事中人正在听书，众人聚精会神，后堂突然哐当一声，小二一声惊叫："掌柜的，出事了。"欲知后事如何，且听明晚分解。

第二天，他接着说昨晚上的事。原来给客人泡茶的小二，听书入迷，忘了后堂水壶正烧着热水，等他跑进后堂，水壶烧干，冒着嗞嗞热气，他伸手去提水壶，被烫得后退几步，撞在案桌上，桌上有只掌柜求仙拜仙的宝贝白瓷香炉，就这样摔在地上，粉碎了，所以才有哐当的声响和小二的呼喊。

你看平平事硬扯出情节，吸引了听众。

"你若向这方面发展，要好好揣摩学习。"二哥说。

他在外面那几年，几乎一个月给我两封信，问我学习情况。有时我也有消沉的时候，特别是回乡的日子，前途渺茫，他就会鼓励我，说机会留给有准备的人。

我若回老家，在家里找不到他，那肯定在老人会的棋牌室能找到。他在那上下五千年、纵横八万里跟自己的同龄人摆龙门阵，成了村里有名的说事人。村里老人一致推他当老人会会长，他不干。老人们有事没事围着他唠嗑。他也不总是瞎摆，也会拿出一些评话专集讲给同龄人听。

那天我到他家见不着人，到棋牌室找他。一群老人正围着，听他讲《桃李奇缘》。我不想打扰他，就在角落找个椅子坐下，悄悄听他讲。他和听众都没注意到我。讲者投入，听者着迷。

只听我二哥说：话说嘉庆年间，有个镖局的掌柜晚上被人杀了。凶手蘸着死者的鲜血在墙上写下4句话："二十年前结冤仇，二十年后寻报仇。欲问老贼何人杀，敌对仇人在雪球。"

先说这个掌柜，早年当过响马，专劫当官钱财，后来金盆洗手，在此地开了镖局，生意很顺手。押镖途中，只要在镖车上插了他的镖号，就没人敢动他的货。开镖局讲究"情、义、信"三字。还讲究三忌：一忌不问囊中何物，只问发生意外时，哪件行李必保；二忌与雇主"宝眷"接触，以免日久生情。过去只有马车，押镖相处时间很长。三忌中途讨赏，雇主会不痛快，认为是敲诈勒索。话说这个镖局一天接到一单人保，就是把富贵人家的家眷送达某地。走镖时间得两个月。千不该万不该，押镖的大伙计犯了第二条忌讳，接触了雇主的"宝眷"，久而生情，闹出了人命。

讲到这里他发现了我。

"回家也不打声招呼。"他有点责备我。

每次回家，他都要我事先打招呼，他就吩咐家人去买些海蛎回来，煎海蛎饼给我吃，或者蒸好咸饭让我带回，他知道我从小喜欢吃这些。

"事急回来，只回家看你一下就走。到家找不到你，就知道你在这。"我说着把几盒岩茶递给他。

"不讲了，不讲了。我要回家陪我弟聊天。他忙，回来一趟不容易。"

他挥挥手示意老人们散去。看着听众期待和惋惜的目光，他又不忍心。"明天我再来给你们讲。"说完陪着我回他的家。

看来，人还是有文化底蕴好，老了也被人喜爱，被人尊重。

我的三位兄长，二位已经故去，一个已经耋年。人生苦短，兄弟情长。想起杜甫的《得舍弟消息》，抄录如下："风吹紫荆树，色与春庭暮。花落辞故枝，风回返无处。骨肉恩书重，漂泊难相遇。犹有泪成河，经天复东注。"

求 学

一

说起读书，有道不完的话。

初小，我是在本村完成的。我的语文老师姓杨，是个老式古板的人。戴着眼镜，手拿教鞭，见哪个学生不老实听课，挥鞭就打。作业完不成，打。欺负女同学，打。回答提问，说不上来，打。

"把手掌伸出来！"这是他挂在嘴边的话，我们都很怕他。

你问我有没有挨过打？当然被打过，而且很狠。我家里穷，没钱买铅笔，靠捡同学断掉的铅笔芯，夹在竹片中，用细线扎紧写字。那天上语文课，杨老师坐在讲台后的椅子上领读课文，我看见前排课桌边地上有一截同学断了的笔芯，心里担心着下课了，前排同学走出来把笔芯踩断，就伸出我的脚想把笔芯勾到我的课桌边。可我的腿不够长呀，就挪动了屁股，往边上倾斜，这时杨老师走了过来，我想收回屁股已经来不及了。

"你屁股痒了？站起来！把手掌伸出来！"他厉声喊道。话落鞭落，我手掌心立刻起了一道红杠。我疼，但不敢喊出声。

他对学生严格，家长都信服他。无论打多狠，家长都说应该打。但他个人也有难处。家在很远的西岭，老婆身体不好。他住校，只有周末能回家。他多次申请调离，到离家近一点的学校，好照顾家庭，但上头一直都没有给他回消息。心里不顺时，又遇上一件事。

班上一个男学生，成绩不好，又很顽皮，一下课就追着女同学，掀人家的裙子。上课时又不老实，前排有个长发女同学，他用图钉把人家的长发钉在后桌上。老师喊下课，女同学起立，摔倒了，鼻子磕在桌角上，都流血了。杨老师很生气，把他的左右手掌各抽了3鞭。这同学当场发火，骂了杨老师，话很难听，说要让杨老师滚。杨老师很生气，他也是个有血性的男人，就拿起行李走了，其他老师也劝不住。

班上有个女孩，她父亲是村里大姓的族长，在村里威信很高。女儿跑回家告诉父亲，说杨老师走了。这族长听了，赶紧把板车套在牛身上，向杨老师走的路赶去，追上杨老师，他二话不说，把杨老师的行李夺过来，扔在牛车上。拉住他说："杨先生，您别生气，有什么事咱回去说，有什么困难，我们全村人都可以帮您。我让那孩子和他的父母跪着向您道歉。"说完不容杨老师分辩。就把他拉到牛车上坐下，把他拉回学校。

族长吩咐族人把孩子和他父母叫来，当场要给杨老师下跪，被杨老师阻止了。每年农忙的时候，族长都叫了几个族人到西邻帮杨老师家里忙农活。从此，杨老师再也没有离开过学校。

我的数学老师姓林，是个年轻人。教我们时还没成家。看见村里未婚的女孩，还会脸红。我上一年级时，家里没地方住，我大哥找他商量，能不能在他房间里搭一张小床，他同意了。从此四年，除了吃饭，我基本上每天都和他在一起。除了帮他做点卫生，有时也帮他改作业和试卷。当他出试卷时，他让我到教室写作业，等他出好试题，刻蜡版，印刷好试卷，我才进屋休息。而我从来都没有免试过，逢场必考，考多少分就是多少分。

在学习上他从不偏袒我，平时相处也就平平常常的，但一次事故至今让我刻骨铭心。

他的寝室和办公室都是在一个房间里，说是办公室，其实就一张桌子和一把椅子。备课、改作业、出试题都在这张桌子上完成。夏天周末的一个晚上，班上一位同学在家吃完饭，也来林老师的房间玩。林老师那会正忙着，让我把房间的纸篓拿出去倒掉，我刚跨出房门，左手无名指还按在房门的合页上，我那位调皮的同学猛的把房门关上，而且很用力。我惨叫了一声，跌坐在地下。我的指甲被房门的铁合页夹飞，指尖一节的肉爆裂开，只有一层皮挂着，血流如注。

林老师听到我撕心裂肺的惨叫声，迅速把门打开，看见我的惨状。扯出手帕，捂住我的伤口，叫我握紧手指。他瞪了那同学一眼，那同学吓得哇的大哭。老师嘴角抖动着，脸色很苍白，他手忙脚乱地在找东西，不知找什么。没找到他要的东西。我想他是给我找止血的。

看见我的血透过手帕不停地从手背流下来，他迅速背起我，朝村里一名医治跌打损伤的人家跑去。此人姓王，人称王药师。早年在江湖上闯荡，对血伤特别在行。据说家有金枪药，能快速止血，并不留伤痕。

我当时有10岁了，再瘦，应该也有70斤左右，林老师他也很瘦，背起我一路小跑。黄药师家离学校少说也有1000米远，在村东头。林老师没停下来歇过，他喘着粗气，到了黄药师家，药师解开手帕，手帕全被血浸透了，无名指的血还不停往下流。

"怎么压成这样，指甲都没了。这手指前面的肉都快掉了。"黄药师皱着眉头说。"你怎么管孩子的。"他开始指责林老师，老师没有辩解。

"能治好吗？"老师用焦急的语气对药师说。

"我先给他止血，把指尖的肉保住，指甲能不能再长出来，难说。"

他从罐子里掏出一团黄色的膏药，有点像机器上用的黄油，均匀地涂在我的伤指上，血止住了。

"不要让他的手碰水。"药师交代说。林老师付了药钱，又把我背回来。从他背上下来，我看见他后背都是血。

他把我放在大床上："你今晚睡这床，那床小，万一掉下来，压着手了，就难好了。"我想睡小床，被他按住。"是老师不好，没看好你。"他坐在我床前，愧疚地对我说。说这话时他眼眶湿润。

念高小时，我要到离村子10里远的另一个村子去就读，是走读生。家里没有学费和教材费，我本想辍学，是他垫付钱帮我渡过难关的。他家里也不富裕，父母和弟妹也需要他帮衬。可惜他只活了50多岁。

二

高小毕业后，停课了，没有书念，我们这帮半大的孩子开始混社会了。

看看在那样的环境中，我们是怎样恶作为的。

运动来了，晚上开批斗会，我们使劲喊口号，会前会中会后都在喊，嗓子喊哑了也不消停。公社来了几个人，胳膊戴着红袖套，说是红卫兵，来破四旧。他们让我们带路，挨家挨户地查。有旧书报的交出来，放在他们带来的麻袋里，收满一麻袋就找个空地烧了。我们抢着划火柴，火苗蹿起的一刻，我们的心情也像火苗一样沸腾了起来。没烧着的用木棍挑起来再充分燃烧，像点燃焰火一样欢乐。有交出陶瓷瓦罐的，凡底下标有旧年代字样的，在红卫兵指点下，我们拿着随身带的铁锤子，咣当一声，砸了，爽得很。看哪家石头厝有雕花鸟人像的，用小铁锤敲掉鸟头，花朵，还有人像的鼻子。那几天闹腾得很疯狂，他们走了，我们有点依依不舍。

在那时候，助纣为虐的事有许多，但最为深刻的有两件。为救赎，记述如下：

村西头的林大爷，是闽剧世家。祖上明末清初就是梨园中人。他是名震渔岛的丑角。运动开始，闽剧团解散，他耳顺之年，回老家务农。我们几个孩子领着公社派来的红卫兵，到他家搜查，没搜出什么名堂，只是把一本《六离门》剧本和一锣一鼓收走。当天晚上，为邀功，我们几个孩子趁着风高夜黑，摸进他家的猪圈。原先还担心万一猪有了动静，就白费功夫了。但猪就是猪，不声不响。我们贴着窗户，偷听了他们夫妻的对话。

只听林大爷叹了口气，对老伴说："什么世道呀，躲到乡下也没得清净。你看白天来的那几个戴红袖圈的。指着我的鼻子，骂老东西。想当年只要我出场演戏，戏票一票难求。走在路上，多少人敬仰目送。唉！"

"可不是吗？我到打金店取货，到米铺籴米，店主原先坐着的都站起来，纷纷地说林嫂来了，好像看到我就见到你。那分敬重现在想起，心都还热乎。"

又听到林大爷说："对了，他们走后，我让你把孤本藏到风箱后，你藏好没？那可是祖宗留下来的，这传家的宝物，若在我手里闪失了，无脸见列祖列宗。"

"藏好了，除非鬼，没人会知晓的。"林嫂回答。

"那就好。"

说完，就传出了打鼾声。我们顾不了沾着猪屎的双脚，偷偷地离开猪圈。到了小学操场边，用树枝刮下脚上沾着的猪屎，顾不得满手臭味，高兴地互相拥抱，并把手叠在一起，发誓谁也不许对家人说出今晚听到话。待红卫兵来时告密。

过了两天，那几个红卫兵又来了，搜查其他人家。趁他们在大队部休息时，我们主动找到他们的头，偷偷耳语林大爷家的事。他们拍了拍我们的肩膀，表示赞赏。

"走。"领头的下令。我们带路，直奔林大爷家的厨房。林嫂手里刚从鸡窝捡了两个鸡蛋，吓得松开手，鸡蛋掉在地上碎了。"你们想干什么！"她想阻拦，被红卫兵推开，摔倒在地。她大喊道："老爷子，你快来呀！他们来抢东西了！"林大爷从里屋夺门而出，也被红卫兵一脚踹倒。他们把风箱拉出，拿到孤本后哈哈大笑。我瞄了一眼，封面写着《紫云亭》。看样子是手抄本，书页已经发黄，字迹也有点晕开。

林大爷刚才被踹了一脚，正中膝盖，他不能站立，跪着求他们。"这可使不得呀！这是我祖爷留下来的。我求你们不要带走，家里的东西，你们要什么都拿走。把我这老命拿走也行。"他捶胸痛哭，声泪俱下，也没能感动他们。

"你这老东西，还敢私藏老古董！封建社会的徒子徒孙。"说完，扇了林大爷一巴掌，扬长出门。我们为告密而喜悦，尾随红卫兵而去。

他们到了门口，把孤本撕碎，扬向天空，四散落地。我们欢呼雀跃，表示庆贺。

还有一件事是小石头告密的。事情的经过是这样的。村里南头的丁依姆，丈夫贤阿山，是上门女婿。他是壳丘山附近南垅村人。他的爷爷留给他一本1929年出版的《新西兰毛利人的原始经济》。当时他爷爷是村长，60年代初，几个毛利人在台湾本土学者的陪同下，来渔岛考察南岛语族的起源。他爷爷接待了他们，离开时赠送了这本书。虽然书中的文字像豆芽菜，他爷爷看不懂，但一直珍藏着，传给了后代。后来世道无常，家道中落，只能到丁家入赘。而丁依姆的祖上曾是戚继光手下的百夫长，因抗击倭寇身先士卒，屡立战功，戚继光为表彰他的勇敢，曾赠送一把短式苗刀给他。这苗刀的刀鞘是水牛皮所制，鞘口镶嵌祖母绿宝石三颗。丁依姆一家人把两件东西视为心肝宝贝。从不轻易拿出来见光。但世界上没有不透风的墙。因为每年清明在家祭祖，他们都会把这两件东西放在香案上祭奠一番。

那年清明，他们又把这稀罕物拿了出来，没料到，丁依姆回厨房摆弄祭品，她的孙子把这两件东西拿下，放在门口把玩。刚好小石头经过看到，就把这事告诉我们。

我们知道丁依姆一家看到眼前风声很紧，肯定不会把宝物放在家中。趁丁依姆去挑水，我们用几粒花生诱骗了她的孙子，让他说出存宝的地方。当时这小孩才3岁，口齿还不十分清楚，"在西西那。"他指了指鸡窝说。当天下午，我们引狼入室，让红卫兵直捣鸡窝。

这些事过去好多年，每每想起，都感到一阵心痛。我想起王应麟的《三字经》："人之初，性本善。性相近，习相远。"没有学校可上学的孩子，像被断了奶的婴儿。狼来了，他们喝狼奶，就变成了兽性。

三

这是白露的凌晨，下弦月刚从防护林那头爬上来，下弦月真的像弦，就是一条耳型的弧线，光线浑浑浊浊，天空和大地也隐约模糊。几条黑影从林场的树林里溜出。看黑影个头不大，应该是半大的孩子。

他们蹑手蹑脚走到一片番石榴果园门口，园里的狗传出汪汪的叫声，随即听到看园人打哈欠的声音。几个黑影不敢大声呼吸，狗声停了。他们向园里扔了一块小石头，狗又叫了起来。片刻，又安静了。就这样他们多次地扔小石头，狗声多次地叫，但声音渐渐变少，变小了。最后不管你怎么扔石头，狗懒得理了，眯眼睡觉去了，看园人的棚子里也传出时长时短的打鼾声。看到时机到了，这几个黑影从后墙翻进果园。

当头的要同伴们脱下长裤，绰号竹竿的支支吾吾地说："我没穿短裤。我喜欢裸睡，刚才听到小石头在我家窗口发出集合的暗号，我急着起床就忘了穿上短裤了。""脱下长裤，乌黑麻漆的，谁都看不见你。"

头说。他们脱下长裤，用裤腰带把裤脚管扎紧，提在手上，爬到番石榴树上，用手指捏了捏番石榴，见稍软的摘下，装进裤管，一棵摘完，再找第二棵……

"说偷吃番石榴？"头问。番石榴香甜味十分浓郁，咬一口很远都能闻到，头担心被狗嗅到又狂叫。"我咬了一口，实在忍不住。"小石头贴在头耳边说。"吃你个头！"头让他赶紧咽下去。这时传来看园人的咳嗽声，他们屏声静气，还好，只咳两声，打鼾声又起。

装满裤管，当头的拉了拉其他人的衣角，他们先把成果搁在围墙上，然后轻身翻过围墙，消失在夜幕中，身后欢送他们的是此起彼落的打鼾声。这几个黑影人就是我们，一群半大的孩子，刚读完小学，就停课了，时间是1966年。

这个果园是国有林场的，土地绝大部分是我们村的。当初政府说要建林场，用于培植防护林幼苗，我们村的领导同意了，还签了字约。林场却把部分土地划出来栽了番石榴、火龙果、佛头果、西瓜、荔枝什么的。村民不服气，向县政府反映了，要求返回这些地，用来种庄稼，村里的粮食年年都不够吃呢，当时还没有奢侈到吃这些高档水果。政府也调解过，未果。他们内部透露点风声，说是他们上头喜欢吃。他们上头喜欢吃就糟蹋土地？这是什么道理？大人们觉得很不公平，但人微言轻，拿他们没办法。我们这些半大的小孩气不过，明的不行，来暗的。就有了"白露夜，趁天黑，瞒狗爬围墙；神不知，鬼不觉，偷了番石榴"的故事。

除了偷番石榴，还去林场偷过西瓜。看瓜的也不是什么好人，原来当过护林员，在茂密的树林子里猥亵我们村耙草的女孩子，名声很不好。他个头矮，比武大郎高不了多少。白天我们是明目张胆去偷的。

去时，选在中午，4个人各带一个网兜，用于装西瓜。夏天炎热，他光着膀子躺在树荫下看瓜，犯困，就睡着了。我们趁这机会，就溜进瓜园，用手指弹西瓜就知道熟不熟。熟的摘下放网兜背走。约定好了，若被他发现，向不同方向跑，他追哪个，哪个扔掉西瓜，先慢跑，等他快追上了，加快跑。等他追不上第一个，再回头追其他三个，我们早就没了踪影。

他从来都难捉到我们。我们事先约好在海边的沙地集中，把西瓜用小刀划开，开心地吃得肚子滚圆。把剩下的完整的西瓜埋在沙地里，过几天再挖出来吃。有一次埋好西瓜下雨了，过几天等我们去下过雨的沙地，却找不到埋瓜的地方。过了两个月，我们去沙地玩，原来埋瓜的地齐刷刷地长出郁郁葱葱的西瓜苗。我们拍着脑袋笑了起来。

晚上我们也去过瓜田，但不是为了偷瓜，想捉弄他。他睡在瓜棚里，这瓜棚像内地赶鸭人的宿棚，可以移动的。瓜田中有个小池塘，用来蓄水浇瓜秧的。下半夜我们偷偷摸进瓜田，他睡得正香，我们4个小孩，分四角抬起瓜棚，放在池塘边，把棚口对准池塘，然后离开几步远，4人一起大喊一声："有人偷瓜了！"他从梦中惊起，慌张爬出瓜棚，扑通就掉进池塘里。我们笑着跑开了。

四

停学的日子里，闲着没事做，小偷小摸的事不只在林场，我们也会到村子渔船上偷吃煮熟的鱼虾。虽然搞运动，但我们亦农亦渔的乡下，没什么权可夺，也没什么文化可"革"，"破四旧"一阵风就过去了，家里没有"四旧"了，本来就穷得叮当响。百姓是要吃饭的，地照样要耕，海照样要下。"你管爹，你管娘，你还能管得了东海太平洋？"

鱼汛来了，渔民就得下海，渔获归集体处理，但船靠岸前，渔民都会挑出好鱼，煮一锅鱼放着，待傍晚上船出海时配自家带来的饭。这是出海渔民特权，谁也干预不了。每艘船都这样。这不馋死我们了吗？所以每到中午，我们挎着草筐去岸边防护林中耙树叶，聚在一起，由一人看管草筐、耙子，其他人把身上衣服全脱光，一丝不挂，只有一人戴着草帽，向岸边的渔船游去。

从小在海边长大的孩子，个个都是浪里白条。下水有约定，到船上吃鱼，不要贪恋，不管鱼多好吃，每锅只许吃一块，吃多容易被渔民发现，下次就没得吃了。戴草帽的负责装鱼，也不能在同一艘船的锅里拿，然后立式踩水游回岸边，给看草筐和耙子的同伴吃。我们逐船吃过去，吃到打嗝为止。渔民煮鱼，锅底是不放油和葱蒜姜的，就是把锅烧红，把鱼切块放进去，在锅边舀点淡水，再撒点细盐就好了，但很新鲜。煮熟鱼夹起，对着阳光，有五色彩闪现。

夏天几乎每天如此。冬季，就不好往船上弄吃的，花生成熟时，晚上会在花生地拔些成熟的花生，也是穿插着选拔，尽可能不留痕迹。拔来的花生连藤抱到海边，在沙地上烧烤。没听说过吧，有烤地瓜的，烤串的，烤鱼的，我们就烤花生。从防护林中捡来粗大的干树枝，把干树叶点燃，架起干树枝，燃烧，等积下厚厚一层木炭后，花生连藤放在火红的木炭上，摊开，再放上细树枝，燃烧。然后复沙盖住，过20分钟，花生就熟了，那焦香的味道特别难以忘怀。

入冬了，田野上已经没有什么东西。该收的都收了，该入库的都入库了。但我们的嘴没闲着，像一群未成年的野狼，到处在寻找可吃的东西。那时村里的油坊已经开张，负责烘焙花生的是一个60多岁的糟老头子。

烘焙花生在油坊里，但南墙用一堵土墙隔断。北墙有个窗户，用来对外散热的。窗户对着我们领头的人的旱厕，每一次上旱厕，窗户飘出来的花生香味对他都是一种揪心的刺激。他常常趁着夜色，贴近窗户，往里面瞄，看到这糟老头子，偷剥烤热的花生，剥好一把花生仁就装进内衣的口袋里，把花生壳扔到灶火里烧掉。他穿的外套很宽松，很臃肿，都快垂到膝盖了。内衣两边口袋是自己缝上去的，装上偷剥的花生仁，在外套的遮掩下，根本看不出来。我们的领头人几次都想大喊一声，让糟老头子害怕，终究忍住了。他要想法子治治这老头。

他叫来小伙伴看了现场，问大伙馋不馋。大伙都说馋。有的直流口水，想想有好长时间没尝过这烘焙的花生哦，又酥又香又脆。他叫小石头去弄根竹竿，叫竹竿去割块破渔网来。这个不难，渔家在房前屋后也种些葱菜，为防止鸡鸭来啄食，就用破渔网围起来，旱厕后面的菜地里就有现成的。还缺一个铁环，立刻有人应声回家去拿。材料齐全了，他们就把渔网扎在铁环上，把带网兜的铁环固定在竹竿上，铁环的直径不能大于石窗的窗棂。否则通不过。老头有个习惯，在烘焙房间待一会儿就要去油坊大厅透气。趁这机会我们把竹竿伸进去，把一头的铁环网兜插进正在烘焙的花生，然后抽回连着网兜的竹竿，把花生倒出，再把竹竿伸进花生堆里，把刚才偷花生时留下的坑弄平。这样老头就发现不了，连续干了多次。

我们不想吃了，就想给老头一个警告，拿来一个平时玩的水枪，往里面撒尿，在他偷剥花生时，通过窗棂，趁他背着窗棂时，猛射在他身上，他闻到很浓的尿臊味，慌张跑到大厅，脱下外套，内衣口袋鼓囊囊偷剥的花生就被发现了。

五

对于林场，我们与它还有许多不解之缘。除了偷吃的，还偷烧的。防护林的树种叫木麻黄。它原生地在澳大利亚。它生命力极强，根系发达，耐盐碱，抗干旱，抗风沙，是沿海海岸最理想的防护林。

在引进它之前，解放后的海岛前辈引进很多树种都未成林成功，一夜风沙，又回到解放前。只有木黄麻才镇住风沙，保一方净土。每次台风来，都会拦腰吹断一些木麻黄树，多属老弱病残的树。按常规，这些断掉的树木有的枯死了，就应该挖掉补苗。或挖掉腾出空间让活着的树木更好地成长。林场不是这样做，它留着给自家各户烧火，慢慢地享用它。还把它当礼物，送领导，做关系，送亲戚，做人情。

那年代，柴火可是紧俏物资。平民百姓亲戚之间，送柴木与送粮食一样贵重。如果腊月，连续几天风雨天，天寒地冻的，渔村的人出不了门，家里没柴火烧饭的，就把家里的床板抽出来，当柴火烧，这不是个例。说明当时的柴火很金贵。我们在思谋，这枯木时间久了，容易招来白蚂蚁，不就反过来糟蹋护林吗？我们要为防护林除害。但怎么瞒过护林员，去弄些残缺的枯树回来烧饭呢？

有一天领头的把大伙聚在一起，说有了主意。大伙都明白，砍断枯树，得有斧头，枯树很坚实，纹路很粗糙，需要很锋利的有重量那种斧。虽然我们当时已15岁左右，但抢起这斧头，还是很吃力的，再说斧头砍在坚实的枯木上，声音很响，护林员又不是失聪人，那咚咚的沉闷声，跟敲鼓一样，会传得很远。护林员听到了赶来，你带着沉重的斧头逃跑，不像偷西瓜那样，那么容易溜走。到时候偷鸡不成蚀把米，枯木偷不成，斧头却被没收。

正在大伙抓耳挠腮时，领头的说，我家有根锯条，两指宽的那种，咱们把它弄断，再把锯条放炉膛里烧红，断处打个孔。然后顺着用来加固草筐的宽篾片，藏在里面，瞒过护林员，进入林区，寻找枯树，把它锯下，再锯成小段，放进筐底里，上面用木麻黄的落叶盖住带出林区。因为到林区用耙子捞木麻黄树叶是林场允许的。明天每人带草筐耙子，先耙树叶，再锯枯树。

"说了半天，我没听明白。"小石头不解地说。

"是呀，拿什么撑锯片呀？"大家纷纷地问。

"这事我有办法。"领头人说，"明天你们带着草筐和耙子还聚在这里，我做给你们看。"

第二天，领头人带了草筐和耙子。

"你糊弄我们呀，什么也没带呀？"

"在这儿呢。"领头人把草筐翻过来，大伙围上来看，在他草筐底下确实藏了半截锯片，不仔细看，还真看不出来。

"锯架呢？"

"喏，在里。"像变魔术似的，他从背后衣服里抽出一根厚竹片，竹片两头用锯子锯开两条缝，他把锯片一头插进竹片的缝隙里，从口袋里拿出一根铁钉，穿过锯孔，拴住。再让竹竿过来帮忙，两人把竹片压弯，把锯片的另一头插进竹片的缝，用铁钉拴住，松开压竹片的手，竹片反弹的力度很强，它与锯片形成弓弦，十分坚固。大伙激动地鼓掌起来。

演示好后，领头人把弓弦拆下，竹片恢复原状，插进背后，锯片也藏进筐底出发了。用这种简易的锯子，5分钟就能锯断一截枯木。装筐时，领头人一再交代，不能贪多，一筐一次不超过三截木段。这样背起草筐不那么吃力，即便碰到护林员也不容易被发现。剩下的木段埋进沙里，明后天再来取走。通过这种蚂蚁搬家的方式，我们家度过了缺柴少火的年代。

六

在无所事事的日子里，我们也会做些好事的。每一次运动来了，需要在村民墙上刷标语，写伟人的语录。量大，时间紧，我们也会去帮忙。能帮上忙的有两项工作我们可以做。

一是把花岗岩或青石的墙壁用壳灰伴水刷白，作为红漆字的背景墙。这些墙壁多数是用毛石砌成的，表面凹凸不平，要每一寸都刷白，还真不容易。二是帮忙描字，字是已经毕业的初中生或高中生写的。他们用红漆勾勒出字样，字中间的空白由我们涂描。站在梯子上，战战兢兢的，干这活也不是很容易。时间长了，腿发软，手发抖。

让我们感兴趣的，是除恶犬。

村里有只恶犬，经常出没咬人，抓又抓不着。民兵队长找到我们说："你们有本事把这只恶狗抓到或打死，下次民兵实弹演习打靶时，我保证让你们一人打一颗子弹。"这可是我们的梦想呀！"成交！"我们的领头人与队长击掌。

领头人开始分工了，竹竿去准备鱼篓，篓口要刚好狗头伸得进去。小石头去准备一条细棕绳，长度要比一层楼高，木锤子去卖猪肉人那里要一坨猪杂渣，就是放猪肉的垫板上的猪油污和碎骨，这不难，木锤子的舅舅就是卖猪肉的。三人如期交差。

领头人找来一个破陶罐，把猪油污和猪碎骨放进罐里，架起来用火烤着，炽热的火焰把罐里的东西烤得啪啪响，一会儿就冒出了猪油香。烤得差不多了，用瓦片刮起，抹在篓里面的底部。然后用四个竹片插在篓口，露出篓口3寸。选择恶狗出没附近的民房，要二层楼的。

我们把鱼篓放在一层外墙地上，从二楼把棕绳放下来，打成活结，套在鱼篓的竹片上。为鱼篓牢固，四边用石块把鱼篓夹住。所有人都撤到二楼的窗口，我们的领头人握住棕绳。猪油香飘七里，狗都喜欢猪油，闻香必然冒险前来尝试。狗头伸进篓里是顺耳，出来是逆耳，必然套在棕绳活口上。大伙屏声静气，借着淡淡的月色，静待恶犬出现。这厮真来了，在鱼篓周边打转，用鼻子嗅嗅，向鱼篓撒了一泡尿，走开了。等了20分钟，我们以为这厮不来了。"又来了。"小石头发现了它。

这次它又围着鱼篓转，还用前脚去拍下鱼篓。又跑开，但没有跑远又回头了。大概它实在受不了猪油香的诱惑。它伸进去时，还抬头看了一眼二楼。终于把狗头伸进去了，它来不及用舌头去舔篓底的猪油杂，我们就迅速拉起绳子。它连吭都没吭一声，就眼睛翻白了，结束了罪恶的狗生。

七

熬了三年，我们才盼来了初中上学的通知。是在邻村的一所小学里，小学迁走了，就作为初中部使用。校长是个有点秃顶的中年男人，我料定他是农村出生，因为他讲起农业常识条条是道。让我最难忘的几件事都与农耕有关。

学校在那个村子里有几亩旱地，分散在不同的地方。种花生也栽地瓜。学生不住宿，粪便就少。而庄稼除了土地还需要肥料，以前种庄稼主要靠人粪尿、牲畜粪便和花生渣饼什么的。这三样，学校都没有，校长就出了奇招，弄了几十个簸箕，交叉穿上篾条做提手，还准备了几十把粪铲。下课后，每个班轮流去田野、路旁捡狗屎、牛屎和猪屎。捡满一筐拿回来倒进学校的旱厕里。田野上的这些牲畜大便本村人也在捡，哪有那么多的大便可捡呀。而且还要把捡粪数量记录在册，列入学习成绩。没法子，只好在簸箕底装上土疙瘩，再用牲畜大便涂在土疙瘩上交差。结果半年时间，学校的旱厕就装满了土疙瘩。校长想查，也查不了。法不责众呗。

除了捡粪，我们还要去西海农场帮忙抢收大小麦。这农场不是学校的飞地，收成季节，人手不够，就来学校借学生。4月份，天气已经开始热了，太阳明闪闪的，照得眼睛睁不开。我们是以拉练形式走路去的，20多里路，早上7点就在学校集中出发，去时倒没什么，在家里刚吃完早饭，少年腿脚利索，走在路上，唱着歌，心情还是很不错的。

8点半到麦地，小麦金黄一片。这里原是西海的滩涂，滩涂里生长着各类海中珍品，西施舌、竹蛏、蛏子、花蛤……后来政府就修堤筑坝，堵住大海的进水口，叫填海造田，造出了大片土地，因为是盐碱地，不能直接播种庄稼，政府就请来专家，号召民众，用陆地沙土改良，种上地瓜，麦子。改良是成功的，你看这一片小麦，根植肥沃的滩涂，长势喜人。领队的交代了任务。每人一把镰刀，一人一垄由东往西割，然后捆起背回打麦场。

天哪！这有几百米长呀！"这是上午的任务，下午还有任务。中午在打麦场吃饭，米饭和花蛤汤，同学们可以放开肚皮吃。"领队说。这招真厉害，这不是过节吧！平时在家都吃着地瓜、地瓜片、地瓜米，逢年过节才有米饭或面条吃，还有花蛤汤，还管够，平时头疼脑热，吃不下饭，家里才有这待遇。领队的话调动起同学们的情绪。争先恐后的场景出现了，渐渐地有人拉下，有人干不动了。

夏初，南风天，蹲在密不透风的麦田里，很快就汗流浃背。麦芒不时地扎在手上脸上，还有麦芒从领口爬进后背前胸，刺痒难受。等到中午，哨子响时，还有许多同学没干完。大家都饿了，午饭的场景是狼吞虎咽，杂乱且难堪。下午在艰难的时间中度过。有女同学晕倒了，好在农场有医务所。这边刚安置好，那边又有同学的手被镰刀割破流血了。4点时，看到无精打采的同学，效率很低，领队的怕学生体力透支，他们毕竟不是成年人，万一再晕倒几个就麻烦了。于是，他们宣布收工，让同学们回去。

但扛旗却成了问题。来时学校做了一面旗帜，上书"XX中学支农队"把它套在竹竿上。来时同学争着扛旗，一路浩浩荡荡，多拉风啊！现在都精疲力尽，像被秋霜打蔫了的茄子，软塌塌的，走路都难，谁能扛得了旗呀。最后决定，把旗子从竹竿拉出，折叠放进班长的书包带回去，竹竿不要了。

回来时，一路无语，拖着疲惫不堪的身体，走走停停，到学校，天已擦黑。

八

学校的庄稼开始成熟了，校长通知轮流值班，巡逻看护，值班的同学睡在教室，两个小时轮值一次，每次两组，一组两人。到庄稼地巡逻，以防不良村民偷盗。我的左腿髋关节炎和得了一场大病就是在那时发生的。

学校位置很低，墙外有一条排水沟，常年流着水。学校有两层楼，学生守夜值班在一楼，靠近墙外水沟，地板是用六角红砖铺成的，很容易吸水，学生就睡在六角砖上，草席底下也没有东西铺垫。少年时缺眠，又轮回值班，躺下就睡着了，很少翻身。我喜欢左侧睡，时间久了，髋关节就湿邪侵入，渐渐地髋关节就发炎了，那时正值发育期。

髋关节严重时，直不起腰，走路都困难。每天早上起来，都要先捶腿，才敢慢慢下床。钻心的痛，常常让我大口吸气都难。听人说有一种草药能治这种病，这草药很难喝，我喝了吐，吐了喝。喝了几十次，还是不见好。

右髋关节炎未好。我又得了一场大病，突然高烧不退，每天中午头涨疼痛，天旋地转，看什么都在变大。眼睛盯着自己的手指，大得跟白萝卜一样。家里没有钱治我，只希望命大能挨过这一劫。地瓜饭吃不下去，母亲借了点米熬粥，我也只能喝两口米汤。看着熬不下去，母亲心急如焚，叫三哥借来板车，连夜把我拉去念高小的村子，那里有个诊所。半路上，我又天旋地转，嘴里喊着："哥，车翻了，车翻了。"三哥心里急，没回答我。

到了诊所，敲了很久的门才开。医生懒洋洋地问："什么病呀？要连夜赶来？"担心我的病情严重，加上医生的态度，三哥紧张得说不出连贯的话。医生大概听懂了意思。用体温计测了我的体温，都40度了。"怎么拖到现在，你们村民一点医学常识都不懂。再拖就没命了。"医生对三哥说。三哥听完眼泪流了下来。"打个针吧。好得快些。"医生说，也不管三哥的反应，就把针剂准备好了。"多少钱？"三哥斗胆地问。医生说了数目，三哥点了点头，我拉着三哥的衣角，用微弱的声音对他说："吃药吧，针太贵了。"三哥没理我。打完针，医生又开了三天的药，三哥问了药价，不好意思地面对医生，用恳求的口气对他说："能不能先开一天的药，等有好转了，我明天再来开？"医生叹了口气，同意了。我知道，付了打针的钱，三哥口袋里，药钱不够。

回到家里，我的烧渐渐退去，家里没有体温计，但我自己知道，整个人像松了绑。母亲摸了摸我额头，也说不烫手了。早上能吃半碗粥。到中午就不再天旋地转了。第二天，我能下地，但脚发软，头晕。算起来这次高烧头尾有6天，有4天滴水未进。好在打了针，总算捡回一条命。人本来就瘦，现在更瘦了。

家里养了两三只鸡，刚长到一斤多，母亲捉了其中一只杀了，炖了，让我吃下去，体力才渐渐恢复起来。但我的髋关节炎却一直没有好，断断续续地拖下去。我只能拖着病腿去上课。家人有打听到西海那边有个老中医，说通过针灸吃药能治好关节炎，一问药价，贵得令人咋舌，只好作罢。但他同情我的遭遇，教给我一个土办法，就是每天只要有时间，扶着树，扶着墙，右脚站立，支撑身体，左腿向前后踢腿，以拉动髋关节的活动，练到疲劳为止。从此我不间断按照他的话做。就是出海捕鱼，在船上我闲下来时，也会抱着桅杆，做踢腿动作。两年后，我的病腿才渐渐恢复正常。

九

初中两年，也给我留下许多美好的东西，那时刚复课，老师们都很积极。尽管这所初中校是临时草创的，许多个老师都是城里的下放到这所条件简陋的农村中学，但他们积极上课，从不敢懈怠过。

有一对老师是夫妻，他们从省城分配来海岛，这已经很不容易了。他们又从海岛城关来到我们学校。学校给他俩一个房间，仅容一张床铺，一张桌子。三餐炒菜，在屋檐下另搭地方放上炉灶。他们还是用蜂窝煤烧水。男的教我数学，是我的班主任，人很帅气。书写工整，整齐划一。一节课下来，正好写满一张黑板。多一字嫌多，少一字嫌少。可惜当时没有手机，无法留下历史的见证。有一次单元考，我数学只考80分，错在一道应用题。老师在我的试卷上打叉，力透纸背，把试卷都戳破了。我知道，他是恨铁不成钢。在他心目中，这道题我是不应该错的。

他爱人教我英语，通俗明白，尽可能用汉语的谐音与英语单词配对，让学生记牢。她教的许多单词，至今记忆犹新。教我们时他们都有30多岁了，仍然没要孩子。在这样的生活环境中，他们知道，有了孩子，工作和生活会更加艰难。

多年以后，在农林大学门口，我遇见了他们，虽然鬓发皆白，但精神矍铄。问他们现在哪里居住？他们回答我，在省城颐养天年。阿弥陀佛！

教我们农机的是位漂亮的女老师，20多岁，除了教农机，还教我们音乐。她歌十分甜美，即使教的是革命歌曲，也掩盖不了她的音色。

语文老师姓李，是个微胖的中年男人。乐观、健谈，与学生关系融洽。都腊月天了，他还穿着T恤。学生问他："李老师，冷吗？""不冷。我锻炼出来的，不怕冷。"下课时，我们上前捏了他胳膊，都是腱子肉，掀起他的T恤，真的有六块腹肌。他讲课神采飞扬，课容量很大。旁征博引，妙趣横生。我们都喜欢听他的课。常常讲到精彩处，下课铃响了，我们集体抗议不下课，要他讲完。他的讲课魅力，激发我对语文的兴趣。

期中考试，我做完试卷就交卷了，他让我给他去买一包烟。以前小卖部很少，学校背后有条马路，马路边上有个食杂店，距学校约800米。我一个来回到教室，应该有20分钟，我把烟交给他，看了下讲台，只有我的卷子躺在桌面上。约等了10分钟，第二个同学才交卷。他给我的期中考，打了满分。我很高兴，把卷子寄给我二哥。

二哥部队退伍后，分配在江西一家汽车制造厂工作。二哥的文学修养远高于我。他当兵前代过课，所有收入都交给我母亲当家，我母亲每月给他两块钱零花，他全部拿去买书，各类文学书籍。有了这些书籍，平常又很刻苦，还写得一手好文章。二哥收到我的语文试卷，指出两个错的地方，扣了4分。试卷回寄时附了一封长信，叫我不要骄傲。"家贫不忘凌云志，脚踏实地步步天。"信中说的这句话我牢记一辈子。末了写上"语文老师偏心你了"。这件事我跟我妈说了，我妈说："听你二哥的。"我没有告诉李老师这件事。以后的每次考试我都认真核对几遍再交卷，不以第一个交卷出风头。

十

几十年后的一次同学聚会，曾坐在我前排的女生告诉我。"你知道几十年前，做同学时，我最怕你是什么？""不知道。"我回答。"你每次第一个交试卷，从我身边走过去的那阵风。"她说，"我还没做一半呢，你给我造成心理压力很大。""对不起！"我向她道歉。现在初中的同学都已经古稀之年，不知道我们可爱可敬的李老师是否还健在。

校长虽然叫我们兼做农事，但他做人不坏。强调每天写日记，也是他提倡的。"写什么，内容你们自己定。每天一篇，雷打不动！"这是他在师生大会上说的。除了作业，又一层负担。但无法抗拒。开始还有写真实的，后来无实可写，就开始编，什么帮老太太过马路呀、帮五保户做卫生呀、马路边捡到1分钱，交到警察叔叔手里边呀、都是跟学雷锋有关的。再后来就抄书上的人物、事件。一时间，似乎马路上多了许多老太太，五保户也多了起来。

一群十六七岁的孩子，他们能有什么感受呀！不编不抄，拿什么完成日记？但你可别说，写着写着，真的习惯了，留心人和事了。我就特别注意，对人和事常问为什么，问清楚了，写起日记就有内容了。比如一头牛掉了一只牛角，就会上去问牵牛的人，牛角是怎么掉的？主人不心疼吗？它能再长吗？不影响耕地吗？遇到人，夏天也会观察农人是怎么摇扇子的，老师又是怎么摇扇子的。时间长了作文真的有了长进，文句也通顺了，内容也丰富了。

到了高中，自己会惊讶地发现，自己不刻意写的作文，语文老师会拿来当范文。

初中读了二年就毕业了，说是实行新的改革方案。毕业季，3月，校长让我们去后山种树种，说是上头交代的任务，本来是公社干部和职工来完成的，他们人手不够，向学校借学生一起种。校长说种树种，成活率高，是很有意义的事，你们可以在自己种下的树种旁边做个记号，作为你们的毕业留念。若干年后，树木长大成材了，你们可以回来看看。说得初中生的我们心里发热。

做这事，农村出生的孩子并不难。锄头从家里带来，一个人分二两种子放口袋，到了指定的山坡，在石头边的空隙，枯木头的旁边，把杂草拔掉，挖个小坑，放下三五粒种子，复土，用脚踏实，也有同学浇水，水从山下抬上来的，我们种了三个小时，还没种完。看着公社干部和职工负责的那一片山坡，早就不见了人影。有同学说，他们上山不到一个小时就下山了。我们不信，怎么这么快呢？他们分的种子比我们还多些。

完成任务后，我们过去到他们种的地方看看，种得稀稀拉拉的，而且间距拉得很宽，有的几米距离才挖一个小坑。好奇的我们把他们下种小坑挖开，天啦，里面埋的种子多达一小把，几十粒。这不是在下树种，是在做豆芽。怎么会这样？第二天，当地的报纸出来了，说XX公社今年又种植了多少面积的荒山野岭，来年为子孙后代留下宝贵的财富。前人栽树，后人乘凉，云云。原来世道是这样。

十一

在一个初春的清晨，春寒料峭。城关旧街古厝顶路口，一户人家门前台阶上，坐着一个年轻人，他的身边放着一对粪桶，一把扁担。他借着路灯在看书，风从手边吹过，翻动书页，他把书平铺在膝盖上，用手压着。他不敢把书卷起来，怕书的装帧走样了，不好向借给他书的人交代。虽然初春，寒气还没退去。他衣服单薄，凌晨从乡下出来，挑着一担干树枝，到城关销卖，买主是认识的，以前卖过，说好的，100斤1.2元。他一路上走得快，还微微出了点汗花。现在卖掉了木柴，又坐在这风口，觉得很冷，把脖子缩得不能再缩了，通红的手只能放在嘴边哈哈气。他等下还要买两桶人粪尿挑回去，可以挣到三个工分，想到两全其美，他觉得冷点也值得。

这门里的主人是他高中的班主任，姓林。她是校长的夫人，但从来不以校长夫人的身份与我们相处。两年半时间，她一直教他的语文。经常夸他作文写得好，并把他的作文当范文，在班级朗读和张贴。她觉得特别满意的，就推荐给学校广播站播出。后来，她对他说："你可以不按老师的命题写作。按你自己的想法写，多读多写。"他点了点头，开始了人生的文旅。临毕业时，她告诉他："我家的书柜向你开放，你随时都可以来，要什么书，你拿去看。"她是严师，是慈母，是他人生航程中永不熄灭的风灯。

正想着往事，门开了，是林老师。"你这么早呀！坐这里，天冷，也不敲门。"他站起来，向老师问好，并递过书，还老师。老师碰到他手，"这么冰凉呀！赶紧进来。"她叫保姆倒杯热水给他，又让保姆去泡杯牛奶。他阻止了她。"不要，老师，早上来时，我吃过饭了。"说完，他向书柜走去。

这个他就是我。我之所以用他称，因为我觉得我这辈子在文学上没有大的成就，辜负了她，我不配用我称呼自己。

我高中入学是1971年秋季，政局多变的年代。入学的第一天，我按照入学通知书的指定到二班签到。走进教室，我以为走错了门，因为全班同学我都不认识。按照划片，我初中毕业班的同学应该是在一起的。第一节课后，我怯怯地问老师：

"我是XX初中校来的，我初中班的同学怎么不在一起？"班主任笑着回答我："这是重点班。""那是我走错了？"我愣在那里，开始怀疑自己。"你是你初中校这一届毕业生中成绩最好的，我们县一中择优编班。"

我们确实参加过中考，学校命题的。我知道我自己的成绩，但不知道是最好的。后来才知道，这一届高一有13个班，有两个重点班，分别是一班和二班。这两个班的绝大部分学生都是城关的，而且家长资历丰富。过了两个月，又通知我到八班去了，说是学生家长对重点班意见很大，反对优秀师资向重点班倾斜。于是上头指示对重点班整改，按渔农分布区域编班，我和初中校毕业的同学又聚在一起。

说起班级的荣耀，最大莫过于京剧《沙家浜》的演出，因为主角阿庆嫂就在我班。读初中时她不在我们初中校，高中时才在一起。她身材高挑，瓜子脸，高鼻梁，进出教室一缕阳光。不仅是班花，在全校女生中，论长相，她如果排第二名，没人敢排第一名。

学校文艺队想排京剧《沙家浜》，参加县里汇演。她是第一号人选。胡司令扮演者是老师。师生同台，学校有史以来第一次。那身段，那唱腔，我们的女一号拿捏的分寸都很到位。一出《沙家浜》轰动全县城。校外不明人，纷纷猜测，有人说她省京剧团借来的，有人说，她是艺术高校下来实习的。我们听到了，很骄傲地回答："是我们一中的，跟我们同班，是同学！"我们昂首挺胸又补了一句。

回　乡

一

腊月天，海岛起风了，寒风呼啸，海面全是白花花的浪头，渔船进港，渔民们不用出门讨海了。成家的人有难得的好心情，可以在家过老婆孩子安稳觉的生活了。到了晚上，风更大了，刚出门，风就往脖子里灌，冰肌透骨的。田野上，除了麦苗呆萌地卧伏着，收获的田地一片空茫茫。一个人影缩紧脖子，两手互插在渔袄的袖筒里，在家乡通往城关的路上赶脚，行色匆匆。

在离县城后山不远的地方，有个知青场，那是今年为高中刚毕业的城里学生新建的，政府拨了土地，也请了老农，耕牛农具一应俱全。他们来到这里，是接受贫下中农再教育的。由学生变成了知识青年，听名字就很光鲜。

我们农村的孩子就没这个福气，同是高中毕业，回乡就是回家，没人高看你一点，更没人叫你知识青年，若有的叫上一句，也是带着戏谑的语气，听了都让人掩嘴偷笑。

这位往城关路上赶路的人就是我。

不讨海时，晚上有空闲我就往知青场跑。除了聊天，还向同学借书，渐渐地就跟其他知青熟络了。本来都是同一届的，聊起天来也有共同的话题。不同的是，他们的理想很远大，前途也很光明。在这里多数是干部子弟，可以招工，可以顶父母的岗位，有上中专、大学的机会。我们农村户口的孩子没有。同学告诉我，推荐上中专、大学，城乡都有机会，我没有这种奢望，连想也不敢想。

这知青场男女同学有几十号人，他们之间有的话不能掏心说，但对我他们却敢说，不藏不掖的，特别是女生。连谁的父母干什么，靠什么手段升上高位的，怎么钩心斗角，尔虞我诈的细节都会告诉我。我从没见识过。

有一次，我跟一个近视的女生打招呼，另一个女生就偷偷把我拉到一边说："你知道他父亲是怎么当上公社书记的吗？靠巴结人。她父亲原来只是个中医院推拿的，有个县领导腰扭了，到他那推拿，他用尽手段把领导侍候舒服了，县领导就把他调到县革委会办公室，随叫随到，出行跟随。就慢慢爬到公社书记的位置。真恶心。"她补完这句话才解气。

后来才知道，跟我说这些话的女生，把对方视为日后上学竞争的对手。唉！三个女生一台戏，两个女生也能成戏哦。

我也会给他们讲些海上的故事，家乡的趣闻，他们都听得津津有味。有时也会教他们农活。有时也会写些散文诗作与他们互相交流。现在想起来，他们愿意跟我来往，不嫌弃我，大概是因为我是外人，与他们没有利益冲突。招工、顶岗、推荐上学的指标，跟我没半毛钱的关系。另外，是人都有护弱的心理，在他们眼里，我是弱势群体，所以对我有恻隐之心。

我也确实是弱者，一个农家子弟，处在那个没有任何背景的时代。在他们那边我先后借到高尔基的《我的大学》《在人间》《童年》，托尔斯泰的《复活》，小仲马的《茶花女》，莎士比亚的《哈姆雷特》。

这些书籍，除了高尔基的作品，带着革命的火药味，是开放可阅的，其他人的作品在那个文化禁锢的时代，都是禁书。

有一个晚上临走时，一个同学塞给我一本写在作业纸上的手抄本，贴紧我耳边小声说："很刺激的，晚上看完，明早7点在这门口还给我。还有许多同学等着呢。""切记，要准时还，不要弄丢了。"他又叮嘱了一句。

我小跑回家，横穿田野，少用了许多时间。回家点燃煤油灯，在微弱的灯光下，我打开手抄本，扉页上明明白白写着《少女之心》，内容大胆露骨，看得我心惊胆战，热血沸腾，胡思乱想，夜不能寐。

我参加工作后，回乡路过曾经的知青场，已人去楼空，杂草丛生。站在转弯角他们晚上目送我的地方，那一张张熟悉的笑容，那曾经嵌入记忆的名字，像山顶的树垂钓岁月。曾经的热闹烟消云散。

二

我之所以能读到高中毕业，一是小学的林老师一直劝说我家人，当我有辍学的念头，他就登门找我母亲说："这孩子聪慧，放弃读书可惜。学杂费不够，我来帮衬。"还给我二哥写了一封长信，谈了他对我未来的希望。二是我母亲的支持和鼓励。我同胞九个，五姐三兄，我是家里最小的孩子，因为家贫，我的哥哥姐姐们都得不到很好的教育。母亲虽然没有文化，但她懂得读书才有出路的道理，所以无论多苦多难都在鼓励我勤学上进。

高中毕业后，我在家乡一待就是两年。

有一天，村支书叫住我。他刚从公社开会回来，对我说：

"下周天，公社革委会有个5000人的批判大会，在露天广场召开。

刚才会后公社革委会主任找我，希望我们村能派出一个年轻人上台发言，你敢不敢？"

"我试试吧。"我点头答应。

除了在班上发言，学校发言都没有轮到我。这是我出娘胎第一次，还5000人听着。

我到知青场收集相关材料，有个同学的姐夫在部队宣传处，平时同学向他要什么批判材料，能给他的，他姐夫都会寄给他。包括他姐夫自己的发言稿，内容都是针对时势的。"喏，你都拿去参考。批判会结束，记得还给我就行。"我又到大队部拿了报纸，摘录要用的东西。就开始开动脑筋，组织发言稿了，认真构思，引经据典，我洋洋洒洒写下上万字。

村支书看了说："只给你20分钟时间，你把它整到5000字，要简单明了，不拖泥带水。不用害怕，你把听众当成羊，他们提着脑袋听，不会咬你。"开会那天，他坐在革委会主任旁边，我坐在第二排，在他的身后。他回头告诉我："要沉住气，不要慌张。"看得出来，他很在意这次发言，有几十个单位参加呢！发言人有6个。如果我发言好，就给他，给大队争脸了。

轮着我发言了，刚才坐在台下紧张，听到前面两人发言，材料陈旧，语言不清，声音太小，我心里有底了，对自己有了信心。站在讲台前一点都不紧张。虽然批判会在露天广场，但有高音喇叭。我拿起话筒，等待听众静下来。然后激情澎湃开始演讲。我声音洪亮，情绪高昂。抑扬顿挫，掷地有声。我前面两个人发言时，音量太小，语速太慢，无法调动听众高涨的情绪，且吐字也不清晰，台下听众还有叽叽喳喳的声音。我高音一出，再通过喇叭放大，吓了台下一跳，哪来这小子，声音又高又大又清楚。台下立即就安静了下来。

我的高音是讨海时练出来的，面对风浪喊人，哑巴也能练出声。我的举例是新颖的，条理是分明的，阐述是显而易懂的。当我讲完最后一句话，全场响起热烈的掌声。走向台下，支书微笑着点了点头，表示满意。革委会主任也点头向我表示认可。从此，我成了发言专业户，公社每场批判会我都参加发言，县里万人批判大会，革委会主任点名要我代表公社上台发言。

三

7月，又到了花生收成的季节。南方的土地回暖快，花生种得早，成熟也早。辨别花生是否熟透很重要。起早了，影响出油；起迟了，落果在地，整起来就很费劲。经验丰富的老农，会根据花生的叶子，来判断花生的成熟度。花生叶上开始出现斑斑点点的时候，就开始成熟了，到了大部分的叶片都布满黑点，我们管黑点叫苍蝇屎，就可以起获了。这时候的花生外壳成土黄色或淡青色，壳上纹络清晰，保证里面的花生仁个个果粒饱满，含油量高。

花生以沙土地为最佳，生果吃起来微甜。收获季节，对村民来说，是人人都喜欢的事。花生可以生吃，把外面的花生壳剥掉，里面花生仁很干净。村民们常常一边拔花生，一边摘花生，剥壳，把花生仁往嘴里送，场面都是欢天喜地的。队长看见了，也不管，因为他自己也吃。

花生是用手拔的，土地硬了，晚上浇些水湿润，土松了，第二天拔起来就顺手了。说这天我正在拔花生，村支书让文书来找我，要我到大队部去，支书有话说。

到了队部，支书递给了一份通知，我刚从花生地下来，满手都沾着花生绿藤的颜色。我把手往裤子上蹭了蹭，接过通知看了起来，原来为了配合政治运动，县革委会要在国庆搞一场声势浩大的文艺演出，并抽出前三名往地区汇演，最优秀的还要往省城送。"我不会演戏呀！虽然声音洪亮，发言可以，但我不会唱歌呀！"我对支书如实说。

"不是让你参加演出，领导的意思想让你参加作品创作。不是我的意思，是咱们公社革委会主任点名的。他听了你几次大会发言，觉得你笔头不错。""是这样呀。"我的头有点大了。弄不好，是"驼背做小旦，又吃力又难看"，我真的好为难。

"这样吧，你去试试，现在离演出还有三个月时间，若不行，就再回来。"他说，"回头我跟你生产队说下，给你放假10天，你也不要下海了，工分由大队部负责。"话都说到这分上了，我哪有退路。

硬着头皮，我去公社革委会办公室找负责专项工作的同志。是个女同志，30多岁，挺面善的，人也长得很清爽。这时陆陆续续来了几个人，老中青都有，他们都称这个女同志叫李主任，这时我才知道她是办公室副主任。艺术学校毕业的，早年学舞蹈，后来又学体操，又学表演。怪不得身材这么好，讲起工作很内行。其实公社的文艺团体早就存在，是个业余团体，有演出任务就出来，没演出任务就回家，该干什么就干什么去。刚才进来的5个人他们早就互相认识了。只有我是生面孔。李主任简明扼要介绍了这次文艺汇演的目的和意义。

"今天叫你们来是对文艺节目进行创作。"她说，"你们几个前辈按原来的各自擅长，写出新东西。一周后交稿。"他们领着新任务走了。李主任把我留了下来："你是新手，能不能写个相声和三句半。"说着，从桌面拿了两本杂志递给我。"这里面有你要的材料，你可以参考下。"她翻下杂志对我说，"另外，领导有交代，这次想搞个有影响的，要把当前的政治形势放进去，搞个小话剧。我问过前面几个人，他们都不敢接。我想让你试试，初生牛犊不怕虎。我相信你。"她握住我的手，眼睛盯着我。

我不好意思，低下头。她的手还不放开，在等我回复。我又抬起头，冲她点了点头。"先把相声和三句半写好，这次急着用。话剧可能由县里排，直接到地区汇演，可以缓点。"临走时，她嘱咐我。

忘了介绍了，我们的公社办公地点在县城，管辖城关及周边十几个村部，是全县人口最多的公社。相声任务我很快完成，彩排那天，两个街道来的大叔用方言表演，照着文稿念，自己都笑得不行。参加彩排的男男女女也笑得人仰马翻，捂着肚子喊："我的妈呀，笑死人。"人群中我发现有双眼睛在盯着我。

散场了，要在公社食堂用餐，一个女孩走了过来：

"新来的吧！一看就知道，你是新人，老实，腼腆。"我不好意思低下头，搓着手掌。我期待她的手伸过来，又担心若她伸手，自己接不接，接了又怎么松开。"还脸红呢？"她对身边几个女的说。"真的脸红了。"她们起哄了。

"去吃饭吧。"这时李主任走了过来，为我解围。"你们不要欺负他。"我和几个女的坐在一起，其中也有那女孩。她很瘦小，是跳舞的。她们都是公社老文艺队员了。我埋头吃饭，不好意思夹菜，眼睛盯碗里，发现有人用公筷夹肉往我碗里放，微微抬头，看见是小女孩。我不敢多吃饭，怕别人笑话我饭量大。那女孩走过来，大大方方把我的空碗拿过去，到甑子那又装了满满一碗。

"男子汉，吃一小碗饭哪里够。"以后，每一次吃饭她都为我增饭。快结束彩排时，我又跟她们一张桌子吃饭。我坐下时，发现她坐在我旁边，两只碗之间用一双筷子横架着。她冲着我笑，同桌其他几个女的笑着鼓掌。可在我的心中，已经布满了她为我种下的荆棘，这个她，叫梅萍。

我的话剧《较量》，参考了《哈姆雷特》的情节结构，故事发生的时间不超过48小时，这样让情节紧凑。而且情节，只有一条主线，这样单一，观众容易记住。因为话剧是一过性的，不像看小说，看不懂可以再翻回去重新看。再则人物简单，主题明确。往县里送审时，领导写上"阅"用红笔圈了起来。又加上"可行，很应景"几个字，我至今不知道，这景，是指政治形势吗？县里组织了相关人员，开始彩排《较量》，准备参加地区汇演。不久传来消息，被叫停了。

四

去知青场玩时，有时候我们也玩牌，打地主是常玩的把式。有个同学他老家在西安，是个官宦人家。他爷爷从小就是纨绔子弟，什么玩鸟遛狗出老千的事没少做。到他父亲这辈，就参加了革命，后来随军解放渔岛，就留在渔岛工作。他沾父亲的福，也算根红苗正，但骨子里对他爷爷那一套还真有遗传。他能够把一副纸牌抽出20张，然后你抽一张记住牌号，交给他放进20张牌里，然后洗牌，让你洗，就算一张一张洗，他都认得出来你刚才抽的是哪张牌，没有一次失算过。还有很多玩法，但我只记得这一种。

我去上大学的前个晚上，去找他，无意中问起他那20张牌的秘密。他笑了笑说："没什么秘密，所有耍把戏，就是抓住别人习惯思维的弱点，在他们的习惯思维上动些手脚，他们就被蒙蔽了。"他抽出20张牌，摊在我面前。"你能看得出来这20张牌的共同特点吗？"我拿在手上翻来覆去看不懂。他解释说："首先，他们的花色是黑桃、梅花、红桃，没有方块。再看这20张牌都有一个尖形的花。我抽出牌时，把它们的尖形都朝上方，你抽出一张牌我是看不见牌号和花色的，当你把那张牌交给我时，我掉了方向把它插进20张牌里，然后交给你随便洗牌，当你给我牌时我抄洗了很多遍，当我把20张牌翻过来时，找到花形向下的那张，就是你抽的那张。"

"人的正常思维，都以为我洗牌时会作弊，所以一直盯着我的手，但没想到你把抽的那张牌递给我，我就已经做了手脚了。"他的这番话让我茅塞顿开。"其实，你看寺庙门口那些江湖先生用鸟啄签也是这个道理。他的那只鸟从小就吃用醋泡过的小米，小鸟长大后已经习惯啄带醋味的东西。你去问签，江湖先生了解七七八八后知道你需要什么签，为了增加神秘感，他会把竹筒的签拿手上摇晃，在摇晃的过程中，他已经把你需要的那一根竹签掉了头。原来这竹签的一头是用醋泡过的，是朝下的。他整理好竹签，把鸟笼的小鸟放出，让它抽竹签，它自然啄住那根带醋味的竹签，都说动物有神灵，但鸟抽签是骗人的。"他的这番话我第一次听到。"这么说，你玩的这牌的灵感来源于鸟抽签呀！你把我们当小鸟玩了。"我说完去挠他的腋窝，彼此大笑起来。

"这算什么？雕虫小技。我爷爷才厉害呢。"另外一个同学开始自嗨了起来。他爷爷是开封人，从小帮别人训斗鸡。"我爷爷训的斗鸡，帮当地豪门赢了很多钱。"他也是干部子弟，父亲也是南下的。我们都围了过来听他说：

"我爷爷从小给斗鸡喂鸡肝，斗鸡一天不吃鸡肝都受不了。先是让它吃宰杀后的鸡肝，后来就把活鸡全身用绳子扎满扎紧，并绑在树干上，让它自己用利爪去挖鸡肝。它先要把绳子扒掉，才能撕开鸡胸。越难弄，就越能激发它的斗志。再后来让它追杀普通的活鸡。看上去它羽毛不整，但精瘦强悍。它的爪和啄异常锋利。到了斗鸡场，两只决斗的鸡摆在那里，全场没有一个人看好这只貌不起眼的鸡。但争斗起来，没过多长时间，它就把对手活活啄死。"他说这话时很平静，我们却听得毛骨悚然，全身鸡皮疙瘩都起来了。鸡狠，人也狠。我心里滴咕着。

五

说起农事，最难的是地瓜起收季节。海岛乡民最主要的口粮靠它。每年四五月份栽种，农历十月左右起获。青黄不接时，村民会先把地瓜大的茎块取出，用于渡过饥饿难关。剩下小的茎块慢慢长大，所以比内地的地瓜收获时间要迟一些。

进入农历九月，海岛就进入风沙肆虐的日子，气温骤降，到十月就天寒地冻了，出门就冷得打哆嗦。这时起获地瓜，还要及时用瓜擦把它切成片或丝，晒干储备起来。晒干的地瓜叫地瓜干或地瓜米。全家人一年活命全靠它。这是海岛出生的乡下人一生挥不去的记忆。

起获地瓜不难，擦地瓜难，晒地瓜难。全靠赤手劳作，把每一个地瓜按在擦子上来回运动，瓜片纷纷落在擦子底下的竹筐里。剩下的瓜蒂也要擦干净。擦子安装着很锋利的刀片，稍不小心就把五个手指尖一起擦凑数。天那么冷，手都冻得发麻了，放怀里缓一缓，又开始操作起来。而且擦的地瓜不止一筐，是一座小山。不是一天地擦，是要连续半个月甚至更长时间，要赶在雨季之前弄完。擦完一天，手指都是僵的，手抖着，拿不住筷子。要在热水中浸泡些时间，才慢慢缓过来。

擦完的地瓜片或地瓜米还要挑到可以晾晒的地方，摊开，等待日光。那段时光，有点凄惨，挑着100多斤地瓜片走在乡间小路上，月亮西斜，寒风刺骨，身躯已经疲惫一天了，还要承受这沉重的担子。裸露的手一只搭在扁担头，一只向后扶着筐的绳索，任寒风一阵一阵刮过，藏无可藏。就这样一趟又一趟，深一步浅一步忙碌在深夜中。

摊开地瓜片晾晒，要均匀不重叠，需要用双手整平，刚擦下来的地瓜片，带着水分，冰冷湿滑，手指头长时间摆弄它，被冻得发麻生痛，想骂人。但这是自家的地瓜，来年活命的维他命。心想这些，忍住了。

六

城关的清晨，居民可能还在酣睡中，可能刚刚起来小解，睡眼惺忪。在寂静的街头巷尾会听到各种不同的男声："买肥哦，有肥卖么？"这声音抑扬顿挫，前半句声调高扬，把"买"字拖得很长。后半句急促而低调。肥，就是人粪尿。乡下人种地，需要它。城关附近的乡民早上4点钟就起床，走了几里路，到城关，天才麻麻亮。城关的居民当时多数住在平房里，那时还没有下水道用于人粪尿的排泄。虽然城里也建有旱厕，白天可以到旱厕方便，但晚上就只能用马桶。马桶是要倒的，满了就麻烦了。乡下农民需要肥料，城里居民需要把马桶倒掉，这样供需就产生了。后来买方人数多了，而马桶是基本定量的，这样就形成卖方市场。买方要出钱买肥，逻辑上有点不通，我帮你把人粪尿清理走，你不付我工钱，还要我付钱给你。但市场已经形成，你不拿钱买，有人会来买。有本事，你也来当城里人。没办法，谁叫我们是乡下人呢，谁让我们需要这人粪尿呢。

有市场的地方就有竞争。买肥也一样，都争着早点来，可以挑选到满一点的马桶。可以抢先到水产衙门的家属区，他们吃鱼多，人粪尿特别的肥，给地瓜上肥，几天时间叶子就变得墨绿墨绿的。跟清水衙门的家属区完全不一样。我也是买肥队伍中的一员。

从高中开始，为了挣工分拿口粮，养自己养我娘，我选择了走读。每天早上4点起床，吃一碗妈妈煮的地瓜片，就挑上空桶，把书包挂在扁担头，向城里进发了，无论寒暑，除了下雨天。当时没有路灯，出发时基本是摸黑走路，那段日子，永远都是缺眠的，一边走，一边还迷糊着。为了我的安全，妈妈把爸爸生前留下的铃铛，挂在我的扁担头，铃铛随我走路叮当响，万一有夜人从对面走这来，听到铃声不相撞。第一次喊买肥，我想学他们的样，但喊不出口，只是去敲人家的门，小声问人家有没有肥卖，或守株待兔，等人家开门。时间久了，脸皮厚了，也就叫了起来。

我的嗓门很大，其他买肥人叫不过我。所以我更容易引起卖肥人家的注意，离很远就向我打招呼。我买好肥，会挑到一中的围墙外，离大门十几米的地方，靠墙根放下，然后拿着扁担、书包和饭盒，向学校大门走去。我把扁担寄在门卫那，挎着书包上学去。下午下课后，再把这担人粪尿挑回家乡，倒进生产队的公共旱厕，那里有记分员等着，每担3工分，每工分约值7分钱，等攒满了规定的工分，就可以向生产队领口粮了。否则，我必须辍学，做全劳力参加劳动。虽然这样做累点，但也争取好久，生产队才给的方便。

我的家乡离城关5里。高中毕业后，除了出海捕鱼，下地干活，到城关买肥的习惯没有改变。

在买肥时，有一件事使我很难堪。那是高一阶段，我刚开始买肥，去敲一户人家的门，门开了，一个女孩，提着很沉重的马桶跟跟跄跄从里屋出来，低着头，蹙着眉，嘴里嘟嘟囔囔地说："每天都是我倒马桶，你们为什么不倒呀。"我一看，糟了，是我曾经二班的同学。她没看到我，我就溜了。后面传来她的喊声："喂，买肥的，怎么走了？莫名其妙！"其实，虽然家贫，我还是有自尊的。

七

我的命运转折在1976年7月的一天晚上，我没讨海，又跑到知青场找同学玩，他们在交头接耳议论一件事。说今年推荐上学政审时间快到了，我们这一届毕业生够条件。"听说今年大学生指标有20多万呢。"一个同学说。"21万多。"另一同学补充得更详细。他妈妈在教革委工作。"不知道我们知青场今年要推荐谁？"又一个同学忧心忡忡地说，这消息像一滴水落在滚油中，溅得油星四溅。他们问我有什么打算。"我一个农村回乡青年能有什么打算。"我回答。心里想，就算农村有指标，层层截流。也是"天朝有水滚滚来，到了海角变尘埃"。他们议论他们的，个个摩拳擦掌，准备大干一场的架势。

晚上独自回家的路上，我突然觉得自己孤独和悲哀。他们一个个都会离开的，我呢，像我们当地方言说的："孙悟空笑海蛎，黏礁。"意思是海蛎一辈子都只能待在礁石上。想多了也没用，反正到时间就结婚生子，日子再苦也要过下去。过了两天，在村边遇到村支书，他叫住我。

"今年凭你的条件，可以推荐上学了。你想不想争一争呀？""当然想！"没想到喜讯来得这么突然。我有点不知所措。"那你明天到我办公室，有一张表格你填下。"当晚，我转辗难眠。支书要我填的是政审表。没想到同村根正苗红的青年，够条件的就有十几个人。在这个村子里，我家是外来人，是小姓。虽然我的两个姐姐嫁给了本村的大姓，两个哥哥也娶了村的大姓。但在重大利益关口，谁能保证不推荐自己家族的子弟呢。大家都在暗中活动使劲，我知道凭我所处的背景，再怎么使劲也没用。听天由命吧。

村部政审也需要召开民主会，除了村委会成员，所有生产队长都到场，举手表决。村支书主持会议。开会时，村支书先让各生产队长介绍被推荐人的事迹。大家争先恐后地发言，怕说话迟了，轮不上了。我的生产队长是最后说话的。他说："某人是我生产队的，我了解他，这孩子实在，大气。根正苗红咱不说了，就拿去年台风来说吧，那么大风浪，那么冷天气，为了救船，为集体财产，他去搏命。现在推荐的这些人，哪个比他强？"生产队长说我搏命，指的就是我在《讨海》里写的"台风救船"那件事。这事后来在村里传开了，还上了大队部的黑板报。所以全场人听了无语。村支书最后说："我们这次推荐的人，村里政审通过了，还要通过公社政审，还要参加文化考试，成绩通不过，照样录取不了。别的不敢保证，某人在县万人大会发言过，写过相声剧本，连县领导都看中了，争头筹不敢说，但肯定不会给公社、给咱们村丢脸。"话说到这分上了，与会者心里都明白。再争论没意义了。就举手通过并签字摁印了。

会后村支书跟我说，公社革委会主任找过他。告诉他说："某人有口才，有文才。不要埋没了这孩子。"善果，总在机缘中种下。我一生追求它。

备考的日子，不到三个月，我不能停下劳动，还是上地干活，下海捕鱼。不下海的日子，晚上才有时间在我爸留下的那张八仙桌前，点上煤油灯，翻看已落满灰尘的数理化。语文我只稍作翻看。我担心的是数学，看得认真些，把内容都梳理了一遍，原来做的作业，也核对一遍。但还有些题目不解。即使晕船，回到家看到地瓜片都想吐，只喝几口汤，还是硬着头皮把书看下去。因为我知道，上苍把机会给了我，只有一次。此刻，我想起死去的父亲，一生奔波劳累，60岁就灯枯油尽，与世长辞。想起我的母亲，陪伴着父亲搬了13次家，才在这村子勉强落脚。她为九个子女含辛茹苦，没有享过一天清福。我每一次看到她，就会一阵揪心的痛。

想起我这23年的人生，从被人欺凌，瞧不起，到现在我也没觉得我被人真正尊重过。还有我的婚姻在哪里？谁愿意嫁给我这样的穷苦人？我这过的是怎么样的人生？在知青场，我活了23年才第一次喝到他们给我冲的牛奶。那天奇冷，我被冻得流鼻涕，手发僵，人发抖，嘴唇发白。我接过牛奶还问人家是什么东西，惹得他们哈哈大笑。

23岁才第一次吃到橙橘，也是同学给我的，我以为像福橘一样掰着吃。他们说截个窟窿眼用嘴吸。除了凭力气，用最原始的劳动获得微薄的收获延续生命。我有价值吗？我只能搏命，跳出乡村，去开始我的新生活。现在能体会到范进中举的心情，体会到古早学子十年寒窗苦读的期待。

那年高考，考场设在县进修学校。我城关没有亲戚，也就没办法住在城里。家庭富裕点的乡下考生，父母在城关招待所住下。几场考试我都是走路从乡下走到城关的考场。我的家乡离城关约5里，考场在城关的西边位置，要穿过一条旧街，约2里。

考数学的那天清晨，我妈破天荒地煮了四个荷包蛋让我吃，我心疼母亲的辛苦，家里的鸡蛋是用来卖钱补贴家用的，每年生日才有幸吃到。我4点就走出家门，天还没亮起来，鸡不叫，狗也不叫，除了我急匆匆的脚步声，没有其他声响。家乡的人也很少有人知道，我孤身一人穿着我爸留下的带着破洞的渔袄去赶考场。

到了城关，才听到有人开门的声响，这时天才渐渐地亮起来。我觉得时间还早，就去了数学老师家，因为今天考数学，我昨晚翻到读过的课本，已经荒废两年了，有的知识忘了，特别是关于两个工程队同时从山的两边开挖隧道长度、进度、对接点的计算，我还是有些不解。开门的是我的老师，他说好像预感我要来似的，知道时间紧迫，他三言两语就为我解了惑。

走进考场还有10分钟静待。当考卷发下来时，我扫了一遍考题，天啦，刚刚问过老师的这道题，居然出现在考卷中，且占20分。我很快做完这道题。当我做完全卷，认真复核两遍，确定准确无误后，离收卷的时间还剩20分钟，我自信地走向讲台，把试卷轻轻地放到桌面上，带着释然和希望向校门走去。

八

在等待录取的日子，我是平静的。反正我已经尽力了，若不能录取，天该绝我，我能奈何？日子还是要过的，油坊缺柴火了，大队部动员村民们挖树头。100斤连挖带运到油坊前面的篮球场，5毛钱。

我就带上一桶凉开水，一根扁担，两捆绳子和一个斧头去防护林带找树头。过防护林是我们自己村里的，整个村的海岸线都是。木麻黄树头根须发达，扎进沙地很深，它纹理粗糙坚硬，挖掘它很费劲，为了钱，还是要挖。还不能找太大的，一个上百斤，我挖了也弄不回去，因为只能用肩挑。一个100斤，两个200斤，没有扁担受得了，也没有人挑得动。

挖的都是枯树头，要先把树头四周的沙子清理干净，露出盘根错节的树根，用斧头砍断，再往下挖，露出第二层树根，再砍断。直至树头最底部。这活全凭力气，没有什么技术。特别是腰力不好的，取一个树头，腰就受不了。已经是年底，穿一件单衣，还是流汗，喝水，再流汗，再喝水。流出的汗把背后、腋下、胸前都湿透了。一天下来，连挖带挑有四五百斤。第二天，我又拖着疲惫的身躯去挖树头，能赚钱的机会不多呀，而且是现结的。

正挖着，我的侄儿跑来了，一边跑一边喊："叔，录取了，录取了。"我的手心都是汗，沾着沙子，满头满脸也都是沙子。我把手往衣服上蹭了蹭，接过通知书。瞬间觉得我身轻如云，飘了起来。眼泪夺眶而出。"是邮递员刚送来的。"侄儿说。"叔，咱们回家吧，我帮你挑回去。"侄儿已经成人，他挑得动。"我自己来。"侄儿帮我收拾了东西，跟在后面，一路上，他挥着录取通知书逢人就说："我叔被大学录取了。"我能感受路人投来的眼光，惊讶，羡慕，尊重。包括那些欺凌过我的人，除了惊讶，还有尴尬和不安。

回到家，已围了一群人，我第一次看到妈妈笑得那么开心。妈妈为我的行头和学费发愁。我告诉妈妈，我报的是师范大学，国家有补贴，每月有28斤饭票，15元生活费，不用操心。我的行头确实有点问题。

这几年我两个哥哥结婚，加上盖了半边房子，家里没有余钱并负债。现在冬季，我除了里面一件二哥在部队穿过、现在留给我的厚绒衣，外加一件破旧的渔袄，下身是单裤。被子好解决，把我现在盖的带去就是，虽然有些年代了，是我爷爷当年留给我爸的，但还能凑合。最后是我哥哥和姐姐各出一点钱，给我添置了夏冬新衣各一套。我五姐给我买了新被套和床单，脸盆和开水壶是我的大外甥女送的，她比我大两岁。

我把这两天挖树头的钱买了糖果分发给了亲戚和邻居。

又拿点糖果，带上通知书去趟知青场。"你这三个月去哪里了？我们都以为你失踪了。"当我拿出通知书，告诉他们我被大学录取时，他们不敢相信："原来捷足先登的是你呀！人不可貌相，我们祝贺你。"我最好的同学率先过来拥抱我，接着大家拥在一起，他们用激动的泪花送别我。

其实，在与知青场同学的交往中，也并不都是和谐的。其中有一个同学，祖籍山东，父母都是知识分子，大学毕业后接受组织分配，来到海岛工作。他有个舅舅挺厉害，先是在省城领导身边当秘书，后来到地区革委会某个要害的部门当头，听说权力挺大的。这同学看到我，总是冷漠的，高傲的，下巴总是抬得很高。好像我来抢他的饭碗似的。

我跟其他同学交流乡下趣闻，他总会冷不丁插一句"老掉牙的事"

或"鸡毛蒜皮"或"雕虫小技"，听了心里很难过。还跟其他同学说："跟这样的乡下同学交往能有什么收获？希望他送你几斤地瓜吗？"他这样嘲笑。还嫌我身上有臭味，让其他同学远离我。那天议论推荐上学的事，有同学为了安慰我，说："城乡符合条件都可以推荐。"他冷冷地说："就算上学指标如雪花满天飞，也不会有一片雪花掉在你身上。"我无语以对。

当我那天去知青场报喜，他低头不说话，借口上厕所，躲开了喜庆的场合。四十年后，我们高中同学聚会，他也来参加。是他班上同学邀请他来的，他舅舅失势，没有机会推荐上大学，1977年高考放开后，他连续考了两次，也没有被录取，后来进了国有工厂，最后下岗了。

讨 海

一

每年三四月份，是亦农亦渔的家乡最忙碌的时节。天气回暖，人们开始培育地瓜苗，而耕种花生的地，也开始施基肥，翻耕成畦，准备播种了。接着大小麦开始黄了，要收割，摔打，脱粒，扬壳。割完大小麦，又得耕地成垄，准备栽地瓜了。手上的活还没放下，回家洗把脸的时间都没有，就用一根扁担挑起两只箩筐，拿一件渔袄往筐里一扔，一手提着木制小饭桶，桶里装着刚出锅的地瓜片，来不及吃，就往海边赶。

"渔袄带了没有？"每次下海，妈妈都叮嘱这一句。"带了带了。"我一边往前走，一边回答。虽然这渔袄是我爸留下来的，有点破，但晚上起风的时候，海风还有点凉，穿上，会暖和些。所以我们家乡才有俗语：六月天带渔袄——老客。现在不是六月天，更要带渔袄。

沿路看到的都是忙忙碌碌的人们，我家邻居的张婶，丈夫在外地工作，每年这时节，丈夫不在家，活忙不过来，她都哭过一回又一回。那会儿各家各户都忙，没法腾出手来帮忙她。

我很快赶到岸边，人都到齐了。这时候，谁都不敢耽误。"开船不等爸"，这是渔家人的信条。马上就要涨潮了，大伙很快上了船。

三四月份，是捕丁香鱼的季节。丁香鱼，体型偏扁，小的长2厘米，大的长寸许，透明无骨，闻之有丁香花味，又因形似渔家女耳坠金丁香，故名之。它趋光性很强，特别喜欢在晚霞照耀海面时觅食。它营养价值很高，被视为小型经济鱼类，享誉四方。

许多乡亲回国旅游观光，探亲谒祖都忘不了带着丁香鱼出去，作为贵重物品送人。我们捕获它，主要是煮熟晒干，用来卖钱的。自家是舍不得吃的。偶尔家里来客了，也会用鲜丁香鱼，拌葱花、鸡蛋、地瓜粉成糊状，下油锅煎成金黄色，接待客人，鲜嫩香酥可口，那留在唇齿间的味道，可与蚵仔煎媲美。

扯远了，话说回来，此时丁香鱼不知从哪里冒出来，迎着霞光，在浅水区觅食，它们追逐着虾苗。虾苗是红色的，在浅水区特别显眼，一团团，一片片，在浪尖上滚来涌去，追逐着涨潮的浪花，浪花里有无数的浮游生物。我们吃丁香鱼，丁香鱼吃虾苗，虾苗吃浮游生物，这就是生物链。我们上船就奋力摇橹往丁香鱼聚集的地方赶。那地方就是金屿仔金棺材的东南海域。晚霞正旺，落日还早。我们用细目网撒下，围一圈拉起，每网几十斤，短平快。我们的网刚拉上来，其他船的网就撒下了，有限的空间，无数的船。四乡八村有船有网的，都往这边赶，谁不想分一杯羹呀。你的船尾咬着我的船头，我的船头压着你的船尾，像一群发情的野马在围栏里打圈圈，纠缠着，嘶叫着。要抢时间呢，晚霞收起，就看不见丁香鱼了。那时刻，谁也没有心思去欣赏什么晚霞金辉。脑中只有一个字：抢！抢得一网算一网，网网都是钱。

倒是有海鸥来抢食，它们铺天盖地的，俯冲渔网，起起落落，"啊啊"地呼唤着同伴，不惧渔民。我们把海鸥视为吉祥鸟，有台风要来，它们会提前预感，像今晚这样拼命抢食，明天大海就会起风，台风来了它们就要饿肚子，所以未雨绸缪，把肚子充满填足。据说海鸥骨骼是空心管状，气压的微小变化都能灵敏感觉到。它们在海面上成群低飞，就一定是好天气，它们聚集海岩或岸边不动不飞，就预示着暴风雨要来。它们在海空盘旋俯冲起落觅食，大概率海底有暗礁，因为暗流冲击着暗礁让海水富氧，有浮游生物喜欢在这环境繁殖，许多鱼虾就会冲着浮游生物来聚集，暗礁就是海鸥的饭碗。老渔民看到这情景就会绕开这危险的地方，避免船翻人亡的事故。

所以它们来抢食，我们就睁眼随它去了。"海有大丰收，鸟会吃多少。"这是老一辈流下来的话。话很平白，却含着大道理。

丁香鱼，也叫离水烂，意思是：捕获它离开海水，在很短时间内就要把它煮熟晾着，否则就腐烂变质了。煮丁香鱼时，大口锅装水，放盐，水开，把鲜丁香鱼摊匀在竹做的筛箪上，在沸水里放两三分钟，丁香鱼和筛箪一起起锅，在木架上晾着。再下第二筛箪。第二天太阳出来摊开晒在凉匾上，晒到七八成干就要收起待售了。

丁香鱼体弱娇嫩，晒它是个技术活，要一手托筛箪颠起煮熟的丁香鱼，一手接住，小心地平放在凉席上。如此反复，直至晒完。锅里剩下的鱼汤，就是渔家平时炒菜、煮面、吊汤的调味品，因为它很咸，存放时间很长也不会坏掉。专业从事农业的亲戚也常来拿回家当家用。因为以前没有味精，就用这鱼汤替代。渔家的祖祖辈辈就这样生活着。

二

到了夏天四五月份，是围捕巴浪鱼的汛期。捕获方式就是拉山网，当地土话叫"拔缯仔"，是一种古老的捕鱼方式。在沿海距今已有千年的历史。一只舢板船，网置其间，船上两人，一人摇橹，一人放网。网是横着放的，成"冂"字形。网绳加网长约700米，岸上20人，分左右两排，每人腰上用破轮胎做成的腰环扣住短绳，短绳前端绑一个橄榄形的木梭子。木梭子往网绳一别拴住，就倒退向后拉去，靠腿力和腰力，一步一步把网从海里拉上来。运气好时一网两三百斤的鱼货都常见。

刚拉上来的巴浪鱼，长五六寸，蹦跳着，全身闪着五彩光，过会儿身体变硬，直挺挺的，可以当犁拴。巴浪鱼性子也很火爆，又值夏天。"夏鱼不过午。"这是家乡俚语，意思是上午捕的鱼，过了中午就容易变质腐败了。所以每网上来，堆在离水的岸边，就得分成运走，下锅煮熟，晾晒。天气好的时候，陆地没地方晒了，都要运到就近的岛屿，晒在岛岩上，任海鸟啄食。过两三天晒干再去收回。

巴浪鱼是大路货，不是很值钱，干货多数通过县渔业部门收购，销往全国各地。在家乡，巴浪鱼也叫熟鱼，在菜市场卖的，基本是煮熟出售的，所以叫熟鱼。市民买回家，下油炸，炸熟的熟鱼肉Q弹，鱼头酥脆，可以连骨吃，配白米粥，咸淡适宜，是让人垂涎的美食。家乡的渔民自己经常把煮熟的巴浪鱼腌起来，作为平时下饭菜。

在那粮食匮乏的年代，它的蛋白质维系着多少人的生命。尤其是饥荒年。晒干的巴浪鱼家乡渔民也会留些接待客人。有亲戚朋友来，或用来煮面，或用来炒菜。"熟鱼煮粉干，熟鱼干炒芹菜。"都是挂在嘴边的话，都是乡亲们一辈子忘不掉的食谱。

"拔缯仔"考验人的是腿力和腰力。鱼汛时，下网，收网，人没停过。两只腿像灌了铅，重得不行，每前进或后退一步，都是机械地跟着队伍走。腰也忍受不了，伸直一点都难。想想跟拔河比赛一样的付出，要连续几个小时，连续几天不歇息，甚至半个月，得需要怎样的毅力。由于缺少睡眠，连走路都是恍恍惚惚的。

有个同队的小武，比我大一岁，看他人高马大的，都受不了。那天下半夜散场了，大家挑着鱼货回家。他就跟着我背后，走了一段路，不见他声响，我回头看，他站在原地睡着了，扁担挑着的两筐巴浪鱼还压在他肩上。第二天来拉网，我们发现他一身臭，解开他上衣，衬衣的肚脐处不知什么时候跳进一只巴浪鱼，都发臭生蛆了。问他几天没洗澡了，"应该有一周了。"他支支吾吾地说，"累！缺眠，吃完饭屁股挨到床就睡过去，哪还有时间洗澡？"说得也对，在渔村求生存，没有不苦不累的事。

三

巴浪鱼的大汛期不是很长。转眼到了6月，我们要出海到牛山渔场围捕黄瓜鱼。现在野生的黄瓜鱼，听说2斤以上的，每斤要卖3000元。报道说迪拜王子点了一只7.4斤的野生黄瓜鱼，花了11万元。

1974年我高中毕业，第二年跟着渔船出海，黄瓜鱼的价格，每斤才卖2毛多，有时才卖1毛8分钱。我们的渔船驶向牛山渔场，逆风，用了一宿一天。牛山渔场在全国位列前三，虽不及浙江舟山渔场，但也是黄瓜鱼洄游产卵的地方。每年这个时节，大量黄瓜鱼都会聚集在这里交配、产卵、孵化。然后游向深海。周而复始，繁衍生息。我们用的还是古老的围捕方法。

先让有经验的老渔民贴着船板听鱼情。成群结队的黄瓜鱼叫声很大，"呱呱呱"的声音从海里传出。据说大规模的鱼群，千万条黄瓜鱼一起发出的声音，能有200分贝，被专家称为"吼狮功"，能瞬间让人失聪，这也就是海中各路霸王不敢靠近它的原因。靠这集体发声，它们赖以生存，并让种群不断壮大。

不过在深海里，距离远，又是小规模的鱼群，没有一定的本事，还真难分辨出它的具体位置、群落大小、深浅程度。鱼情叔听完鱼声之后，告诉船老大，今年的鱼情不怎么好。

这两年围捕太厉害了，连我们自己都觉得心疼。前年就我们村的一对渔船，围捕了一群黄瓜鱼，整个渔网都漂浮了起来，像小山一样大。鼓囊囊的，网拉不上来，只好下去四个人，站在渔网上，用刀子割开渔网，再一筐一筐地装好鱼往船上提。两只渔船装下1万多斤后，再也装不动。就把尾网的绳子解开，把鱼放掉，翻肚的鱼活不了。眼巴巴地看着它们漂浮在海面上远去。同船的告诉我，至少还有1万多斤，就这样放弃了。

"是呀，听说前年舟山渔场有3000多艘机帆船，用拖网、围网的方式围歼它们，特别是用有死亡之墙的流刺网，大小通吃。有消息说，就前两年，全国各地渔场至少围捕黄瓜鱼20多万吨。能不枯竭吗？"这是橹头叔的话，他摇着橹，心事重重地说。

"听浙江回来的人说，质量不好的黄瓜鱼，1斤才卖几分钱，有的直接拿去沤肥了。"又一个船员补充。

鱼情叔一边听一边告诉橹头叔，船该朝哪个方向。到了靠近鱼情的地方，我们大气都不敢出，从船边解下毛竹竿，每根都有5米多长，每两人负责一根，一人抱着毛竹悄悄插进海里，一人手里拿着木槌，静静等待，大伙的眼光都看着老大，老大看见大伙都准备好了，用脚跟在船板上重重一跺，全船一起用木槌敲响了毛竹。这就是古老的听鱼敲罟捕鱼法。

围捕黄瓜鱼是在晚上进行的。黄瓜鱼身上有一种金色皮腺体，能分泌金黄色素，使身上整体成金黄，但它见不得一丁点紫外线，这就是为什么晚上捕获的黄瓜鱼是金黄色的，而白天捕获的黄瓜鱼却是白色的原因。

黄瓜鱼属鲈形目石首鱼科，脑袋里有两颗耳石，起平衡身体的作用，它在毛竹发出的声音中产生共振，耳石错位，身体失去平衡，导致鱼鳔充气，就会浮出水面，濒临死亡。敲击一阵后，老大指挥下网。很快渔网渐渐浮起来，能看见未亡的黄瓜鱼左冲右突。网拉上来，才百把斤。

尽管黄瓜鱼的捕获量减少了，但价格还是很低贱，沿街叫卖，都没几个人搭理。只好挑回家剖了，鱼子鱼胶鱼内脏刮下来喂鸡喂鸭喂猪，鱼身用盐腌了，挂起来晒干，叫鱼鲞。拿去渔业部门收购，价格也贱得可怜。剖下来的内脏多了，连猪狗都吃腻了，只好拿去沤肥。

谁能想到现在的野生黄瓜鱼被列为极度濒危物种，比大熊猫还高两个等级呢。

四

说起讨海，最苦的应该是冬捕。在没有机械动力的年代，木帆船全靠风力行驶，摇橹只是辅助的，几个小时可以，几天几夜把摇橹当动力，没有人能做到，体力吃不消呀！木帆船也不大，一艘船最大吨位不会超过5吨。冬天又是天气多变的季节，傍晚出海时还是婴儿脸，第二天中午就变成后妈脸了。没有天气预报出海只能凭经验。不幸的事故很多，突然变天，黑云压顶，台风卷了过来，浪过船桅，躲闪不及，船翻人亡，多数都发生在这个季节里。"一夜五船覆，寡妇抱团哭"的凄凉场景是常有的事。因为得不到气象预报的消息。各种信仰就多了起来。我们出海也会烧香祈告平安。

出海前，会常去离家乡5里的那个集市，去求拜一个80岁的神婆，问她明天天气怎么样，该不该出海。她的答复百分百准确。为了答谢她的预测，我们村的几组出海的渔民，出钱给她买了两套新衣裤，她穿上新衣裤，把旧衣裤扔掉，就再也预测不灵了。我们不知道其中的奥妙，就再也不去拜求她了。

海里讨生活，真的有不测风云的。那天下午我们的船靠岸了，卸下渔获，就把船抛锚在海岸边，离避风港有两三百米的距离。平时都是这样的。因为明天还要出海，若停在港口里，不是排在最前面，等前面的船移出港，你的船就搁浅了，出不了海。谁也没料到，半夜起风，台风很快就席卷了海岸线。我们的船停泊时左右抛了两个锚，把它固定住。抗得住7级以内的大风。可今早大风至少9级以上。

整个海岸线一片白茫茫，一个浪头盖过一个浪头，像发情的野兽，满眼通红，张牙舞爪扑向岸边。双脚站在岸边的海水里，一个浪涛上来，退去，湍流带走脚下的沙子，两脚很快陷进去，浪涛再冲上来，再把你的脚下的沙子抽走，小腿若不及时抽出后退，第三波浪涛上来，就把你横着卷走。

大伙都来齐了，站在岸边，看着自己的船只铁瞄已经松动，随急流缓缓向金屿仔方向移动，若不及时把船拉回，结局就是撞礁船毁。虽然我们手里有一只用来渡人的小舢板，但风浪这么大，用小橹根本摇不动它前行。唯一的办法就是需要一个人把绳子绑在腰上，游过去。绳子的一头牵在岸上人手上。等这个游过去的人爬上船，把绳子固定在船头，然后起瞄，让岸上人拼尽全力拉船靠近岸边，再做打算。

这人选就难选啦！这是去搏命的。大家你看我，我看你，没有人愿意站出来，他们都是拖家带小的，全家人都指望着他生活。风越来越急，浪也越来越大，船离礁石也越来越近。

"我去！"人群中有人站了出来，他是橹头叔。只见他快速脱去渔袄，把绳子的一头捆在自己腰上，另一头交给岸边的众人，扑向海里。他身高1.83米，体重接近200斤。当他离船还有20来米时，强大的潮流把他拉走，越过船只，向金屿仔方向漂去。逆流回头根本不可能。大家奋力把他拉回，他眼睛已经翻白。船老大用指甲掐他人中，把随身带来的热水给他强行灌下，他才醒了过来。

时间不等人，船老大急得跺脚。

"我去试试。"我对船老大说。"你能行吗？""我瘦，阻力小，或许能行。"我一边回他的话，一边拿过绳子捆在腰上。那时，我身高1.77米，体重却只有119斤。

海潮是从北向南流的，我想借力强大的潮流，把我带向船只。但我必须奋力向前游去，才能接近船只。我向北跑了几十步，扎进冰冷的波涛中随南流向船只游去。风浪盖过来，击打着我的脸，我的头，很痛很晕。鼻子很难呼吸，只能张开嘴，海水灌进胃，咳嗽，呕吐，再张口，再呕吐。此时人命像蚍蜉，在翻腾的水中挣扎。什么恐惧都没有，只有一个念头，爬上船。眼睛睁不开，朝着大致的方向奋力划动双臂，筋疲力尽时，迷糊中摸到锚索。顺着锚索用尽力气爬上了船。固定好绳索。岸上人奋力拉船，绷紧的锚绳松了。我拉起铁锚挂在船梆。船得救了，我瘫坐船上，全身冰冷发抖，上牙嗑着下牙，手脚僵硬。几位大叔把我的上衣脱光，让我穿上鱼袄。船老大叫两个壮年船员架住我回家。我冷得走不动，他们想抬着我走。

"夹着他快步走，不要抬，不要停，不能让他撒尿！"船老大叮嘱说。

回到家，我妈没有责备我一句话。熬一盆姜水，让我趁热分次喝下去。把两床棉被压在我身上，流汗，把寒气逼出来。

五

我个人不喜欢冬捕是因为晕船。每次出海去牛山渔场，都要经过一片浪涌海域，像过百慕大三角一样，那浪涌有两三层楼高，在浪涌起伏的曲线中，我们处在顶峰时，木船就像礁岩上的瞭望塔，跌到浪底像个花生壳被夹在两堵巨墙中。而我们就像几粒瘪壳的芝麻缩在花生壳里。虽然浪尖不开花，但跌宕起伏的暗流能把木船撕碎。帆船在这片茫茫大海中，无助且无奈，只好任其漂泊。我每次吐尽胃里的东西，再吐胃酸，最后吐的是绿色的苦胆。头胀痛难忍，整个人像踩在棉花上，身体疲软无力。这种经历返程时还要重新来一次。

在那段时间里，我在家里睡觉，都神经质竖起耳朵，希望能听到屋顶上的风吹动瓦片的声音。因为起风了，第二天就用不着出海了，去经受晕船的磨难。

我记得，冬捕的主要鱼种是带鱼。带鱼有别的鱼种没有的特性。它不善游泳，昼夜是垂直移动的。但它每年迁徙上千公里，不知道得费多大的劲。因为它们喜欢成群结队，所以洄游到哪里，都是鱼汛。每年10月份，它们洄游到牛山渔场，是捕获的最好季节。但围捕它们要特别小心，它生性凶猛，牙齿锋利如刀片。轻轻划破捕鱼人的手脚就血流不止，因为切口很深。你看见菜市场鱼摊杀带鱼的，都要先砍掉它嘴巴前面弯钩的前牙，像砍掉毒蛇的前牙一样。

带鱼大小不一。两斤左右的带鱼肉质紧实，除了脊椎骨，没有大骨刺，红烧、油炸都是很好的美食。我们捕获的带鱼最大不超过六七斤。但听说有人捕获过30多斤的带鱼。

说是有个女人求师爷打官司，因她老公被逼债走投无路，拿了斧头想逼退讨债人，不小心杀了人，希望能免死。师爷问自己老婆："她空手来的吗？"老婆回答："送了一条带鱼。"这师爷不以为然。他写好诉状，老婆叫他下楼吃饭，他看到一块红烧鱼，嚼起来那劲道，跟他平常吃过的鱼不一样。

"这是什么鱼？"他问老婆。

"是带鱼，昨晚求你打官司的女人送的。"

"不对呀。"师爷说。

"是真的，这带鱼30多斤呢。稀罕物，我才切了一小块红烧。"老婆很认真地说。

"这女人特可怜的，又很大气，能帮一把就帮她一把吧！"女人恳求丈夫说。

师爷听从老婆的话，上楼把提斧杀人，改为落斧杀人。结果罪就降了一等。传说归传说，是否有这么大的带鱼，并起了这么大的作用，只有传说人知道。我们听听而已。

六

海里讨生活的人有很多习俗和忌讳。比如船老大的脚边都有一把利斧，谁也不能动。问他也不说。问同船的，我才知道是镇邪物，请法师开过光的。

同船说，有天晚上，下锚休息，半夜中他尿急起来，头刚伸出船舱，就看见一个黑影从船后爬上船，触碰到斧头，就"吱"的一声落下水。他摇醒另一个船工，一起察看了刚才那黑影伸手触斧的地方，真的有一滩水渍。说得我毛骨悚然，全身起了鸡皮疙瘩。斧头的另一个用途是破风险，当大风来时，船撑不住，就用这利斧砍倒桅杆风帆，以求自保。若渔网还在海上，天边卷起黑云呼啸而来，来不及收网，也是靠利斧砍掉网绳，弃网逃生的。昨晚听到邪门的事还有阴影，下午我们船过浪涌海域时，看见一具男性尸体从船边漂过，脸部浮肿变形，已经看不清五官了。老大叫船工搬起一块船板丢下海去，度他上岸，这是渔家流传下来的习俗。

七

家乡的渔民择海而生，对自然的敬畏，选择顺从。他们信仰海神：东海龙王，基本每个村落都有龙王庙。

新船下海，开年出海，为保平安和丰收，都要举行祭祀仪式。把香案抬到岸边，主事人点燃三炷棒香，棒香的烟雾袅袅上升，给上天送去上供的消息。主事人吩咐手下抬上供品：三熟五牲礼品，五牲指全猪、全羊、全鸡、全鹅、金鸭。三熟指糕点或水果。

在物资匮乏的年代，也只能用鱼、猪肝、猪肚、鸡、鸭替代。没钱买三熟，就用炒熟的花生、蚕豆、豌豆摆摆，这已经是很尽力了，想必佛祖也能理解。实在日子撑不去时，也只能用小麦粉捏成牛猪羊的模样，蒸熟了拿去上供。接下来是主事人祈告，告诉海神，给你上供了，希望全船平安，渔获丰收。

每年农历七月十五，是渔区小孩们最恐怖的日子。从小家长就告诉他们，海里的水鬼这一天会上岸找替身，找到了，水鬼才能上岸转世。

家长所说的水鬼，就是漂泊在海上的尸体，没有人见到他，或见到没扔船板让他上岸超度的孤魂野鬼，永远在海里泡着，灵魂得不到超度。每年这七月十五前后也真的都会有人溺水身亡，闹得远方的亲戚都不敢来走动，闹得小孩子们晚上大气都不敢出。弄得全渔村，一家人有动静，全村的狗都叫起来。

七月半的鬼传说，究其原因，每年七月十五这一天，太阳、月亮、地球基本成一线，太阳的引潮力最大程度加大月亮的引潮力，使得潮水涨得最高，也落得最低。许多岛屿底下的礁石都裸露了出来，海岸线比平常倒退几十米或上百米，平常找不到的鱼虾贝类都能找到。渔村的男女老少能走动的都下海捉鱼虾，因为对低潮位的海域不熟悉，且贪念丰富的平常没有出现过的各类海鲜，潮水来了还不肯放弃，稍不留神，就被海潮吞噬了。

加上传说中七月十五是中元节，阎王下令打开鬼门关，让死去的人回人间看望家人，所谓"中元节，鬼乱闹"这样各种鬼出现，找替身就越传越神。

八

我最后一次出海是1976年冬季，路过浪涌海域时，又是吐得一塌糊涂。船行海峡中间时，刚巧有一艘台湾的铁制机动渔船驶过，离得很近，我能清楚地看清他们的脸面，他们微笑地向我们打招呼。他们的船很大很高，每个人身上都穿着绿色的连身防水裤。看见我爬在船沿吐着，就扔过来几块面包和几听易拉罐可乐。面包是全麦的，比较大，像小枕头，外面还套着保鲜膜。

我有点羡慕他们，什么时候我们也能开这样的船，穿这样的防水服。

用木帆船观鱼敲罟捕鱼，到我这一代应该是最后的晚钟。

船老大也老了，他是县劳模，那时年富力强，经验丰富。那眼力，判断鱼情下网百分百的准确，几乎都是满载而归。我上船时他已经67岁了，或者是荣誉的包袱，或者是鱼汛不佳，或者年纪大了，眼力不好使。第一年，我跟着他冬捕，总捕获鱼量在全村21个小队中我们排名倒数第一。橹头叔几次提醒他靠近岛屿附近撒网，他不敢，用各种理由搪塞。因为那里暗礁多。

船老大的责任挺大的，除了凭经验观察跟踪鱼情，撒网时还要观风向、潮流、星辰方位。他在这片海域混了几十年，哪个地方有礁石他知道，但船和渔网是移动的，这就很难判断渔网触礁纠缠毁网的危险了。

他现在眼神不好，看不清星辰方位，船头偏1度，船只的走向就不同了，等察觉渔网可能触礁，调舵落帆的速度也没有年富力强时利索，所以靠近岛屿撒网，渔网触礁是不可避免的。他只能在空阔的地方下网，那里安全，但几乎都被其他渔船下过网，哪还有鱼呢。这一年大家都过得不快乐，见到同村人也抬不起头，回到家还受到老婆指桑骂槐的气。

第二年初，大家集体提抗议，老大才不甘不愿地退下来。由他的连襟顶上去，这人40多岁，虽然经验不比老大丰富，但胆子大，敢在岛屿暗礁区撒网，发现渔网要触礁了，也能及时处理得妥帖。可惜，大鱼汛的机会越来越少，加上机帆船的和拖网的兴起，鱼探机的使用，我们这些古老的木帆船也逐渐被淘汰，成为壳山沙滩上凝固的诗卷，供后人路过瞻仰。

再后来，私人公司兴起，老板喜欢用船只的龙骨做老板桌，龙骨上的千钉百孔，象征着闽人不怕挫折和困难、胆于担当、不惧风浪、敢拼能赢的精神，很快风靡了起来。这古老的木船也就自然解体，没有了踪迹。

第二章

壳山春秋

一

我的家乡有座壳山，它离海水百把米。但海水大潮也淹不到这地方。

传说附近村落早年有一对夫妻，大年三十被逼债无路可走，双双到海边想跳海自杀，忽见海上腾空跃起一匹白马，向壳山奔去，一刹那消失不见了。

这对夫妻好生诧异，顺着马蹄找到壳山一处洞穴，洞不大，深宽不过数丈，男人横心进洞，在积沙中小心摸索前行，脚下突然被硬东西触碰，挖开积沙发现一块石板，石板盖着的是一口大面缸，据说缸的直径十分了得，小孩能站在缸沿跳舞呢。缸内满满装着银圆。

从此他们几代人不用脱鞋下地劳作了。用银圆添置几艘渔船，雇人捕鱼；又购买了几十亩肥田，租他人耕种。在镇上还开了两家渔具店，一家盐铺。土改时被划为地主，子孙再也没有发达过，看来横财不一定是福呀！

我穷困时，常想什么时候也能遇到这样白马。也到过壳山那边转悠，也在那洞穴积沙里刨过，看有没有遗落银圆，无果。

壳山的传说是人们对美好愿望的寄托，在现实中，壳山面对的海域、沙滩和海滩，却养育这一带的世代村民。

壳山面海的岛屿就是塌屿。它像侧卧的女性，腹部与壳山相对，距离数百米，是一片温柔多情的海域。这里水流平缓，沙质肥沃，红蛤就生长在这片海底沙地上。这片海域滩坡平缓，退潮时，从潮线涉水到蛤场，两三百米远，水不及胸。

每年七八月，村里的乡人都会招呼自己亲戚来一起耙红蛤。亲戚手头再忙，也会抽空来。一个下午时间，最没本事的人，也能收获十几斤。拿到城关卖些碎钱，放手头零用，比卖鸡卖鸭来钱快得多。而且干这活也不需要什么难的技术，一教就会。

耙红蛤时，人处在及腰的海水中，用一把特制耙具：前装铁片，后面装上网兜，用三角支架支撑着。铁片一插一勾一仰，人往后退，再一拉，沙子就洗净了，红蛤就落入网兜中。

耙会儿觉得网兜有点沉，用脚趾碰下网兜，硬硬的都是，就提了起来，解开网兜绳子，把红蛤倒进没水的鱼篓。耙具再次入水，如此反复。

整个红蛤场，摩肩接踵，熙熙攘攘，你来我往，七兜八转，你撞我的腰，我碰你的膀，拥挤得如同碰碰车场。"借光""对不起"声音此起彼落。熟人就彼此托托对方篓底，说："你比我多。"是恭贺也是赞赏。见面熟的就探头看看对方篓里装了多少。

我在红蛤场上遇到一位大叔，高个，壮实。皮肤褐黑色，戴着红色的鸭舌帽，在人群中特别醒目。他眼光锐利，左右环顾，但倒退时他还是撞到我的屁股。"对不起了，小兄弟。"他摆了摆手，就转身离开了。我有心跟了他去，但他步伐很快，前后穿插如梭，硬是没跟上。涨潮了，退到岸上，趁他抽烟的功夫，我问他：

"你在这里耙红蛤多少年了？"

他伸出三根手指让我猜。

"三年？"我答。

"三十年。我16岁就在这里耙红蛤，耙赤蛾的，挖其他各种贝类。靠讨小海这活计，我盖了房子，讨了老婆。晚上退潮了，我也常来。"

他说这话时，满眼放光，自豪了起来。

"晚上你来这里，偌大的海面，人又在齐腰的水里，有月亮还好，没有月亮，海面如深渊，乌漆麻黑的，你不怕吗？"

"有我弟做伴，他也跟着我讨小海盖了房，娶了老婆。"

"真的呀？"我有点将信将疑。

他看到我眼光里有疑惑，又补充道：

"虽然当时的红蛤之类不值钱，但卖得比巴浪鱼贵。城关的人嘴刁着呢，都知道这里的红蛤和各种天然贝类很肥美，味道好。我们兄弟俩在六、七、八月天气，每一次潮水都能耙百把斤，就算一斤卖一毛多钱，到年底就有一笔不小的收入。那时讨老婆，聘金只有300元。婚宴也很简单，煮几道家常菜凑凑热闹就过了。盖普通的石头厝也不需要很多钱。"

"哦。那过去耙红蛤的人多吗？"我问。

"也很多。但专业做这事的不多。力气活，大潮那几天，长时间泡水里，对身体影响还是蛮大的。喏，你看我的手指。"

他摊开手掌，把指头凑到眼前让我看。

"十个手指头的指纹都泡没了。肉眼看不到。"他说。

又抬起脚，我看到脚底纹也都没了。

"这还算好，我膝盖经常痛，看了医生，说半月板磨损很厉害，再继续劳累，要换了。"他伤感地说道。

长时间泡在海水里，平潮期又短，下海者拖着耙红蛤工具负重用力，都在赶潮水，抢时间。腿脚不停运动，脚板与海沙摩擦，时间长了，强劳力付出的后果就显现了，尤其专业耙蛤人，对肌肤关节的损伤更为厉害。真是吃蛤不知耙蛤苦，总嫌蛤贵寡同情。

耙红蛤也要看运气，手气好的，技术棒的，潮落潮起，能落袋几十斤。像我见到的这位大叔，刚才在岸上，我掂了掂他的大号鱼篓，沉得我单手提不动。

大叔是耙红蛤人中的头牌旗手，每次耙蛤数量都在榜头。除了技术和耐力，跟他的身高不无关系。他身高1.85米，比一般人高一个头，潮水退底时，他可以到海水深些的地方耙红蛤，别人不敢，也不能。淹到他胸口的海水，别人就没过头顶了。没人或少人耙过的地方，红蛤自然就多。这是个头矮的人望尘莫及的。

红蛤主要生活在海底沙滩上，岸上海滩里也有。退潮时，用锄头跟部往海滩上一跺，水柱就喷了出来，它埋沙很浅，用手往里一勾，红蛤就显现了。但数量不多，个头也不大。会不会像人类叛逆的半小孩子，从红蛤群体逃离，身上没有盘缠，落单了，回不去了，我心里想。

而同是贝类的赤蛾，却生长在海滩上，用铁耙子就能耙到。它埋沙不深，遇到冬天，大风凛冽强劲，能把潮湿海滩的沙子刮跑，赤蛾就露了出来。每每这时，能顶得住寒冷和风沙的讨小海人，不费力气，就能获得数量不菲的赤蛾。

但赤蛾外壳坚实厚重，拿在手里沉甸甸的，一斤称不了几个。我也曾经拾过赤蛾，其中有两个特大的，近圆形，每个都有5两重。赤蛾煮开，壳就开了，把肉取出，发现其中一个赤蛾肉里，有两颗黑珍珠。大的如豌豆，小的如绿豆。赤蛾肉Q韧如皮筋，有点咬不动，可能是个头太大的原因，也许是烹饪方法不对。

赤蛾壳面十分光滑锃亮，若见两个尖刻耍滑之人争论是非或暗中较量，世俗好事者常用一句俗语圈点他俩："牙筷夹赤蛾，滑对滑。"

红蛤成长过程很慢，从卵成苗，再到成熟，用时好多年。

每年来这片海域耙红蛤的人跟现在海滨浴场上的人一样多。年年耙年年有。后来有人用上了机械船，像收割机似的从海底扫刮过去，一天能收获几百斤。这样杀鸡取卵，红蛤繁殖再快再多，也有绝尽的时候。

壳山的这片海域是海坛湾的北部头。是红蛤的聚集地，我们习惯叫它红蛤场。

红蛤以其外壳紫红色而得名。它的体状呈斜卵圆形，外壳同心生长纹细密可数。其中每条生长纹都是潮汐的记录，据其可知它年龄多少。

它个大肉丰，肉色淡黄，肉质嫩滑爽口，味道极其鲜美，成了家乡游子梦绕情牵的挂念。红蛤炖母鸡，其鲜爽可口与鸡汤籴海蚌不相上下。葱油红蛤，瘦肉红蛤汤都是难得的佳肴。其营养价值极高，是天然的养肾食材。

二

红蛤场里，还有牛螺，我踩过。这种螺个体很大，以前没手机，召集人或船间的联络都是用这种螺壳吹号的。它在抗击倭寇时立下汗马功劳。

吹螺号是有窍门的，外行根本吹不响。首先要在螺尾巴打孔，孔不能太大，边缘要磨齐整、光滑。吹气时气运丹田，把舌头卷起，成半圆形送气道，舌尖部位紧贴下唇，然后鼓起腮帮，像练蛤蟆功，瞬间把气吹出，才能发出震耳的螺声。

牛螺自古以来之所以被我们渔民作为传声筒，不仅仅靠用力吹气。专家说，牛螺壳十分厚实，内部有坚硬光滑的曲面，使得声音在传播过程中不断被反射回来，形成回声共振。

讲明白些，螺壳内部就是天然的共鸣器，把声音放大，从而产生特定的听觉效果——浑厚、深沉、悠长、宏远。

踩这种螺要躲开耙红蛤的人群，走向更深的海水区。耙红蛤时，海水及腰，才能稳定行走。涉水再深，人就轻浮了，耙具也随之轻浮起来，人很难使上劲，也就很难耙到红蛤了。踩牛螺不一样，靠赤脚去探索，海水到脖子也没关系。不过得在鱼篓里放石头，把身体往下压。稳住，才不会让身体浮起来。

牛螺是在海底沙滩上觅食的，身体是裸露的。它行动缓慢，当脚趾碰到它时，也不会逃走。这时人憋住呼吸，一个猛子扎进海底，把它捉住提起就行。

大的牛螺有几斤重，小的才几两。运气好时，一个下午能踩到三五只。牛螺一般不卖，留着自己吃。为保证螺壳完整，把牛螺用绳子捆住，吊在高处，螺口朝下，用秤钩扎进螺肉，把秤砣挂在秤钩上。螺体受不了秤砣的重量，就渐渐脱壳而出。这样弄出来的螺体是完整的，螺壳也很完整。遇到大的，光螺肉就有几斤重。

营养学认为，牛螺肉是典型的高蛋白、低脂肪、高钙质天然海洋食品。我只觉得好吃，为了果腹而已。吃牛螺肉要处理好内脏。尤其是它的尿囊和苦胆，尿臊味和苦味很浓，弄破了，整块螺肉扔给土狗吃，狗都嫌臊嫌苦。

三

有红蛤生长的地方，就有沙蚕繁殖生存。沙蚕是海滩生物，它喜好石英砂，透气，过滤性好。喜欢有淡水流入海水的地方，滩面有丰富的有机物供它觅食。壳山海滩具备这些条件。

我所见到的沙蚕呈紫色，身体布满竖纹，但无疣足和触角，胖胖嘟嘟，有点憨厚可掬。沙蚕自身分泌液体，在海滩沙地里建造通道。道长

20到40厘米。它极其灵敏,有细微的动静,即顺道逃遁无影。

挖沙蚕先找它的痕迹。海水退潮,沙蚕会在海滩觅食有机物。它像蚯蚓一样蠕动,留下的痕迹成放射性排列。痕迹杂乱密集的地方,就是许多沙蚕聚集的地方。所谓快准狠,在我实践体会中没有什么意义。人的足迹踩在海滩上,极其灵敏的沙蚕哪能感觉不到,没等你近前,早就缩进通道了,这就是海滩沙面上根本见不到活体沙蚕的原因。

所以我们捉沙蚕,用的就是最土的办法。在沙蚕密集的地方挖一条深40厘米、宽50厘米、长3米的坑,然后用四齿长耙把前面的沙掀下来,跟挖人工栽培的山药一样,沙虫就无处逃遁了。

方法是笨拙点,也费力,但能见效果。

第二种方法是挖个四方坑,长宽80厘米,深30厘米。用无患子揉搓出来的汁,加进海水灌进坑里,等混合液体慢慢渗透四周,沙蚕迷晕了,就爬出来了。但这样捉到的沙蚕,要立马放入桶中,再灌入海水,让它把刚才吸进的液体吐出,否则容易死亡。没有无患子,用醉鱼草也行,采集它的花叶,放石臼捣碎绞成汁,掺入海水灌坑。一刻钟工夫,沙蚕就不知道天南地北了。冒出头,用鼻子闻闻,发现有两脚兽的味道,又缩回去了。憋得实在难受了,它又探出半身,这下回不去了。

还有另一种缺德的捕捉沙蚕的办法。

沙蚕在性成熟时,喜欢在每年春末和秋初,选择上弦月或下弦月的夜晚,这时月色朦胧灰暗,趁涨潮时,从沙底里爬出,离开栖息地,在浅滩水面上求偶跳舞,这叫群浮群舞。成千上万只沙蚕同时舞动身肢,以最炫的动作吸引异性,场面十分壮观。兴奋极致,雌雄沙蚕同时排卵射精,完成新一轮生命的交接。这是它们的生殖习性。完成使命后,绝大多数的个体雌雄沙蚕都会安然死去,被退潮湍流带入海底。所以这也是一场悲剧之欢,令人扼腕痛心。但有的两脚兽却不以为然,趁沙蚕群浮群舞时用细网罩住它们，捕获回家。如果它们已经完成了生命的交接，捕获它倒情有可原，因为它们反正要死去。如果正在兴头上，还没完成生命交接，被两脚兽围捕了，不是让它们断子绝孙吗？这个时间点，神仙都难把握。

处理沙蚕也是门技术活，要趁它活着的时候用一根筷子从它头部插入，都不能捅破，目的是把里面的内脏翻出来，跟翻鸭肠一样。沙蚕肚子里有沙子和不洁的杂物，要清掉，只剩下外面一层肉质的东西。

死去的和断掉的沙蚕，缩成一团，身体僵硬，内脏是翻不出来的。最好扔掉。若是生手，翻到一半，筷子戳破沙蚕，沙子及杂质也容易留在体内，影响卫生和口感。

所以酒店或买家买沙蚕，都喜欢卖者当场现杀。活的沙蚕是紫红色的，把它的内脏清理洗净，就变得清白了。

沙蚕炒西芹是食客喜欢吃的一道菜。Q脆弹牙，口舌难忘。但在都市的大酒店却很难吃到。沙蚕还可以炸着吃。在清理好的沙蚕中放入佐料葱花，用油炸粉拌匀，锅中油烧至冒烟，放沙蚕炸至表面焦脆即可。还可以和鸡蛋蒸着吃。沙蚕晒干后，色泽金黄透明，煲汤味道醇美清甜，为宴席上等佳品。

沙蚕除了很高的营养价值，还同时有着补脾益胃、补血养血、利水消肿的功效。

四

在壳山海域，讨小海的群体中，还有一种小众的职业——扎虹鱼。

壳山一带海域有虹鱼活动。

扎虹鱼的是位老人，我十几岁时，他就已经50多岁了。妻虹子早几年得病没了。有个女儿，出嫁的头两年还回家看望老人，有了孩子，就很少走动了。老人在部队待过，是国民党的旧军队，当过军需官，在抗日战争中被流弹击中小腿，成了残疾，回到家乡。解放后的各次运动，没少被斗争过。他下不了海，除了会种地，拿一份口粮度日，还有一手绝活——扎魟鱼。

魟鱼又叫魔鬼鱼。活动在壳山这一带海域的魟鱼背部呈黄色，腹部白色，也叫黄魟。形体是菱形的，尖嘴，无鳞，体表光滑。整个身子像大槲树的叶子。大的如小车轮胎，小的如盘子。行如蝶展，上下扇动两翼。它性格温和，但触及它的身子，也会强烈反抗。

人类惧怕它，是它的尾巴，长尺余，其上有三根倒刺，具神经毒素。人体被刺中，伤口剧烈疼痛，随即被刺部位紫黑。致人休克、大小便失禁及呼吸困难，甚至死亡。

澳大利亚著名捕鳄人史蒂夫·欧文，就是在海域拍摄水下记录时被魟鱼刺伤胸口，毒发身亡。我们村先后也有三个村民误踩魟鱼被其刺伤，差点丧命，一个还留下终身残疾。中毒后就算到了医院也没法子，蛇毒有血清可救，被魟鱼刺伤中毒，无解。所以，村民们谈魟色变。

我说的这位老人，有丰富的扎魟经历，死在他手上的黄魟少说也有百来只。每次巡海，从无败绩。

黄魟平常生活在深海区，主要捕食浮游生物和小鱼，因为它嘴巴小，又无牙齿，只是在下大雨时会到岸边浅水区捕食。我们的村子有一条小溪从村里穿过，水是从村后的后山渗出来的。平常水不大，流经壳山，汇入大海。但每年的4月到7月，多雨季节，从山上流下的水汇集成洪，裹挟着蝌蚪泥鳅小鱼虾流入海岸，是黄魟在海岸浅水活动最密集的季节。

老人这时候常穿着竹笠和蓑衣，背着鱼篓，篓中装着锋利的砍刀和一块麻袋布片。把裤脚挽到膝盖，冒着大雨，在没过小腿的海水中巡走。肩上扛着一根丈余的长棍，长棍的一头装着U型的钢叉。叉长两尺，尖利有倒钩。车胎大小的黄魟扇动两翼的力量是很大的，但被叉中，也很难脱身。

他告诉我，叉魟这活，是他在部队时跟渤海湾的当地渔民学的。当时部队供给不足，他是军需官，不能让士兵饿着肚子去打日本兵，就和士兵一起跟着渔民学叉魟，改善伙食。

叉魟的绝活看三件：

第一是判断，看准水中哪里有魟。洪水经过壳山，流入大海的地方，宽不过50米。一片浑浊水中，通过看水纹，判断黄魟，着实不容易。但魟鱼觅食，不可能不动，它在水下扇动两翼，反映到水面就有圆形的水纹出现，类似涌泉。尽管是细微的，但老人的目光十分锐利，一看就中。

第二是叉魟，他把肩上的长叉棍握在手里，对准圆形的水纹迅速叉入，最关键的是，脚不能靠水纹太近，至少保持三尺距离，叉杆角度要保持45度斜叉。叉中黄魟，死死稳住叉杆，让它挣扎一会儿，因为钢叉的力度是可以穿透魟身的，并插进沙里，不怕它挣脱。U型的钢叉又牢牢锁住魟身，也不怕它转身。这时把握叉杆的手退后，与黄魟保持距离，避免黄魟尾巴扫到，防止被毒刺击伤。

第三是去毒刺，这就是为什么需要长杆的原因。叉中魟鱼，然后贴着沙面，把黄魟推上岸。随即拿出篓里的麻袋布片与砍刀。把布片铺在黄魟身上，防止打滑。因为魟鱼没有鱼鳞，鱼体滑溜。老人一脚踩在布片上面，挥手一刀，把黄魟尾巴切掉，就算大功告成了。

他把第一只黄魟拖到沙滩上，任它挣扎翻滚。凭手感，这只黄魟足有30多斤重。接着他又下海守候圆形水纹的出现。最多的一次，他叉到五只，回村喊人帮忙才抬回去。

叉到的黄虹他切块卖给乡亲，有时也送给生活困难的孤寡老人。但黄虹肝都是留给自己吃的，或蒸或煮，十分可口。

所有的鱼肝都有明目的功效，这是渔区人的共识。除尾巴毒刺，黄虹全身无毒，或许是它游行的动作与其他鱼不同，它的肉质特别紧实Q弹。酱水煮，炖酸菜，都是佐餐的佳品。

但它与鲨鱼一样，尿液从皮肤排出，形成尿酸。尿酸与空气接触就产生尿素，所以有氨气味。烹饪时需切块放入沸水氽烫捞出，以减少氨气味。不新鲜的黄虹最好放弃，否则味道难以下口。

五

壳山海域和海滩给村民们提供了来钱的路子。壳山的沙滩也是台风来时渔船的安全保障。

台风来临之前，天上都是跑马云，速度快极了，忽溜一下就过去，像跑去投胎似的。地上倒安静，无风吹动，孩子丢掉的作业纸，还舒服地躺着，一动不动。只是土狗缩在屋里不肯出门，竖起耳朵听着门外的动静。而母鸡大白天跑到鸡窝里，支起翅膀，让小鸡躲在羽毛底下。不怕雨的鸭公鸭母，也停止了打情骂俏，伸着脖子仰头听着什么。神情严肃而专注。远处有隐隐约约的雷声传来。

到此时才明白古早人流传下来的那句俗语，"鸭仔听雷公"，原来是这模样。

海的远处有一堵黑云翻滚而来，像变异的群熊，狰狞恐怖。黑云追赶着跑马云，凶神恶煞，像无常捉人。天黑了下来。空气突然变得清凉，一股富氧的气流从鼻孔吸入，人顿时变得清醒起来，舒服异常。一阵哨风而过，有雨洒了下来。雨点很重，打在沙里，一滴一个坑。

接着大风来了，雨脚密集了起来。轰隆一阵雷声，大雨倾盆而下，飓风跟着刮来，一阵紧似一阵。海里传来浪涛的巨响。村里各种声音也响了起来，有村民屋顶的瓦片像纸张一样被掀起，摔在地上，哗哩哗啦。孩子的哭喊声此起彼落。有碗口粗树被折断，发出震耳的撕裂声。眼前是雨墙，一片白茫茫；头顶狂风呼啸，耳朵里听到的都是破碎的声音，似世界末日的到来。

金屿仔虽然是渔船停泊的港湾，但一旦台风来时，风速每秒50米以上，港口的堤坝根本无力抵挡台风的淫威。飓风掀起的浪涛一浪高过一浪，像弓腰的巨兽，嘶吼着把一切吞没。巨浪比桅高，堤坝如蝼蚁。渔船在港湾里相互挤撞，像误入斗牛场的红衣小孩，哪禁得住疯牛的尖角。挑起来，重重摔下去，又挑起来，又摔下去。

木船能禁得几起几落的折腾？历史上有过来不及转移的木帆船，在港湾里被台风巨浪挤撞崩碎。前车之鉴不远，谁都晓得鸡蛋碰不得石头的。

于是在台风来临前，小吨位的木帆船，用卸下来的两根桅杆前后横在船头船尾，用棕索把船身与桅杆捆扎在一起。一根桅杆两边各站5人，计20人，把船抬起，往壳山沙滩上走去，放在台风巨浪拍不到的地方。20人抬不动，就再加人。村民们互帮互助，齐心合力，避过一次又一次台风。

大吨位的木帆船是抬不动的。他们在每条船上，左中右绑三条棕索。左右两索用于大船的方向平衡，中间的棕索借狂风巨浪的推力，把船拉上岸，朝沙滩靠近。直到狂风巨浪消停了，浪止船停。

躲过台风，船要下海，小船照前例抬下海。大船下海，需等满潮。在船后挖坑，让海水涌入，前拉后推，每次都像船坞新船下水，累得跟孙子似的，但瞧着自己的船只完好无损，这些付出也值得。

六

壳山的南向是一带沙滩，宽数丈，长千米，是家乡煅烧壳灰的贝壳来源。

俗语说，一方水土养一方人。这话不假。现代建筑，离不开水泥。但在海岛，在我生活的家乡，在我年轻的年代，水泥还是稀罕物。古早人就更不用说了，乡民们用壳灰代替水泥，不知生活了多少年代。

先说渔船吧，为防漏水和铁钉生锈，就离不开壳灰。过去的渔船叫木板船，全靠木板沿着龙骨拼成的，郑和下西洋，那么大的船也是。木板船不漏水不生锈，靠的是壳灰。

锤打工把细壳灰、桐油、黄麻丝按比例混合，在石臼里反复锤打成捻料，通过捻匠的巧手，用排凿把船板之间的缝隙凿成一定的角度，放上捻料，用平凿敲打进去，外面再涂上一层灰油。

灰油的制作也是三合一，但材料不同。它是用细壳灰、桐油、黄色草纸混合，锤打成稀泥状，黏度很强，粘手上要用细沙反复搓，几天才干净。以前没有黏合剂，家里有瓷碗陶盆摔破了，常用灰油黏上，异常牢固。

有不正经的大人也会拿灰油开玩笑。我们的乡俗，姐姐结婚了，第二天娘家有小弟的，会去姐夫家接姐姐回娘家。小弟一般年纪不大，还不谙世事。如果被不正经的大人碰到了，就会刮点灰油用草纸包着给小弟。

"干吗？"小弟问。

"给你姐夫，你姐昨晚弄破了碗，让你姐夫补上。"

坏心眼的大人诡笑着说。有不明事理的小弟果真把灰油带给姐夫，结果闹了个大笑话。你说这人缺德不缺德。

话说回来，待捻料干燥后，捻匠师用批刀刮下油灰，均匀地涂在板缝上。再把船体用桐油刷一遍，晾干船体就可以下海了。几艘船若一起干活，那叮叮咚咚的声音此起彼伏，好不热闹。

这造船修船的热闹都发生在壳山的沙滩上。

大队造新船，锤灰油的事我干过，还到过现场送灰料，那场景，那辛苦，我是深有体会的。

在那使用木船的年代，捻匠师扮演很重要的角色。主家逢初一、十六都要好菜好酒侍候着。俗称做尾牙。

有些心术不正的捻匠人，吃到嘴里的还不满足，还盯上主家锅里的。这就叫作上踏板又想上眠床。当时相传就有个姓卜的捻匠师是这样的人。

他做捻匠有三十多年了，干活是把好手，又能说会道，就是粘花惹草的风流本性改不了。有位主家姓华，生意做得风生水起，家资殷实，他想造船做海上生意。造船是个硬活，离不开两个角色。一是木匠，二是船捻师，也叫捻匠。姓华的主家万不该只看手艺高低，不看人品如何。他把姓卜的捻匠雇来造船。

主家的媳妇不但身材高挑，脸蛋也长得漂亮，一双丹凤眼也是顾盼生辉。走起路来身腰扭动更是招男人眼馋。用船工们的话说，她是腰间像装弹簧，臀部能写字。做一艘船常常需要一年半载时间，主家又常年在闽浙两地跑生意。主家媳妇每天送饭送菜到海边，遇到风流的捻匠师，一来二去的，就有了故事。时间久了，身边的人都知道，就是不敢告诉主家。但伤天害理的事总是会被发现，那天主家起得早，他要赶去浙江讨一笔欠款。我家乡是全岛，要靠轮渡过海到邻县走陆路去浙江。

合该天安排，他到轮渡口，忘了带上债务人的欠条，主家就折返回家，这时天还没亮。到家门口，他看见护院的狗从家里的狗洞出来，对他摇头摆尾，狗不叫也不哼，原来狗嘴里叼着一只男人的人字拖鞋。主家是个聪明人，他风闻过的事，今晨应该有个了结。

主家年轻时在道上做事，轻功了得，他翻过自家院墙，绕到后门，贴近卧室窗户细听，有一对男女的缠绵声，这声音他很熟悉。第二天，他就把这个捻匠辞掉了，把媳妇休了。

这捻匠心怀不满，晚上偷偷把一只蛊虫封进船底木板的缝隙里。按民间说法，这个蛊虫很厉害，是心术不正的人用自己手指头的鲜血养大的，听得懂驯养人的咒语。

船行海中，蛊虫会听令咬破捻子和灰油，让船漏水沉没。幸好有他的徒弟把这事告诉了主家，才免遭暗算。这主家是个善人，这徒弟平时有头疼脑热，都是靠主家照顾，家里有急用钱，主家也是不二话把薪水预支给他。这次得救，也算善有善报。

那风流的捻匠后来没有人敢雇用他，他整日喝酒癫疯，有天晚上他把手指伸进蛊罐里，被蛊虫咬破了手，得了破伤风，死了。这也算是恶有恶报。

话扯远了，回头我们说叨石头厝，现如今媒体上铺天盖地说它如何如何好。但在没有水泥的时代里，有几多人知道，砌石墙，用的是什么浆？勾墙缝用的是什么灰？里屋糊墙面用的是什么料？刷白用的又是什么粉？我告诉你，砌石墙用的是红黏土，家景好的人家掺些粗壳灰；勾墙缝用的是粗壳灰，富足人家掺入糯米浆；里屋糊墙壁用的是三合土，即粗壳灰、沙子和红黏土。有点钱的人家掺入糯米汤；里屋墙面刷白用的是细壳灰。

家乡人建筑离不开的是壳灰。因为壳灰有很好黏结性，使石头厝建

113

构牢固。其二它有很好吸潮吸湿功能。海岛的特征是风大浪大碱性大，特别是每年三月天，手指所触，无不湿漉。住在古石厝所以舒服，因为三月天，潮湿大大减弱，壳灰物质功不可没。

但蹊跷的是，我查阅了中国古建筑的九浆十八灰，即青浆、月白浆、白浆、桃花浆、糯米浆、烟子浆、砖灰浆、铺浆、红土浆等；生石灰、青灰、泼火、泼浆灰、煮浆灰、老浆灰、熬炒灰、秸灰、软烧灰、月白灰、磨刀灰、花灰、素灰、油灰、黄米灰、葡萄灰、纸筋灰、砖灰等。在这27种建筑材料中，居然没有贝壳灰。寄厚望于专家们，能为它拂尘见日。

接下来我要说的是贝壳烧窑。

七

俗话说：山歌好听口难开，果子好吃树难栽。壳灰好用是真，壳灰难烧也是真。首先要找壳源。别的乡村壳源来自哪里，我不清楚。我的家乡从壳山到燕夏山一带的沙滩地下是贝壳的主要来源。

规模最大的一次挖贝壳活动始于50年前。那时我高中刚毕业。十里八乡几千号人集中这一带，先用钢条插进沙里探测出沙底下贝壳的深浅、厚度、范围，像用洛阳铲探测古墓一样。发现壳源，先把上面的沙层挖掉，这是很费力气的。沙层厚度2米上下，深的达到二层楼高度。掀掉沙层，里头全是贝壳。有的壳源厚度高达数米。所见贝壳全是零碎的，不完整的，你根本看不出它们属于什么贝类。这是亘古以来，各种海洋贝类动物生死循环留下的遗骸。再经过无计数风浪的推送，集中在这片风沙里。准确地说，这是海洋贝类动物千万年甚至更久远年代堆积起来的浩大墓场。

乡人把贝壳起出来后，用大目筛子洗掉沙子，然后装筐装车运往各处煅烧成灰。每天从这里运出的贝壳有多少，我没有数据，只见乡场上一片白，有空地的地方都堆满贝壳，大地上一片白晃晃。

在这次挖壳活动中也发生过惨剧。一家五口人挖壳。兴奋中忘记了危险的存在，高达7米的沙堆突然塌方，把他们全埋里面。等大家七手八脚地把他们挖出，都因缺氧昏死过去。虽然抢救过来，但也因缺氧太久，留下残疾。这是大海的惩罚吗？

我是无神论者，挖贝壳是为了赚工分的，煅烧贝壳也是为了赚工分。有了工分，才能分到口粮，有了口粮，才能活命。人在糊口这个层面，思想很简单，除了吃饭穿衣，无欲无求。在我一生的记忆中，煅烧贝壳应该是最苦最累的活。之所以牢牢记住，是我在一个夏季高温里接连煅烧五次窑。

煅烧贝壳的窑是圆形的，直径约5米，高3米。一窑能装进约3000斤贝壳。烧一窑能赚100工分，当时1个工分7分钱，100工分折算人民币7元钱。一窑从进料、煅烧、出货、拌水、氧化、筛分，需要7天时间。这100工分相当于我上城关买肥33趟，每趟来回10里。算起来烧壳窑辛苦，但比买肥划算。

壳窑是用青石砌成的。它的底部砌成十字形坑道，它与窑外的鼓风机相通，起通风作用。坑道上面用铁篦子盖住。烧窑时，先铺上木材，浇上柴油，然后点火，着火后在木柴上撒一层煤炭，在煤炭上堆一层贝壳。用脚踩鼓风机往里送风，过一个时辰，再铺上煤炭和贝壳，周而复始，至窑满。煅烧温度保持在800—900度即可，烧透一窑贝壳，要两天两夜。人要不停地踩着鼓风机，火是不能熄灭的，低于800度就烧不透，就白费劲了，损失得自己承当。烧窑的材料都是生产队的，出货卖钱也归生产队所有。我只是卖苦力的，赚工分。

烧窑的活没人愿意干,特别是夏天。烧窑也有风险,没有什么保护措施。顺着台阶把材料挑到窑沿上,用簸箕一遍一遍地把材料撒在窑里。再困也不能在窑沿上打盹,一不小心掉下去,就羽化了。检验贝壳是否烧透,用一根长钢条,使劲往窑里捅,能捅到窑底就说明烧透了。

煅烧好贝壳,封窑三天。等冷却后,打开窑门,把贝壳御下,挑到隔壁的大房子里。用一天时间,把煅烧过的贝壳分成小堆,浇水拌匀,看着它氧化冒起一团团热雾,看着它瞬间化成灰。这时往灰堆里埋进鸡蛋,约10分钟,鸡蛋就熟了。埋进地瓜,20分钟也能烤熟。

接下来是筛灰,把灰堆筛分为细灰、粗灰和灰渣。筛分壳灰时把筛子吊在半空,把氧化了的贝壳灰铲到筛子里,再来往筛动。

夏天的屋里,温度本来就高,加上壳灰的热度,能感受到皮肤的烧灼感。我只能穿着裤头,光着上身,用湿毛巾围住鼻子和嘴巴,贝壳灰扬起的灰雾,包围着我,眼前所视,模糊不清。筛一会儿,就得出去透口气再进来。湿毛巾很快被灰雾糊住,得重新拧洗一把再捂上。

汗水淋漓,呼吸急促,没人敢在这屋里连续待上两个时辰。好在屋前不远有座小水库,不到两个时辰我都要跑出屋跳到水库里,被壳灰侵蚀的眼角触水那一刻,像刀割一样痛,从鼻孔揩出的鼻涕带着血丝,浓得化不开。头发像刺猬,一簇簇竖起来。稍微冲洗一下,又得进屋重复刚才的工作。两天下来,眼角和嘴角都红肿了,裂开了,并渗出血。身上所有带皱褶的皮肤,包括脖子、手腕、腋下、下身……都被壳灰腐蚀破溃,血水渗出,走路都不敢迈开腿,一瘸一拐行外八字。鼻子也疼得不敢揩鼻涕。咽喉疼得咽不下水。我像个雪人,除了眨动的眼睛是黑的,全身皆白。

走入水库,如同一块烧红的烙铁,放入冰水里淬火。我的身体每一个破溃处,触碰水的那一刻,那种刺入痛,撕裂痛,渗透痛,像手术刀无麻状态下的生生切肉，撕心裂肺，肌肉颤抖。疼得没有力气喊爹娘。每次事后，我思想都痛苦斗争过，再也不干了，哪怕饿死。

但不干烧窑，还能干什么？我无助地问自己。轻松点的活是轮不到我的。过了几天疼痛减轻些，又硬着头皮上窑去。后来我出现皮肤发痒，先是点状的，接着连成一片，再后来蔓延全身。我母亲用艾草煮水给我涂抹，也无济于事。我整晚整晚无眠，又不敢使劲抓，担心破溃。那日子生无可恋。

村里的一位老人看见我痛苦难受，对我妈说，让孩子去泡海水试试吧，或许还有救。我去了，把自己埋在海水里，海水是咸的，我的皮肤许多地方已溃烂化脓，带着盐分的海水从我身上一遍一遍地刷过，像干燥的麻纱紧贴在我破溃处，又立即撕下。那痛苦我无法言状。我没有眼泪，只有绝望，空洞的眼睛望着天空的蓝天白云，它们不属于我，若有魔鬼鱼出现，用毒刺把我刺死，我很乐意。死了就一了百了。

就这样我饱受海水的折磨。

过了几天，我皮肤长出许多水泡，不痒了。真的不痒了，我惊喜地从海水中站起，激动地向前奔跑，跌倒了，又站起来，突然放声大哭。又过了些时日，水泡干燥了，死皮可以一片片地撕下。我把撕下的死皮放进嘴里咀嚼，像咀嚼我过去的岁月。那年夏天，我瘦了5斤。

八

沿着壳山的海岸线，向前走过后田村，再过几个村庄就是仙人井了。在壳山与后田村的海滩上，有两石相倚，礁石不大，也不起眼。石底下有泉水涌出。

我和伙伴年轻时常把村部的浪鱼干挑往后田村收购站，再把那里的盐巴挑回村部，常驻足涌泉旁。

冬天寒冷，那涌泉却热乎冒气；夏天炎热，那涌泉却冷如寒冰，试着把赤脚伸入，顷刻冰凉，封肌锁骨。我们不敢久浴，久浴即麻。尝之淡甜。让我们不解的是：涨潮时被海水淹没，退潮时涌泉不断。泉从何来，何以淡之？

最后一次见到它，是30年前的事，已过不惑之年的我，怀着几分虔敬走向这汪涌泉。居然看到许多游客在排队取泉。看来她已经声名远扬了。细看礁石上面还有香烛的余烬、余烟还未散去。估摸附近的村民早已知道了这里的泉水，把它当神仙膜拜了。应了那句话：心中有默娘，处处可烧香。

现在的壳山周边，海岸线下切，白沙滩不见了。问了儿时的同伴，说是过度取沙让海床下陷的。

村民告知，壳山被挖走的海沙，无法计数。周边村落的老年村民也曾拉线阻挡，希望盗沙者手下留情，给子孙后代留下活路。可再牢固的绳子也挡不住钢铁巨兽。

10吨载量的运砂车跟饥饿的蝗虫成群落在庄稼地上似的，集中在壳山北侧，因为这里离公路很近，交通便捷，给盗砂者创造了条件。他们在壳山沙滩上挖沙，挖完沙滩挖海滩。车队看不到头，也看不见尾。昼夜不停，络绎不绝。

渔岛大兴土木时，岛内淡水沙稀罕得很。而铺路建房，无论水泥柏油都需要海量的沙子。他们只能铤而走险，盗挖海沙以次充好。

海沙均为石英砂，杂质少，颗粒适中，是上好的建筑材料。但它含盐量高，特别是高含量的氯离子，能穿过水泥的保护层直接与钢筋发生反应，导致钢筋锈蚀，体积膨胀，致使混凝土开裂。他们把海沙倒进大池里，用淡水冲一冲，过个眼，就出售了，就使用了。

清洗海沙需要专业的沙石清洗设备，以达到降氯的目的，但成本很高，他们哪舍得。大量海沙被挖走，就像人被挖掉了腿肉，骨头就露出来了。原来平坦的海滩，因为下陷，露出许多高低不平的岩礁，它们不知沉埋海滩多少年，现在个个面目狰狞示世。高的岩礁都有2米，导致海滩交通中断，拉山网停业，各种贝类及海生动物失去了家园。海底沙层跟陆上土地一样，表层覆盖着熟沙层，充满有机物，供各种贝类繁衍生长，这是它们赖以生存的家园。

现在岸边的沙子被挖了，在海潮的动力下，把深水区的海底沙层推向岸边，充填缺失的海岸，原来的有机沙质就慢慢变薄，营养的流失无法供给在此生长的贝类和海生动物，渐渐地就会销声匿迹。

我问过环境专家，用什么办法才能恢复原貌？专家回复也很悲怆。他说："想恢复原貌，只能复填。但想恢复海滩的表层沙质，不知需要多少年。"而那股清洌的涌泉，不知是否躲过这场劫难？它还会夏能消暑，冬能暖足吗？

有旧地重游者，烦告老夫，以求心安。

草地印象

一

在距我家乡约5里，有一片草地，成狭长状。宽近百米，长约千米。海水涨潮也淹不到这里。除非台风，掀起的波浪能漫过这片草地。

草地上生长着各种各样的草药。多是南洋群岛和台岛常见的，是长年累月的台风从海上刮进来的。台风过去了，海水退位了，这些草药就遗留了下来，扎根在草地上。

一个朋友跟我说过一件事，他有一年夏天带一个闽南的客户来海边玩，路过这片草地。他的客户这几天拉肚子，想找个地方方便。在草地上兜来晃去，就是下不了狠心蹲下去。

因为这客户的祖宗是个郎中，悬壶济世，声誉鹊起。除了帮人看病，他家还开了家草药店，生意一直很好。就算在兵荒马乱年代，草药店也没断停过。中医世家，代代相传。这位客人从小跟着父亲识草药，卖草药。到这草地一看，天哪，简单是百药园，在哪处方便，都觉得是糟蹋，是罪过。所以他蹲不下去呀。

我在这草地所认识的草药有厚藤，也叫爬藤花。它生长速度很快，藤蔓能延伸好几米，成放射状生长。根系发达，主根深深扎入沙地。我们那时年少，常常比赛谁能把它连根拔起，但用尽力气也奈何不了它。

厚藤可以治蛇缠腰，也叫带状疱疹，它的病毒会侵犯三叉神经，疼痛剧烈、持久。常常让患者日夜无眠，痛苦不堪，哭爹喊娘。把厚藤叶子摘下，它会分泌白色的乳汁，用乳汁外涂带状疱疹患处，一日数次，疼痛就会缓解。被海蜇蜇伤引起的皮疹和瘙痒，用厚藤的乳汁涂抹，也有良好的解毒作用。

厚藤的根具有祛风除湿、舒筋活络、消热解毒、利水消肿、活血化瘀的功效。在我们当地，厚藤也叫乏力草。当地乡民劳累过度，筋骨疼痛、关节酸软、乏力难支或四肢麻木时，常以厚藤的根与鸡鸭肉炖服，效果甚佳。

益母草也是一剂良药，乡人常把草地的益母草挖回去，栽在房前屋后。女人痛经了，坐月子受风了，孩子着凉哭闹了，被蚊虫叮咬了，益母草熬汤喝或热敷都有显著的疗效。

台湾和南洋诸岛漂洋过海来扎根的还有细辛、半夏、百合、乌草、沙参、续断、泽兰、委陵菜、马郁兰、迷迭香等，都是治疗疾病的良好草药。

特别是细辛，它具有抗炎、抗菌、抗过敏、抗变态反应的特性。是中医界的稀缺良药，现在已被列入"世界自然保护联盟濒危物种红色名录"。

续断、泽兰、马郁兰是南洋诸岛良药"去痛油""一根筋"等的主要药材，具有缓解全身肌肉酸痛的功效。像马郁兰还具有强烈、独特、持久的香味。还有迷迭香，对神经性头痛有特效。

我对中草药的认知，源于来草地采药的一位老人家，住西山。他能医治跌打损伤，也治一些常见病，在当地颇有名气。我们在草地认识，他有心教我汤头歌，还教我辨认草药。

二

草地除了草药还有各种花卉。

水仙花是其中一种。

据载，海岛的水仙花已有300多年的历史。说是清代中叶一条商船，满载水仙花球在渔岛东北端附近触礁，船翻货散，水仙花球顺流入岛，扎根繁殖。时有"金盏银台"品种名称载入县志。

但草地的水仙花，我更相信是随台风漂洋过海而来。而且时间更早。因为来这里采药的老人家告诉我，他年轻时就在这草地上采过药，他的祖师也曾来这一带，他们都挖过根植沿海岸的水仙花球治病，它可以治疗腮腺炎、痈疖疔毒等。

年少时，我们放牛回家，经常把草地的水仙花挖回，栽在自家的房前屋后。村里的家家户户也是如此。任其成长，年复一年，成团成簇，到了开花的季节，满村飘香，引来蜂飞蝶舞。

上大学那会，闽南的同学都以家乡的水仙花为荣，脸上堆满了骄傲。春节后上学，他还带来水仙花，放在寝室，让其他同学欣赏。并对同学们说："我们的水仙花被列入'中国十大名花'。"我说这种花，我们海边草地上都有哦！

"胡说八道。"他很不屑地白了我一眼。

"真有的。"我坚持说。

"要说你们家乡丁香鱼干好，我承认。说水仙花，我们独一份。不信你问问同学。"他很自信，用手指了指同学们。

大家都朝他点了点头。我无语。这时辅导员走了进来。

"这么晚了，你们争什么呢？"他问。

"说水仙花呢。他说这种花他们家乡也有，而且比我们的水仙花还好看。"

他指着我对辅导员说，那语气还是咄咄逼人，而且添油加醋。

"你俩都不要争了，影响同学休息。"

第二天，在路上遇到辅导员，他把我叫到一边说："水仙花的事，你别给他争了。我也没听说过你们家乡有。"

我想回应，又不敢顶辅导员，只好把话咽下去。

"要不我们打个赌，一起去省农科院，请教专家，谁输了，当着同学的面学驴叫。"

上完课回到寝室，闽南的同学还是不依不饶，当着同学们的面这样说。他向我下战书。我那时也倔强，"去就去！"我应战。心想，同窗和辅导员不清楚，省农科院总清楚吧，不可能把白的说成黑的。

第二天刚好周末，我们一起去了农科院。他的表亲在这里工作，帮我们约好了专家。

"我们闽南的水仙花是中国十大名花，你们农科院认可吗？"见了专家他抢问。

"我们知道，是事实。"专家回答。

"他说他们海岛也有这样的水仙花，你们农科院晓得吗？"他又问。

专家翻了翻资料，摇了摇头回答："没有。"

回来的路上，他很得意地对我说："现在你服了吧。学驴叫就免了，回寝室跟同学们说明下，承认自己家乡没有水仙花就行了。"

我能说什么，什么也说不清。

晚上，当着同学们的面，我学了三声驴叫。同学们在乐哈中睡去了，我睡不着，委屈，不服，心里难过。

第二年我在自家屋后也挖了几颗未开花的水仙花球，带回学校，找个不用的洗脸盆栽上，也放在寝室桌子上。

闽南的同学掩嘴偷笑："长得又矮又丑,这是哪里捡来的?"

我也不跟他理论。让他没想到,我带来的水仙花不仅花箭多,花味香,花姿美,还特别持久。连隔壁的同学也跑来看稀奇。闽南的同学挠着后脑勺,喃喃自语说:

"奇了,哪来的黑马?"

"海上来的。"我嘿嘿地笑了,回应他。

那时海岛的水仙花就是个不起眼的小花小草,没人理会,像个野孩子,任其自生自灭。寂寂无名,也难怪别人看不起。那时这东西也不金贵,放风筝的季节,我们没用糨糊,就拿这个花球捣烂糊风筝,方便又好用。

现在,海岛的水仙花已享誉世界,被纳入"地理标志保护产品目录",也是中国第一个获得国家地理标志保护的水仙花。幸哉!快哉!

草地上常见的还有月见花。

每年风和日丽的四月,草地上可见月见花东一簇西一簇地盛开着。它花瓣叠开,形如水仙花。不大,适合女孩别在发夹上。花色鹅黄,像皱鹅的黄,粉嫩艳丽,笑脸盈盈。它弱弱的、静静的成簇状向世人舒展它的安分无争。

月见草春末夏初开花,一年只开一次。它不仅花美,药用价值还很高。它可以祛风除湿,强筋止痛,调节血脂,治疗女性痛经及各种湿疹、斑疹。而由它制作的月见草油可调节女性激素平衡,改善肤质,使皮肤光滑而有弹性。

三

一次台风过后,我在草地上捡到一只漂流瓶,瓶身和瓶口长满了白纹藤壶，这藤壶不是我们本土的。小伙伴们围着漂流瓶看稀奇。像一群顽皮的小猴，把漂流瓶颠来倒去，从这个人手里传到那个人手里。都不知道怎么打开。个个心情好奇、兴奋、焦急，同时也担心。

因为这之前，大队长开大会，我们也去凑热闹。他在会上说："现在台岛蒋该死不死心，常放漂流袋过来，里面有反动宣传单，还有吃的。里面有毒，大伙千万别打开。打开被毒死，队里不担当。"

这话我们记在脑子里。怕打开漂流瓶毒气冒出毒死人。瓶子传到刚仔，他不相信有毒气。左看右看，想用他钢牙咬开瓶盖，舌头却被尖锐的藤壶划了一个口子，弄得满口血水。他火了，把漂流瓶往石块上摔，玻璃碴撒了一地。我想阻止他都来不及。瓶身破了，一支黑色的钢笔掉了出来。钢笔是空壳的，里面藏着一张字条。上面写着两行字：

"枕着昨夜的梦，我在月光如银的春江上行舟。一双带泥的脚，生怕踩污这玉洁的沙洲。落款人：螳螂。时间：1930年七夕。"

"天哪，离我们都30多年了。"刚仔惊呼起来。

当时我们还小，字能看个七七八八，但什么意思不懂。我把字条收了起来。"等长大后再看。"我对小伙伴们说。

那支空壳的钢笔给了刚仔，补偿他被玻璃瓶划了一个口。

大学一年级，写作课老师搞了一次活动，让同学们谈谈一生所经历的未解之谜。我便在班上讲了这件事。当我把漂流瓶的字条内容展开给大家看时，他们就七嘴八舌地议开了。一位女同学说：

"这估计是一场海难，像泰坦尼克号船撞到冰山事件，男孩跟女孩认识，倾慕她，却不敢当面表达，怕被拒绝。于是就写了这首小诗，想回国后通过信使送达。岂料自己乘坐的跨国邮轮在海上遇难，只好把信笺装进漂流瓶，扔到海里，希望女孩能看到。即使自己不能活着，也要让她知道，自己喜欢她。"

另一位同学不同意，他认为，这是一场三角恋。

"海难可能是真的，但恋爱主角不是两人。你看落款螳螂，'螳螂捕蝉，黄雀在后'。就肯定前有鸣蝉，后有黄雀。这不就成三个人吗？这里面有故事，得好好挖掘。可能这女的是大家闺秀。两个男的同时爱上她。螳螂应该知情。"

他刚说完，坐在他旁边的男生就摇摇头驳他。

"不对，根据成语本意，螳螂应该是不知情的。"

"是哦。"前面发言的同学挠了挠头，自己也觉得矛盾。

"你怎么看呢？"老师问我。

"我认为是位水兵写的。笔名螳螂。可以肯定他喜欢过一个女孩。但出身贫穷，不敢高攀。他就写了这首小诗装进漂流瓶，哪怕自己喜欢的女孩收不到，被海边的渔家姑娘捡到，也是一趟浪漫的旅行。"议到这里，下课铃响了。

这漂流瓶的内容至今还是个谜。

四

在草地上还生长着一种招潮蟹，通体红色。它们在草地上打洞，繁衍生息。海水退潮了，会蜂拥而出，越过沙滩，爬向海滩，吞食腐败的鱼虾及其他滞留海滩的微生物。它们饿时，也会刮食海滩沙层表面的小颗粒，吸取颗粒的附着物营养，再把残渣排出。有时也会把草地上的牛粪分解掉或到防护林中处理拉山网的渔民留下的排泄物。

招潮蟹大的只有成人拇指一节大小，小的不及人手小指前节。它有一大一小前螯，大的用来御敌，小的用来捕食。它个头虽小，但有断臂的勇气。当受到攻击时，雄性招潮蟹会自断大螯，吸引敌人，以争取自己和同类逃遁的时间。这跟壁虎断尾、章鱼舍足、海参排脏一样。

招潮蟹断掉大螯，不久又会再生。真是万物生存，自有天命呀！

有一年夏天，不知什么原因，招潮蟹突然多了起来。草地到处都是蟹洞，绵延成片。一只牛脚踩下，都会有几个蟹洞遭殃。草地的本色被搞得几乎看不见了。

退潮时，招潮蟹倾巢而出觅食，海滩一片火红。它们组成大小不一的团队，最小的团队也有成千上万只。它们聚散分合，人类想徒手捕捉它们，那是梦想。人未走近，它们就一哄而散，迅速逃走，行动灵敏快捷。

渔岛的乡亲，通常是不吃招潮蟹的，嫌它贫嘴，吃这吃那。尤其厌恶它们到防护林中扒食人类的排泄物，想想就恶心。可偏偏有人禁不起它们的诱惑。因为这个季节招潮蟹很肥满，有红膏。

为饱口福，他们仿拉山网的形状，制作捕蟹网。网宽十几米，后有尾兜。网用网纲串起，网纲两头用木桩固定海滩上，蟹网下边用沙子埋住。上边用两根竹竿把网纲撑起，像鲸鱼张开的大嘴。然后叫几个人用竹竿驱赶招潮蟹，往这张大嘴方向逃。招潮蟹再聪明，再断螯也没有用。一会儿，一团艳丽的红火团就全军覆灭了。两脚兽解开落进尾兜的招朝蟹，倒进事先准备好的网袋里，一网数十斤。

接着再来下一网。他们用气胎板车，一车一车地把招潮蟹运回家，开大锅煮熟，捞出晒干，跟晒地瓜片一样，晒场没有余隙。晒干的招潮蟹，用打麦的工具锤碎蟹壳和蟹螯，然后迎风高扬，把壳碎吹掉，把蟹肉蟹膏留下，作为美食享用。

也有小孩在草地上做坏事。草地上有埔鸟做窝，埔鸟个头像麻雀，虽然也生长在海岸边，但它不吃鱼虾。它吃虫子和草籽。它的窝就在草地上，找个制高点，在草丛挖个浅口，衔来草丝，编织成小碗一样大小的巢，就生蛋孵化了。它进入巢前，会在空中盘旋一会儿，迷惑天敌。

它怎么也没想到，两脚兽会盯住它。认准它几次落地的位置，就找到它的老巢。

跟我一起放牛的刚仔，一次找到埔鸟的巢，巢里有两只小鸟。他突发奇想，要把母鸟逮住。于是他就把鸟巢拿出来，反罩在小鸟头上，然后在巢上挖了一个洞，仅手拇指大小，再从牛尾巴拔了一根牛毛，做成活结，贴着洞壁放着，把牛尾毛的另一头系在巢边的草根上。母鸟回来把头伸进洞口是顺羽的，出来是逆羽的，牛尾毛就套上了。它越挣扎脖子就被勒得越紧。

我看到他弄这一切很生气，把牛尾毛扯断了。等我去追我的牛，他又偷偷拔下牛尾毛套上了。他以为能捉到一只活蹦乱跳的母鸟。第二天来一看，那母鸟昨晚挂了，还有两只小鸟伸长脖子啾啾地叫着，它们饿了。刚仔看了也害怕了，怕我们几个放牛娃一起揍他，就跑开了。

我在巢边待了好久，可怜它们。埋葬好母鸟，我捉来小虫喂饱了小鸟，然后寻找其他埔鸟的巢，还好找到一个巢，里面也有两只差不多大的小鸟。我把这两只小鸟放进新巢，不知它们是否能存活。

五

这草地也是风口，从前，每年农历九月开始到来年三月，海上吹过来的风沙越过草地，直接刮进城关，房屋顶上用瓦片的，沙子从瓦片缝隙中灌入，第二天早上，棉被上都是密密麻麻的一层细沙。后来植上木麻黄防护林带，挡住风口沙尘，就在草地里侧聚集成沙丘，防护林带每年成长，沙丘每年增高。时间长了，就成了沙坝，又陡又高。

我们小时候在草地上放牛，就常打赌，看谁先爬到坝顶，然后翻滚而下到底。谁输了，就用草根捅鼻孔10次，捅得输者连连打喷嚏，看着他涕泗横流，大伙笑得前俯后仰，喊肚子疼。

草地沙坝的里侧，有雨水蓄积。时间长了就成了平湖，水域面积不小，里面生长着鲫鱼和鳗鲡。水从沙坝中渗透出来，形成小溪，穿过草地，流到海里。水总不大，又总不断，漫淌细流地润育着草地的一片青绿。

沙坝上有一种入药的小虫，学名蚁狮，专吃蚂蚁的，它学会了老祖宗传下的捕猎技巧：守株待兔。蚂蚁经过时用双钳夹住，拖进洞里，在蚂蚁身上注入一种消化酶，当食物体内变成液体它才吸食。

当等不来蚂蚁，也不要紧，它饿100天也不会死。它别名很多，有叫"沙牛"的，有叫"地供"的，我们称它"倒退牛"，也有叫它"土王八"。它走路很怪异，是退着走的。它没有肛门，只吃不拉。

洞穴是漏斗形的，像小喇叭。把洞穴旁边的沙去掉，它就现身了，放硬地上，也不跑，它也知道自己跑不了，你想，它只能倒退着跑呀，能跑多快呢。以前捉它，是逗着玩的，有时装在袋子里带回家给鸡吃。现在可卖钱，价格很昂贵，主要是现代技术很难规模养殖，主要来源靠野生抓捕。

前些天回了趟家乡，带着孙女到沙滩走走，沿着海滨路两侧的沙地里，还能找到倒退牛的踪迹，从洞穴看分布还挺广，我孙女称该洞穴是小喇叭，我蹲下身，用树枝拨开洞穴，抓了几只放在手心，告诉孙女这叫"倒退牛"，孙女不相信，我用草根拨动它，真的倒退着走。孙女欢呼雀跃。我问她要不要带回家玩，孙女望着沙地沉思了一会儿，"还是放回去吧，"她说，"它妈妈见不着它会哭。"时年，孙女三岁。

好想再抽空到长江澳那边逛逛，那边的沙滩应该也有"倒退牛"活着。愿它们子孙后代生生不息。

六

草地的外侧，临着沙滩。沙子乳白色，质地细腻，鲜有乱物。脚感柔软，如触肌肤。不知有多少岁月了，在这里年年举办"国际沙雕节"。

沙雕艺术起源于美国，最早在佛罗里达州和加利福尼亚州举办，这是20世纪初的事。其发展史距今已经100多年。

沙雕是一种雕刻艺术，把沙堆积并凝固起来，通过堆、挖、掏的手法，雕刻出美轮美奂的大型精湛作品。但不是所有的海沙都适应于沙雕。它对沙子的要求是苛刻的。海沙必须具备细、纯、润的沙质才行。细度适中，易于造型；纯净度高，有益外观；润泽度好，便于操作。而草地外侧的这片海滩正好适合。

每年沙雕节都吸引着众多国家和地区的沙雕艺术大师。他们聚集在这里，随心所欲，巧夺天工，仅用沙子和水，雕刻出美轮美奂的大型精湛艺术作品。有万里长城的雄伟，金字塔建筑的壮观，华山的险峻，桂林的秀美，富士山的休眠孤独，古罗马帝国的人物辉煌。观赏者来自全国，如潮如涌，交通滞堵，食宿爆棚。这是后话。

在没有沙雕的季节，沙滩上有数以万只的海鸥在天空盘旋，寻找下蛋的地方。它们的窝巢常筑在沙滩的坡地和小沙包上，常年海水淹不到的地方。

它们在沙地上挖个浅浅的窝，在礁石边、草丛中衔来细碎的贝壳遗物和细树枝，在沙滩上铺饰婚床，然后生下鸟蛋。

海鸥生的蛋，浅灰色。蛋壳上有黑色的斑点。蛋的颜色和大小，与鹌鹑蛋相似，与它们的婚床颜色相近。这是为了迷惑天敌，但瞒不了两脚兽。

在草地放牛，我们除了挖蚁狮，寻找海鸥蛋，也是最大的乐趣。长期在这片沙滩上混，我们练就了一双火眼金睛。当海鸥屡次从天空俯冲下来，呀呀地尖叫着，用尖喙啄你的头皮，周边必有窝巢。被海鸥啄破头皮会流血，很痛苦。所以我们是戴着竹笠行动的。

但我们也有受骗的时候，海鸥也会伪装。或许不是伪装，是它们的天性。只要有人影出现在它们的领地，都会用这种方式威胁驱赶人类。所以想找到海鸥蛋，还需要辨识海鸥在沙地上留下的足迹。

稀稀拉拉的足迹周边是绝对没有窝巢的。当足迹密集时，就要多留心了，往往就是它的窝巢所在。海鸥一窝一次下两三个蛋。偷了它们的蛋，过些时间，又会重新筑窝下蛋，叫补蛋。禽类都有这习惯。

捡来的海鸥蛋要辨别蛋里是否有仔，首先摸蛋壳。手感粗糙的，说明这蛋刚生下不久，里面肯定无仔。若蛋壳很光滑，说明孵化有些时间了。因为海鸥孵化时会不断翻转身下的海鸥蛋，蛋壳经羽毛经常摩擦，就光滑了。其次为了进一步确定蛋壳光滑的海鸥蛋，可以在有水的地方挖个坑，水满，放进要检验的蛋，沉底的，拿回家煮了吃了。半沉半浮或全浮起来肯定有仔，就放弃不要了。每次我们都能捡到几十个。

七

走完草地外侧的沙滩，就是海滩了。

海水涨潮时，追着波浪走，诱捕虎鲟也是很有乐趣的事。

工具就是准备至少10根的竹条，长2尺，粗细与筷子大小就行。把竹条一头削尖，便于贯穿诱饵。有新鲜的鸡肠做诱饵最好。用河豚干效果也不错。把诱饵串在每一个竹条的末端，然后沿着涨潮线，隔一米插一根带饵的竹条。插入的深度以竹条不被浪花扑倒为宜。诱饵要贴近沙面。

不到一分钟，竹条周边的潮水成浑浊状，就是虎鲟来咬饵了。

虎鲟，与蟹类同科。与菜市场见到的毛蟹形似，色青黄。野生虎鲟如虎，食性凶猛，螯足十分锋利有力。所以捕捉它要快准狠。下手时，拇指与食指张开成钳子状，对准竹条下端，迅速抓住虎鲟出水，扔到鱼篓里。

插10根竹条，至少8根竹条有货。在同一地点不要停留太久。虎鲟被捉后，一般不会再有另一只虎鲟出现，因为它们各有领地的。所以要赶紧收起竹条，往别处再施诱捕其他虎鲟。

夏天除了诱捕虎鲟，值得留念的就是捉鲎。

鲎的嘴巴是竖着的形状，长在胸脯处，看起来就与众不同。嘴唇周边全是尖刺，牙齿锋利如刀片。6对大螯分布在嘴巴两边，捕捉食物往嘴里送，张牙舞爪时，那样子好恐怖，令人想起外星人。

是的，我认为它就是外星人。它4.5亿年前就存在，地质学家说，那是泥盘纪，距今4亿多年。那时恐龙还在娘胎里，原始鱼类刚生成，而人类是由鱼类演变而来的。这样算来，鲎不仅是动物界的大哥大，人类还没影子，它就是祖师爷了。4亿多年不灭，且保持原态，不是外星人是什么。

我在草地外侧的海滩上，捉到的鲎叫中华鲎。从背部看，鲎的形状就像一个葫芦被切一半爬着，只是比葫芦多了一个剑尾。颜色与葫芦也不同，鲎全身是棕褐色。

鲎之所以能存活4亿多年而不灭，是跟它身体构造和生活习性分不开的。它具有土遁、耐毒、耐氧、耐盐、龟息、厚甲、杂食等其他动物所没有的全方位生存能力。

生活在渔岛，村民对鲎的尊重欠佳，常作为贬词使用。听说有对男女在什么地方做交欢之事被捉，就会说："某某与某某昨晚做鲎被截和了。"他们对孤鲎也有忌讳，有"捡到孤鲎，衰运难老"的说法。所以见到孤鲎躲着走。

鲎对人类的最大贡献是它的血液,蓝色的,医用价值极高。

鲎血中的"血蓝蛋白"是一种独特物质,有神奇的疗效。它作为药物载体能有效提高药物疗效和降低毒副作用;用鲎血制成的"鲎试剂"可以准确、快速地检测人体内部组织是否受细菌感染;鲎血还能释放出"凝固蛋白",把细菌捆住,抑制病菌发展。

鲎血对细菌、病毒、毒素非常敏感,只要这些东西有万分之一的存在,鲎血就立刻凝结成胶状,比最灵敏的化学试剂都要灵敏好多倍。

现在世界各国药典都把鲎血制成的"鲎试剂"定为法定的内毒素检查法。这意味着所有上市的注射液,包括抗生素、葡萄糖、生理盐水及各种疫苗,都必须经过细菌内毒素检测合格,才能使用。

据说现在一升能卖10万元。但我年少的时代并没有这一说。

捉鲎在农历六月左右。家乡有句顺口溜:"六月鲎,爬上灶。"意思是:这个季节,上岸的鲎太多了,你不想捉它,它自己都爬进厨房让你烹食。

鲎平常生活在深海里,到了产卵时期,退潮时,才爬上高潮位的地方产卵,一次能产2000多枚,卵小如西米。雌鲎先在海滩上挖几个坑,分批把卵产在坑里,每坑几百粒,然后雄鲎就在坑里射精,算是完成了合作。雌鲎用海沙覆盖坑洞,忙碌完它们就离去了,不管了。

雄鲎很懒,来往都得由雌鲎驮着。雌鲎个大,雄鲎个小,否则也背不动。涨潮时,海水会把鲎的卵坑淹没,这样坑里的鲎卵就滋润了。退潮了,卵坑受六月强烈阳光照射,就变得暖和。等到40至45天,时间到了,鲎苗出生了,就自己爬向大海,开始生命新的轮回。

可是有时它们的命运不是按这条线路走的。

从海里刚爬上岸,就被两脚兽截和了,一抓都是一对。我们也抓过好几对鲎，捉的都是下岸鲎。就是等它们产卵后再捉。捉鲎的目的，不是杀着吃了，在我记忆中，捉到它们，玩一阵子就放了。

玩它的方式有许多种，先把雄鲎从它老婆背上扯下来。扯它时抓住尾巴。中华鲎的尾巴成三角菱形，带有锯齿状小刺，手抓不滑。然后掀翻，腹部朝上，看它的嘴巴和肢螯的真面目。看它舞动12肢螯，龇牙咧嘴地挣扎。

这样逗玩4亿多年前的老古董，我们很得意。一般我们会用摸来的小石蟹，用牛尾毛吊着，放它嘴上，看它怎么吃。这方式玩腻了，就用手挤压雌鲎的腹部，看还有没有剩卵排出。然后用削铅笔的小刀在它背上硬壳上刻了时间，看看以后还有没有机会遇见。

还有另一种玩的方式。就是把雌雄鲎分开，放在不同的位置。观察它们是怎么找到对方的。雌鲎会趴着不动，雄鲎闻着雌鲎发出的信息爬去。找到雌鲎后，我们看着雄鲎是怎样爬上雌鲎背上的。原来雄鲎前面4条附肢前端有爪钩，它靠爪钩，钩住雌鲎腹甲后侧缘。在陆地看起来它们好像叠在一起的，到水里，看起来是雌沉雄浮的。但无论遇到多大的湍流或海浪拍打，繁殖期里它们始终不分开。

不吃它们，一是没什么肉。二是不懂怎么杀。俗话说，理发怕胡须，厨师怕杀鲎。它全身穿着铠甲，无从下手；三是怕中毒。因为还有一种鲎，也是这季节上岸产卵，长相基本一样。只是个头小，尾巴是圆柱形的。这鲎有神经毒素，跟河豚一样。吃了，中毒了，无解。

第二年六月，在中华鲎上岸产卵的那几天，我们抱着一丝希望，傍晚日落时守候在水边，期待能看到去年那对"海上鸳鸯"。始终没遇到。也许它们不按规则出牌，白天就偷偷来产卵了？不会呀！鲎产卵都是选择日落后，这是它们的天性。4亿多年来都这样，怎么可能忘呢？

第三年，我们不甘心，又提着风灯来守候。日落都两个多小时了，还是不见踪影。那心情应了一首民歌："太阳落山又不落，阿妹有话又不说。有话没话说两句，莫叫阿哥都等着。"

我们扫兴地准备离开，它们来了。从水里出来，向岸上爬去。雌鲎依然驮着雄鲎。我们用风灯给它们照路，其实，大可不必，人家生来尾巴就能感知日月星辰。我们在离它们几米远的地方看它们挖坑、产卵、覆盖全过程。

返回大海时，又在我们脚边路过，它们停留了片刻，似乎想告诉我们什么，是感谢不杀之恩，抑或想再陪我们玩一玩？至今不解。看着雄鲎闭着眼睛爬在雌鲎背上逍遥得很。

"它老婆这么累，还爬在老婆身上。真想把它扯下来，这龟孙子。"刚仔愤愤不平地说。

"咸吃萝卜淡操心。"我怼他。

肥大的雌鲎驮着瘦小的雄鲎，双双对对，形影不离，令世人羡慕不已，常被赋予忠贞的爱情，"海底鸳鸯"由此而来。但实际情况并非如此，鲎的平常生活雌雄是各自分开的，只在繁殖季节才临时配对。因为雌鲎产卵需要雄鲎现场在卵上授精，雌鲎只好借个临时的丈夫，而且是随机的，完成合作就分开了。至于雌鲎繁殖期间一直驮着雄鲎，大概算是雌鲎给雄鲎的酬劳吧。

八

你若问我在这里还有什么难忘的？有。那就是"拔急抢"。

拔急抢是讨小海的一种捕鱼方式。捕获的鱼类有乌母鱼、黄翅、乌雕之类，以乌母鱼居多。

乌母鱼，也叫乌鱼，它的鱼子据说是世界三大美食之一，十分昂贵。现代人变着花样吃鱼。比如海鳗、鮸鱼吧，一定要把它们鱼肚掏出，晒干，卖给大酒店做成名菜，叫花胶，宣传它是"海中人参"，八珍之一。导致我们菜市场买到的这类鱼都是剖膛去肚的。

当时家乡的人围捕乌母鱼，仅为了果腹，吃法也没那么讲究。就是最普通的家常煮，或用盐巴腌了，吃时上笼蒸熟配饭。而鱼子，从小开始大人都不让小孩吃，大人说了，吃了不聪明，其他鱼的鱼子也不让小孩吃，天晓得。

下面说说我参与拔急抢的经历。

沿着海滩跟着潮水走，手电筒照过水面，靠岸边数步远有水花或水浑浊的地方，就是乌母鱼追食吞食小鱼的地方。下网时，网的两头系着两根长绳，岸上有人拉住网绳一头，撒网的抱网向深水区走去，走到海水及胸，沿顺风方向九十度转，横着向前走，一边走，一边把网撒下，动作要轻。

放完网，手拉网绳另一头又是九十度转，向岸边走去，把鱼围在"门"内。撒网者把绳头交给岸上，与刚才的牵绳人一起用力，用极快的速度把网拉上岸，速度越快，鱼就越不容易脱网。两头拉绳人数不定，人越多速度越快。

我第一次跟着同龄人下海干这活，是高三年的寒假。18岁的年龄，总想超越自己。腊月，气温降到零度，那冷呀，呼出的气都成了白雾。家狗一整天卧在墙角，宁可饿着，也待在家里不出门。我穿着冬天从不离身的那件破渔袄，出门时我妈把自己的头巾解下，围在我的脖子上，还是冷的两条鼻涕往外流。穿着单裤的腿不听使唤，直哆嗦，只能一边走，一边跺脚，才算紧赶慢赶跟上队伍。

到海边，风飕飕地吹，如针锥似的往脸上手上扎。我们跟着头领走，在海岸边来回折腾了多趟。他手里握着手电筒来往扫着岸边涨潮的海水。突然他的手电筒的灯光停在一个地方，他看到了鱼尾拍打海面的水花，随着手电光的移动，又是一处浑浊的水，有洗脸盆那么大，再往周围一扫，又看到几处。他迅速把手电筒交给身边的同伴，从另一同伴手上接过渔网，把绳头交给同伴，把网绳和渔网套在肩膀、手臂上。离开鱼群，他快步沿潮线走了10多步，然后坚定向海的深处走去。

"拔急抢"用的渔网像一条张口的鲸鱼口，绳纲从渔网穿过。上绳纲缀有等距离的塑料浮标；下绳纲缀有等距离铅坠。网到水里，上浮下坠，就张开了，这就是纲举目张。他移动的脚步很快。撒网、回岸，迅速把网绳的另一头交给岸上人。他动作娴熟自如，简洁明快，简直像在纸上画画。我们飞快地拉网，拽住绳子向岸上跑去。激动和期待让心跳加速许多。鱼开始跳跃起来，四处乱窜，最终没有跳出渔网，头领扑向渔网，迅速收拢网口，把渔网拖上了岸。解开网袋，把鱼倒入筐中，我数了数，17条，每条鱼都有两三斤重。

扭头看头领，他接过同伴的军大衣披在湿漉漉的身上，又接过同伴递过来的45度地瓜烧，灌进口里，几口下肚，才把冻僵的舌头缓了过来。看着他裸露在外的脚踝和双手，都冻成了紫青色，像刚被人用棍棒打过。

"疼吗？"我问他。

"麻，感觉不到痛。"他磕磕巴巴地回答。

"我想尿尿。"他说。

站了许久，他尿不出来。事后，我问同伴，看到乌母鱼为什么不用抄网抄呢？他说："天这么黑，手电筒照到鱼，拿抄网时，鱼已不在那里了。再说天寒地冻，鱼虽然被冻呆，但乌母鱼是生性凶猛的鱼，它很敏感的，你走近它，它感觉得到，没碰到它，就跑了。所以只能远距离撒网，围捕它们呀。"

那晚我们又围捕了几网，每网都有渔获。我分到了一只鱼，妈把鱼腌了起来，等正月来客了再把它蒸了接待客人。

几年前我回海岛，寻找绿草和沙坝，我钟爱的那片草地和沙坝不见了，那里已铺上柏油，成了8车道环岛路，路两旁栽满观赏树，向海的一面成就了海滨浴场，面向国际。但在路的两边我还是见过几丛月见草，花色如故，向游客倾诉着自己的前世今生。当天晚上乡党邀我吃饭，席间提起月见草和花，心戚戚然，有种追思当年电影《卖花姑娘》主角的感觉。

乡党说："或许我们都老了，容易怀旧伤感了。东方不亮西方亮。不信你去长江澳那边看看，有许多月见草正开花呢。连停车的缝隙都有存活。"听罢释然。

看来世界万物都有天道的。该灭的会灭，该生的会生。

油　坊

一

古早人吃油都是自己榨的。每隔五里三村都有个油坊。我家乡有个油坊，是用来榨花生油的。现在专家说这是毛油，含什么黄曲霉毒素，不能吃。我怀疑专家是为利益集团站台的。我们祖祖辈辈都是这样吃的，没听说哪户人家是吃油坊榨的油被毒死。油坊榨的都是当年收成的花生，那时家家户户生活困难，就像我在《卖油翁》中写的一样，当年的花生出土刚晒干都急着榨油卖钱，哪有发霉的机会。舌头长在人家嘴里，又是专家，爱怎么说就怎么说吧。

古法榨油工具都差不多，最古早的榨油槽是用整棵硬木镂空而成，现代已经改为铁制油槽了。榨油的过程都一样，先把花生烘焙熟透，用粉碎机磨成粉，在蒸笼隔水蒸熟，用铁箍套稻草包装成饼，踩实。横向把油榨饼码进油槽，码紧码正。所不同的是，过去用油榨锤或悬挂在梁上的石头把木楔子打进去，把油挤出来。我们的油坊跟别处不一样。是用大螺丝棒一圈一圈旋进去的，把油挤出来。

螺丝棒用铸铁柱支撑着，一头对准油槽的一端，另一头套上毂，就是古时候车轮中心的那东西，毂是钢制的，顺着圆形外周，打了匀称的方孔。一根重200多斤的铁棒，前头削成方形，大小与毂上方孔相对应。榨油时搬起铁棒插进方孔，四个人抱着铁棒的另一头往下压，螺丝棒就挤压油槽，油就汩汩流淌在油槽下面的盛油容器里。麻烦的是，每一次铁棒压到底，又要拔出方形这一头，抬起，对准毂上的方孔，集体用力抬高另一头，把它再次插进方孔。周而复始，直至油饼无油可出。

卖力气的活，一轮下来，气喘吁吁。我三哥是榨油工之一，遇到有人请他去补网织网，这活就由我顶上。那时我已经18岁，可以干成人的活了。但多数在寒暑假，因为平时我要上学。

油坊的经营方式也很灵活，因为村民拿花生来榨油，或者不够一次榨油的量，或者比一次又多一些。所以，队部就决定用换算的方式经营。村民拿多少花生来，乘以出油率，称油拿回去就行，不用担心花生被偷换或眼睛盯着榨油的每一个环节。这样决定出油率的人就很关键，成为炙手可热的人物。

他是大队长的姐夫，姓杨，叫能天。五大三粗，酒糟鼻。他一辈子干农活，对花生的干湿度、出油率很内行。他抓起一把花生往耳边晃一晃，听声音就知道花生是否干透。没干透的花生，花生仁撞击外壳的声音是闷的；干透的花生，声音是脆的。检验出油率，也有办法。抓一把花生放桌面上，饱满的，放一边；瘪种的，也放一边。是七三开，还是八二开，就能确定出油率。即便这样，人为的事，都有漏洞的地方。

他有一间办公室，有床铺，中午常在这边休息。办公室在油坊的里间。他有一个相好的，在邻村，这女人40出头了，鹅蛋脸，大眼睛。胸部胀鼓鼓的，什么上衣穿着都紧巴。臀部也大，穿什么裤子都绷紧，像邻家婶婆种的大南瓜。这女人也是我们本村人，做姑娘时就和老杨相好，都过了十几年了也没断过，说起来是有情有义的一对。

这一天她来了，又叫人用手扶拖拉机运来一大堆花生，有大几百斤重。她叫司机搬到大厅，过称。老杨随机叫孔叔抽出一麻袋，解开。老杨伸手抓出一把，往耳边晃晃，放桌面上把花生分类。他拍了拍手，叫孔叔把桌面上花生收起来。回头对女人说："进来说吧。"说完朝那间办公室走去。女人拿了运费给司机，叫他在外面等会儿，等下还要运油回去。交代完话，她向办公室走去，路过孔叔身边，孔叔伸手拍了她的屁股，"又进去抽油了。"孔叔嬉皮笑脸地说。"有本事你也来抽呀。"女人不服气地怼他。

在办公室里待了10多分钟，那女的才出来，头发凌乱。经过孔叔身边，他又伸手对她的臀部摸了一把。这女人突然站住，抓起孔叔的手往自己胸部按。孔叔吓得缩回了手。

"有色心没色胆，瞧不起你这号人。"女人撇着嘴说。

孔叔好尴尬，脸色红了，又青了。

过一会儿，老杨也出来了，清了清嗓子对孔叔说："我看这批花生成色不错，按最高出油率开。给她称油。"说完又去了办公室。孔叔叫我去问老杨，花生渣饼怎么给。我走进办公室，看见他正在整理床铺。问了话，我急匆匆退出来。好像自己做了坏事一样。

其实大家都明白，油坊的油进出是要平衡的。多给这个女人的油，还不是羊毛出在羊身上，都分担在其他换油村民的身上，压低没权没势人的出油率，又能把老杨怎么样。我听孔叔说，这女人每个月都要来两趟，收购别人的花生来换油，赚差价。

二

来换油的，各色人等都有。我见过邻村的一个年轻人，看吊儿郎当的样子就知道来讹油的。他带着两个小兄弟，推来一车花生。搬下一麻袋，要老杨看成色。老杨见来者不善，也格外小心。他朝我们递来眼神，意思是要有准备。这一袋花生老杨觉得还好，给他满格出油率。这年轻人叫小弟把其他十几个麻袋装的花生都搬下车，让孔叔赶紧过称。老杨走过来，用手挨个拍了拍麻袋，声音不对。他警惕起来，让年轻人把其中一袋解开。他把手伸到麻袋底部把花生掏出，放桌面一看，瘪壳的很多。

"你这是没有扬过风的花生，我们不能收。"

老杨当面指出并拒收。年轻人这下急眼了。

"凭什么不能收？"

他冲过来揪住老杨的衣领，那两个小兄弟也摆出打架的姿势。

"操家伙！"

孔叔一声令下，我们各自从花生堆抽出了上油的椴木棍，椴木很结实，吸上油，握在手里更沉。这是事先准备好的，就是为了防止有人来捣乱讹油。那三个人见状，知道没有胜算，就灰溜溜地推着瘪壳的花生逃走了。

也有处事圆滑的人来换油的，一来就从口袋拿出做生日时姑爷送的那包大前门，抽出一支给老杨，还给他点上火。眼神诡谲地看着老杨，躬着腰，嘴里说道：

"前两天在路上看见你儿子，越长越帅了，越来越像你，都说蛇生蛇，龙生龙，你的儿子将来一定是霸王龙，前途了得。"

明知是奉承，老杨听了心里舒坦，就多给了他两个点。

也有老实巴交的人，来换油，脸上挂着笑，只是一味地给老杨作揖，嘴里嘟囔着："多关照，多关照。"老杨给他兑多少油，他也不争辩。末了说："谢谢，谢谢！"就挑着油离开了。

老杨最烦的是一些中年妇女，死缠烂打的，一点一点地向老杨抠油。阿谀奉承用了，撒娇装嫩也用了，再不行就用身体蹭老杨，可老杨不上心。这些中年妇女，生孩带娃，里外操劳，个个都身心疲惫的，昔日当姑娘的风采，早成了一地鸡毛。徐娘半老，风韵犹存，那是城里女人生存状态。农村乡下的女人哪有这般福相。个个都像腌黄瓜似的。老杨家里的那个腌黄瓜，他闻到味都晕。

特别是一个叫三姨的，个子中等，眼睛辣得很，遇到有点模样的男人，总是从上到下地盯人家。那眼神能把男人的衣裤剥光。她身材有点虚胖，但臀部平如垫板。不听声音，后面看她，以为是男的呢。她那天挑着两袋花生和一盒咸粿来换油。对老杨说：

"我的杨哥呀，我知道你喜欢咸粿。大清早就起床忙这忙那。我家那死鬼，想吃一个我都不让。气得他翻白眼，说我疼爱你胜亲夫。"

那声音嗲得让人大热天都觉得后脊梁拔凉。

说完她就拿起咸粿，想喂他，老杨把头歪到一边。

"用嘴喂他。"孔叔提议。

"用嘴喂，用嘴喂。"眼镜和来俤叔起哄附和着。

三姨真用嘴叼起咸粿，勾住老杨的脖子，凑近他的嘴巴，要强行喂他。

老杨连连摆手，闭着嘴巴左右摆脱，说道：

"这使不得，大庭广众，人来人往，成何体统。"

可这三姨还是不依不饶。她放下咸粿，一只手肘靠在老杨肩上，一只手摸了一下老杨的酒糟鼻子挑逗他说：

"听说男人的鼻子大，下面也大。你这么大的鼻子，是不是下面也……"

她没说完，老杨霍地站了起来，把她的手甩开，正色地提醒她，再这样胡闹就不给她换油了。其实老杨的心思都在那个老相好身上。一吧，那份感情毕竟有十几年；二吧，那老相好她也保养得好，都快40岁了，还没生养。所以他没有心思接受这些中年妇女的调情。不过磨叽到最后，老杨还是动了恻隐之心，让她们尝到些许甜头。

三

孔叔不姓孔，姓丁，本村大姓人家，家境不错。当时读得起高中的人为数不多。听说他读书成绩很好，高中毕业因为有个亲叔在台湾，政审通不过，就堵死了上大学的路。他这个人怎么说呢，别的没啥毛病，就是贪色，总喜欢跟少妇黏糊。有时老杨不在了，他也过过一把手的瘾。换油的来了，替老杨把关，判断出油率。遇到男的，没啥交情，沉着脸，严格得很。有点姿色的少妇来了，他就嬉皮笑脸地套近乎。他也学老杨，把女的带到油坊的那间办公室说事。这叫"老狗爬灶，细狗学样"。成事没？咱不知道。

只记得有一次他刚把一个女的叫进去，只听见"啪"的一声响，女的跑出来了，怒气冲冲的。"不换了。"她吼道，"什么德性！"说完，挑起花生就离开了。过了一会儿，孔叔才出来，半边脸是红的，样子很狼狈。旁边的眼镜就哼起了小调："一条大路通油坊，小姑脸蛋真好看。大哥有心嘴莫急哦，热豆腐烫脸脸发烫。"孔叔朝眼镜屁股踢了一脚，他才没有继续闹下去。

可事情还没消停。

过了几天孔叔的老婆拿着一根带刺的荆棘冲进油坊，朝孔叔的身上抽，一边抽一边破口大骂："你这短命鬼，我才离家一天就偷腥。看老娘今天非阄了你不可。"说着从身上掏出剪刀。孔叔跳着脚，随手拿起装花生饼的铁箍抵挡着，嘴里抵赖着："我没有，我没有。"边说边给眼镜使眼色。眼镜赶紧拉住孔叔嫂，孔叔趁机跑出油坊，溜之大吉。

原来昨天孔叔的老婆回娘家。她前脚刚走，孔叔就借故离开油坊，与一个来换油的女的约好，回家里做好事去了。他们刚走到家门口，邻居的狗就叫了起来。它闻到陌生女人的味道。邻居老太听见狗叫，打开房门，看见孔叔带着一个女的，问孔叔："这是谁呀？""是孩子的小姨，走亲戚来了。"老太斜歪着头端详了半天。嘴里嘟囔着："一点也不像你孩子他娘。"说完关上了门。孔叔也管不了很多，开门来到卧室，拉上窗帘。他俩火急火燎地刚开始运动起来，门口的狗又叫了。咋回事呀？孔叔慌忙地整好衣服，叫女的赶紧起来，也把衣服穿好。他刚整好，就听嘭嘭的敲门声。邻居听到动静，又打开了门。

"你是谁呀？"她问敲门人。

"我是孔叔的小姨。"老太有点懵了，围着她转了一圈。

"你是真小姨，还是假小姨？"老太警惕了起来。

她只知道真假美猴王，今天怎么有两个小姨？怪事。

"我是真的，奶奶。"小姨说。

"里屋有人。"老太向她努了努嘴。

这小姨也不跟老太理论。又重重敲起门来。在屋内的孔叔如痔疮复发，坐立不安。开门不是，不开门也不是。他急中生智，把口袋里的钱全掏出来，扔在餐桌上，有百把元散钞，10元的、5元的、2元的、1元的，看上去很多似的。然后拿来儿子的作业本和铅笔，叫女的端坐在自己的对面。捋了一下头发，才出去开门。嘴里叫着："敲什么呀，吵死了。"他让小姨进来，介绍说：

"这是换油的顾客，钱找不开，来家里结账，怕别人看见说闲话，就把大门关了，因为注意力在算账上，刚才我俩还吵起来了，没听见你的敲门声。"

这小姨已经结过婚，男女间的那点事，心里明白得很。她看见姐夫裤子的前门都没关，胡茬上还挂着唾液，说话还带气喘。那女的脸色很不自然，裙子都穿反了。她怎么可能相信姐夫的鬼话。

自己没出嫁前，姐夫的德性她领教过。只要她和姐夫有片刻独处的时间，他的手就没有安分过。

"我姐呢？"她问孔叔。

"回你父母家去了。"

事情就是这么巧，这小姨的夫家在下楼，今天是来向姐姐借钱的，给撞上了。以前没有手机，家里也没有电话，小姨不知道姐姐回娘家了。风声就这样传到孔叔嫂的耳朵里。

这孔叔嫂在家里本来就是说了算的那角色，平时把孔叔管得服服帖帖的，哪能料到孔叔色胆包天，玩女人竟玩到家里来了。他们夫妻最后怎么平事不知晓。我只知道孔叔有一个多月都吃睡在油坊里。

四

另一个油工也姓丁，名来俤。我叫他来俤叔。他身高1.85米，孔武有力。每次榨油时把铁棒一头抬高插入方孔，都是他踮起脚跟，助最后一把力。油坊有什么重活、脏活、垃圾什么的，老杨没喊他，他就去做了。在乡村，属于那种"棕索下水自上紧"的人。手脚勤快，到哪里都受欢迎。但他性格率直，说话不经脑子，直来直去。

有一家公公和儿媳挑着两担花生来换油，老杨看到箩筐沾着壳灰，花生也带灰。

"这咋回事？"老杨问。

"我们昨晚用箩筐到灰厂扒了一些灰，挑回家刷墙面留下的。"儿媳回答。

"你们扒灰呀。"来俤叔不加思索来了这么一句。

那公公的脸刷的一下红了，来气了：

"你嘴巴是菊花呀，这么臭的屁也能放出来？"

那儿媳也急眼了："有你这样说话的吗？"

老杨在旁边劝解了半天，让来俤叔赔了不是才平息。

我在《卖油翁》里写的霍老巴，挑着花生来换油，看他瘸着脚，一拐一拐的，挑着重担，看上去瘸得更厉害。来俤叔看到霍老巴进门，直通通地来一句："你的脚怎么瘸得越来越厉害了。"末了又来一句："哦，都怪我们油坊路不平。"

霍老巴自小残疾，家里又穷，自尊心特别强，哪受得了来俤这些话。他放下担子，操起扁担，就朝来俤的小腿扫去，好在来俤躲闪得快。还是孔叔拦住老巴，给他道歉说好话，老巴的气才消去。

来俤叔有个舅舅学识很渊博。来俤外公外婆过世得早，他妈出嫁时，舅舅还小，就跟了过来。他很争气，考上大学，还去了台湾。但没向家里寄过什么钱。说自己研究什么沿海环岛人类居民怎么说话的，共同的祖先都来自何处。来俤爸妈过世了，他也没回来。来俤去信问他："研究这东西能当饭吃吗？你拿出来我看看。"本是气话，他舅呢，绕道香港给来俤寄了一份沉甸甸的包裹，打开一看是两本厚厚的书本。来俤看不懂。

"寄什么不好，寄书，做枕头都嫌硬。"来俤嘟囔道，把书搁到墙角。"寄些罐头奶粉什么的，也好，分点给左邻右舍，让我也有个面子。"来俤直摇头，嘀咕道。

他舅写信回来说，这是他研究的成果。说他到过全球大部分热带和温带岛屿，看了他们生活起居，生活方式，语言习惯，跟台湾有关系，跟咱们渔岛也有关系。来俤一家人都不信，就跟他舅没什么联系了。

60年代末，他舅突然回来了。又匆匆忙忙跑到渔岛南垄村，拍了许多照片。回家高兴得跟孩子似的，对来俤全家说："找到了，终于找到了。"来俤问他找到什么啦。"证据呀！"他拿出照片，里面有陶瓷碎片和石头制作的生活器具，指着给家人看。

"这是6000多年咱们先人生活的证据，然后他们从渔岛出发，依靠古老的木船，驶向世界各地。就如北方的大雁停留渔岛觅食，再飞向南洋诸岛。渔岛是古代先民迁徙世界各地的跳板。"

他们一家听了都云里雾里。

这几年来，渔岛掀起一阵热，挖掘清理先民生活遗物，命名壳丘头史前遗址。联想来俤舅舅的研究，才明白他一直研究的是南岛语族。

五

眼镜叫王增亮，人不坏，就是嘴巴油滑。他近视是遗传的，叫什么病理性近视。镜片很厚，一圈套着一圈。因为近视，他不能下海讨生活，就做了油工。他原本很木讷，老实得很。父亲也是土里刨食，但总是躲着藏着做点小生意。

小时候我记得他父亲下工后，常提着一个篮子，上面盖着块布往城关走。眼镜是半大的孩子了，也提着小篮子，跟在父亲身后。有个邻居在城关看到他们父子俩在城关小巷里一左一右售卖篮子里炒熟的豌豆。用酒盅量，一盅5分钱。

那时代这些零食是偷着售卖的。炒豌豆谁都会，但他们家炒豌豆先在铁锅里放粗沙，放少许盐，炒出的豌豆特别地酥脆，不嗑牙。城里的大人孩子特别喜欢吃。

有时他们家里也做些咸花生到城关售卖。就是把晒干的花生米，泡水两刻钟，等稍微饱满了，拌少许食盐，放饭甑蒸它三刻钟倒出，晾干了就可以售卖了。

这花生仁放嘴里咀嚼，很有劲道，咸香得很。那时零食花样很少，所以受欢迎。这些都是小本生意，但成本不高，土生土长的，都是自家种植的，赢利就很可观。长年累月地积累，他们家境还是比较殷实的。

家有余粮的，讨亲也容易，眼镜虽然眼睛有残疾，个头也不高，但上门说亲的不少。他娶的婆娘也是本村人，年轻时很是丰满，脸蛋总是红扑扑的，胸前的两坨肉，随走路上下抖动，总不安分。成亲时眼镜还不满18岁，这姑娘19岁。

有一天，我在后房给林叔当帮手，把烘焙好的花生起出来。听到来俤叔问眼镜："你新婚夜，是怎么上你婆娘的？"眼镜不说。孔叔和来俤叔各抓住眼镜的两个胳膊，按在桌子上掏他的胳肢窝，弄得眼镜笑岔了气。

"说不说？"这是孔叔的声音。

"我说，我说。"眼镜屈服了，"新婚夜哪敢上。我当时对男女那事还很懵懂。连并排睡都别扭，一人睡一头。"

"怎么可能？你不老实交代！我和老婆灯灭就上了，慌里慌张倒是真的。"孔叔怼他。

"是呀，哪能白候着。鬼才相信。我和老婆没等灯灭就扯上了。老婆嘴里嘟囔着，嫌我太猴急，我哪管她啰嗦，用嘴堵住她的嘴，就拿下了。"来俤叔附和着。

"真的没骗你们。我俩睡了一个月都没动。老婆烦了，有个晚上她用脚拇指拨弄我耳朵，我嫌烦，把她的脚推开了。她打了一下我的脚，对我吼了一声：猪！"

眼镜说到这里，孔叔来了一句：

"你真是一头蠢猪，白菜在嘴边都浪费了。我要是你老婆，就踹你一脚！"

"后来呢？"来俤叔问。

"过了一个晚上，老婆说她肚子痛，要我帮她揉揉。话刚出口，就扯过我枕头，放在她那一头。我和她并排躺下，问她揉哪里。她说肚脐眼。我刚揉几下，她说没揉着，往下点。我不知道往下点是什么意思。她见我停住手，就抓住我的手，按到从来没按过的地方……"

他们以为我听不见，其实我在里面都听到了。看到我出来，他们不吭声。我看到孔叔咽下口水，喉结动了两下。来俤叔眼睛放光，不由自主地抓着眼镜的胳膊，使劲过度，痛得眼镜叫了起来。

后来眼镜老婆生下两个孩子，体形就变得干瘦，不知什么原因。眼镜倒挺本分，没有听说有什么桃色新闻。他也没什么资本吸引女性。像我一样，在油坊只是个小人物。女性来换油，连多看我们一眼，都是浪费。只是他在油坊这地方历练了几年，打情骂俏的事见多了，偷不到腥，嘴巴变得荤起来。

六

在油坊里，负责烘焙花生的人也很重要。他姓林，我们都称他林叔。当时没有先进设备，烘焙花生全靠经验。切个炕式的烘焙灶，把竹片编成竹篦，像凉席一样铺在炕上，竹篦的孔洞以不漏花生为宜。烘焙炕很长，前面烧火，火焰不能直接靠近竹篦。通过干热把花生烤至酥脆。烘焙过程中要不断翻动花生，使之均匀烘焙。火候不够，花生不香；火候太过，影响出油率。

他见过世面，以前在大都市烘焙过面包。因父亲瘫痪在床，才回老家的。林叔是孝子，但美中不足的是，父亲瘫痪，母亲早逝，早年浪荡过，虽然当过面包烘焙师，抽烟喝酒泡夜场，把钱花光了，也把身体掏空了。回家乡时，没钱，父亲还瘫痪在床，为传宗接代，也为照顾父亲，他经人介绍，与一位四川来的姑娘结婚。这是当时很普遍的现象，在当地娶不到老婆的，都走这条路。

　　我们有时也会聚餐，但避开老杨。我参与过两次，都是炒小米粉。在菜地挖个包菜，往油罐里舀两斤花生油，在林叔家加工，他家就在油坊边上。等锅热，把两斤油全倒进锅，油冒烟，放红葱头，炸香，再放包菜和虾皮，打几个鸡蛋翻炒，最后下泡过开水，已经胀发的小米粉，再次翻炒，闷锅一会儿，装进脸盆端回油坊吃。吃完小米粉，洗脸盆里还剩下几两油。这叫靠山吃山，靠水喝水，靠着油坊油当水。管你有罪无罪，吃进肚子无罪。

　　榨油时，他们也会传播小道消息。

　　那天孔叔小声对我们说：

　　"隔壁村民兵大队长出丑事了。"

　　"出什么事，这么神神秘秘的？"戴眼镜的问。

　　"他把他村里做卫生的女孩肚子搞大了。"孔叔把声压得更低。

　　"不会吧，民兵队长的老婆我认识，她长相很出众的，就是胸部不咋样。但她为老公生了四个孩子。那女孩我也认识，很丰满，但个头不到1.4米呀，长得也不怎么样，都快30岁，找不到对象，他怎么下得了口，口味真重！"来俤叔对眼镜说。

　　"我也见过这女孩，虽然长得不咋样，可人家胸部有货。矮有什么关系呢，站着不一样，躺下都一样。"眼镜叔替女孩不平。

　　"说的也是，亮灯都不一样，瞎灯都一样。"来俤叔补充附和。

　　他老婆现在很干瘦，聊起女人丰满，眼镜就很兴奋。

　　阿凡提说："人缺什么就喜欢什么。"

　　眼镜叔的心理可能像阿凡提所说。

小 钓

一

说到小钓，第一件要拿出来讲的，就是石刺鱼。学名褐菖鲉，各地叫法不同，有叫石九公的、小石斑的、石头鱼的。因为它生长在礁间隙里，网不能下，只能靠钓。产量小，又不能养殖，市场没有大宗买卖，物以稀为贵，就成了不可多得的海上珍品。

钓鱼时站着的礁石上，长满了海蛎和藤壶，也夹杂着海胆和海星，这些东西我们是不正眼瞧的，尤其海胆，躲着走，怕刺扎了脚趾。这东西尖刺有毒，被刺流血化脓疼得很。现在高端的餐厅把它端上桌，价格比鱼还贵。

这样的礁石，赤脚是万万不行的，无法站立。为此，年纪大点的穿着自编的草鞋，也不是长征赶路走的那种纯稻草，是加了布条的那种，结实耐用，抓力强，也不怕吸了海水沤烂，回家往墙上铁钉上挂着，第二天照穿不误，反正赤脚不怕咸水鞋。

弱点也不是没有，吸足了海水的草鞋有点沉，年轻人不喜欢，穿了也怕被同伴嘲笑。

年轻的、半小孩的多数穿着人字拖，那时时兴海绵人字拖，抓力也很好，可稳稳站在礁石上。穿人字拖鞋从这块礁石跳往另一块礁石，也不容易打滑。

穷人家的孩子赶海时穿着用板车破轮胎割成鞋形的鞋子，在鞋子上钻孔，用绳子穿过绑在脚上，也很结实防滑。

钓鱼时，不能大声喧哗，相互拉开距离，用手语比画。看到喜形于色、眉飞色舞的，我们就知道他钓到大的鱼，就用大拇指表示祝贺。皱眉搭眼、龇牙咧嘴的，我们就知道只钓到小的，就竖起小拇指表示遗憾。左右鱼情好，就挥手，指左右。只在涨潮时才发声告诫。

钓竿用的是小竹竿，离村子不远有个农场，生长着一片竹林，那竹子只有拇指粗，用小刀就能切断，也有用细长的树枝，带点弯曲。钓线很随便，只要是线就行，但鱼钩不能马虎，必须到城关小杂货铺买，也有走街串乡的货郎，卖针头线脑什么的，也掺杂着卖鱼钩，一个一分钱，也可以拿蝉壳换。

因为鱼钩有倒刺，鱼上钩就逃不了，为省钱也用细铁丝做过鱼钩，试钓过，钓到的鱼常常脱逃。

记忆中鱼饵没从家里带过，到了海边有渔人用渔网围鱼，向他们讨只小鱼用作鱼饵，钓上第一只石斑鱼后，把活鱼用削铅笔的小刀剖开，取出鱼胃，切成小块，这东西Q弹得很，几番操作也不会掉饵。

石刺鱼喜欢在礁石底下生活，善伪装避天敌。食性野，繁殖强。它通体纹斑红褐色。与石斑鱼相似，只要礁石群有洞，就有石刺鱼。

石刺鱼通常是家族性群集，在一个石洞里，往往钓到第一只是大的，依次是小点的。最大的不超过半斤，最小不到一两。一窝钓完再钓一窝。

太阳落山时开始涨潮了，站在礁石上水无声地往上漫，漫过脚面，继而脚踝，继而小腿，心兀然有了恐惧，慌张地收拾鱼篓，往后撤去，再选一块礁石起钓。

特别是每年农历七月十五到十八，大潮。大涨大退，平时淹没在海水的礁石大多露了出来，平时不露面的鱼儿巢穴就在这些礁石下。如果今天是南风暖和的日子，明天要转北风，鱼儿会趁转风前拼命争食，像发了疯似的争先恐后，又是涨潮的时候，鱼钩带饵靠近水面它就会跳起来张开大嘴咬钩。

见过燕子喂小乌燕的情景呢，鱼儿也是。高手一次有钓几十斤的，几斤的也有，但空篓而归的没有。

那时钓到的石刺鱼很少拿到街上买，不值钱。多了就送亲戚邻居，或晒成咸鱼干存放。

据说现在商贩那，1斤石刺鱼都卖到100多块了。石刺鱼现在菜市场卖得很贵，跟它稀缺有关，再多的鱼也禁不起现在人会吃呀。

我是个爱逛市场的，现在有事没事都喜欢到菜市场逛逛。遇到石刺鱼，见到是必买的。

石刺鱼是天然货，没有养殖的，但个体大的石刺鱼基本供给酒店了。小鱼贩卖的，个体小，最大的不过二两，小的只有脚拇趾大。这样大小的鱼做汤最好。

在渔村做石刺鱼汤很粗暴，锅烧热，把杀好洗净的石刺鱼扔进锅里就行，有时家里孩子嘴急，鱼也不杀就往锅里煮。等鱼眼珠突出，下盐巴少许，即可出锅。汤白如奶，浓稠，喝完若不及时擦嘴，上下唇粘住时有发生。

石刺鱼营养丰富，蛋白质含量是猪肉的两倍，且是优质蛋白，人体吸收率高，95%会被人体吸收。这鱼汤煮给刚做完手术或大病初愈的人吃，有大补。坐月子的女人也常喝这鱼汤，补身催奶。

蒸鱼的做法略有不同，关键在火候的掌握。按以下步骤做，想做到色香味俱全也容易。

把鱼杀好，顺背鳍两边切开，为受热均匀，鱼嘴下巴竖向切断，让鱼趴着，像祭祀摆放的猪头姿势，水烧开，鱼放进蒸屉，不需要任何佐料，蒸8分钟就好。淋鱼豉油或蒸鱼酱油，鱼背上放切好的姜丝和葱丝。最后锅烧油，油冒烟时可淋鱼。超过8分钟，鱼肉就不劲道了，这就是火候。

我曾被朋友拖去一家名气很大鱼锅店，服务员操作令我汗颜。她常温放鱼，放佐料，盖好锅盖，叮嘱要煮30分钟。煮好的鱼能吃吗？鱼蛋白需要在高温中急速收缩，鱼肉才Q弹有劲道。鱼煮久了，鱼肉疲软散开如水豆腐，哪有什么色香味？牛肉也没有这么炖的。

钓石刺鱼有三怕：一怕挂底；二怕吞钩；三怕骨刺伤手和刺喉。

石刺鱼在洞穴的底层觅食，不爱活动，靠嘴大等待鱼虾游过扑食。因为它个头小，洞穴的空间也小，下钩时要垂直，千万别斜拖，否则就挂底，钩挂在石头上，很难把它弄出来。所以最好用扁铅坠，铅面大点，遇到缝隙小的石洞，进不去，就不容易挂底了。我们那时没什么讲究，找一块小石头绑在鱼线上就下钩了。

钓上来的石刺鱼最怕吞钩。它嘴巴大，吃相也难看，见鱼饵就抢，就吞，还不知道是什么味道，就滑溜肚里去了。从它胃里取出鱼钩很费时费劲，一边取钩，一边还要死捏住它，不让挣扎，防止被它背鳍的刺扎伤。潮起潮落就那么点时间，遇到这种窘态几次，折腾起来，你就白来了。最好的办法是用大号钓钩，不让它把鱼饵与钩一起吞下，鱼钩挂在嘴边，摘下方便。

最怕的是石刺鱼的背鳍，其刺有剧毒，跟黄魟鱼一样也是神经毒素。毒液还含有鳗鲶神经毒和鳗鲶溶血毒。这些毒液毒性都很强，被刺中可能会引起长达几天几夜的抽搐、痉挛、麻痹等症状，甚至引起破伤风，危及生命。所以钓到它摘钩时要格外小心。

把石刺鱼带回家里，也不要让小孩用手触摸逗玩。这个头不大的鱼可不讲武德，有的还没断气呢，小孩伸手必被刺。杀它时要把背鳍的硬刺剪掉，方可烹食。

煮熟的石刺鱼，无毒。但骨头异常的硬。我们那流行着一句歇后语："吃石刺不吐骨——厉害！"村里就有一个杠精，讨人厌。他听说我《求学》中写的那个族长有一副钢牙，补网不带半月刀，很粗的尼龙绳能一口咬断。杠精不服，说自己的牙口比族长还利索，不信，赌吃石刺鱼不吐骨。谁输了喊对方三声"爸爸"。族长遇上这样的人叫板，没法子，只好硬着头皮上了。

中间人挑了20只石刺，煮熟了分成两盘，每人10只。平常吃一只石刺鱼不吐骨，就很难得。一次吃10只石刺鱼不吐骨，从没见过。他们赌吃时围了许多人，大伙都在为族长加油打气。族长把10只吃完，那杠精才吃了5只，上腭还被一根刺刺中，痛得五官变形。推说嘴痛叫不了"爸爸"，灰溜溜地走了，从此他对别人再也不敢造次。

二

小钓的季节到了，我们都冲着石刺鱼去的，但也有特例。村里有个叫八佛的，姓范，他专钓章鱼。这个人长得像雷公，讨个老婆却如花似玉。缘分这东西，说起来都是巧合的。

那年农历十月初三，涨潮了，他寻找一只八爪鱼，平生第一次误了走出钓鱼岛。这岛屿叫青屿，岛上有草有树，都是些灌木丛。它与海岸线相连，叫潮汐岛。退潮了，可以上岛，涨潮了人在岛上就上不了岸。

话说八佛爬上岛顶，天已经黑了。他听到岛顶的石头后面，隐约传来窸窸窣窣的声响。他的毛孔松开了，心提到嗓子眼。"谁呀？"他喊了一句。他曾当过兵，接受过野外生存训练，胆子算大的。但在孤岛上，出现这声响，心里还是有点发毛。听到喊声，有个黑影好像站立了起来。"你是人吗？"他又问，根据经验，他判断黑影离他10米开外。

"我误了潮水。"对方回答，是女声，声音有点颤。他向她走近，只看见一个披肩短发的女孩，脸长得怎么样，他看不清楚。他与她保持3米的距离。"你别怕，我也是误了潮水。"

10月的天气，到了晚上，气温只有十三四度。女孩抱着双肩，似乎在发抖。"冷吗？"他问。"我裤腿湿了。"女孩回答。他拢了拢了脚边的干草，用随身携带的火柴点燃了干草。他叫女孩坐到火边，女孩听从了他的话。他又走向远处灌木丛，折断一些干枯灌木，架在干草上燃烧。火苗蹿起来，他看清女孩的脸。长得十分水灵，目光充满恐惧和担心。他没有多想，只想怎么安全度过今晚，等明天退潮走出小岛。

"你怎么一个人误了潮水，留在岛上。"他看着女孩问。

"我是西山那边的，来姑妈家玩，第一次上岛的。不知潮水什么时候上涨。"女孩答道。

这时起北风了，蹿起的火苗朝南向伸去，温度也吹走了。他搬来石头，贴近篝火南向，堆起一道石墙，反射回来的温度明显升高了。

"你还会这一手。"姑娘第一次笑着对他说。

"我当过兵，特种兵，受过野外生存训练。"

他也不谦虚，很自信地把自己的经历告诉姑娘。

"饿吗？"他问女孩。

"嗯。"她点了点头。

他用随身携带的小刀切下两根章鱼腕足，切成花刀，放在烧红的木炭上，并用树枝夹着不断翻动，看着章鱼的肉在炭火中嗞嗞作响，顿时香味弥漫开来。姑娘的心情好了起来。烤好的章鱼有一层烧焦，他用木棍刮去焦的部分，递给了姑娘。

"可惜没有盐巴。"他对姑娘说。

"饿着肚子什么都好吃。"姑娘放下戒心回答他。

他们聊了起来。他跟她谈了当特种兵时许多有趣的事。

他说，他们当时在黑龙江珍宝岛当兵，冬天很冷，野外站着小便，就成了一条带弧度的冰棍。蹲着大便，就成了冰坨坨顶着屁股。晚上睡觉，土炕在一个房间，另一个房间烧焦煤，上面架着一块厚钢板，钢板从墙中穿过，为睡炕上供暖。

"你们就睡在钢板上？不成鱿鱼了吗？"女孩捂着嘴不敢笑。

"不是你想的。在钢板上还要砌土坯，抹上和了稻草碎的泥巴。泥干了，铺上用高粱秆剥下的外皮编的炕席。白天是不铺被褥的。屋里很热乎，身上只穿着薄衣裤。人坐在热炕席上活动摩擦，时间久了，就会在坐骨处留下印记。有次我探亲回家，路过省城澡堂，就去泡澡。我刚爬在小床上等待搓澡，搓澡师傅一眼就认定我是从北方来的。我很惊讶，问师傅怎么知道。师傅按了按我屁股上的两个瓶口大小的黑印说：'这就是身份呀。'"女孩听了"噗嗤"笑出声来。

有一年冬天，他们去追杀野狼，因为它们常袭击牧民的羊圈。咬死并叼走许多牧羊。但伏击几次都没成功。狼是嗅觉很敏感的动物，人还没走进射程内，它们撒腿就跑。后来他们请来了当地的向导。向导说：

"你们大白天打狼，哪跑得过它。今晚听我的，不带枪，每人带根粗棍子就行。"

他们将信将疑跟着向导走。上半夜一直不动，到凌晨3点钟，向导才领着他们向狼群休息的地方奔去。两条腿追四条腿的，够呛。追着追着，狼群突然不动了，纷纷倒地。他们上去用结实的粗木棍狠狠向狼的细腰砸去。俗话说："蛇怕七寸狼怕腰。"狼腰是狼身体最薄弱的地方，一棍下去，它的腰就折了。

"为什么狼会自己倒下呢？是向导会念咒语吗？"女孩听得入迷，不解地问。

"我们也很惊讶。问向导，他说，因为狼的那泡尿。狼休息了一晚上，尿泡里憋满了尿，它们被惊吓就跑，它在跑时是不拉尿的。跑着跑着尿泡胀得受不了，后腿就抽筋了，自然就倒下。"

"真的是大千世界，无奇不有。"女孩感叹说。

"这就是我们看到狗，为什么走不远就尿尿的原因。狗和狼都是犬科动物，同一类。"八俤补充说。

"哦。没想到你懂这么多。"女孩说，她的目光充满佩服。

下半夜，在余炭的温暖中，女孩背靠着他的背睡着了。她醒来时，发现自己身上多了一件男人的外套。回头看他，只穿着一件短袖，她碰到他的手，冰凉冰凉的。

"你傻呀。"她对他说。

女孩的眼睛像被吹进风沙，有泪光闪着。

后来他们就拍拖了，再后来她就嫁给了他。

八爪鱼是极其聪明的动物，把它装进小油桶，拧紧盖子，它都能旋开盖子逃脱。放进鱼篓，篓口用网罩住系紧，它也能寻找篓中哪根松弛的篾片，撕开逃走，而且不需要太大的缝隙，它是无骨海洋生物，能够随意瘦身，把脑袋挤变很薄伸出间隙，腕足更不用说。

八俤是钓章鱼的高手，不得不在篓里套一个细目网兜，把钩到的章鱼装进网兜并把兜口锁紧。有一次他钓到一只4斤左右的章鱼，有三个钓钩把章鱼一只腕足钩住，并深深扎进肉里。章鱼出水时，七只能活动的腕足死死抱住礁石。4斤的章鱼腕石上的吸盘紧贴礁石力量是很大的。他用尽力气，硬是拉不动它。当他从后背抽出佛手弯爪想把章鱼钩住，章鱼居然断足而逃。他发誓一定要再次捉拿它。

等了一轮潮起潮落，这只章鱼经不住河豚鱼干的诱惑，又来吃食，又被钓住。他发现去年那只断足，又长出了一只小腕足，像人的第六指头，软趴趴的，没有御敌的力量。他自己制作钓具，用铁丝织成网，把一个不用的秤砣包起来，在铁丝网上放了5个倒刺钩，再用河豚干做诱饵，挂在钩上。最后用绳子扎紧钩饵。这样诱饵不易脱钩。章鱼喜欢河豚的味道，见八俤的秤砣饵在自己的洞穴晃来晃去，腥味很浓的味道一阵阵飘来，实在忍不住就扑了上去，想脱身难呀，有那么多钩子，而且有倒刺，不用说五根钓钩都扎进，扎到一根钩都很难逃脱。谁让你的肉那么Q韧，挣扎只能扎得更深。

他下海钓章鱼，从没空手过。村里人说，章鱼像他自家养在水缸里的东西，随手可以取来。问他秘诀，他说当兵时，他的教导员是个海洋动物爱好者，跟他讲过许多章鱼的故事。

教导员说，章鱼有5亿个神经元，比成年的狗还多1亿多个。经测试章鱼的智力与6到7岁的人类儿童相近。它有九个大脑，光溜的脑袋是主脑，八个次脑分布在八个腕足上。它有三颗心脏，一颗在身体中央，两颗分别与两腮连在一起。有时为了逃生，它会自断一只腕足。而离开身体的腕足还有独立思维能力，能变换颜色并活动自如，以吸引捕食者的注意。用断足换来时间，章鱼趁机逃脱。它为了迷惑天敌或捕食猎物，会利用自己的软体，变换形态，有时变成比目鱼，有时变成海蛇。一旦得逞，立即变回原形。

范八俤就是利用章鱼有长期记忆的特性，捕捉章鱼的。他每次下海都会多带几块生河豚干，海水上涨撤离时，把河豚干装进小网兜里，并装进石块。网兜口打了死结，扔在不同位置的礁石洞穴里。涨潮了，人走了，章鱼闻到味道就会来觅食，总吃不到。但它会留下记忆。

等到适合的潮水，八俤跟大伙一起下海，大伙忙着去钓石刺鱼。八俤不慌不忙找到做了记号的礁石洞穴钓章鱼，章鱼凭记忆就会回来咬食鱼饵，就上钩了。八俤依次找到其他洞穴，不断地收获章鱼。

孙子兵法云：知己知彼，百战不殆。八俤不愧是特种兵。

三

在小钓的队伍中，偶尔会出现一个中年的钓手，他不钓石刺鱼，也不钓章鱼。他专钓一种鱼，叫黑鲷。

他是我们村里人，在东海舰队服役过。以中校军衔转业，分配在县水产局当副职。冬天他喜欢那件海军蓝大衣，手里拿着海柳树做的烟斗，黑铁色。烟斗装烟的那头很大，握在手里，像握一颗鸡蛋。他经常夸口说：这烟斗别人出10万我都不卖。

你可以不相信他的烟斗的神奇，但他有一根玻璃纤维的钓竿，却是实实在在的。

这根钓竿当时只有美国人能制造，国内很少有人看到。他说这是舰长送的。那时在部队，休假日经常和同伴一起到海礁钓鱼，有时舰长也去。自己和同伴用的还是竹竿，看到舰长的玻璃纤维鱼竿，羡慕得要命。转业时，舰长见他喜欢，就送给他。

这美国货拉开竿长12尺有余。当时国内最好的鱼竿，是苗竹做成的，竹节密集，长度不过8尺。弹性良好，是钓鱼高手才拥有的。渔村乡下钓鱼人做梦都想有这样的鱼竿。但就算有，出门扛着这鱼竿也不大方便，回家置放它也是个麻烦事。人家的这玻璃纤维钓竿，是可以伸缩的，缩小时拐杖长短，携带十分方便。估计当时全渔岛也就这么一根，真是稀罕物。

他每次出门钓鱼，后面都跟着一大群孩子，想看看竿伸出的样子，跟看耍猴一样。

他钓的是黑鲷。这种鱼雌雄同体，会性转变。3到4岁前是雄性，之后就转变成雌性了。它喜欢栖息在水深5米到50米的礁石间。黑鲷是名贵的鱼种，肉质细嫩，口感极佳。是十分受宠的高端食材。它个头也大，小的斤把，大的四五斤都有。谁看了都心动，都想钓到它。可惜它离我们站着的礁石那么远，鱼竿够不着呀！

俗话说："没有金刚钻，揽不了瓷器活。"村里的这位海军转业钓手，凭这根玻璃纤维钓竿，能够钓到黑鲷，让人眼馋。

他说想钓到黑鲷，除了竿长，还要注意以下口诀：礁石交错水清处，活饵小钩要记住。鱼线韧性不可少，钓点移动别耽误。他解释说，黑鲷喜欢在礁石交错且水清的地方活动，因为礁石周边有小鱼虾和其他浮游生物。水清说明水质好，有利于它生长和繁殖。

黑鲷喜欢活鱼饵，所以他习惯用沙蚕钓黑鲷，见效快。因为黑鲷嘴巴小，活饵不能用大块，他下钓时，把沙蚕切成小段做鱼饵。沙蚕有个特点，把它切了，还能活动，所以很适合。

黑鲷力气大，经常上钩了，挣扎拖断鱼线，他的玻璃纤维鱼竿，配的是尼龙线，在当时很稀罕。尼龙线很坚韧，不易被拖断。黑鲷不像石刺鱼，在礁石洞里不活动，等待猎物上门才展嘴。黑鲷活动频繁，在自己的地盘常窜动，所以要不断移动钓点，寻找它上钩。每次他不图钓多少，只求圆梦，回味军旅生活。

四

家乡海边的几座潮汐岛，都生长着小螃蟹，叫石蟹，退潮时，在礁石间爬动。它个头很小，我们在钓石刺鱼时都不爱搭理它。有时它不知趣地爬上人的脚面，我们都很不客气地一脚甩掉。这种小东西不但有机会爬出来看世界，而且雌石蟹在性成熟时也会在腹部圆脐拥有黄色的花。虽然这花只有小孩指甲那么大，但那是它的卵巢和蛋黄囊，它需要靠这繁殖后代。

看到它就想起袁牧的《苔花》："白日不到处，青春怡自来。苔花如米小，也学牡丹开。"它只有指甲大小，食之无肉。但听说很肥满，也有红膏，味道不错。我是没吃过，嫌它个小，满口壳渣。吊这种小螃蟹，是女人干的事。

退潮时候，大部分的女性都到海滩讨小海，除了挖各种贝类，也到礁石上挖海蛎。但家里如果杀了鸡鸭，有了新鲜的鸡鸭肠子，她们中也有人去钓这石蟹。其实爬上礁石的石蟹是少数的，更多的在礁石下面的水中。钓蟹的女人拿着鸡鸭肠绑在鹅卵石上，拿根绳子吊着，放到水下，一会儿工夫就爬满了小石蟹，它们用两螯夹住鸡鸭肠子不肯松开。这时提起鹅卵石，少说也有几十只。放到大木桶里一抖，全都下到桶里了。用不了一个时辰，就能钓到桶满。女人抽出身上携带的纱网往桶口一蒙，扎紧，就回家了。

这石头蟹干净，吃的是坛花和浮游生物，不像招潮蟹吃岸上的脏物。把这些小石蟹拿回家，主要是喂鸭子的。我们都说，鸭子是火胃，什么东西吃下去都能消化，除了石头，而且特能吃。把小石蟹倒在家里的大木盆里，鸭子闻到味就张开翅膀一摇一摆地跑过来，高兴得嘎嘎叫。它们一口一个，那吃相好像监狱里刚放出来。它们一只接一只地吞，脖子胀得鼓鼓的，能看到石蟹还在里面张牙舞爪。

吃了石蟹的鸭子长得很快，杀了炖食，汤里有蟹味，特别的鲜美。小孩刚走路时，连续吃几次这样的鸭肉鸭汤，走路就不需要大人扶了，可能石蟹含钙质高，被鸭子吸收了，溶在鸭汤里。

看鸭子吃得正欢，公鸡迈着正步也过来看了一眼，就不屑地离开，还咯咯地叫着，不让自己的妻妾靠近。

也有人把石蟹炒了炸了吃了。或者把它捣成泥，加盐巴、红酒糟和其他佐料搅和在一起，装进瓶子，慢慢地享用。

离开家乡40多年了，在工作闲暇时间，常想起小钓的事，心痒痒的，茶喝嘴里，杯沿挂满了记忆。我儿时的同伴是否都还健在，脚腿都利索？还能在高低且湿滑的礁石间雀跃？还能钓到鱼吗？每每想起，眼角热乎润湿。

渡　口

一

　　海岛是全岛，以前进出靠轮渡。交通工具靠木帆船、汽轮船和客轮，麻烦得很。说起这段历史，想起等待过渡的滋味，没人不摇头。

　　客车是无法上船的，只到金鸡口码头，旅客要下车，然后坐船，运到对岸牛头滩码头，再坐上停在那里的客车，运往目的地。遇上老弱病残的，没病也折腾出病来，有病的，有人都没命撑得住。所以海岛的人都不爱出远门，实在没办法，头天就要早早准备，行李尽可能减少，不然上船下船，艰难可想而知。

　　我所知道的村里的陈大妈，为照顾省城儿媳坐月子，提了10斤花生油，5斤蝴蝶干，还有蛏干、墨鱼干什么的，装满一袋子。还用另一只透气的袋子，装了几只鸡上省城，说是给儿媳补身子。

　　她本来腿脚就不利索，家人劝她少带点，上下船不方便，她不听。结果到了牛头滩码头，海水在退潮，码头台阶与渡船落差大，她一脚踩在台阶上，一脚还在船板上，弄得上不上，下不下，后面堵着的一群旅客又催着她快点，着实好尴尬。

　　好不容易上码头了，装鸡的袋子口松开，鸡跑了出来她瘸着脚追鸡。捉了这只，溜了那只，累得上气不接下气。还好那时好人多，帮她拢了鸡。

在码头她站了好久，省城的客车还没来。实在站不住，她只好坐在湿漉漉的地上，很多人都这样，等个把两个小时是正常。车来了，又争先恐后地挤。

到省城车站，儿子用自行车接了她，已经是傍晚时分。从早晨到这时，她坐十几个小时车。回到儿子家，还没向儿媳嘘寒问暖就瘫倒了，只剩下半条命。

除了客运紧张，烦琐，时间长，人累乏，其间有五艘登陆舰，专门用来载车，显得更紧张。

每艘登陆舰只能装上一大一小的车，费时费力，来往的车常常在金鸡口和牛头滩码头排起了长队。但排队归排队，进出靠码头人为指挥，就有了权利。有急事进岛出岛，就得求人。

记得每年二三月，为早点栽下番薯苗，大队部都要派人去漳州诏安买薯苗。因为那边的春天早回暖，比海岛早十天半个月出苗。买回的薯苗早点时间插到田里，到秋收时分，薯块能早点接上饥荒。

记得有一年，他们又到诏安，挨家挨户地收薯苗，集中一起，光收苗就用了一天多。雇了当地的两部货车，装满了往回赶。

当时的路不好走，颠簸了一天一夜才到了牛头滩码头。天已蒙蒙亮。薯苗捂在车内，又没有空调，温度逐渐升高，伸手摸，烫手。压在底层的薯苗叶子开始发黏发黄。上午若薯苗到不了村里卸下，就毁了。

大队部派出的这三人，心里急得被猫抓似的。其中一个前辈上前求守门的人，看能不能早点放行。挤到围栏边，很卑微地对守门的人说：

"我们是运薯苗的，车内温度高，快坏了，能不能先放行？"

刚一开口，就被怼了回来。

"你没长眼睛吗？这么多车排队，谁不急？就你急？"对方凶神恶煞地说，声音大得吓人。

他们只能忍气吞声地等着。这时后面有辆货车司机下车，走到守门人的跟前，又说又笑，不知在他口袋放什么东西。他就打开围栏让后面的车先走。

后面又开来一辆拉货的车，后车厢是空的，什么也没装，司机是个女的，从斜边插过来，径直把车开到围栏口，连招呼也没打，就放行了。

等候进岛的候车长队，有的都等个把两个小时了，眼睁睁地看着这怪现象，司机们就是不敢言，哪怕是车上的东西发酵发臭也无可奈何。因为这是进岛的唯一通道，他们进进出出，要生活，要养家糊口，只能选择忍气吞声。

也有血性的男人，实在气不过，上前理论。

"我都等两个小时了，你怎么能坏了规矩，让后来的车先走？"

守门的听了不但不承认自己的过错，反而顶了这男人一句：

"这是我权利，你管得着吗？有本事你飞过去呀！"

这男人火了：

"你站在这里牛，都不要下班，等回到城关，见到你，老子修理你！"

守门的挥起巴掌，想扇这男人，只是隔着栏栅，没打着。他狠狠瞪了男人一眼，扔下一句："你牛B，那就等呗！"话硬得很。说完，把门一锁，就上楼去了。

这下炸锅了，大家都过不去。又不敢把围栏砸了，冲过去，那是破坏交通设施罪，谁也担当不起。这时大家反而指责起那个找守门抗争的人。

最后还是排队最前面的两个司机上楼，好话说尽，又递烟又道歉的，好话说了几米箩，躬身讨好，一脸堆笑，那绷紧的腮帮肉都快支撑不住了，才把守门的请下来，开了围栏，放行了车。

那守门昂着头，像斗胜的公鸡，撇着嘴，眼睛瞪着被放行的司机，那意思：老子就这么着，看你们能把我怎么样？这时，从办公楼二层走下一个人，对很后面的一辆车招手，又一辆车超前过去了。看阵势，这是个小头目，他连看都不看守门人一眼，就上楼去了。其他车辆只能干着急。

轮到他们运薯苗车了，车过围栏时，那个守门人，不甘不愿用脚勾起围栏的插销打开门，白着眼朝他们哼了一句："不知趣。"后来才知道，要赶早，要早打点，他才不管你急不急。

二

随着政策放松，百业兴旺，海岛出岛谋生的人多了，海岛也成了燕川福地。进出海岛的人数和车辆也越来越多。轮渡船已经不能满足现状需要了，都换上了客滚船。它一次能载20辆车，客车也能载过去，坐车的人再也用不着上车下车地折腾。人多了，车也多了，客滚船日夜运行，到了后来，年过渡车辆达百万辆。轮渡所的人手也多了起来。

交通主管部门每年都在充实人员。

虽然金鸡口码头离城关有十几公里的路程，上下班的要早出晚归，家庭照顾不到，工作十分辛苦。但想来码头上班的，趋之若鹜。一个守门放行人员，都像一只旧厝的蜘蛛，所连接的网线能牵动全岛。哪家没有急事要办？出岛做工程，赶乘火车飞机的；送危急病号去省城医院的；海产品外运的；赶到省城赴饭局的……哪一个不急？

这是出岛。

进岛也有很多急事：婚礼现场盼望进岛的那个人，进海货的，运蔬菜的，想见亲人最后一面的，回家过年过节的，无不心急如焚。尤其是节假日，进岛的车辆排队两公里长的都有，等候一个夜晚的也有。都想通过紧急通道走。排队当然也可以，但要等到驴年马月。

所有想早点进出岛的，都要求人，求情的人太多，又有个先后排序，按后台最硬的车先走。求着求着，都求到县长书记那儿了。就出现了批条，像批紧俏物资一样。

有个同学的弟弟，毕业后在省城找了对象。女方父母在省城，他们的婚礼在省城已举办过。老家的亲戚不方便去省城，于是在老家又举办婚礼，备了几桌宴席答谢亲人。家里什么都准备好，等着新人回家就放鞭炮，拜天地父母。等到天擦黑，也不见踪影。

临近春节，那天进岛的车辆都排到两公里开外。有经验的进岛人，早餐喝牛奶最好，汤水是忌讳喝的，以避免排队进岛的尴尬。牛头滩码头有个卫生间，但车辆排在两公里外。内急走两公里路去方便，神仙才能做到。而马路两边没有厕所，路边的树也很低矮，稀稀落落。男性还好，随地解决，只要身体背着人就行。对于女性，没人敢作为。内急不是病，但急起来真要命。这种体验，在赶渡的日子，想必是很多女性挥之不去的噩梦。

这个做新娘的不知道，早餐喝多了汤汤水水。不知道过渡要等待这么长时间。家里急，她更急。急得全身燥热，脸涨红，没得办法。

好在这位同学在家乡有一官半职。

他找了县委办公室主任，主任说：

"我今天已打数十个电话给某某放行人，自己再求情，怕对方不会再理我。就算我打给轮渡所的负责人，也未必能买账。这样吧，我带你去书记那，看看能不能解决。"

说到做到，他们一起去了书记办公室，拿到急事放行的字条，又搭上出岛的客滚船到牛头滩码头，交给车辆放行人，才优先过渡。

人情网就这样织起来，码头放行人能不牛吗？欠人情是要还的，只要码头放行人有事要办，哪个人敢敷衍？放行人都这样，那职务比他高的人，能不炙手可热吗？

轮渡所又要进人了，人事部门的热度陡然升起。财政税务口的，银行金融口的，国土房产部门的，甚至政府的、县委办的……都有人想调动去轮渡所。

僧多粥少，想进的都在找关系，整个县城暗流涌动了起来。

一个汤姓人家，父亲在海岛税务部门，是个头，母亲是一所中学的校长，儿子中南财经大学毕业，父亲未雨绸缪在省城国税局为儿子谋了职位。一个美好前程锚在那里，妥妥的，他们得到轮渡所要增人的消息，心动了。

父亲先是跑到省城国税局老领导那，做了关系。老领导给自己培养的副县长打去电话。对方说：

"局座呀，实不相瞒，人事局划归我管，每年为轮渡所增员的事，我都焦头烂额。这不，接你电话之前，省人事局都有人打来招呼呀，三个守门员指标，已经有几十个人找到我。其中县里官比我大的占五位，省市直管上司占三位，让我怎么摆平呀？"

在分管副县长这里碰壁了。父亲不甘心，去北京人事部找了老战友，人家是部里协调处的头，圈内都叫他老王。

"省国税不是很好吗？凭你儿子的学历、专业、聪慧，他的未来肯定比你有出息。轮渡所什么地方，芝麻大的地盘，就算当了所长，能有多大出息？"老王说。

"孩子认为那地方虽小，但能呼风唤雨，缔结各路关系，活得通透神气。我们也想让他历练三年五载，地小乾坤大，说不定是虫也能变成龙。"父亲回答。

老王见状，就不想再说什么了。心里嘀咕，为这轮渡所，海岛人像中蛊似的，真不可思议。但他还是跟省城人事厅领导打去电话，要他们协调解决这件事，结果如愿以偿。

三

轮渡所的岗位个个都像金娃娃似的，年轻的，讨亲也特别被看重。有个小伙子，长相很磕碜。原来在县银行当经理，年收入很可观，不缺钱。就是对象难找，三十出头了，还是天马行空，独来独往。

每次同学聚会，同学的老婆都有意地带闺蜜来，希望能撮合他俩成双成对。可是每次闺蜜看了，都不想有第二次。

最后有一个跟他走了下去。

女孩的父亲早时摔坏了腰，两个弟弟要读书，她实在无力撑起这个家，需要一个不缺钱男人的帮助。饭也吃了，电影也看了，也去海边散步了，就是不让他拉手。女方心里也挣扎过，心想拉个手算什么。可是想到接下去要拥抱，万一控制不了自己的生理，接了吻，她接受不了。谈了三个月，还是分手了。

那个长的磕碜的通过很多关系，放弃银行经理职位，调进轮渡所，岗位是治安协理员。不知从啥时候起，开始有人给他介绍对象，也有女孩自动靠近他，一波一波的，像涨潮的海水。

他最后看中的女孩，长得很水灵，个头又高，皮肤又白。人家父兄是做海鲜的，专门给省城的大酒家送海货，家里不缺钱。他们拍拖了半年就结婚。

婚后他问她，看上他什么了。

"心好，会办事。没有你办不成的事。我家人和我，有你这把保护伞，日子安稳又舒适。"女人说着亲了他一口。

"以前我的父亲和哥哥日日进出这渡口，都得等渡，等好久。等他们把海货送到省城酒店，常常被降价，人家说新鲜度不够。现在可好了，有你大姑爷在，走加急通道，我哥他们再也不发愁了。"说完又亲了他一下。

这话凭天理说，是真话。

渡口不仅是岗位炙手可热，就连进出岛入口处的摆摊位，也是日进斗金。特别是进岛那头的摊位，一溜炸海蛎饼，滑蛏粉，卖光饼的，生意好到排队。

想想看就知道，车辆排那么长，一等就是以小时计算，过年过节更是长达数小时的等待。人非机具，能不饿吗？能拿到这样的摊位，据说是轮渡所员工的家属。

不要小看这摊位，收益很可怕。据相关新闻报道，记者采访轮渡码头一位摆摊大娘，她说，大桥未通前，她一个摊位一天能卖500个炸海蛎饼，逢年过节，一天能卖出上千个，按一个海蛎饼一元计，一天就有几百上千的收入，这还不包括卖海蛎滑。这是出岛码头，出岛的人刚吃饱饭，从城关到码头充其量不过30分钟。饿肚子的人的比例要比对岸码头少得多。对岸都是进岛的人，从全国各地回来，长途跋涉，已饥肠辘辘。又等渡很长时间，周边又没有餐饮食，唯有码头的海蛎饼和海蛎滑，到码头找食，可以用"抢"字来形容。个个像饿鸡赴食，每个摊前排起长队，卖出的海蛎饼和海蛎滑是出岛码头的好几倍，年收入有多少？只有天知道。

仗着亲属的权势，摆摊的女人都显得很霸道。

有一年4月，我到海岛办事，在码头等渡。下车接手机电话，码头上声音嘈杂，我说着说着就走进附近的一家摊店，想不受嘈杂声的影响，对方的声音能听得清楚些。

"出去！"突然有人一声怒吼。

我回头一看，一个粗壮的女人站在我身后。

"出去。"她又一声怒吼。

我赶忙收起电话，逃也似的离开。

原来我进店得消费她的海蛎滑和海蛎饼。问同行，他说在这里，是正常现象，跟我一样遭遇的不只我一人。

他还见过有个店用滚烫的热油泼人的事件。那是摊主霸道欺诈吃客引起的事端。说好出双倍价钱炸几块全料海蛎饼。摊主收了钱却不讲信用，炸的海蛎饼跟事先讲好的不一样。双方对骂，你扯我拽。

女摊主为泄愤，操起油瓢舀滚烫的油泼在客人身上，好在冬季客人身上穿着皮革，只烫伤了手，但伤势比较严重。客人被同伴送往医院救治。派出所也来人了，赔偿了医药费，摊还是照样开，态度还是那样霸道，没人敢怎么样。

四

海岛百姓终于盼来了盛世华章。通桥啦，车辆不再往轮渡走，渡口还在，但今非昔比。现在每天过渡几十辆车，主要是不能上桥的摩托车、农运车和行人。跟过去一天数千辆车等待过渡，落差不是一般的大。

轮渡所大部分员工下岗了，政府鼓励年纪大点可申请提前退休，年轻的不知往哪儿安排。

网上有传，某高速公路收费站裁员，一个中年妇女哭诉，自己会干的事就是收钱，都干了二十多年了，现在下岗了不知还能干些什么。

轮渡所的下岗员工也有同样的感叹。

那个不让薯苗早点通过的放行员，他本人早已退休，但他儿子又来接班，干父亲一样的活。在轮渡所干了二十多年，也风光了二十多年。经常晚上有人请他吃饭，喝酒必喝茅台。用家乡话说："嘴都吃歪了。"逢年过节，家里的门槛都被送礼的踩断了。他想办什么事，围墙内各科局都要给面子。真的活得自在，体面，够派头。

他第一批被裁员，因为群众反映他态度太恶劣，关卡霸道欺负人，看碟下菜，鱼肉乡民。所里领导早有撤换他的意思，可在岗时，撤不动呀，文末下达，替他说情的人铺天盖地打电话来。更何况这里的员工普遍都这样，法不责众呀。轮渡所领导层只能睁一只眼闭一只眼，让他得过且过。

这下到头了，把他请出去。五十出头的人，吃惯了、用惯了别人的东西，突然间脐带被剪断。除了走路什么都不会，有点像被逐出宫门的太监。找了之前的关系户，请求帮忙搞个好点的岗位。这些人都像不认识他似的，用不屑的目光看着他，懒得理。

失势的凤凰不如鸡，他体会到。但大势而去，怎么可能雄得起来？最后落实到环卫局，成为一名环卫工人。还好，有个饭碗，有医社保，工作苦点，生活起码有个保障。

难过的是，他的工作范围在几家海岛最繁华的酒店街道，那些酒店是他以前经常出入的地方。每次见到曾经簇拥他的人，现在簇拥新人进进出出，一阵世道炎凉的酸楚就爬上心头，着实觉得难受。

那个通过人事部门路弄进来的大学生，在轮渡所过足了呼风唤雨的瘾，通过缔织的人事关系，干了十几年，被提拔轮渡所当副职。通过他父亲的运作，上下打点，在人生的巅峰跳了出来，回到省里，现在是省国税系统的一名处长。

那个长相磕碜的协理员，退出后再也回不到银行系统，一是年纪大了，银行需要新生代补充。二是不在轮渡所，还算哪根葱？不给你白眼已经算是抬举了。让他特别难过的，丈人那一家人，不待见他了。以前他到丈人家，左让座，右上茶。叫起姑爷来，甜得他像丢在蜜罐里的工蜂。

离开轮渡所后岳父生日，他陪着老婆孩子回娘家，车都没地方停。以前丈人家都是早早地为他准备了车位，小舅子忙着开车门，让他们一家舒舒爽爽地钻出车门，体面地走进大厅坐C位。现在虽然丈人一家及亲属也跟他打招呼，也是有了上声没下声，不看他一眼，就忙各自的事情去了。把他一个人扔在一边，好孤单。

这时他丈人从外面进来，他给丈人递上了烟，是芙蓉王。他岳父没接，从自己的口袋拿出中华细支，自顾自地抽了起来。

想当年，别人送的各类好烟，一箱一箱地往岳父家送，抽不完，就放在小姨开在渡口的店里卖。

当时丈人可不是现在这样。

他每次来，丈人都是亲自搬出祖上留下的那张小叶紫檀太师椅，放大厅正中让他坐下。亲自递上烟，帮他点燃。左一句姑爷，右一句经理地叫。丈人从没改口他原来的职务，是顾及他的面子。若叫协管员，着实有点委屈了他，那态度就差点头哈腰了。

有一次他事先没有告诉丈人要来，丈人不在家，正在海边渔场挑鱼。知道他来，放下手中的活，急匆匆地赶回家。手里提了两条活鲜的红鲷鱼，交代丈母娘做几道菜。拿出他送的15年茅台，说咱爷俩一定要喝两盅，那亲热劲亲父子也不过如此。丈人还打发自己10岁的孙子去邻村，把两个舅公请来作陪。

他在位时，也没少眷顾过舅公两家人。他们的子女也是做活鲜生意的，每天也是进进出出渡口。舅公他们来了，刚到门外就姑爷长姑爷短地叫起来。那天不会喝酒的舅公为了给足他面子，居然喝醉趴在桌面上，嘴里还嘟囔着："姑爷你别走，今晚我们请你，你要赏脸哦。"

夫妻俩有什么口角，不管老婆有理没理，丈人总是站在他这一边数落自己女儿。全家人都像供佛一样供着他，生怕怠慢了他。

可如今，丈人全家都冷落他，他叹了一口气。

待了一会儿，两人都没有什么话说。末了岳父先开口：

"现在下岗了，你年纪也大了。老婆孩子怎么着落呀？"

"不知道形势会是这样，我也没了主意。找了几个单位，人家都不要。"

"你老婆年纪也不小了，过去跟你不愁吃穿。嫁汉嫁汉，穿衣吃饭。你现在没了收入，靠老本，就算是座山也会被吃空，你要为她担当呀。"

"自从被裁员，她总是对我发脾气。闹着要离婚。"

"该放手的就放手，想开点。我就一句话，不要拖累她。"

岳父的话都说到这里，婚姻再拖下去，也没意思。于是他与老婆离了婚。他也没得办法，都分床睡半载了，离不离都一样。他找了半年工作，也没个确切的消息。无奈只能到原来的银行当保安。有个工作，不至于老无所依。看到每天进进出出的顾客，想起当年当经理的派头，一切都跟做梦一样。

历来管理渡口的头们，口碑倒是挺好的，他们不是一线的放行员，也不是协管员，面对的不是等待进出岛的群众，矛盾冲突自然就少。轮渡历史几十年，领导换了一茬又一茬，没出过大事故，就很了不得。

这里不是内地的湖泊。有汹涌的波涛和湍急的水流，又是风口，是宽约数海里的凶险之地。一年四季，特别是客滚船启航之后，日夜轮渡，没有闪失，是需要头们费尽心力的。他们也使用特权，在这个位置，他们无法躲避人情。所以头们的位置被调侃过，叫金不换。但他们也有苦衷，员工不好管理，因为员工个个都像《西游记》八十一难的始作俑者，背后都有硬实的后台，纵然有孙悟空的本事，又能如何？

债起债落

一

渔岛不大，交通欠发达，经济基础也很薄弱。没有深水码头，没有商贾云集。祖上留下雄厚家资的大户人家就像鸡角蛋一样稀罕。后代的创业人全靠胆大敢干，东挪西借的资金去拼搏。银行贷款这档事，乡民们多不抱希望，条件太苛刻。乡民们也无法提供银行满足的条件。尤其需要大笔的融资，几百万、上千万元的，银行哪能轻易放贷。跪着求着都没用，就算贷给你，也像催命的无常，拿着绳子套在你脖子上，想走路快点都难。渐渐地想创业的乡民就选择了民间融资，"做会"组织就这样应运而生。

早先的做会，向心是良好的，就是互助会。有闲钱的，把钱放在会里，赚些利息，贴补家用。需要钱创业的，愿意付利息，集中一处，能把事业做大，双赢的好事。

其实这种组织也不是渔岛首创，早在先秦时期，齐国的孟尝君田文就做过这档买卖，历代历朝一直延续下来，其他各县市也一直在做会。

渔岛的"做会"组织到后来就渐渐变味了。一部分资金流向企业，绝大部分资金用于炒会。流向企业的钱利息越来越高，原来月息2分还能还得起，到后来月息5分，年利率60%，有几个企业能承受得起？

大局面经济向好时，月息三四分，企业还能正常运转。我有个朋友是做疏浚工程的，正当国家大兴土木，把进出5万吨位的码头港池，挖深到20万吨位的船能够停泊，挖完港池挖航道。沿海地区都这样搞，一个工程接一个工程。

他举例精算说给我听：勾机挖泥，得配有运泥船，把挖的泥巴运到远离码头港池的海沟里倒掉。一条320万元造价的运泥船，若租给别人，月租费24万元，年租就是288万元。就算月息4分，扣除年利息153.6万元，他还能净赚134.4万元，换成利润率就是42%。所以他坚持借钱造船，自己用，或租给别人用，都很合算。

后来大局面不景气，单价降了50%，加上工程款被拖欠，一下子就撑不住了。不用说月息4分，就算1分，也无力承受，最后破产了，资产被银行收走，账号冻结。

吃亏的还是"做会"的人。还有民间零散的借款，也一起打了水漂。

其实会脚的钱也不都是自己的，后面还有小债主。五万十万借出的大有人在。都是农村上了年纪的人，逢年过节，儿孙们孝敬的钱，五十元一百元地攒起来，舍不得吃，舍不得穿。这种钱也叫棺材本，是准备料理后事用的，全拿了出来，交给值得信任的同宗同门。

会头之所以能拢钱，多是当地有威望的人，或有别墅、豪车，或企业兴旺。他们也只想通过标会融资，用高于融资的利率，集中放贷，赚利息差。

邻乡的施某，夫妻都是体制内的人，都当了部门的头，夫妻俩自小都是"别人家的孩子"，是本乡令人仰慕的双子星。自己有五层楼的住宅，出入有小车，家族身份也很体面，父兄都是生意人，而且做得很红火。

他们夫妻做了会头，乡亲都很敬重和信任。早期的会钱，谁想标回去，他们都立马兑现。放在他们的本金利息也是到期即付，做着做着做大了，高峰期时，他们手里有3亿多的借款。

其中三成多的钱放给当地的一家地产开发商，这个开发商在当地拥有几百亩的地，都是城关附近的好地段。当年他为政府修路换地，一亩只有8万多元，现在地价飙升到每亩800多万元，翻了100倍，这样的优秀企业向施某借贷，他很放心，法律程序也走了。光这一笔，利差少说也有2000来万元。

可谁能想到，这家企业做大了，心也大了，到外地又买了地。大局面不济时，城门失火，殃及池鱼，哪能付得起高利贷，就跨下来。施某虽然事先走了法律程序，也抵不过银行的优先偿还。就算变卖了企业资产，先还税费，再还银行贷款、员工薪资，最后才考虑民间借贷。且该企业的民间借贷不止施某一家。走法院程序不知需要多少岁月，三年五载怕是很难搞定，到头来只剩下三瓜两枣了。

施某的另外三分会款用于互相标会，哪个会头出的利息高就投向哪家。需要说明的是，在海岛做会头的人很多。没有投入生产，赚到的利息款从何而来，就靠拆东墙补西墙，结局可想而知。

施某的其他三成多会脚的钱流出海岛，投向省城更高的金字塔尖。那里有条大鳄，张着血口，吞噬来自省城下属各县市自投罗网的会头们的会款。

二

我知道做会的事，始于刚下海经商不久。

我高中的同学林某，突然造访我。他直截了当动员我做他的会脚。"我想做会头。"他说。"你不当副校长了？"我问。"当呀，正是有这身份，才能拢起会脚。""让我做会脚，等于把钱借给你，尽管你我是同学，但凭什么借给你？古代也有人做会，都有家产契约做抵押呢。"我也直截了当对他说。"我有幢房子抵给你，年利率24%，你借我300万元，一年就有72万元的收入。不瞒你说，我转给上线，年利率36%，从中获利12%，如何？""你房子确权过户吗？""不是，我们可以订立协议，写明还不了借款，房子给你。其他会脚我只写借条。做我会脚的基本是学校的老师，彼此都知根知底，他们不怕我跑掉。""你知道房子不确权过户，协议只是一张废纸，法律上不认可的。再说难听点，借款期间，你产权可以随时转移。""在渔岛没这么缠绕，一张借条就够了。"他怼我。最后我对他说："不是我不给你面子，你能给我这赚钱的机会，我感谢你，但我不敢赚这份钱，再说我也没有这么多钱。"他听完只好悻悻地离开了。

多年以后，听说他的钱被更大的会头卷走了，房子被查封，夫妻俩的工资也被法院强制执行还债了。因为他是小会头，对他上线来说，只算会脚，他的结局算是好的。

大会头们的结局就不一样了，大约有三种。

一是死猪不怕开水烫。还不起钱，装成自己也很可怜，任会脚逼债谩骂，向他吐口水，扔臭鱼烂虾，都无所谓。家里值钱的东西任会脚搬走，债权人要住他们房子也行。反正威信扫地，走路靠边，没有脸皮了。没有死的勇气，一辈子艰难地活着，其实跟死没有两样。

第二种是跑路，我有个债务人姓林，他的哥嫂，属于这一类。他们也是大会头，曾经手握两三亿会款。会倒了，全家都跑路了。会脚四处打听，急得跳脚，也不知道他们躲在何处。他母亲过世，老婆悄悄回来拜祭。尽管披麻戴孝，头戴麻纱孝帽，把眉目遮住，还是被人认了出来。会脚冲到祭场，把她团团围住，纷纷向她讨回公道。她说自己现在孝衣在身，让她到弟媳房间换身衣服出来跟会脚说清楚。

她弟媳住在一楼，会脚们守在门口，等了许久，不见人影，强行推门，发现她跳窗跑走了。他们全家到底在哪里，一直是个谜。

有一年，我找姓林的要钱。在他工地的住宿套房里吃饭，我坐在餐厅，隔着磨砂玻璃看到厨房有个熟悉的人影。我正想问姓林的这人是谁。姓林的知道瞒不住，实话告诉我，这是他哥。自从会倒后，他哥在渔岛待不了，就来投靠他。他见他哥无路可走，就留他哥做饭。"会灾害了他，我劝过他收心。他不听，心太大，落成这地步。"他弟感叹道。

大会头中最有勇气也最悲壮的是自杀。

三

按下会头自杀事，先来数叨下会脚们的惨状。

当年的会灾，席卷全渔岛，现在谈会色变，当年论会兴奋。全岛人像打了鸡血似的，不知疲倦，四处筹钱入会。闲钱放在家里是死钱，存在银行就那么一点收入。放在会里，利息比银行高好几倍，且随时兑现。人性的弱点就是受不了诱惑，于是乎会头一举手就有百千人呼应。数钱数到手抽筋，一个会头这样说。

他雇了三个人，两部点钞机，每天都是热得烫手，用电风扇对着扇风冷却再启用，否则就停机了。尽管这样还是有一台点钞机死机不能用。晚上过了半夜了，还有人扛着满麻袋的钱来入会，赶都赶不走呀。

会脚们不是不担心，但想到利息收入，实在太诱人。他们躺在床上，细算利息，每天能进账多少？几百，几千，几万，掰着手指头算，手指头不够，脚趾也用上。一方面又担惊受怕，不知什么时候天雷砸下，在紧张的击鼓传花游戏中度日。烧香拜佛的都有，心想会头财大气粗，有身份，有地位，口碑一直很好。见面都是笑脸相迎，大方得体，入会标会，人家也没强迫你。看看入会的人，都是乡里乡亲，抬头不见低头见的熟人。别人能入会，咱为啥不行，有钱不赚，不是傻吗？从众心理让他们不管不顾地往会里砸钱。

我村西头的陈姓村民就是这样。他自己没多少钱，靠卖猪养羊，省吃俭用，积攒下10多万元，又向七大姨八叔伯筹借了20万元。借钱时，向他们介绍了会头的背后有多硬，让他们放放心，又答应给他年利息18%，自己放会头那边也不过30%。这样他凑足30万元整数给会头。晚上回到家，躺床上，他对老婆说："咱们自己10万元，一年有3万元的收益，向亲戚借的20万元利息差有2.4万元。加起来有5.4万元。平均每日有150元。我帮别人做小工，一天收入不过30元。"说完他兴奋地把老婆揽抱在怀里，亲了亲她的眉心和耳根。老婆的心燥热了起来，放肆地抱住老公。他们都过了已知天命之年，夫妻俩好久没有这样亲热过。

过了一年，会头兑现了承诺的利息。他高兴得上街买了家人喜欢吃的生猛海鲜，做了满满一桌好菜，叫弟弟一家也过来，把珍藏多年的竹叶青拿出来，喝得不知天南地北。年头他又向亲戚借了50万元投入会里。这一年里他做无数次梦，想到利息，高兴得笑出声来，口水都湿了枕头。老婆推醒他，娇嗔道："看你流的口水。"

到年底，传来会头跑路的消息。他跑去会头的家，看见许多会脚围在会头的门口，个个情绪激动，这个说："我投了120万元呀，大部分都是借别人的。"那个说："我也投了200多万元，怎么说跑就跑了。"说完号啕大哭。一个年纪六十开外的大娘，直接晕倒了。老陈待在墙边，无泪无语。这个会头欠了会脚8000多万元。

老陈不知道怎么走回家的，他妈已经是快80岁的人，听到这消息，一口气上不来，就走了。从此，老陈疯疯癫癫的，老婆无脸见亲戚朋友，见人总是低着头走路，子女也被逼闹得读不成书，这个家散了。

四

回头来说省城的这只大鳄，他姓游，会头们都叫他游厅长，他确实是厅长职务。早年在地区干过几任专员，政绩和口碑还是蛮好的。但他有两个不好的嗜好：赌和色。

起先是与企业家们小赌，反正赢的都是他。就得了个绰号：一把糊。求他办事，签字基本在赌桌上，只要在打牌中，他的情绪最佳。做企业的，想提拔的，都摸出道道，赌桌上赌注越大，他越兴奋，办事就越利索。

另一个爱好是色。他喜欢下基层，有事没事地转悠。他意不在指导工作，是在猎色。地区范围内，见到长得俊俏的女人，就挪不开步了。他喜欢少妇，不喜小女孩。他私下对心腹说，少妇懂风情，有味道。这两件事被人举报过，就断了他向上的仕途。

他被调回省城，安排在一个非政务的岗位就职。他不甘不愿上岗，就破罐子破摔。经常出入澳门赌场，先是小赌，几万几十万元地玩，还真赢过。后来赌大了，几百万几千万地赌，一下子就栽进去了。他向原来的企业家借钱，答应要还的。账是平了，欠了一屁股债。

万不该他去了趟北京，过去的朋友做局坑了他。宴请他时，这朋友找了几个女的作陪，其中一个女的很眼熟，好像在某部电视剧里看过，是小配角，但人长得漂亮。脸蛋美，腰身也好。二十大几的年龄正合他的口味。虽然是电视剧中的小配角，但在他看来，瓜子没肉壳也香。当晚就留了电话，后来慢慢熟络了起来。

女的若即若离，吊足了他的胃口，当第三次上北京时，才开了房。这女的功夫了得，几个回合，他就离不开她了。她说要演主角，并与他一起见了制片人，也看了剧本。制片人当场表示，只要他能投2000万元，主角就是她了，并拿出合同，这部电视剧的收益归他。他居然鬼使神差，同意了。

这次他向属下的企业挪借了2000万元。他投了钱，女的却变卦了，不想和他在一起了，连电话也打不通了。无奈他想到各地正火热的"会"风，凭他的身份地位张开了大网。

她叫郑岚芸，当年40岁，是渔岛赫赫有名的大会头。她跟渔岛男人一样仗义，敢打敢拼，在一群会头中打下半壁江山。高峰期时手里有4亿多会款。她给各分会头利率比其他会头高一成，吐口唾沫就是钉。

她出身农村，小时候家里并不富裕。她哥瘦小，她强壮，遇到别人合伙欺负她哥哥，她就挺身而出，打得他们满地找牙。后来她考进了体校，曾是全省田径大赛亚军。毕业后又去进修化学，分配在海岛一所中学任化学实验室教师。性格刚烈，自尊心强。谈几次恋爱，都没成婚。其中一个小伙长粗犷高大，一身腱子肉。而且家境很好。但人家看不上她，嫌她出身农村，家境不好。她发誓这辈子一定要出人头地，让这小子低头后悔。

后来她的哥哥跟着她叔叔做隧道，在当地颇有影响，名声在外。凭这实力她和亲哥做起了会头。她想把会做大，通过朋友介绍就认识了这位游厅长。

第一次在他的办公室见面，游厅长在看一份部委签批的文件。他见面就说："听朋友介绍，你是女中豪杰，在海岛做会，做得风生水起。人面通心，果然不假。"她连忙躬身作揖："在前辈面前，不敢领受。"说完坐下喝茶，交谈甚欢。他起身拿了文件，放在她面前说："我们要合作，我也不把你当外人。这份文件是部委上个月签批的。批的是粮库建设项目，十几亿工程造价。通过竞标，由某某工程局中标。"说完从抽屉里拿出合同原件，也递给郑岚芸。

合同上明明白白盖着双方的公章和签字，标准的格式文件。"坦白地说，我虽然处在这位置，公务员就那么点工资，我也缺钱。我想参股这项工程，占20%股份，你若把钱放在我这里，我给你40%的利率，如何？"她考虑了片刻，表示同意。

"我现在手上有1亿多会款，回去再给你筹1亿，可以打给你指定的账户。不过，丑话说前头，我们需要签个协议并附上部委签批的文件和你们的工程合同复印件。可以吗？""完全可以，这是应该的。只是希望你能保密。"

当晚，他请她吃饭。来了两个工程的合作伙伴，他们在酒桌上聊的都是这项工程的事。说着说着，他们还为一些合作细节争论了起来，游厅长还请她这个局外人说公道话，弄得她好尴尬，只是觉得游厅长这人很不错，不以位高而小看她。后来她又去省城两次，都是在他家里见面，他的老婆也在场。

五

殊不知这一切，都是游厅长设的局。那文件、合同都是假的，花几百元钱就能在市场上弄到。当然合同的公文纸是真的。连晚宴两个作陪的都是游厅长请来的托。而游厅长的住宅也早已卖给了别人，他又返租回来住，这事只有他老婆知道。连专职司机每天送他上班下班都不知道这房子已经卖掉。有时他也请下属来他家打牌，让厅里的同事知晓，他人在，房子也在。

其实暗中他已经用假身份办好了老婆和自己的出境护照。只等郑岚芸的钱到账，远走高飞。

两天后，郑岚芸与他签订了协议。凭着协议和附件回渔岛又筹了1亿元。把2亿元会款打到游厅长指定的账户上。

过了两天，她打电话给他，居然打不通，打他办公室电话和家里座机，也没人接。她急眼了，匆匆赶到省城，先找到办公室，见被隔离带围起，几个警察正在登记着什么，不让闲杂人员靠近。

问楼道做卫生的阿姨，她只是摇摇头，又问了保安："游厅长怎么啦？""失踪了。"保安看了她一眼说。她差点瘫坐在地上。

她跟跄地坐上的士去他家。开门的是位保姆模样的中年女性。"你找谁？"保姆问。"我找游厅长。"她说。"我家主人不姓游。"说完关上了门。

她的脑袋像糨糊一样，这下完了，她知道受骗了。而游厅长在前天晚上就带上老婆飞上海，再飞纽约与儿子会面了。她迷糊中拨通一个电话。是我们村的长途包车接送的司机，姓丁。刚好这司机送人来省城，她要他接她回家。

三个月后，我也包了丁姓司机的车回省城。

途中，他说起三个月前，接郑岚芸回渔岛的经过。接她时，她半瘫地坐在街道的路肩上，有气无力，精神恍惚，什么话也不说。车到牛头滩码头时，等渡时间，他下车上厕所，上车时见后车座没了声响，他转头一看，我的天啦，那女的面目狰狞，面部和嘴唇暗紫色，脖子和双手樱红色没有了声息，看上去像个女妖。

他吓得不轻，手发抖，口干舌燥。拿着车锁，硬是插不进锁孔。他掐了掐自己的大腿，又把脑袋往方向盘重重叩了几下，才稍稍冷静下来，启动了汽车，开上轮渡船。

到金鸡口码头他片刻不敢停留，把车开到渔岛医院急诊部。两个护工壮汉用推车把女人推到抢救室。医生摸了她的脉搏，已经没有动静，翻了眼睛，瞳孔已经放大，说没救了。警察也过来了，捡起车上的空瓶子，确定她是喝了氰化钾。

他说完，我的毛孔竖了起来。"是死在我现在的位置上吗？"我嗓子有点发干，问他。"是的，是的。"他点头回答。这司机有点二百五，也不懂拐弯抹角。我不由自主地向旁边的座位挪了挪，幻觉中她坐了起来，那眼神充满无助和绝望。我想对她说："你觉得自己是无辜者，一死了之。你属下的那些会脚，多少人精神失常，命丧黄泉。多少人倾家荡产，妻离子散，老人失养，孩子失读！这恶果谁来承担呢？"

乡村郎中

一

六七十年代，渔岛医疗条件十分欠缺，交通也很不方便，老百姓的常见病到县医院和乡保健院路途较远，经常不能及时得到医治，或错过治疗时间，死人的事时有发生。

政府看在眼里，急在心里，就出台了合作医疗制度，大部分的医疗费用由集体和政府承担，患者付点小钱就能把病治好，没有挂号费，没有专家号。也不需要动不动先拍这个，照那个，花了很多冤枉钱。

这是很得人心的事。

为了落实到位，就催生了医疗站，也叫医务室、医务所的，都设在各乡村，各渔楼。当值医生亦农亦渔，补贴报酬也很低，有的只用工分抵偿。因为要赤脚下地干活，"赤脚医生"就这样叫开了。

我们村的医务室，设在一家大户人家石头厝的前房里，通风透气，光线也很充足。旁边是一棵大榕树，高高的树冠伸过来，遮盖着石头厝的屋顶，使得房间即使在夏季，也不见得热。做医务室的房间用药柜隔开，里间摆了两张床，一张供医生休息，一张供患者检查用。外头是问诊处，一张桌子，一把椅子，一个矮柜，上面放着脸盆，用来洗手的。

虽然简陋，但顶用。打针是在椅子上完成的，裤子一扒拉，针就扎上了，很是方便。

第一个值岗的，是女生，二十五岁模样，长得很清秀，个头高挑，做事很利索。她的父亲是县医院的儿科大夫，母亲是我们村的人。按当时的政策，子女户口随母，她自然就是我们村子的人了。父母家住城关，母亲在医院食堂帮忙做事。她从小就很独立乖巧，除了读书还帮着照顾弟弟，帮妈妈料理家务。小学一年级，爸爸就教她医学常识。她很用心也很用功，渐渐就对医学有了浓厚的兴趣。

初一时，邻居的孩子生病了，她让孩子张开嘴，摸摸淋巴结，测下体温，她能说出得了什么病，该吃什么药，判断得八九不离十。高中毕业，她想考医大，但时运不济，高考取消了。父亲求了人，把她送到省城医科大学进修，准确地说是旁听生。

在大学，那时闹"文革"，上课时断时续。但她知道自己跟别人不一样，从不浪费丁点时间。晚上宿舍关灯了，她在走廊灯光下看书都难。那时同学们像打了鸡血似的，晚上十几点了，还很激动，围着收音机听这新闻，听那消息。她只好躲到卫生间看书。看不懂的地方就经常偷偷到老师家请教。

在老师家她也没闲着，手脚勤快，帮老师做这做那，不嫌脏，不怕累。那时老师受批判，有些没天良的造反派还对老师拳打脚踢。她不，平常路上见到老师也都嘘寒问暖，全不怕跟老师走得太近受牵连。几个课任老师都很喜欢她，说她聪慧、好学、心善。

在实验室，她的认真吃苦是没人能比的，只要有时间，都往实验室钻，一待就是一整天。连做卫生的阿姨都怜惜她，心疼她，经常早起帮她开门。她也不忘帮卫生阿姨打扫卫生倒垃圾。

三年时间，她寒暑假没有回家过，都在老师家度过。老师夫妇是省内外医学界的权威，年事已高，儿女都在外地，上楼下楼，脚腿都很不便。她帮他们买菜，打扫卫生，料理家务。这对夫妇把她当女儿看，把毕生的知识无保留地传授给她。进修结束时，她通过考核，成绩优异，顺利拿到结业证书。

我们当时十四五岁，不敢问她为什么到村医务室来，结婚没有，因为年纪还小，不感兴趣，倒是很注意她的午饭吃的是什么。

于是到吃午饭的时间就常在榕树下等着，在医务室门口来回走动。经常见到她把酒精炉点燃，然后把一个铝制空饭盒放在上面，放油，打进鸡蛋，做成蛋汤，撒点酱油，就着自己带来的米饭，算是午餐了。有时她也在酒精炉上煮面条，放点紫菜、花蛤什么的。

她家住城关，早晚来回都是靠走路的。累乏了一天，还要走几里路，蛮辛苦的。这次也是她主动要求下乡的。她有过男朋友，同校的，男方不同意她来渔岛，更不同意她来渔岛乡村。志不同道不合，圆鼎难罩四角笼，就拜拜了。

乡亲知道她的事，都很敬重她。她精通西医，对小孩常见病和妇科疾病有专长。

有一天傍晚，她正准备回城关，来了一位奶奶，抱着孙子来瞧病。那小孩约3岁，一直号哭不停，她问奶奶："孩子怎么啦？"奶奶还没回话，这小孩就答上了："鸡鸡疼。""那姨姨帮你看看。"说完，来到椅子前，蹲下。孩子穿着开裆裤，她想分开孩子的双腿，孩子拦住她的手，哭着喊疼。她从口袋里拿出一颗糖，递给了孩子，"不哭了，宝贝，姨姨看哪里痛，给你药吃，就不痛了。"孩子点了点头。她分开他的小腿，天啦，孩子的小鸡鸡肿得像小红萝卜一样粗，都成透明状了。小蛋蛋也肿得吓人，跟鹌鹑蛋似的。

她让奶奶等着，向房东要了两件东西。一是房东家的那只花猫；

二是一块生姜。并请房东帮忙。她让房东抓紧花猫的四脚，接着切了一片生姜，取来一团棉球。她把棉球放到花猫的尿道口，用生姜擦拭花猫的鼻子。花猫受到姜汁的刺激，连连喷嚏，猫尿就撒在棉球上了。她让奶奶抱紧孩子，用沾了酒精的棉球给他消毒，然后用沾了猫尿的棉球擦拭孩子的鸡鸡和蛋蛋，孩子不配合，酒精刺激着他钻心地疼，哭喊着，挣扎着，尖利的指甲抠破了她的手臂和脸皮。孩子的另一只手从奶奶的怀里挣脱出来，紧紧揪住她的头发，使命往下扯，疼得她龇牙咧嘴。她顾不得。

等做完这一切，额头已出汗。她才掰开孩子的手，孩子的手心攥着一缕她的发丝。奶奶为此内疚，想打孩子的手。被卢医生拦住："他是孩子，不怪他。"

她告诉奶奶，这是蜈蚣或其他蚊虫叮咬造成的。孩子长大了，知道大小便了，以后不要再给他穿开裆裤。说完给奶奶开了两天消炎药，才不到两个鸡蛋的钱。奶奶离开时，孩子不哭了，但还在抽噎着。"我还要糖糖。"他向卢阿姨伸手。她又给他一颗糖。孩子破涕笑了。

她又接待了两个感冒的孩子。这晚是下弦月，她离开医务室，已经晚上9点了。她饿着肚子，打着手电筒，向城关走去。

要说一个女孩子走夜路不怕，那是假话。她虽然是学医的，见过许多尸体，不信邪，但走在这没有路灯的马路上，心里还是怕怕的。四周黑黝黝的一片，只有手电筒的光亮给自己壮胆。有风吹草动的声音，她的心就不由自主地收紧。

走到半途，前头几十米路边的防护林中有惊鸟飞起，引起了她的警觉。她从随身携带的药箱里取出小型防身电击棒，这是大队书记为保护她的安全，让民兵队长给她的。她壮着胆子往前走，不敢大声出气。路过惊鸟的地方，她加速了脚步。刚超越过几米，一阵沙沙的脚步声从背后传声。她紧走，后面有人紧跟。听脚步声，似乎不止一个。她把心提到嗓子眼，是祸躲不过，她停步转身，厉声问道："你们是谁？想干什么？"说完按下电击棒的开关，电击棒前端啪啪地发出蓝光，在黑夜里特别耀眼。对方见状，就跑掉了。看起来这两人不是什么好东西。

她耳闻过，这是城乡接合部，人员身份很复杂。

在乡村没设医务室前，同村的一位女孩，因为父亲癫痫，半夜赶去县医院医务室拿药，经过这路段，被两名歹徒拦腰抱住，女孩不从，拼命反抗喊叫，歹徒拳击女孩脸面，鼻血流了一地，趁女孩昏迷，他们把她拖进路边的防护林里糟蹋了。

歹徒毒如蛇蝎，完事后把女孩的衣裤剥光拿走，企图延阻女孩报警。是同村早起去城关的买肥人，看见路边的一只鞋和血迹，才循迹发现了她。

见到女孩子时赤身裸体，还在昏迷中。他脱下上衣为女孩遮身，并到就近的派出所报案。最终因流动人员频繁，排查困难，线索中断，成了悬案。

她快步地往前走，惊魂未定，后面又传来沙沙的跑步声，她感觉到后背一阵发凉。回头一看，手电筒照亮的地方，见一个男子提着风灯向她跑来，边跑边喊："卢医生，您等等。"到跟前，男人喘着粗气。"我是村北小队的苏华，我儿子发高烧了，抽搐了。"他很紧张地对她说。

她问了详情，从随身背的药箱里拿出布洛芬混悬液，教他给孩子服下。"明天早上你抱孩子来医务室。"她叮嘱家长。孩子的父亲刚离开十来步，她转身叫住他。"我还是跟你一起回去。"她不放心地对家长说。"这……"家长用感激的目光回应。

到了孩子家，见孩子口吐白沫，身体还在抽搐。"药先别吃了，我直接注射。"她从药箱取出复方氨林巴比妥注射液，在孩子屁股上扎了一针。待孩子安静了，她才离开。"明早我再来复诊。"临走时她说。家长要付钱，她说明早算。

回到医务室，她有点累。这几天生理期刚完，她本想回城关的家，好好洗个热水澡，再好好休息。但遇到这样的事，她怎能放心。"明晚洗澡吧。"躺在床上，她自言自语。

二

有时候遇棘手的事，走不开，卢医生晚上也在医务室休息。遇到晚上出诊，她休息日也没得休息。特别是台风天，白天晚上她都得待命，提心吊胆的，怕乡亲们受伤了，找不到她，耽误了治疗。

她的担心不是多余的。她真遇到这样的事。

村东头的丁大爷，台风来时，屋外的牛棚子被台风刮跑，他看到母牛在狂风暴雨中，哞哞地叫着向主人求救。这是他家的母牛，怀有身孕，是自己一把草一瓢水养大的，牛身连着自己的心呀。

透过窗户，借着手电筒的光亮，他看到母牛可怜的眼神，还有冻得颤抖的牛腿。他不顾家人的劝阻，冲出屋外，想把母牛牵回家中。还没解开牛绳，一段被台风刮断的树枝，正好砸中他的后脑勺。他倒了下去，不省人事。

老人的儿子穿着蓑衣火急火燎跑到医务室敲门，希望卢医生能出诊到他家救救父亲。卢医生一刻不敢耽误，穿上雨衣跟随老人的儿子到他家。老人的儿子想把老人抬到床上，卢医生摆摆手。她翻开老人的眼睛，摸了脉搏，给他注射了甘露醇。老人渐渐醒了过来，这时卢医生才让老人的家人把他抬到床上，把湿衣脱下，换上干衣，泡了糖水让他喝下。"没事了。"她对老人儿子说。

第二天大早，台风过去了，但雨还在下着。卢医生冒雨到老人家，看到老人神志清醒，她放心了。走时，老人儿子问她那针剂多少钱，"昨晚匆忙慌乱，忘了给钱。"老人儿子说。"2元，你等雨停了再去医务室缴款，票据在医务室，我要出具给你。"说完，她离开了。

两次来老人家，她没喝过他家的一口水。当患者家人向她感谢时，她总是回答："不谢，这是我的本分。"

这边刚忙完，又有乡亲跑来求救，说她爷爷哮喘病犯了，她急匆匆背起药箱，往大爷家中赶。这大爷是老病号，平时吃药维持病情，还好。到了季节变换，特别是炎夏和冬季天冷，病情就加剧。她把听诊器放在老人胸部，能听到响亮、弥漫的哮鸣音。摸着他的脉搏，心率很快。问他病情，说话气短，中断，吐字单一。明显呼吸困难，伴低氧血症。没有气力，快断气的感觉。

她给大爷注射了支气管扩张剂。又开了几天化痰平喘片，交代家人定时服药。回到医务室已经深夜了。第二天下班前，她又去趟大爷家，看气色，好多了。她才放心回城关。大爷这趟病也只花了2元钱。

转眼来这乡村三年了，她与乡亲结下很深的感情。村里女人跟她都很熟络，家里有什么事总爱跟她唠叨。女人最羞于见人的事就是妇科炎症。

以前女人分娩，多在家里，让本村接生婆接生，伤口发炎了，感染了，久而久之，就拖成了慢性病。因为这事常影响夫妻生活，男人常发脾气，女人有苦难言。夫妻生分了，就分床，婚姻名存实亡。

她利用假期回省城，拜访了好几个妇科老名医。她妈妈的一个前辈告诉她，女人的这炎症，用西药很难根治，反反复复，常常伴病终身。只有用最原始的办法才能根治。前辈如此传授她：

准备一个大盆，可容女人臀部放下，把水烧开，放入食盐搅和。

食盐放多了不碍事。待水温适宜，开始坐浴，采用吐纳法。每周一次，月余见效。道理不难理解，温热坐浴促进血液循环，抑制病菌生长。通过吐纳法，清除病菌。人类起源于海洋，盐水是最好的消炎药，无毒无害，又省钱。

她回到医务室，买来大盆和盐，叫来几个要好的女人试用。当然每一次木盆都严格消毒。几次过后，她们个个赞不绝口，因为泡完之后，顿觉清爽。炎症也慢慢消失，夫妻感情也逐渐恢复，又恩恩爱爱了。

她借此推广开来，形成风气，渐渐有了名声。其他村医务室的医生还来取经呢。

手头闲时，她也脱下鞋袜，在田头干些农事。她和妈妈、弟弟三个人的户口还在本村，分了一些自留地，种些地瓜、花生、青菜什么的，贴补自家吃用。

在城关生活，什么都得用钱买，自己的补贴也不高，家里虽比农村家庭强，但用起钱来，还是捉襟见肘的。她妈是很吃苦的，一直坚持自己的地自己种，常常从城关挑回人粪尿肥田。

自从当了乡村医生，她比妈妈下地的次数还要多。她学会了耕地整畦，施肥浇水，播种收成。样样都会。

三

她是来乡村后第四个年头被县医院调走的。四年来，她几乎认识了乡村的家家户户。见到家长都会叫出名字来。哪家没有头疼脑热，哪家没有在医务室开过药。她成了这个乡村的一尊雕塑，让人敬仰。

她走时，没有告诉乡亲，但还是被知道了。乡亲们放下手中的活，很多人抱着孩子来跪谢，因为她救过许多孩子的命。走不动的老人也嘱托自己的子女，代为感谢。特别是那些女人，哭得跟泪人似的，一把鼻涕一把泪，抱着她不肯放。本来一年前县医院就想调她走的，她放不下乡亲们，特别是她一直放心不下的老人们。她随访他们几年了，熟悉他们的病况，清楚用药的轻重。她心中有一本账，无字的账，那是全村的病历档案。

人心都是肉做的，乡亲们对她也是一等一的好，这辈子她不可能还会有这份爱恋。望着她远去的背影，有两家人哭得特别伤心。

一是村西头的陈福俤家属。当年她家穷，丈夫靠讨海养活全家，前面生了三个女儿，连公公婆婆一家七口人，怀孕时，吃谈不上讲究，能填满肚子算是谢天谢地了。

后来丈夫跟着亲戚做隧道，家里才富足了起来。怀第四胎时，赶上计划生育，为防止公社派人捉走引胎，东躲西藏地生活。但丈夫为弥补以前她怀孕缺吃的愧疚，就让她吃好的。吃着吃着，就肥胖了起来，肚子显得比以往三胎都大都圆。临盆前她回到家里分娩，偷偷请了本村的接生婆。氧水都破了，一夜过去了，胎儿过大，硬是卡在那边，不肯出来，急死了接生婆，也急坏了家人。

无奈之下，家人来找卢医生。

这事是不能公开的，是违反国策的。卢医生知道自己去了，是要受处分的。但她不管不顾，人命关天，这时候，事关两条人命。她去了，看了孕妇，脸色苍白，摸了血压和脉搏，已经很低。另外孩子再不出来，怕是凶多吉少。她建议立即送县医院，尽快做剖腹产手术。

家人不敢停留，叫来手扶拖拉机，在车厢放上厚棉被，避免剧烈震动。为防路上大出血，家人希望接生婆一起去，在医院也好个照应，她怕连累受罚，拒绝了孕妇家人。

"我陪她去。"卢医生斩钉截铁地说。

到了医院，她找到妇产科的熟人，用最快速度进了抢救室，当传出孩子哭声时，她紧蹙的眉头才舒展开。没等到孕妇家人道谢，她就离开了医院。这个孩子的母亲哭着说："没有她，我和孩子都没命了。她是活菩萨。"说着她拉着自己的男孩，朝着卢医生的背影跪了下去。

还有一家是村东的丁大爷。前年丁大爷腹部胀痛，来过医务室。卢医生见他脸色蜡黄，摸了他的腹部，肿块明显。只开了两粒布洛芬止痛片，暂时止痛。嘱咐他女儿尽快送他到县医院检查，结果如卢医生所料，是恶性肿瘤。

他家人急得六神无主。动手术要花很多钱，虽然农合可以报销大部分，但自家还需掏钱。卢医生问他家人缺多少，"能凑的钱都凑了，还缺150元。"家人哽咽着说。"我这里有150元，你先凑上，尽快把老人手术做了，越早越好。老人今年才60出头，不能让他就这样走到生命尽头。"她接着跟父亲打了电话，希望能尽快安排手术。老人的手术成功了，又活了过来。

她走时，老人在儿女的陪伴下，特地来相送，60多岁的人，老泪纵横，嘴角抽搐着，泣不成声。

四

其实，她刚来乡下医务室几个月，男友来找过她。毕竟他们在大学恋爱了三年，两个人感情还蛮好。男友家庭也很优越，老爸在省城财政部门工作，是个头，管项目钱财审批的。他在大学是读口腔医学专业的，靠老爸的人脉，留在省直机关医院工作。他一直希望卢医生也留在省城，并且通过他爸跟省城妇幼保健院打了招呼，想把她放在该院儿科工作。

这样体面的单位，卢医生没动心。她觉得男友有点浮薄，在学校常看不起乡下来的同学，说话做派都认为自己高人一等，这是她看不惯的。她劝过他不要那样对同学，他答应改过，但总不改。

另外，她执着地认为，想学真本事，当好医生，就得到农村去滚爬摸打，这是她本初意愿。后来接触了这些乡亲，看到了他们疾苦病痛，心就离不开了。

这男友也是真心爱她的，因为她关心体贴过他，这份情他忘不了。

有一次他病毒感染住院了，她放学后几乎每天都来。他问她："你就不怕感染吗？""不怕，我戴着口罩呢。"她一边说一边给他削水果。还喂过他吃，每晚到晚自习时间她才回学校。

同病房还住着一个年轻人，羡慕的双目放光。他也有一个女朋友，怕感染，几天都不见人影。

与卢医生分手后，他也处过几个对象，总是高不成，低不就。与卢医生比较，还是觉得她好。这次来，她正在处理一个小孩屁股上的脓包，孩子不能坐不能躺，哭得声音都哑了。脓包已经溃烂了，她用手把脓包的黄色脓血挤出，这脓血有恶臭，她没有嫌弃，对家长也没有重话。挤完脓血，她给孩子清洗了伤口，涂上青霉素软膏，又开了片剂让家长带回去，让孩子服下。

刚处理完这个，又来一个年轻的妈妈，带着一个5岁的女孩来瞧病。看样子孩子很难受，妈妈告诉卢医生，她上午去讨小海，带着女儿去，孩子在海边水里抓海蜇，手上腿上都长出了疹子、风团。孩子喊痒喊痛。

她诊断被海蜇蜇伤，让孩子她妈到医务室后面沙地上拔些厚藤来，用厚藤的乳汁给孩子涂涂就好。

男友很耐心地等她处理完了患者，才对她说："我这次是来求你的，心里放不下你。睁眼是你，闭眼也是你，你能理解我的感受吗？调回省城吧。"他说着眼眶里有泪水打转。

她的心一阵动摇，想想两人相处过的日子，点点滴滴都在眼前。她知道男友深爱着她。但看着药柜上的瓶瓶罐罐，袋袋盒盒，乡亲离不开这些药，也离不开她。她将了将头发，抬头看着他，很认真地说："你能离开省城来渔岛吗？县医院口腔科缺人手，很需要引进你这样的人。你来了我们就能在一块。"男友迟疑了很久，摇了摇头。

"我不能离开省城，我习惯了那里的生活。再说，父母也不会同意。"说完，他离开了医务室。

她看着他离开的背影，潸然泪下。她只能舍一头，留一头呀。

"文化大革命"那几年，就算乡下，也不是风平浪静的。总有一些心术不正的人，见不得卢医生的名声好。公社保健院的造反派要卢医生去陪斗，说她爷爷是旧政府的人，本色不正，子孙也不会好到哪里去。

他们派了两个人到大队部，要大队书记表态抓人。书记说："抓其他人，我听从。抓卢医生，没门。就算丢了我这九品官，我也不会做这种伤天害理的事。不信你们去抓她，乡亲有什么行为我不负责。"

他们不信，来到医务室，卢医生倒很坦然，做好被抓的准备。他们二人正准备推着卢医生走，年轻的房东看到势况不好，拿出祖传的螺号，跑到厝顶，朝天空吹响。嘟——一声长号。嘟——又一声长号，螺声宏远悠长。

这螺号当年曾祖在倭寇入侵时用过。国民党撤退台湾时，入村掠夺乡亲财物时父亲也用过。乡亲们听到螺号声，放下手中的活，扛着锄头，握着扁担，背着渔网，从田头、海边赶来，把医务室围得水泄不通。像当年围歼日本鬼子一样，个个怒目逼视，吼声如雷。吓得这两人抱头鼠窜，狼狈不堪。一个丢了鞋子，一个丢了假发。

这事到现在，还是茶余饭后的谈资。

突然想起那句流传很久很广的古语：民心难违。

五

家乡医务室一直都在延续着。这期间，换了好几波医生，性格各异，但都很敬业，服务乡亲，尽心尽职，留下了很好的口碑。

有一个叫黄华遗的医生，颇值得书写。

他祖上曾出过武状元，官授参将，正三品。他祖籍河南，因大饥荒，举族逃到闽地谋生。渐渐分支繁多，到他这辈也分不清是哪一支。但他曾祖做的事，他是清楚的。

曾祖来了渔岛，不会渔事，也不喜渔事。风里来浪里去，什么时候命丧黄泉都不知道。风险太大了。不想讨海，就只能埋头干农活。

这地方，八山一水一分田，老百姓都把土地看得很金贵，都在土地上刨食，哪够填满肚子。但八山有八山的好处，遍野都是草药。于是他曾祖就学会了辨识草药，炮制草药，用草药治病。这本事就传了下来，到黄华遗这辈，已经第四代，也算世家了。

黄华遗的祖父擅长跌打损伤，尤精枪伤，在当地颇有名气。

当年日本鬼子入侵渔岛六次，致渔岛六次沦陷。遭县民团官兵和众乡亲的奋力抗击，六次收复渔岛。兵民一心，驱逐日寇，保家卫国，可歌可泣。最后一次，日军有六艘军舰窜入，被我方歼灭28人，俘获10人，我方也有伤亡。

黄华遗的祖父参加过救治，至今还有名声流传。

黄华遗的父亲为人本分，守着祖宗留下的手艺，挂牌"黄家草药铺"。销售草药、膏药维持生计。因货真价实，药效甚佳，口口相传，就有了人气。居住渔岛很远的乡亲，有病痛时，宁可多走路，也愿意慕名来这里买药。

黄华遗长大后，继承家族的手艺，又外出跟师傅学了正骨医术，针灸推拿，并系统学了中医，算是有本事的人。正好医务室前任离职，黄华遗找到公社负责医疗卫生的领导，申请做医务室的赤脚医生，领导看了他的资历就应允了。

他上任第一件要做的事，就是上山采草药。闲时，他常独自上山，把编织袋叠好绑在扁担上，带上创锄，或采或挖，装满两袋就挑下山，把草药晾晒在生产队的晒场上。待草药干了，就用铡刀切成细节。该研磨的研磨，该浸泡的浸泡，然后配药装袋。他也经常到海边草地挖药，用板车运回。

遇到流感病毒，用药量大，村里就发动初中生跟黄华遗一起去采草药，我们都叫他黄药师。记得我们采挖的有金银花、连翘、板蓝根。制药后还要挨家挨户地分发，不漏过一家，这些药都是免费的，还要教乡亲们怎么熬药、喝药，忙得腿抽筋。还别说，这些药抗病毒还是管用的。

黄药师任职期间，也用西药。特别是小孩常见病，没有几味中药是不苦的，孩子对中药不耐受，只好用西药。脑膜炎流行凶狠时，为防止孩子感染，他也会把几味中药捣碎晒干，用石磨磨成粉，和蜂蜜搓成小小的丸子，让孩子们服下，只收1毛2毛的药价，因为有些名贵的中药是需要外购的，在咱们本地采挖不到。

黄药师最擅长的是正骨，除非断骨刺穿肌肉皮肤，需要外科手术外，其他骨折的活，他都敢接下。他正骨凭手感，把断骨挪正了，上接骨药。

骨药分两种，如果只是断骨，就用三七、茜草、桂枝、川芎、丹参、红花、没药等捣成泥敷患处，再用两块杉木板夹住，用绳子捆住，至少一个月后才能解开，骨头断处长结实，需三个月。

如果骨折并伤及韧带，叫续筋接骨，还要用上续断、碎骨补中药，才能完好。

我一个亲戚的儿子，他家不住在我村。在中学体育课练单杠时摔下，左手尺骨骨折。他家人把他送到县医院骨科，没有开刀，医生为他正骨并打上石膏，过了两周，到医院拍片，接歪了。打听到黄药师的名声，来我村医务室找黄药师，我陪他去的。

老黄不看县医院拍的片子，只是用手一捏，就知道断骨没接好。他给孩子打了麻药，用手把孩子的前手臂重新扭断，再接上。然后上药，上夹板。疼得孩子差点晕了过去。弄得我也感到心疼。

"不这样不行呀，关乎孩子一辈子残疾的事。"老黄说。

过了月余，重新拍片，正了。真是服了老黄。这样的事，即使是外村的，老黄也只收15元。收入是入账的，老黄出具了票据，是公社卫生院的财务章。

那时的人，心都诚，偷鸡摸狗弄假账的事，很少见。被举报，是要吃牢饭的，子女也会受牵连，这样的脸丢不起。

更神奇的，是我目睹的另一件事。

一个从本村嫁出去的姑娘，脚踩梯子到阁楼拿东西，不慎跌落，伤了脚下肢的胫骨，以为是韧带扭伤，在家休息了一个月，起身走路一瘸一瘸的，才知道坏事了。

她拄着拐杖回到娘家找老黄，哭着说："黄医生，我还年轻，不想当瘸子。无论如何，要把我的腿治好。求求你了。"老黄听了，也很同情，回她说："你的胫骨生成了，但歪了，所以变瘸了。我要给你重新接。你要忍点，要受痛。"说完，他给她腿下肢打了麻药，让她的腿放硬板上，垫上棉垫子，对准断骨处，用木槌用力砸下去，硬生生地把断骨砸断，虽然打了麻药，她还是痛得撕心裂肺地号叫起来。老黄把断骨重新接上，上药、上夹板，完事。

过了三个月，我在城关见到这个乡亲，她挑着两筐鱼干在街巷走动叫卖。看样子，与常人无异。

六

推拿和针灸也是黄华遗拿手的绝活。

80年代初我的身体出现不适，全身酸痛。尤其肩背，躺下去还好，坐起来就酸痛。走路时都不知道双肩往哪儿放，背紧绷着，那种酸痛，十分难受，很想拿铁榔头狠狠地敲击后背，让肌肉放松，会好受些。

看遍了三甲医院。做过颈椎、胸椎、血管增强CT；做过神经、骨密度检查；还做了脑部核磁共振。不停地开药吃药，也贴过各类南洋诸岛的膏药，折腾了很久，都不见好。那心情，对生活无期无望，生无可恋。

侄儿打电话来，要我回家乡到黄华遗的医务室去看看。

70年代初，我高中毕业回乡，是农历五月初，遇到大流感，乡村医务室忙不过来，大队部轮流派工，轮到我就到医务室帮忙。华遗是当值医生，他当时的工作报酬也是记工分的。我的工作就是帮他发药，把病人的症状记录在册。有时晚上也替他值班，当时他已成家，并有了一对子女。他既是医生，也是农人，一家的大小事他都得照料。

记得有个晚上值班时，我肚子实在太饿，就偷偷喝了几大口非那根糖浆，这药是治咳嗽的，副作用大着呢，我不知道。喝完不久，就满脸通红，燥热，呼吸急促，继而呼吸困难。还好有个大娘来医务室拿药，见状，跑去找黄医生。他来到医务室，叫我喝下一壶水，并叫家人扶我回家，交代家人熬点绿豆汤让我喝下。我没事了，但嗜睡了一天一夜。现在想起还羞愧难当。

见到华遗，彼此还认得。他比我大十几岁，40多岁的人，正当盛年。他让我脱了上衣，让我看着面前的全身镜。"你自己看看，左肩比右肩高了许多。"我对着镜子看，真的如此。"你肯定少运动，喜欢长时间左侧身躺着看书，我说得对吗？"他说。"是这样。"我回答。

他让我脸朝推拿床透气孔趴着。摸了摸我背肩上的肌肉说："你这左肩背的肌肉比右肩背也厚了几分。"说完，他脱下鞋子，两只手拉住我的左手，往后拉，用脚后跟顶着我的右肩，用力地往前推。他身高1.8米，体重不下180斤，那力气大得像头牛。我喊痛，他不管。就这样推拉三五次。

又拿起一根圆短木棍，是蛇纹木做的，硬如铁棒，擀面杖粗细。他握着短木棍，像握着钢钎一样。一头顶着我的肩胛骨，用木榔头对着另一头狠敲下去，全然不管这是我的骨肉，就算是牛羊这样重敲也会痛得喊叫的，何况他有公牛般的力气，下手很重。我咬着牙，忍着钝刀割肉般的痛苦，这时杀他的心都有。说医者仁心，我看是狠心。

还没完呢，推拉敲击的痛感还没过去。他从一个药瓶里倒出黄色的液体，放手心搓熟，放我肩背成扇面涂抹揉擦。一丝微热的感觉从肩背散开，人觉得舒畅很多。他拿起寸许银针，对准穴位扎进去，捻转提插片刻，顿觉酥麻从穴处涌出，弥漫开来。继而集成游丝从脊椎往下滑动，到坐骨神经处停住，像细流消失在大树根处，整个后背顿然舒展了。

想起之前也去过省城声名远播的中医院，主任让我去拍片，做CT，做彩超，花了不少银两，却叫一个二十出头的实习生给我扎针，一边扎一边问："麻没？"我说："没感觉。"又扎，又问："现在有感觉吗？""没有。"我如实回答。结果一直扎下去，一直没感觉。共扎14针，把我的后背扎成刺猬。我起身白他一眼，没好气地说："就算小白鼠，也没这么整吧。"那小伙红着脸，连连作揖，表示道歉，我也就作罢了。

今遇良医，针到病除，同是一根针，咋差别就这么大呢。他又叫帮手给我做了热敷。没想到，帮手用的是吹头发的吹风机。反反复复地顺时针吹，吹得颈、肩、背发红发烫。他解释说，以前用烫敷、盐敷，容易烫伤。现在改电吹风，方便多了，效果一样，回家后家人也可以帮忙做，随时做。没什么讲究，不烫伤就行。问他热敷的作用，他说热敷能促进血液循环，让绷紧的肌肉放松。不信你现在捏捏后背，是不是比来时松软了许多。我伸手捏后背，果然不假。

末了，他开了几贴中药，有几味药，我是认得的，无非是川芎、当归、独活、桑螵蛸之类的常见药材，只是分量比公立中医院的医生开的药有所加大。

从医务室出来，我轻松了很多。隔了一天，我又去了一趟，做了针疗。离开时，他交代我睡姿要改过来，并教我两种运动的方法。

一个是脚尖朝墙，下巴抬起贴壁，两手自然下垂，下蹲，站立，连续15次，不累就多做几次。可以每天做。

第二种是脸朝外，站立，用后背撞击墙壁，力度和次数以身体能承受为宜。

回家后，我照着他说的去做，病情渐渐好转，两周后，肩背好利索了。

家乡医务室兜兜转转了许多年，一直到1985年才停办。随着国家医疗卫生事业的进步，随着医疗技术的发展和医疗资源的日益完善，乡村渔岛地区逐渐建立了更为规范和专业的医疗机构，乡亲可以获得更好的医疗服务。而不断提高的医疗保障政策也为农村渔岛百姓提供了更多的选择。医务室不在了，赤脚医生也就通过改制融入了社会，在医疗领域仍然发挥他们的作用。

第三章

王家兄弟

一

王家有三兄弟，老大旺海，老二旺山，老三旺财。他们祖上是有些积蓄的，传到他们的父亲，好赌，又十赌九输，很快就把祖宗添置的几十亩良田卖了，三座宅基地也抵了赌债。

父亲走时，家里只剩下一座四扇石头厝，谈不上豪华，只是比一般人家多了些石雕花鸟，装饰门楣、屋檐和窗户。还有十几亩旱地，两头耕牛，雇了本村一个农民，长年耕种。收上来的粮食，自给自足，略有盈余，就拿去售卖，多出的钱也借给别人，赚些利息。

旺海自己在农忙时，也参与劳作。他还凑钱与本村渔民一起买了两艘渔船，与渔民一起出海捕鱼卖鱼。

老二和老三早年在江湖上闯荡，听到打土豪分田地的厉害，料想早晚会改朝换代。分家时祖上留下的看得见的东西他们都不要，只拿走家里仅剩的一些细软，变卖点钱，做自己的事去了。

老大旺海，接手了祖上留下的家业，土改时就评上了富农。

旺海，人老实巴交，没有什么花花肠子。平时乡人与他打招呼，最多就是点头微笑。跟他聊事，也没什么应答，就是"嗯嗯"地表示。若问他对一件事的看法，他嗫嚅半天，也说不出完整的话。但他找个老婆却是方圆数十里有名的美人。

她娘家姓魏，离我家乡20多里路，是个大户人家，以前讨亲，讲究门当户对。因为她长相出众，上门说亲的人连魏家的门槛都踩破了。求婚者不乏大户人家。但魏家女儿偏偏看不中他们的轻薄，她就看中旺海的忠厚。邻村有个求婚的，很霸道，仗着自己家族庞大，家业兴旺，发狠话说，这辈子能做他新娘的就是她。但人家女孩看不上他，嫌他仗势欺人，魏家父母也不同意这种脾气的男人，担心女儿嫁过去没有好日子过。

求婚不成的小伙子发话了，看她出嫁那天怎么从我村头通过。他的村子正是魏女去我们村的必经之路。闽地结婚习俗，跟内地不同。内地人婚嫁，女方是上午去夫家的，闽地是傍晚才送新娘的。据说闽地多山，男多女少，若大白天出嫁，中途路过某地，常被抢亲。所以女方要趁着夜色，匆匆嫁女。这个习俗一直延续下来。

现实遇上刺头青，要在女孩路过他村子时羞辱她。魏家人的心里像猫脚缠在乱丝上，乱得很。想来想去，只有一个办法，假装。魏家女打扮成中年妇女，素颜素装，不施脂粉，好在那晚小雨，她撑把伞把脸遮挡，趁着夜色，才轻松路过那个男人的村子。那男的是配了岗哨的，愣是没认出来。而送嫁妆的队伍，过了些时辰也过来了，那男的虽然看到了，也没敢拦着。

旺海夫妻俩平时过日子节俭得很，他入股讨海，自己出海，分到渔获，即使不怎么值钱的鱼都舍不得吃，让老婆提到城关售卖。同伴想捉弄他，把大点的鱼全砍成两段，码成几份抽签分成。他拿到自己的一份，用篾片把不同的鱼串起来，仍然拿去售卖。吃中药时，因药汤实在太苦，他忍不住吐出，赶紧用手捧住，又送进口中，这事成了茶余饭后的笑谈，流传至今。

就是这样的人，被评为富农后，一直抬不起头。三反五反、四清运动、五类分子、上台批斗，他一次都没拉下。可怜他老婆，鲜花插在牛屎上，一辈子也没荣光过。公社化后，他活得更艰难，也常遭同类的欺负。

事情是这样的，我们家乡春捕丁香鱼，夏捕巴浪鱼，冬捕黄瓜鱼和带鱼，采用的都是围捕的方式。两艘船一组，15个人。主船12人，副船三个人。撒网拉网全靠主船，撒网时，副船接过网绳的一头，在船上拴牢，与主船成Y形拉开，一定时间后合拢，由主船把网收上来。冬捕遇到除夕，船到岸，谁都想回家与妻儿父母团聚。但需要留下一个人看守船只渔具，防止有人偷盗。看守人轮谁，由抓阄定夺。

阄用纸条，纸条中写字，15人15个阄，约定其中14个是1字，一个是0字，谁抓到0字，就得留下值守。其实14人已经合谋好，让做阄人在15张纸条上全部写上0。做阄人是背着众人写字的，谁也不能偷看，好像做得很公正。写好字后做阄人把每张字条揉成一粒，把15粒阄放在盛饭的木碗里，反复翻颠，这叫洗阄，跟麻将桌上洗牌一样。然后按顺序抓阄。只要旺海抓到任何一阄，把阄展开都是0字，就确定是他留守。其他人抓的阄都趁机丢到水里或放到嘴里咬烂吞下。也许他不知道被人算计，也许他知道，但嘴上不说。他无力反抗别人合伙的霸凌。好在他妻子是个很难得的女人，在与旺海遭受不公的日子里，患难与共，不离不弃。

每当旺海留守船上，大年三十晚上，她把年夜饭做好，用竹篮装上，再裹上小孩的小棉被保温。她把三个大点的男孩留在家里，背上最小的女孩去给丈夫送饭。腊月天气的海岛，夜晚，海上起风时，海风呼啸，裹着海沙，向她袭来，脸上、手上像针扎一样地生疼，她的心里只挂念着丈夫，不能让他在这大年的晚上孤独挨饿。船停泊在船坞里，潮水还没退尽，她背着孩子站在岸边，回头看村里有钱人的焰火沸腾起落，远处的鞭炮声一阵阵传来。她的心酸了起来，但她忍住落泪，她不想让丈夫看到自己的脆弱。等潮水退去，她把竹篮递给丈夫，又匆匆赶回家，家里还有三个男孩，他们在等妈妈、妹妹回家吃饭。

因为她漂亮，嫁给旺海这样窝囊的男人，村里的污言秽语很多。也有不要脸的男人，仗着公社里有亲戚撑腰，多次想接近她，用尽各种手段，始终没有得手。

她爱自己的丈夫，爱这个家。改革开放后，政府为旺海摘掉了富农的帽子。旺海像换了个人似的，挺起胸膛做人，买了台二手中型客车，雇了司机做客运生意。拉的是乡客，既方便了村民，又赚了钱。他们的四个儿女都很争气，论长相有长相，论灵性有灵性，各有一番事业。

二

旺海的女儿长得像她妈，皮肤白嫩，掐了都会出水那种。高鼻梁，一双杏眼又大又圆。瞳仁通彻透亮。一双眉毛弯如下弦月。一对酒窝，笑时美，不笑也美，哭了也美。

她是我们夜校扫盲班的学生。那晚夜校上课，她点汽灯，把纱罩弄坏了，全屋黑漆漆，有两三个妈妈带孩子来上课的，吓得哭成一片。她被我训了，哭了。还是她跑到隔壁小学值班老师那，借了纱罩才重新把汽灯点亮。我看她两行泪水还挂在腮边，梨花带雨呢。她每晚很早来，帮助点了汽灯，擦了黑板。听课时，一双杏眼不眨，认真的样子，就是飞来蚊子，到眼前，她都会一动不动。

她在村里有个相好的，男的也是我们同届的高中毕业生，家境上好。说起来应该算是师生恋，因为这个男的也在夜校教学生，也经常上她的课。怪不得那段时间，我去讨海，其他老师告诉我，这小子表现得特别积极，也特别大方，经常带来炒花生、烤薯片，小黄干、鱿鱼丝啥的，给班上的学生吃。他在拉人气，巴结旺海的女儿。后来就扯上恋爱了。

这小子平常很小气的，上高中时，他是寄宿生。中午饭，大家都在学校的食堂桌面上吃，配的汤是酱油冲开水，有点颜色咸味就好。他呢，常把饭盒带回宿舍吃。原来他母亲给他做了豆豉炒丁香鱼、瘦肉丁，还有炒熟的花生仁，叫杂酱。装在玻璃瓶子里，他带到学校独享呢。

这么个小气猫，突然变得这么大方，人反常，必有妖，原来用小恩小惠诱惑女生。后来男方的父亲不同意，嫌女的没文化，身份不好。旺海的女儿也挺有志气的，嫌弃就拉倒。人家后来去了医院，先做卫生工、临时工。时间久了，就学会了打针，包扎，护理人。她肯干、吃苦，人缘好。过了一年半载就转正了，成了一名称职的护士，嫁给了一名警察。

大儿子做起了贝壳烧窑的生意。有了水泥以后，这壳灰就渐渐没人瞧得起了。那烧窑也闲置好多年了，自从海岛成为国际旅游岛，破旧的石头厝被改成民宿，用上壳灰了，贝壳灰又流行了起来。一些新型的室内装修也把贝壳灰作为环保的材料推出。贝壳灰在工业领域需求量也很大。旺海的大儿子就闻出了商机。他重新改造了贝壳烧窑，用上电动鼓风机，下料也用上了机械化。出窑的贝壳直接用传送带运到房间，浇水拌壳，筛分壳灰都机械代替了人工。成本降低了，价格下来了，又有了市场需求，生意就做起来，听说省城的三坊七巷旧民居的修复，都用上他的壳灰了。这几年再通过线上销售，全国都有名气了。

他因为父亲的身份，一直找不到合适的对象结婚。他有过爱情，与一个初中女同学相恋，可是他报名参军，政审通不过。省外修铁路招民工，都嫌他家身份高，不要他。每个女孩都憧憬未来，都期待美好。他人品虽然好，人家女孩嫁不了，再说生下儿女，也是遭罪，只好分手。到了30岁了，二姑给他介绍个二婚了，还带着两个孩子，他倒无所谓了，同意了，女方听到他家这身份，像见到瘟疫一样躲开。他家平反后，身份改变了，已不年轻了，但家贫也是一种瘟疫，没有女方愿意靠拢他。现在他生意做起来了，有了公司，有了员工，其中一个女会计，大专毕业才三年，相处一段时间，两人就对上眼了，这女孩长得水灵，又实在能干，她不嫌大叔年纪大，愿意嫁给他。

旺海的大儿子，开贝壳烧窑赚了钱，娶了公司的女会计，生下两个孩子后，思谋那祖房将来不够住。新批宅基地吧，村里上报了，公社不同意。另外，这祖房也有些年头了，外墙的勾缝已剥落了许多，下雨天，雨水老往屋里渗透。屋顶的瓦片几经台风折腾，许多地方碎了，漏水，腐蚀了檩子和椽条，都腐朽了。什么时候塌下来都不知道。

于是他找父亲和弟弟们商量，准备把祖房石头厝拆了，盖座洋房。两个弟弟都同意，就是父亲有点担忧，以后会不会再来第二次土改运动，一座石头厝自己都被整了二十多年，压弯了腰，做不成人。何况大洋房。

"不会的，上头的政策很明确，以前那打土豪分田地，划成分的时代不会再有了。你老人家请放心！"孩子们劝他说。于是，就把老石头厝拆了，在原地上盖起了四层楼。外墙的装修也很气派，虽然不像老房子石雕花鸟鱼荷，但一色红瓷砖贴外墙，白水泥勾缝。前后阳台，采光亮透，通风顺畅。站在四楼天台，还能看到远海蓝波，海天一色。旺海，旺海，改个字，真的能望海了。

夏天夜晚，登台纳凉，月朗风清，星星可数。那是过去没有感受过的生活。新盖的楼房，全家都很欢喜。

旺海的大儿子做了贝壳烧窑，嫌来钱慢。后来又转行去省外的一个郊县做陵园。我一个初中的同学在他那儿搞工程，他告诉我，人死后火化，政府早在建国初期就提出来了，一直难以实行。直到2016年国家下达文件，强制推行死后火化。但建殡仪馆和陵园时间要早几年。当时民众的土葬思想还根深蒂固，入土为安是自古以来的习俗。

火化想普及，听者都摇头。旺海的大儿子却接了这个榆木头。政府当时是以很低的价格划拨土地建陵园的。殡仪馆民政部门自己建设，虽然与陵园挨在一起，但收费是分开的。建陵园的人只收墓地的钱。旺海的大儿就是冲着政府的承诺来的。

政府承诺：每年火化的人数达不到定量，就免税。按国家相关部门统计，我国的正常死亡率为千分之七至千分之八。换算下来一个50万人口的县，每年死亡人数在3500—4000人。按一块墓地3万元卖，一年有1亿元的毛收入。这个数据让旺海的大儿吓了一跳。

他决定赌一把，印了宣传手册，发给各家各户。手册背后有举报电话，谁土葬了，打举报电话。举报属实，奖1000元。死了人土葬的罚金3000元。人死了，不像死鸡死鸭，左邻右舍肯定知道。死人家属一怕举报，二怕罚金。渐渐就有了畏惧心。冒险土葬就渐渐冷了下来。总之，做足舆论，实施奖罚。已经很震慑人心。政府这边也派人员深入农村、渔楼，挨家挨户宣传火化的好处。

旺海的大儿子做得很过分，很不人道。事先没跟政府通气，发现土葬，派人挖出棺材，运往殡仪馆立即火化。

村里有个90多岁的老太太，五代同堂，子孙后代都很孝顺。她的丈夫早逝，她好不容易把三男两女拉扯长大，子女也很争气，各有一番事业。老太太临终，把子女叫到身边，就一句话，无论好歹都要全尸和丈夫埋在一起。

"我不能连一头牲畜都不如，死了没全尸，还要受火烧的痛苦，我面目都没有了，怎么到地下见列祖列宗呀！"老人用手捶着床沿，呼天喊地一个劲地哭着闭上眼。子孙后代们跪在地下，都哭成泪人。丈夫死时，已经建了双筒的墓。丈夫死了二十多年，他们的子孙人丁兴旺，事业发达。村里人都说他们家的墓地选得好，祖宗八代都是穷得有上顿没有下顿，自从老太太的丈夫埋在这里后，子孙后代才发达了起来。子女们一夜没合眼。决定拼上命也要冒这个险。

棺材是早几年就做好的，上好的杉木棺，上了三道黑漆，立在大厅门旁，前头用红绸结成一朵花系着，等待老太太过世时用。老太太是午时去世的，他们也不通知亲友，准备秘丧。晚上把老人家装入棺材，下半夜摸黑偷偷运到山上，与父亲合葬。他们只能默默地流泪，不敢出声。他们以为这样，就可以躲过被火化的命运。哪想到还是被人告密了。第二天下午，上面来人了，把已经封口的墓门打开，把棺材拉出，运到殡仪馆烧了，老太太一家跪在地上哀求也没用。旺海的大儿这边也紧锣密鼓做推销的工作，先是从一个墓穴5000元开始售卖。前50名的，送石质骨灰盒一个，免收墓穴管理费5年。火化渐渐被接受，求购墓穴者多了，一个墓穴卖了3万元，而且年年飙升。现在一个墓穴卖大好几万以上了。还搞销控，动不动就说墓穴没有了，要先买指标预定，把骨灰暂时寄存殡仪馆，那是要收租金的。他第一期拿了100亩山坡地，不够用，又向左右纵深拓展，又拿了100亩地。实际那地块的边缘根本就没个准绳，想开发多少就让钩机往山里挖路，路挖到哪里，哪里就是墓地。

尸体不像别的东西，可以长途运到其他未实行火化的外县处理。好在后来政府搞了公墓，骨灰盒可以重重叠叠放上去，收费合理，有的地方还有补贴呢，从一定程度上缓解了墓穴供求关系。渔岛人以前在外面发达了，回家能显摆是两桩事：一是盖大房子；二是做大坟墓，花几百万的都有。为了让别人看了羡慕，也展示子孙发达的威风。现在不让占地做坟墓了，有人就买下四个墓穴或六个墓穴，围起来成为大穴，葬了祖辈父辈的骨灰。这些人就成了旺海的大儿的黑金客户，每年扫墓，大门优先开启，他们的坐车可以直接开上山来。祭奠时有人给他们撑黑伞，生怕雨淋着，太阳晒着。完了还请进贵宾室，喝香茶，配茶点，俨然社会老大的样子。这样，他们的亲人在地下就能安息吗？

旺海的大儿子最后一次叫来挖土机向山里挖路，遇到一块黄色的石头，很圆很大。挖土机挥着机械臂，用挖斗把石头旁边的泥土挖掉，挖了一整天。傍晚时石头松动了，挖土机没在意，用斗齿一拉，圆石就顺着山势轰隆隆滚了下去，把一期二期三期的部分墓穴都碾碎了，骨灰散落一地。还死了两个第三期施工的人员，其中一个就是当年带头把那家老太太的棺材从墓中拉出来的人。这也许是天意吧。

更不可思议的是，圆石滚下时，挖土机司机惊出一身冷汗，知道事情不妙，正探头往下看时，觉得脖子有冰凉的感觉。回头一看，一条胳膊粗的大蛇不知什么时候爬上驾驶室，正吐着血红的信子在他脖子处晃来晃去。这是只银环蛇，蛇背横纹黑白相间，牙齿有剧毒。它的窝在圆石底下，正在孵卵，刚才挖土机把圆石拉动，挖齿把它带出，还弄破它一窝蛇蛋。它顺着挖土机的斗杆爬上来，找仇人复仇。它眼睛死盯着司机的脸，伺机下嘴。司机吓得魂飞魄散，拉开驾驶室车门，想迅速逃窜。哪来得及，银环蛇前身跃起，对准他拉车门的手狠狠吻了下去。蛇溜走了，司机昏迷过去。

银环蛇毒液，是神经性剧毒。被银环蛇咬伤时，一定要拿一条绳子或鞋带，用最快速度，在伤者腰背部上方，也就是近心端血液流向心脏的一边用力系好，然后到最近的医院救治。但这一切对这个司机来说，都办不到。好在有人跑上山察看司机的情况，见状，把他背下山来，用老板的车全速送往医院，命是救过来了，但神志不清，胡言乱语。整天哭喊着："滚回去，这是我的地盘！"还说："山有山主，地有地灵，互不侵犯，你安我平。你若动我，我就死拼。血染沙土，让你清醒。"
他一会儿昏迷，一会儿胡言。医生告诉家属，神经被蛇毒严重损害，很
难恢复。躺在ICU室，需要人看护和花钱。家属一家人天天围着旺海的
大儿哭闹，要求巨额赔偿。这边还没安抚好，那边墓穴砸毁的事闹翻了
天。砸毁的墓穴可以赔个新的，但骨灰散了，家属可不依不挠。

几十名墓穴家属把旺海的大儿告上法庭。而那两个死者的家属更
是把死人摆在他面前，来了上百号家属，手里拿着家伙，让他看着办。
他被这一团事逼得急火攻心，吐血了。扛着病体，赔着笑脸，让他们开
价。在满足各方开出的天价后，他也被人抬进了医院。

三

二儿子早年跟他舅舅做隧道。跟了几年，学会了七七八八的门道，
就自己承接了工程做起来。承接工程他也用了手段。哪个局拿下了哪些
国家工程，项目部设在哪里，负责人是谁，他都摸得八九不离十，然后
就到人家的办公楼去，他随身带着一把折扇，在上面写上"给我工程，
利润五五开"的字样。折扇合上是看不见字的。他把折扇插进背后的裤
腰里，垂下的上衣盖住了折扇。他在走廊上转悠，看见总经理的门就推
进去，从背后抽出折扇，不说话，把折扇打开给人家看。许多时侯被赶
出门，但总有人把工程给他。做工程要先垫钱，买机械设备，雇请工
人。隧道工程在野外，荒山野岭中，工人吃喝拉撒睡都在那，样样都得
花钱，没钱，他借。答应对方半年内还，年利息30%。隧道工程材料是
甲方的，第一期钢筋进场了，进100吨，他立马卖掉50吨，每吨比市场价
便宜300元，卖钢筋的钱先还一部分借款。再卖水泥，便宜卖。回头找甲
方的现场监理诉苦，说自己不内行，材料用量超出了标准，再给些材料

吧，反正总材料量不变，结算时从乙方工程款中扣除，甲方的监理也就同意了。就这样寅粮卯吃，把借款和利息提前还了，钱赚少点没关系。主要是要先铺平人情的路。后来他工程不做了，跑去做总包。拿某局的资信做平台，去投标，事先说好，揽下某条高铁线路，公路桥梁给某局，隧道留给自己，他再发包给别人做。做这事首先得找到要人，通过中间操作，才能中标。后来去做了寺院赚了不少钱。

有一次回老家，他请我吃饭。我问："寺院怎么搞？"他扳着指头回答我："先找专家，名声越大越好，让他查历史呀，起先专家还不敢太夸张，后来专家的话越来越离谱，当然要价也越来越高。"他喝了一口酒，有点醉意："现在古董鉴定专家都能把明朝的古董说成宋朝的，推前一个朝代加100万元，你出300万元，他就给你写上汉朝的。那你说，给我查寺庙历史的专家，掺水分有什么奇怪呢？"

"找到废弃的寺院，把年代提前有什么用呢？"我不解地问他。

"你真是外行。"他说，"意义大呢，历史越久越吃香，跟古董一样。"

"谁能相信呢？"我还是不相信。

"你这人啦，头脑还是传统的，做不了歪门邪道的生意。"

随后他向我揭示以下的内幕：接下来他找小众媒体，先找当地的，再找地市省城的，编造故事，把这个寺院说得又神奇又神秘，比如说某个朝代，恶人篡权，太子年幼，有位忠臣做梦，让他把孤儿送到这座寺庙，托孤给主持。18年后，太子文武双全，举旗号令百姓，夺回金銮位之类。

"只能写过度的朝代，外人不好查找。"再编造几例落魄书人，路过寺院，喝了香茶，经寺院禅师一番点拨果然高中。数年后，书生们发达，回来还愿，鸣谢碑还在呢。

"那刻碑怎么弄呢？"我问。

"找刻匠现刻，扔旱厕数月捞出，即可，保证古香古色。"他回答，神情得意。若嫌材料不够，再搞几个材料，关于发财的和避难的。比如，拿某浙商说事。他是做丝绸生意的，前几年生意还不错，后来竞争的人多了，连本钱都收不回。做别的生意吧，又不会。在这样熬下去，连祖宅都要卖了。没法子，就到这寺院祈梦。

梦见一童子给他递上一张折叠的纸条。"师傅给的。"童子说。他展开纸条一看，上写"由字去掉头，抱回金枕头"。他醒来细细思量这句话，由去头，不就是田吗？那时两湖流行吸血虫病，死了很多人，田地荒芜，万户萧疏，他商道朋友来信，问他现在敢不敢收地，他想起做梦的事，思谋良久，回信说："敢。"

他变卖了家产，超低价买了上千亩良田。日后，吸血虫病逐渐消弭，地价疯狂上涨，他只租不卖，坐地收租，成了富甲一方的富豪。

"越详细越好。"他说，"再编个消炎避难的。"

说清代某官员，为别人行方便，别人行贿他一大筐金银珠宝，价值连城。为遮人耳目，行贿人在筐上铺满柑橘。他知道柑橘下面是贿金。是接还是不接呢？接了，怕担当事发受贿罪；不接吧，靠这点俸禄，怎么养家糊口，怎么购房买地，福荫子孙。他只好到寺院去抽签。签上说："一轮浩月挂天空，不偏不倚不砸中。待到鸡叫五更日，自有福到报喜钟。"他是读书人出身，这官不是捐的，自然明白其中的意思，于是把这筐柑橘挂在自家的大厅正中，待年老辞官软着陆，再把贿金取来享用。若中途事发，就推说不知道，家中管家收下的，以为是柑橘，箩筐没有拆封，本人没有受贿之心呢。末了，还要写这座古寺是怎么毁掉的。

编个故事，说是宋朝末年，外族入侵。有义士躲避追杀，藏到寺院。追兵团团围住，全寺院文武僧人同仇敌忾，奋起反抗，终于寡不敌众，全部阵亡。元兵放火烧了寺院，几百年古寺就这样毁了。编得越惨，越能激起民族仇恨，就越能获得今人对寺院的怀念和信仰。

"反正媒体天天轰炸，不信都不行！"他越说越得意。我长知识了。想起《地道战》的那句台词："高家庄，确实高！""其实，最主要的要摸清人的心理。"他清醒地说，"人和宗教的关系就是一种契约，当一个人在现实中无助的时候，他相信世外还存在一种神秘的力量能帮助自己。于是试图用虔诚之心来换取对方的信任，从而获取自己祈求的心愿。只要抓住这一点，宣传到位，他们就肯掏腰包了。至于各种巧立名目，收费标准，那是我手下的事。"

见我洗耳恭听的样子，下半夜他跟我谈了许多交心的话。是关于营收的，从商者最核心的东西。"我刚才跟你讲的仅仅是开始。下面要讲的才是最实在的。"他说。他讲的内容很多，我把他概括如下：建寺院圈地越多越好，留着日后发展。反正政府那边工作一样做，什么带动旅游行业，什么就业岗位，什么增加税收，提高区域知名度等等。

政府官员都喜欢政绩，他们会把这个项目的预期前景和收益放大，写进年度报告中。数据吹得越大，当官的越高兴，这是屡试不爽的。规划要详尽，请个好的规划师，平面图、效果图要做得漂亮，展示在寺院内。

但初建时成本要低，寺小乾坤大，赚钱先节源。

首先要建的是山门。因寺院选在山林中，故又称"山门殿"。山门是空的，有门无殿，所以又叫"空门"。两边无相门，无作门，象征三解脱。空门两旁站立哼哈二将，脸相威严肃穆，令人不寒而栗。空门左右两柱写上：空门绝尘埃，只度有缘人。山门要高大、雄伟、壮观、霸气，能威慑人。这个不能省钱。

其二，大雄宝殿，这是主殿，也是必须的。这两个建筑物要建得古香古色，石基、柱子能弄到久古年代的最好，没有就现做，再造旧。

其三，法堂是要建的，做法事要的；方丈室也是要的，不然香客来了没地方接待。至于钟楼、鼓楼、天王殿、东西配殿，罗汉堂等钱收多了再说。

"我的寺院赚的不仅是香火钱，主要是香客的捐款，即许愿钱。好听一点的说法，叫功德款。"他说，"请的方丈很重要，最好在出名的寺院待过。没有辉煌的资历，那就编造。而且年纪要大，确实在寺院待过多年，对法事了如指掌，对人的心理能揣摩八九不离十。最好找自然脱发的，更真实。不要怕花钱，舍不得银子，请不到尖子。我给方丈的报酬都是薪资加抽成。"

他上了一趟厕所回来说：

"还有开典很重要。我请了三类人：一是邀请当地的大报记者，只要红包沉，他们就来捧。来了报道了，而且登报的版面要显著。就坐实了前面小报记者的胡编乱造。因为他们是大报，公信力大着呢。二是拜请各地名寺的方丈和相关协会的领导，安排讲话。哪怕他们派代表也行，咱就敢让大报记者署名单位亮相，这是蹭知名度。三是恭请当地官员到场，安排讲话，这是蹭可信度。再说，毕竟是咱们的父母官，有他们罩着好办事。各方的讲话稿和大报记者，我们都是事先给了提纲的，主旨一定要一致。我们的随手礼当然也很大方，纯金打造的弥勒佛，重50克。请全国知名寺院方丈开过光的，事前也做了广告。这弥勒佛后来卖得很火，加价几倍，有钱的香客像疯了似的，十个八个地抢。"

他说着说着，后仰在靠背椅上睡着了。我偷偷为他盖上外套，回宾馆休息了。一路上想，真的很敬佩他，一个没有多少文化的富农后代，他的情商和睿智比我们要高很多。

第二天旺海的二儿来宾馆找我，给我一盒冬虫夏草，两盒玛珈。

"昨晚对不起，睡着了。"他进门就这样说。"你呀，太忙了也太累了。昨晚难得给我讲那么多知心的话。是我没把握好时间。应该道歉的是我。"我说，"这些东西贵重，我不能收。""你理应收。在家乡你德高望重，论财富、才华、人品，你都是翘楚！你是我老哥。昨晚喝了酒，班门弄斧呀。早上醒来，觉得惭愧，所以特来道歉。""话不能这么说，这样评价我，我会折寿的。"我连忙摆手，给他倒了茶。心想他这么早登门拜访，不会是还有事要跟我聊吧。我静待他接下来说什么。

他喝了一口茶，贴近我的耳边说："你借款给某人的事，我都听说了。""你听谁说的？"我很好奇地问。借款给某人是事实，但某人与我有私约，希望我不要对外泄露借款的事。某人做疏浚工程，有庞大的船队，仅挖机，国产和进口的都有。业务遍布曹妃甸、青岛、大连、浙江、广西、厦门。这是个很赚钱的行业。热火时，行业利润达80%以上。

在渔岛，他是明星企业，在大佬之列。但早期创业，确实是我借款他起家的。渔岛男人粗犷豪爽义气。胆大敢为，敢冲敢拼。自己只有100万元的本钱，敢做5000万元的生意，一夜融资上千万元是常态。这个某人与别人不同，他也向别人借款，但只借大户，他跟我交心说：

"借款1000万元，向普通乡亲借，每人50万元，债权人就有20人。一个债权人知情者4人，就有80个人知道。再传开了，全渔岛都知道我负债累累。再说，企业有起起落落，一有风吹草动，这些债权人就逼债，串起来就是大事件，像银行挤兑一样。我向一个人借款1000万元，宁可利息高点，只要债权人能守密，我企业就能稳定发展。"

我听了，不得不佩服他高明之处。但这么私密的事，我没对外人说过，旺海的二儿咋知道呢？他解释说："其实那次回家乡，某人请你吃饭时，我也在场。我早年在他的手下当司机。你上大学时，我年纪还小，后来长大了，你我也没见过面，所以吃饭时你不认识我。饭后你俩到了他的办公室，是我开车送的。我忘了把车钥匙给老板，又上楼时听到你们的对话。后来老板做大了，大家都在猜疑哪来的钱。但我知道，就是没听到你们对话，我猜也猜出来。这么多年，我从来没有对别人说过。"原来是这样。

"你上午来不会只说这些吗？"我直截了当地问他。"你呀，一双慧眼。"他笑眯眯地调侃道。"想讨教您一个问题可以吗？"他试探着问我，"你老哥在商场闯荡多年，有遇到可心女人喜欢你吗？""有。"我如实回答。"你接受了吗？"他又问。我笑而不答。"你呢？"我反问他。"正为这事懊恼呢。"他说。看得出他神情很为难。他思考了片刻，跟我讲他与女人的故事。

他与老婆认识也是机缘巧合。有一次他开着老板的车去接人，时间紧，车开得快，把街边一个卖鱼的女孩鱼筐刮倒，鱼虾撒了一地。这女孩见状，不知所措，那样子好像是自己做错了事。她一边收拾着鱼虾，一边盯着车看，看车漆有没有被鱼筐弄破。他下车帮女孩收拾好东西，拿30元钱赔她。女孩不收，心怯怯地挑起鱼筐走了。

他心动了，这个女孩好善良。第二天他又来到昨天的地方，又看到这女孩在卖鱼。就聊上了。女孩告诉他，她的家在渔岛东边。家里还有两个弟弟，爸爸讨海，她为家里卖鱼。他喜欢她诚实、善良、本分。不久，他们结婚了。

婚后他们住在男方父母家，就是村里的旺海祖上留下的那座石头厝。她为他生下两男一女，为逃避计划生育，东躲西藏，吃尽苦头。她侍候公婆，抚养儿女，任劳任怨。他长年不在家里，为生意奔波，每次回家看着老婆背影，都好想抱紧，感动她对家庭的付出。后来他赚了钱，大哥也成家了，在石头厝住，可以照顾父母了。他就在城关买了一块地，自己盖了房，把老婆孩子接到新房住。

"到现在我老婆还没有享清福，三个儿女还没成家呢。""你有个这么幸福的家。老哥听了高兴，祝福你呀。"我说的是真心话。"唉。是男人都有贪心的时候。"他的脸色渐渐沉了下来。就心事重重给我讲述了另一个女人的事。"许多人只看一个男人赚了钱，体面又风光。而男人长年在外风里来雨里去，求爹喊妈做孙子，谁能知呢？忍受的孤独寂寞，谁能慰啊？又有谁问酒醒何处？"他唏嘘感叹。"有同感。"我安慰他说。

"没什么文化，又没什么背景，我做生意，全靠喝酒送钱做小弟，才玩转过来。"他说，他在西部的一个地级市搞寺院时，成立了公司，招聘了人员。其中一个女孩刚大专毕业，本市人，应聘了文员，做了他的秘书。当年她才19岁，长相可人，圆脸，有福相。身材火爆，招惹人。公司不大，就在旁边的宾馆长租一间商务房，作为他的住宿。

说是行政秘书，但他的饮食起居她也兼着照料。有什么冷热病痛，她总是守在他身边，敦促他按时吃药。那段时间，天天喝酒。为项目进展顺利，民政口的、规划口的、森林公安口的、建工委的……中午喝，晚上喝，喝完陪他们到KTV继续喝。喝白的，喝红的。喝了茅台喝洋酒。喝了吐，吐了喝。每次回宾馆饿了，都是她冲了一桶泡面，看着他吃完，再骑车回家。

有一天他们开车去寺院遗址考察，路过山村，一只鸡窜过乡村小路，司机刹车来不及就把鸡压死了。鸡主是个蛮不讲理的女人，叽里呱啦指责了一通，讲的是本地话，我一句也听不懂。秘书上前理论，她听得懂本地话。

那女主要我们赔偿500元。他觉得她在讹诈。就下车争了几句。没料到鸡主的成年儿子从屋里冲了出来，举起装垃圾的灰斗向他砸来。她本来站在我侧边，见到情况，挺身挡住了灰斗。

那灰斗是坚硬的木材做的，少说也有大几斤重。鸡主的儿子又身强力壮，用力砸下来的力量不小，灰斗柄断了，他的秘书左肩臂全是淤青并脱臼。司机见状，从驾驶室抽出狼牙棒，被他拉住。那女人和儿子见势不妙躲进屋里。他扔下200元钱赔偿死鸡，车掉头去了医院，给秘书拍片，正骨。他要她住院观察，她坚持回家。

处理完伤势，他们又去当地派出所报案，并给县公安局领导打去了电话。他说："我们是来投资的，治安这么乱，人身安全都得不到保障，谁还敢在这里投资？"很快，那打人的小子就进了看守所。拘押14天，赔偿医药费1000元。

有一次，公司宴请一位合作伙伴。他有资金，想投资寺院。这位老总年纪不大，却是个色棍，见了他的秘书就挪不开步了。这老总在桌面放了一盒烟，说要先喝三杯酒：把烟盒放平，喝一杯；把烟盒侧立，喝一杯；把烟盒立起，再喝一杯。还说三杯喝完还要喝交杯酒。喝了就合作，不喝就拉倒。

他听了火了，站了起来说，她的酒他代她喝。咱们谁喝趴下，谁是孙子。后来对方喝趴了，他也喝倒了。

在互拼的过程中，她一直拽着他的衣角，感动得涨红了脸。她知道他是为她挡酒的，这男人义气。为她，他放弃了这单好不容易拉来的投资，她感动。她把他扶到宾馆，刚躺下，胃里一阵痉挛，忍不住，把胃里所有的污物喷射出去。秘书躲闪不及，一身连衣裙的前身沾满了他的污物，还渗透到内衣里。一股酸臭酒气味弥漫房间。她顾不得身上的污物，端来一杯温水让他漱口，又端来一杯温水让他喝下，并拿来热毛巾为他擦脸。她清理了地板上的污物，又叫来服务员，换了床单被套。安抚他睡下，她才进了浴室，脱下衣物把身体冲洗干净，并把连衣裙和内衣洗了。穿着宾馆的浴袍，陪在他身边。

那晚她回不去，也不想回去。说完，他闭上眼睛，还沉浸这段往事里。"现在你们还在一起吗？"我小声问他，怕惊醒他的梦。"还在一起。"他说，"让我痛苦的是，她现在不是小姑娘了，年渐年长。我不知能给她什么样的未来。这就是我来找你的原因，希望能帮我解答。每次回家，看到我老婆青丝中已露出白发，我都感到内疚。离婚我开不了口，也不会开口。再说在咱渔岛，离婚是件很不光彩的事。负心汉这包袱，咱渔岛的男人背不起。回到重庆，她从来不提要我和老婆离婚的事。让她去找个对象结婚，她又不愿意。正因为这样，我的压力山大呀！"他说这话，神情很无奈，也很痛苦。我无言以对。

旺海的三儿子参军去了，被某首长看中，做了勤务兵。因长得又高又帅，被首长的女儿看上，现在穿上四个兜的军服，已经是中尉了。

四

现在说老二旺山他在城乡接合部开了家铁铺子，不雇工请人，夫妻俩自个儿干，给乡下村民打造实用的锄头、斧头、锤子、菜刀、犁铧、铲子、铁耙子等农具、厨具，做工用心、价格实惠，生意一直不错。后来儿子长大了，多个帮手，干了几年，土改来了，定了个体自营工商者身份。后来并入集体工厂，全家都成了光荣工人阶级。充公的东西就大锤、小锤，铁砧、夹子、炉子、风箱些许铁料，还有几篓焦炭。暗地里这老二早有打算。土改前，他带着几年来积攒的钱，去了趟上海，买了两船钢坯，全是精钢，偷偷运回家，连夜在家里把地坪挖空，用黄油蜡纸把钢坯包了，深埋地下。到了改革开放年代，老二和儿子把钢坯挖出，发了一笔横财。凭这笔横财，他们的生意如脱了缰绳的马驹，奔得欢呢。

旺山只生一男一女，女的早早就进了粮食局，虽然只是过秤员，但福利一样不少，在那年代，这是个油水丰厚的部门。嫁个老公也不赖，当兵的。转业后也分配在粮食局。那时缺粮少油，有句民谣传唱着：吃死民政、水产、粮食局，饿死教育、文体、邮政局。确实如此。所以国家再困难，旺山家里也没挨饿过。

旺山的儿子叫小萌，他把父亲埋在地下的钢坯取出后，卖了高价，拿了现金，就不再干打铁的事。他跑去学机械修理，满师后又跑到东北跟另一高手专修发动机。那时机帆船刚兴起，发动机坏了，要卸下来，抬到城关专门指定的地方修，即费劲又误船出海。他学成后回来，上船服务。主家请他去船上，他耳朵贴近轮机，听声音就知道哪个零件出了毛病。三下五除二就完事。机器正常运转，前后花不了一小时。有这本事，名声很快就传开了，成了海岛机修界的一哥。忙不过来，他就收徒开班。

他教学徒，不讲理论，就是把发动机拆了装，装了又拆。一直到学徒蒙住眼睛，都能把发动机拆下装上，又准又快。然后再讲根据不同声音如何辨别部件的磨损状态。他让学徒四处收购废弃的发动机和零部件，然后拼装销售，包修包换。当时一机难求，赚得盆满钵满。

他的老婆是原县农修机械厂厂长的千金，是厂长看中他。他起先不敢高攀，后来见了厂长的女儿，才一见钟情。这女孩是个师范生，在小学当语文老师，也不是貌若天仙，但十分端庄、秀气，说话不亢不卑，不重不轻，斯文有礼，落落大方。小萌十分喜爱。一年交往就成家了。后来岳父退休，小萌提出自家办个机修厂。他岳父通过原来的社会和业内关系，机修厂专门为大厂生产发动机零配件，并通过原来的销售渠道，不断拓展市场，生意做得十分红火。他自己一边管理机修厂，一边还开了几家轮机维修站，让几个高徒在管理。

有一年，我陪朋友回海岛玩，路上小车出了毛病，司机加大油门，车也跑得很慢。走走停停，找了两家路边修车店，都说发动机活塞出问题，要拆下活塞检查。到了城关。我让司机把车开到他的维修站，他刚好在，坐上驾驶室踩下油门就下来。"油管堵了。"他说。他让徒弟卸下油管。这油管是黄铜材质，硬邦邦的。我一看，它跟猪小肠似的，弯弯曲曲，拿什么东西捅，能顺利通过呢？"看我的。"他笑着说。说完，把油管放在地上，拿喷枪烧油管。一会儿，油管被烧得通红。他用钳子夹住油管，往地上磕了几下，一团粉尘掉了出来。他把油管夹住放进旁边的水箱，哧的一声响，一团白雾冒起。他把油管拿出，对着管口一吹，通了。真是内行呀！我赞叹着。

五

回头说老三旺财。他用分家时的细软变卖点钱，跟着一个既当郎中又开药铺的主家，几年后，主家见他聪慧灵动，就把女儿嫁给了他。主家过世后，他把药铺停了，把主家留下的几棵五品叶老参藏在鞋柜里，把几斤上好的熊胆和鹿茸用陶瓷罐装好，罐口用蜡封住，寄存在偏远山区妹夫的家中。房子只留下临街一处，结构简单，面积也不大。后厢住人，前厢做了看病的诊所。

土改时，他也只评个个体自营工商者，后来政府收回自营权，联合组成中医院。他被收编成了医院正式职工，还成为国家特别津贴享受者。退休后，经政府允许，他又开起了私营诊所，就开在家乡的三岔路口，生意很火爆。许多县中医院看不好的病，在他诊所开了三贴药，基本病除。

他用药有三绝，一是药材从香港进口，有的直接从印度缅甸等国原产地进药材，为了求其真。他说国内的中药材基本不可信了，急功近利，催生催长，炮制速成，甚至造假。

二是用药大胆，他说，守旧不变，迂腐害人。古早人生病全靠中药调理。中药疗程长，所谓病重如山倒，病好如抽丝。所以郎中用药很谨慎，一点一点地调。另外，古早人没有用过西药，身体机能抗药性没有那么强。现在人哪个人没用过西药？抗药性强得很。不用重药，还照搬古医书不放，不迂腐吗？

三是善于对症下药。他认为中药就那么多种，有的医生开的药管用，有的不管用。主要在辨症。他开的中药，用真材实货，药量加码，加上对症，有时还加点早些时候留下的名贵药材，所以特别灵验。他交代患者的吃药方法也有所不同，有的药要炖服，有的药要求把药晒干和大米一起粉碎，最好用石磨磨成粉，然后上蒸笼蒸熟，每天饭前舀两汤匙放碗里，加冰糖，用沸水冲成米糊吃下，效果甚佳。

他确实医术高超，但药费也贵。患者有反馈，用过他的中药，吃别家开的中药，不灵。

老三有两个女儿，一个男孩。两个女孩都是体制内的人，儿子在本省医科大学毕业后，又去上海一所医科大学念硕博。

这个旺财，年老了又赚了一把。他听说政府向邻村征地做地产开发，除了补偿给村民的征地费外，村里还向政府要了20亩地作为村部的补偿。村部把20亩地倒腾，每亩20万元向外销售。旺财回村把这块地买了下来。过了两年，房地产热了起来，地价疯长。旺财划出15亩土地，以自建房的名义销售，每幢地价50万元。

这15幢房地说好的只有邻村人才有资格申请，叫自建房。但邻村够条件申请的人拿不出这么多钱买地。于是城关居民想买地的，就把户口迁到邻村，再申请买地盖房。等房证下来了，再把户口迁回城关。这一整套组合拳玩得行云流水，滴水不漏。他自己留下5亩，盖了三幢别墅留给三个子女。剩下的盖了一幢5层楼的诊所。

除了中医，他也引进西医，招聘人才。组建了好几个科室。买来几台检查身体的仪器，医务范围扩大很多。他秉着一贯的乐善行医准则，对家庭困难的村民，能免的则免，能减的则减。就算收费，医疗费用也比公立医院公道很多。十里八村的村民，都爱在他这里看病。

大耳父子

一

渔岛西北部有个乡镇集市，方圆十里八村的村民在这个集市里买卖东西。政府在这里设个粮油禽畜食品工作站。工作站下设屠宰场，专门用来宰杀猪羊鸡鸭的，就近销售给村民。那时实行供给制，什么都凭票。猪肉是紧俏物资，当然需要凭票购买。但猪下水不凭票，全凭关系才能拿得到货。我们故事的主人公，就在这屠宰场干活。

大耳，是他小名，以前叫惯了，所以尚记得。他的大名叫什么，因年月久远，我记不起来。大耳的舅舅是屠夫，先被招进屠宰场的，不算国家在册的职工，只是个临时工。他用三条大前门香烟和两瓶竹叶青白酒敲开工作站经理的门，把大耳弄进屠宰场洗猪大肠，其他猪下水也归他洗。他还需要兼做屠宰场的卫生。这是脏活，也是累活，但一个月有18元工资，且可以买到或弄到猪下水，所以吸引人，需要走后门。

屠宰场只有4个人，包括大耳，每天杀两头猪，卖两头猪。逢年过节，会加杀一头猪。进了屠宰场，大耳才知道，其中有很多猫腻，外人不知道。在猪肉那么稀缺的年代，屠夫们是不缺肉吃的。这样说别人不信，往下看你就明白了。

　　清晨3点，屠夫们就进场了，烧锅的烧锅，备水的备水。水开了，猪也捅死了，就开始烫猪毛，刮猪毛。开膛破肚，割下猪头，露出猪胫肉，屠夫会迅速割下一块猪胫肉或里脊肉，切成细片，锅里剩下的水还沸腾着，他们把肉片撒进锅里，滚两滚，捞出，放卤水的鲞勺里，从口袋掏出细盐，撒进肉片搅拌，然后大家一起伸手，各人抓一把瘦肉片往嘴里塞，长期练成的铁嘴不怕烫。这所有流程不会超过5分钟，一个人几两肉就下肚了。猪胫肉和里脊肉很嫩，且不容易看出被切割。5点，过秤员进来过称，盖章。面上看，什么事都没有发生过，真正叫船过水无痕。

　　当时全民面黄肌瘦，路上看到有人头大脖子粗，不是厨师就是屠夫。

　　大耳发现的另一个猫腻，是他舅舅光天化日下私下藏肉票的秘密。卖猪肉的场地就在屠宰场门口，一张长案板，一排挂钩，猪肉按部位往吊钩上一挂，就开张了。收肉票有专门的抽屉，就在案板底下。每天中午和下午都有财务过来收走肉票，然后核账。卖肉时三个屠夫在现场，互相监督。这么严谨的程序中，大耳的舅舅居然能轻松取得肉票，每个月盗获几十斤，然后拿去倒卖变现。

　　原来猫腻都在收肉票的抽屉里。

　　每次卖肉时，大耳舅舅的双手都沾满猪油，当收下的肉票放进抽屉的那一刻，他沾满猪油的手就神不知鬼不觉往抽屉上方，即案板底下蹭。板上沾上猪油就有黏性了。第二次放肉票，他就顺手把肉票朝上一贴，肉票就粘在案板底，而不落在抽屉里。财务只收走抽屉看得见的肉票，怎么可能去猜疑其他呢？

　　财务每天是要核账的，收回的肉票斤两与过秤时的斤两不符怎么办呢。大耳的舅舅有办法。他切肉技术的确高，被村民称为"一刀准"。

村民要买1斤肉，他就切0.95斤，过去没有电子秤，他把秤绳挪在9两的地方，秤尾就高高翘起，村民看了心里舒服，以为得了便宜。放下秤，他又切了一小块肉和刚才的肉在一起，放入村民的购物袋，村民以为是另外赠送，喜滋滋地走了。实际上大小两块肉加一起，不到0.98斤。即使回家复称，少了两钱也不会去计较。如果买1斤，屠夫刀法不准，切了1.1斤，切掉1两，村民脸上就挂不住，以为吃亏了。人的心理就这样，先减后加，先加后减，心理感受是不一样的。大耳的舅舅靠行云流水的操作，核账不露馅，不但贪污了肉票，还获得好名声。他的肉案前总是站满排队的人，肉卖得最快，也最多。不要小瞧1斤肉少2钱，一天卖100斤肉，大耳的舅舅就可以贪污2斤肉票，在那个年代，是不小的数目。大耳有这种投机贪污的舅舅，言传身教，自然长进很快。

二

不要以为乡镇食品工作站小，但下辖好几个部门，除了屠宰场，还有海鲜干货收购处、禽蛋收购室、粮油供应所，论职位经理不及股长，但在物资极端匮乏的年代，是个肥缺。每逢年节，所辖处室都会给经理送礼。屠宰场每次送礼，都是大耳一马当先，自告奋勇把沉重的猪肉扛在肩上，步行到城关，送到经理家。哪个领导要猪肝，经理一句话，也都是大耳送上来。一来二去，他与经理的关系微妙了起来。每月发了工资就会拿出一半，买烟给经理送去。经理家里的电灯坏了，马桶漏了，都是大耳去修的。煤球没了，也是大耳去买的。慢慢地他从临时工转为固定工，混了三年就成了屠宰场的负责人。

但对普通乡亲可是另一种对待了。

他的邻家女孩贫血，大夫说要吃点猪肝补血。那天，女孩父亲提一袋花生，有五六斤吧，到屠宰场找他，见面说："大夫说孩子贫血要吃点猪肝。这不，昨天刚拔了花生，孩子她妈说，送点给你尝尝鲜。猪肝多少钱，我给你。"瞧人家怎么样，跷着二郎腿，对花生连瞧都不瞧。"放那儿，"他指着放垃圾的墙角说，"等有了猪肝通知你。"等了半个月，没半点消息，女孩父亲又买了一条大重九香烟送过去，才买回8两猪肝。

在那个时代，这样的人品也能够上位。先是屠宰场负责人，后来提为副经理，8年后老经理升职了，他爬上经理的位置。他把禽蛋室收购的鸡蛋包给他哥哥挑往城关，每天一挑，工钱1.2元。那时没有机动车辆，板车也很少。像鸡蛋这易碎的东西全靠肩挑。从乡镇食品站到我家乡十里路，我家乡到城关也是十里路。一挑鸡蛋就算100斤，挑费也算很高了，要知道当初我从城关挑两桶肥到村里只得3工分，每工分7分钱，才0.21元。

他哥对着白晃晃的鸡蛋，起了贪念之心。

我耙草时亲眼看见，他路过家乡附近的小树林，装着歇息，从筐里掏出10个鸡蛋，把地上沙土挖开，埋下鸡蛋，覆土，做上记号，待从城关回家时取回。几乎每天都这样。他是怎么躲过城关食品站的复称呢？后来才知道，猫腻在他的箩筐底，这种圆形的箩筐底部，有四条纵横的竹片，起加固作用，每次他偷盗了鸡蛋，就把随身携带的磁铁片塞进筐底的竹片里，从外观看，很难看得出来。这样，复称时斤两就平衡了。

后来有人写信揭发了他哥哥，在大耳的斡旋下，也没做什么处理，只是停掉他哥哥为食品站挑蛋的活。这件事没有影响到大耳的升迁。又过了两年，他到县粮油局当了股长，因舅舅事发，被撸掉股长。他自己申请轮岗，到县"驻沪办事处"做了外贸采购员。他多次对驻沪办主任说："给我加个头衔吧，我出外办事方便些。""那就对外说，你是外采办副主任吧。"主任拗不过他只是口头说说。没想到他真的在名片上印上了头衔。因为这头衔和巧舌如簧，他完成了一桩离奇的婚姻。

三

大耳在食品站10年，交了很多女友。一副猪下水，拉动了全县的关系，也牵动了许多少女的心。但他只抱着玩的心态，从没把女孩付出的感情当真。时间久了，他的人品在家乡却不受人待见。他今年28岁了，婚姻不能再拖下去。经人介绍，他拜访了一位学者，这学者开了一间"情感咨询室"，向他传授了情爱十字诀：一胆二力三财四貌五走六巡七说八惹九哭十跪。并向他解读：

"胆即胆量，大胆追求；力是男性之本；财为本钱，没钱什么事都难成；貌即品相，以奇为佳；走、巡即勤快；说指能说、会说；惹指会来事，挑逗女孩心；哭、跪是绝招，放得下自尊，方能得芳心。以上十字诀，具备六字，事可成。"他付了钱，说声"谢谢"离开。

这天傍晚，天色刚暗下来，他想抽烟，摸摸身上，烟没了。他踱到办事处的旁边的一家食杂店，销售员年龄20出头，梳着齐肩短发，圆脸，眉目清秀，不施脂粉，素颜可餐。她是坐在柜台里面的椅子上的，大耳走进她，指了指柜里的烟，这女孩才站了起来，哇噻，有1.7米高哦。大耳不敢正眼看她，拿了烟付了钱就走了。听口音，这是本地女孩。

大耳知道，上海的女孩心气很高，生活在大都市，见过大世面，本位思想特别严重，她们择偶对象百分之百不会考虑外地人，更不会考虑嫁给渔岛的男人，那里男的多，女的少。只长石头不长草。冬天到，风沙满地跑。大耳越想越自卑。情爱阅历方面，自己也算老手，但没见过这么可心的女孩。他不想放过，上午学者传授的十字诀，第一个字是什么来着？他揉捏着自己的大耳垂，想起来了，是胆量。他决定实施自己的计划，大胆去追求这个女孩。

他查清了，这个女孩未婚，现年20岁，刚刚大专毕业，正在实习呢，学的就是市场营销专业。她是来替她姑姑站台的。家就住在离大耳办事处不远的地方。家庭成员也打听好了，父母是国有企业职工，家里还有一个弟弟在读初中，家庭经济并不宽裕。大耳的执行力也真是强呀！这是他的长项。

在渔岛10年，打听人的消息，疏通人的关系，公关协调是他的拿手好戏。在这里全用上了。那学者教授的后面几条怎么说？他又习惯的搓着自己的耳垂，想起来了，三财四貌，五走六巡，七说八惹。对，先从这些做起。他重新印了烫金名片，把副字也去掉，变成外采办主任了，还加了一串社会兼职名称：某省禽畜协会委员、某市海产品商贸有限公司丁香鱼专委会主任委员、某县食品加工联合会执行会长等头衔。他去烫了头发，像上海滩老大那种。又买了一副墨镜，一身西装，武装自己。他照了照镜子，觉得自己有点派头。

接下来有事没事往女孩的店里钻，每次找她都不会忘记带点土特产给她。丁香鱼罐头、头水紫菜、鲍鱼干、蝴蝶干，总之不空手。买店里的东西也是必须的。这是来店里的理由。起先女孩不肯接他的东西，他就说这些是试尝品，他就是干这工作的，不信给你看看名片。交往了一周，女孩放下戒备心。在他面前变得随便些。他就试探着邀她去上海最贵的海鲜楼吃海鲜，也说这是试尝品。

女孩去了，看着一桌海鲜，她不知道怎么下箸。一道日式炙烤澳洲黑金鲍；一道海佛手白灼，号称来自天堂的味道；一道浓汤东星斑；一道鸡汤氽海蚌，也叫西施舌，这是现场做的，服务员把推车推到他俩的餐桌前，餐车上煨着滚烫的鸡汤，服务员把处理好的海蚌放在白瓷盅里，端到他们面前，每人一盅，每盅放二滴茅台，然后用滚烫的鸡汤淋进盅中。鲜、嫩、脆是这道菜的特色。还有一道生吃金枪鱼。女孩长这么大，都没吃过这些海鲜。还第一次被芥末呛得一把鼻涕一把泪，看到自己的狼狈相，女孩的矜持和自尊降到了冰点。

大耳赶紧扯了餐巾纸给她擦了眼泪鼻涕，看她咳嗽着，又伸手拍拍她的背，并让服务员端来一杯水，有点烫，他拿来空杯，来回倒着，并不断地吹气，让水温快点降下来。他喝了一小口，觉得水温合适了，递给她喝下去。恢复了常态，女孩笑了。自己出了这么大的洋相，这男人没有责备她，还为自己擦泪拍背试水温。她看着眼前其貌不扬的男人，少女的心门第一次为这个世界的异性开启。

当看到菜品结算单时，女孩很吃惊："这么贵呀！"那晚，两人吃了300多元，是当时大专生差不多一年的工资。吃完饭，为了消食，他俩去外滩散步。他小心翼翼地碰下她的手，她没有回避。他拉住她的手，她没有拒绝。

又过了几天，大耳邀女孩去散步，路过商场，他掏钱想给女孩买个杭州出品的丝绸刺绣手帕，不小心把裤袋的工资条给带出来了。女孩想看他的私密，他给她看了。女孩惊讶地张开口。工资单上明明白白写着大耳9月份的工资是114元，工资单上还盖着单位的公章呢。"你工资这么高呀？我伯伯和伯母工资加起来都没你这么高，他们都是大学毕业，我爸妈可羡慕他们呢。""这是我的这个月工资，是真的。包括社会兼职收入也在这里。你看这单位公章。"大耳向她说明道："社会兼职补贴把钱打到我单位，由单位财务统一打给我。"他怕女孩不相信，特地加了这一句。"我相信你。"从这天开始，女孩的感情发生微妙的变化。

她经常陪他散步，一起下馆子，一起看电影。那天电影很恐怖，女孩紧紧抓着他的手不肯松开。大耳心里明白，他得逞了。女孩不知道，这一个月来，大耳花完了所有的积蓄。他那工资单，是与单位财务精心策划的，财务接受大耳的请求，把大耳三个月的工资先预支，一起写在工资单上的，并特地盖上了公章。在接下来的日子里，大耳和女孩关系发展顺利。为消除她家人的顾虑，他对姑娘说，通过他个人申请，领导决定把他留在上海工作。大耳的话攻破女孩心理的最后一道防线。

几天后两人看完电影，大耳邀请女孩到他的单身宿舍，大耳住在13层。走到楼下，突然停电，两人摸黑爬到10层楼，女孩气喘吁吁，看到四周漆黑一片，她突然害怕起来。"我要回家。"女孩说。大耳哪肯放过，他孔武有力的双手抱起女孩急切向楼上走去，到了门口，他一边抓着女孩的手，一边开门。在黑暗中，他用力量征服了这个涉世未深的女孩。

四

大耳第二天返回渔岛，他到村里老屋看看，这座老房子是他父亲留下来的，四扇厝的地只盖了一厅一厢。石墙是用毛石砌成的，虽然用白灰勾缝，但肯定没加糯米浆，手摸上去，就有粉状的东西脱落。他哥一家住前厢房，后厢房是留给他成家用的。他爸去世早，大厅用土坯隔了一间房，他妈住。

这房间他很久没回来住过，房间里的墙面已经发黄，蜘蛛网布满每一个角落，几个新织的蜘蛛网都爬着一只蜘蛛，正在伺机猎物呢。看见他开门进来，纷纷逃离。一只老鼠见大耳进来，"吱"的一声，逃出屋外。大耳看见墙角有团干草，夹杂着棉絮，他一脚踢去，草团散了，掉落几只未睁眼的小老鼠。他皱了皱眉，拿点钱递给他哥，要他赶紧把房间收拾下。他还要到县人事局活动活动，想让县里给指标，接收他的女友，他有很多事要做。

大耳做的这些事，有什么用处，大耳心里清楚。但上海的女孩都蒙在鼓里。大耳正忙着，女孩打来电话，电话是打到大耳原单位的，大耳没接到，同事转告大耳，女孩等着回电话。大耳给女孩回去电话，电话那头没说话先哭了起来。"怎么啦？"大耳有点不耐烦地问。"我怀孕了。"女孩抽泣着回答。大耳想到结果，但没想到来得这么早。"你咋不把危险期告诉我呢？"大耳责备女孩。"你跟蛮牛似的，能听我说话吗？有时间让我说话吗？"女孩怼他。"好了，不哭了。等我回上海想办法。""天助我也！"他激动得想大声喊出来。

本来他想说服女孩及家人，让她跟自己回老家生活，但这是很难跨越的障碍。现在形势突然逆转，她怀孕了，那主动权就握在自己手里。不急，熬一熬她，像猎人驯鹰一样，饿它几天再给肉吃。

果然女孩这边急得不行，大耳不慌不忙向单位请假，说自己生病了。他回到老家，住进他哥收拾好的房间，吃着老妈煮的饭菜，童年的味道，他很习惯。闲了到村里转转，并约上儿时伙伴开船去蛇屿钓鱼，一副采菊东篱下、悠然见南山的做派。他一边装病悠哉生活，一边写信给女孩，说他很想念她，让她等着。孩子留下来，他发誓会娶她。等他身体好了，去上海找她，马上结婚。末了交代她好好照顾自己，并汇款200元，让她买营养品补身子。

装病时间也不能太长。两个月后，他如约回到上海，这时女孩已有身孕四个月，形态已经出怀。周边的街坊邻居亲戚朋友都知道她怀孕了，父母看到木已成舟，也没什么良策。就催她赶紧结婚，堵住别人的闲言碎语。大耳没有失言，他和女孩拍了结婚照，大耳西装革履，女孩一袭婚纱，看上去很般配。因女孩未到婚龄，领证只好推后。他们在上海一家高档的酒店举行了婚礼，女孩的亲戚朋友都来了，祝贺中带着羡慕，对女孩的父母来说，大耳给足了面子。

五

接下来是大耳怎么说服老婆回渔岛生活。结婚后他们暂时居住在大耳的单身宿舍里。看着老婆肚子一天天长大，他的谎言终究会被揭穿。首先，他留在上海工作，是不可能的事，他本来就是来轮岗的，而且时间快到了。其二，他的积蓄已经花光，每个月只有30多元工资，他对老婆说的一个月100多元工资怎么自圆其说。只能用苦肉计了。他连续几天在外面吃了东西，回家里就装着不想吃饭，愁眉苦脸，唉声叹气。老婆问他，他只是摇摇头，不说话。

"你一个大男人，不吃饭怎么行呀？"老婆急了对他说。

"我们现在是夫妻了，你有什么事不能说。"

他看了看老婆："说了你会原谅我吗？"

老婆点了点头。

"事情太突然了，单位领导前几天来电话，可能要提拔我，要我回去，我可能不能在上海待了。"

这话如晴天霹雳在他老婆头上炸响。

"怎么会这样？我怎么跟我爸妈说？跟亲戚朋友说？"他老婆的脸涨得通红。

"你听我说，我的前程重要，还是待在上海重要？为了你和我们的孩子生活过得更好，我不能失去提拔的机会。再说你的工作我跟县人事局也联系好了，渔岛需要你这样的大专生。"

大耳这番有真有假的话，说得老婆一时语塞。现在自己顶着肚子，不跟大耳走，生活怎么办呀。

见老婆犹豫。"要不这样，我陪你先回渔岛看看，当作一次旅游，你觉得不好，再回上海，你看如何？"

女人只好选择了他的建议。他们回渔岛时正值阳春三月，日光明媚。大海温顺，波浪不惊。海沙细白，微风拂面。大耳的女人如置童话世界中，心情大好，决定留了下来。大耳顺势领她回到老家，全家人都在欢迎她。村子半数的孩子都跑来看这个从大上海来的大美人。

晚饭是丰盛的。女人很满意，虽然是地瓜粥，但她吃得惯，她觉得比上海的泡饭好吃。吃完饭，大耳的两个小侄女端来温热的洗脚水，要帮她洗脚。她们婶婶长婶婶短地围着叫个不停，嘴巴像抹了蜜似的。她觉得很受用，被这份稚嫩素朴的亲情感动了。

到房间休息时，大耳对她说：

"我们现在暂时住这里。这石头厝可是祖宗留下来的，冬暖夏凉。它传承了几千年，以后都是古董，值很多钱。"

女人将信将疑，她觉得一切都很新鲜。

"等城关单位分房了咱们再搬到城关住。"大耳说，女人点了点头，相信男人的话。

第二天女人写了一封长信，告诉父母，这渔岛比巴厘岛还漂亮，她父母看过一些海外的宣传，知道巴厘岛，并羡慕那边的风景。还提到地瓜粥，真好吃。末了，她写道：

"请爸爸妈妈放心，我觉得这个渔岛很美好，希望爸妈春节过来玩。"让她没想到的是，她的父母过来时，正值渔岛冬天季风肆虐的时候，狂风横扫一切，黄沙飞扬，冰冷入骨。渔岛从春夏的绵羊变成冬季的野兽，令人胆战心惊。这是后话。

大耳接下来生活面临经济窘迫。从恋爱到现在，他花光积蓄，并借了不少钱。他应该怎样告诉自己的女人呢？

没钱，日子还得过。女人还是每顿有新鲜的巴浪鱼和小杂鱼佐饭，还有鱼丸汤、紫菜排骨汤什么的。但大耳和她妈每顿配的是萝卜干或小咸鱼干。女人问丈夫为什么你们不吃和我一样的菜呢，大耳就用"渔区人从小都吃你吃的这些，腻了"来搪塞。

有一天早晨，女人起床没有喊大耳，她走出房间到大厅时，听见婆婆问大耳：

"你到底在外面欠了多少钱？"

"800多元。"大耳说。

"我这有100元，你先拿着用。她怀孕了，营养不能差。"

"这是你压肚兜的一点钱，我不能要。我向同事再挪一点。"

女人进屋，喊大耳。大耳进屋，关上门。女人端坐在床，叫大耳坐椅子上。她很严肃地对大耳说：

"你刚才和妈说的话我都听到了，你在外欠了这么多钱，到底怎么回事？"

大耳扑通一声跪在地下，声泪俱下地回答说：

"我每个月实际的工资只有38元多，为了追求你，我让财务把三个月的工资打在一起，骗你说每月100多元。我平时花钱就大手大脚，积攒的钱不多，我们在一起吃饭玩乐花光了，还欠了同事一些钱，办婚礼又花了一笔钱，全是借的。积累下来就欠了800多元。"

女人听完，很愤怒地说道：

"你为什么骗我！"

"因为太爱你，怕失去你！我对不起你！"

说完用右手狂扇自己的耳光。女人用手挡住了他，伸手拉他起来。

"现在说这些有什么用。"

她边说边从墙上摘下挎包，从里面拿出钱包，里面有一张存折。她把存折递给自己的丈夫，对他说：

"这里面有500多元，是你平时给我的零花钱，还有结婚时亲戚朋友送的贺礼，我妈全给我了。你拿着，把同事急用的钱还给人家，我们以后省着钱过日子。"

大耳站了起来，一脸严肃地给女人行个军礼。

"我大耳以后会好好待你！"说完抱紧了女人，眼泪又流了下来。这次他是真哭。

六

女人从此脱下城里的打扮，穿上简单的衣裤，跟农家妇女一样帮婆婆干活。这时正值地瓜收成季节，她看到婆婆把地瓜洗净，用细擦把地瓜擦成泥，然后加水搅拌成浆水，过滤，浆水沉淀后就是地瓜粉，晒干可以卖钱。她看见婆婆把过滤的地瓜渣滓煮熟拿去喂猪。

"这不可以吃吗？"她问。

"我们这地方没人吃这个。"婆婆回答。

"我不信。"她笑着说。

婆婆以为她开玩笑，没搭理。她拿来碗筷，盛了一碗，倒点酱油，搅拌搅拌就吃开了。婆婆和大耳拗不过她。就让她吃去。她对大耳说："这样可以节省花销。"吃了一个月，她全身水肿，疲乏无力。到县医院体检，大夫说："营养严重不良，会影响胎儿发育的。"她始终不明白，猪吃了不是好好的吗？

晚上回到家，大耳对她说："以后可不要再胡闹了，不为你，也要为咱们的孩子着想呀。""还不是替你节约吗？"她娇嗔道。生下孩子，在家给孩子哺乳三个月后，大耳为他女人办理了入职手续。人事局根据她的专业，安排她到供销部门工作。

七

入乡随俗，大耳的女人就渐渐融入渔岛的生活。

时间眨眼就过去了。22年后他们的儿子小耳已长大成人，大耳给他找了几个工作，儿子都不满意。单位工作一个月就那么几个子，够不了他花销。他决定去省城发展。

他和朋友开了间装潢工作室，相当中介，接活给别人做。生意半死不活的，除了店租水电，每个月没剩什么钱。他想泡妞，可是没钱，也找不到高档次的女生，能少花钱又能找到女学生就好了。朋友就附在他耳边出了个馊主意。他点头愿意试试。

第二天是周末，他借来一辆半新的自行车，去了花海山公园。这花海山周边有好多所中专学校和高校，周末，学生会来公园搞同学聚会和游玩的。他把自行车停在公园规定的位置。选择公园门口的报刊亭蹲点，买了一份报纸假装阅读。

不久来了一位学生模样的女孩，骑车进了公园。女生背着黑色的双肩包，扎着马尾辫，戴着眼镜，斯斯文文的。身材小巧玲珑，样子很可爱。上穿白衬衫，下配一条红裙子，看上去特别单纯干净。就这个，小耳看中了这个小女生。他尾随女生看她把车停在哪里，又不能太明显地跟踪，他装着看报纸，一边看一边用眼角余光跟随女生身影。女生停了车，就上山去了，女生登着台阶往上走，小耳的眼睛就没离过她的背影，小蛮腰，那露出的小腿怎么这么白，顺着小腿往上看，尽管裙子包着臀部，但小耳能想象出无限风光。他咽下口水，只能看着她背影远去。

他现在紧要事，要把她的自行车弄坏，等候她回来，来个亲密的邂逅。他先把女生自行车后胎的气放掉，再把她的自行车放倒，用脚使劲朝车后轮猛踩一脚，车轮就弯陷了。然后把车抹起，他写了字条，内容是：尊敬的车主，对不起，我骑车不小心，撞上你的车，车轮撞扁了，我愿意赔偿。然后写上自己的名字和地址。他把字条夹在自行车把手处。他没有走远，就在报刊亭蹲着，等候女生回来。

他规划着美好的愿景：女生下山，找到自行车，看到字条，见车坏了，骑不了，想去修理，也扛不动。她焦急得四下张望，气急败坏，直跺脚。这时他出现了，告诉女生，车是他撞坏的，字条是他留的。他愿意帮他扛下山修理，修理费他负责。为表示自己的过错，他邀请她在公园旁边的咖啡厅喝杯咖啡，如果她不想喝咖啡，就请她喝奶茶。如果气氛很好，他可以给她打包几块西点，让她带回去给同宿舍的同学尝尝，对她来说不是很体面吗？然后互留联系方式……

他盯着下山的台阶，左等右等。好几次认错了穿同款服装的下山女孩。真是"误几次天际识归舟"呀！终于她下山来了，前半部戏如他所愿，女生看见自行车坏了很生气，跺着脚。他觉得时候到了，上前亮出自己的身份，这时一个男生向女孩走来。

"怎么回事？"男生问小耳。

"你是她什么人？"小耳疑惑不解地问他。

"我是她男朋友，怎么啦？"

看着这位高大帅气的男孩，小耳自惭形秽。只好扛起女生的自行车找店修理。唉，算自己倒霉，赔了夫人又折兵。小耳气喘吁吁扛着自行车，恨不得打自己一巴掌。

八

回到住处，他垂头丧气。朋友问他事情办得如何，他摇了摇头。

"你的办法不管用。"

"那你要不再去校门口挤趟公交车，那里只有一路公交车，周末上车如集市，听说小偷很多，说不定在车上你能遇到英雄救美的机会。"

"好吧，闲着没事做，倒不如去试试。"

他想干就干，这是他父亲的性格，遗传很到位。那公交车确实挤，上车的主要是学生，不管男女，都不顾体面，前拉后顶是惯用的挤车方式，同伴一起挤车，已上车的，拉着上不了车的，后面的同伴先用手推，推不动就用肩膀顶。挤上一个算一个。小耳好不容易挤上。车厢内的人前胸贴后背，伸手都难，小偷怎么偷呀。他在那校门口挤了三趟公交车，都没遇到英雄救美的机会。

但他最后一趟下车时，在公交车踏脚的地方看到一枚师范大学学生校徽。白底黑字，看看车厢，人都走光了。他把校徽捡了起来。回到宿舍躺在床上，他翻来覆去看着校徽，自己能是一名大学生就好了。可现实很骨感呀，他只念到初中毕业就不读了，不管父母怎么催他也没用。现在高不成低不就，连谈恋爱都没资本。他不想再听朋友的主意，草头军师害死人。他带着惆怅睡着了。

梦见自己牵着女大学生的手，抱着吉他一起上台演出了。演出完走到幕后，趁没人他抱着女生亲吻了起来，正兴奋着，有人敲门，他醒了，心里窝火，早不敲门晚不敲门，关键时刻来敲门。

"谁呀？"他没好气地发问。

"是我。"是他朋友。

"这两三天公交车发生什么故事吗？"

"没有，我不想再听你的馊主意，没一个能落实。你走吧！"他忿忿地说。

他不想给他开门，想继续睡，把刚才的梦接上去。可是再也睡不着。突然灵机一动，何不买把吉他，戴上校徽去露一手，或许能遇到美女。不得不佩服，在情商方面，真的有遗传，且青出于蓝更胜于蓝。小耳就是这样的人。说干就干，他到旧货市场逛了一圈，把自己武装一番：一个土黄色的旧书包，5元；买不到吉他，他买了一把小提琴，音板都摔裂过，大概是破四旧时被红卫兵砸的，他花了10元。他用手拔拉了一下琴弦，还有声音，管它好听不好听，有声音就行；又买了一件旧的米黄色上衣，一条磨损很厉害的黑色旧便裤，一双鞋后跟磨损一半的学生鞋，花了25元。合计40元。然后他去理发店剃个学生头。周末他仍然选择去了花海山。

这次他选择半山腰的路边上，这是没有自行车的学生来花海山的必经之路。他放下旧书包，在胸前别上师范大学的学生校徽，把小提琴提起来，架在左肩膀上，头微斜，把腮帮靠在琴的腮托上，右手拿琴弓，把弓毛靠近琴弦，吱呀吱呀地拉起来。他的眼光不在琴上，滴溜溜地打转环顾四周，见有女生来了，就拉得起劲。有几个女生路过，在他面前扔下5分1毛的钱，他赶紧捡起还给人家，嘴里说道："谢谢！我不是卖艺乞讨的，还给你。"

第一个周末，没有奇迹发生，第二个周末，还是没有。第三周末，奇迹出现。有句话怎么说？机会总是留给有准备的人。这不，机会来了。有个女生，是大学文学院的，每个周末都路过这条路，到对面一家打印店，兼职帮店主刻蜡版、印刷，赚点零花钱。她虽然也是农村出生的，但人长得很白净，身材高挑，五官端正，特别是她牙齿，整齐匀称，洁白如玉。她自己从小读书就很用功，就是现在网络上说的"别人家的孩子"。看上去就是一个好学、上进、朴实、单纯的女生。她每次路过，都看见小耳，看上去这男孩很朴素，很用功，遇到人，还带着羞涩。她对这样衣着朴素又刻苦的男生不反感。第三个周末她路过时，在他面前驻足。她看清他的校徽。是校友呀。

"你是艺术系呀？"女生问。

"是。"小耳回答。

"怎么会在这边练琴呀？学校有琴房呀。"

"我考的是声乐，老师说要懂乐器，我就选了小提琴，以前我没摸过小提琴，在琴房练，怕同学笑话，就偷偷地跑到这里练。"

说这话时他心怯怯，很害羞的样子，他挠了挠后脑勺，像小孩做错事似的。这表演天才，不去演戏都可惜了。女生听了却很受用。

"我是文学院的。"第一次接触，他们互留了地址。第二次见面，是小耳写信约女生的，在校外的咖啡店。小耳给她细聊了很多渔岛美丽的风光和趣事：

大海退潮时站在岛屿上能看见很多海豚，它们会向游客讨要东西吃，不惧生人。还可以到蛇岛看磷光雨点，跟流星雨一样。还有蓝眼泪，是神奇又凄凉的传说……

一个文学院的女生，浪漫是她们身上的特质。这么美好的地方，她想去看看。

"这样吧，过几天就放暑假了，我爸单位的车刚好送货来省城，我们坐他单位的车回去看看怎么样？"

"好呀。"女生答应他的邀请。

车到渔岛，小耳把女孩安排在渔岛最好的宾馆，且是海景房。站在房间的落地窗前，能180度看海景。第一天晚上，吃完海鲜，小耳很绅士地把女生送到宾馆房间门口，嘱咐她好好休息，就回家了。

第二天上午小耳接女生去了岛上的几个景点，下午借了一艘船去了附近的龟模屿、金屿仔、蹋屿和蛇屿。女生想看蛇屿的磷光雨点，小耳说：

"晚上住在岛上才能看到。有的是机会，下次你来，我们住岛上，让你看个够。"

女生想看海豚，小耳说："海豚像候鸟，有洄游习惯，要再等两个月才能来。等来了再陪你来看。"

"那蓝眼泪呢？"女生紧追不舍。"明晚陪你看，要晚上才看得见。"小耳答应。

船工也附和着小耳刚才说的那些话。到了金屿仔，太阳未落山，晚霞映着海水，一片金光闪闪，很是庄严神圣。女生上岛摸了摸那条嵌在岛岩中间的金腰带，然后双手举过头顶，弯腰90度，对着金腰带深深鞠了一躬。离开时，太阳落山，把余晖收回，金腰带渐渐暗了下来。

"它等我们来的。"女生欣喜地说。

她感到很幸运，也很开心、满足。今晚小耳安排了海鲜烧烤。叫来几个儿时的伙伴，点了鱿鱼串、墨鱼蛋、响螺、巴浪鱼、过盐晒干的小白鲳、章鱼脚、墨鱼干，配着黑啤，喝得很嗨。

晚宴结束，他把女生送到宾馆房间门口，仍然很绅士，向她道别，就回家了。第三天中午，他租了遮阳伞，两条躺椅，一张桌子，还准备了可乐、汽水、西瓜。买了两条浴巾、一套女性泳衣、一条男泳裤。他俩换上泳装，躺在躺椅上，小耳对女生说：

"我喜欢渔岛的风光和生活，毕业后，我不一定找单位工作，想注册一家旅游公司，买两条汽艇，再搞两个热气球，把旅客送到海面上兜风，送到高空中看海，再在各岛屿搞民宿，让旅客体验渔岛的夜晚，看星星、看月亮、吹海风、听海声、看磷光像雨点飘落……"

女生听得很入迷，没想到小耳还有这抱负，这口才。

"你呢，愿意的话可以加入这团队，搞策划，写软文，推广旅游事业。收入肯定比单位工资高几倍。我不要你投钱。你只等分红。"小耳信誓旦旦地对女生说。

女生听得心旌荡漾。"真的吗？"女生很认真地问。

"真的。"小耳伸出手，让女生也展开手掌，他击响女生的手掌
"我们击掌为定。"

"那我投入什么？"女生有点害羞地问。

"人！"小耳回答。

随即把女生从躺椅拉起，往大海跑去。女生是个旱鸭子。她出生山区农村，以前有在池塘里扑腾过，但在大海里扑腾她是第一次。小耳人高，女生抓住他的手臂往深水区走去，突然小耳潜下水去，女生没有了依托，慌张中人浮了起来，脚尖落不到海水底下的沙滩。她惊恐万状喊救命。小耳从水里站了起来，她紧紧地抱住小耳。小耳顺势把她揽在怀里，环抱她的腰，把她托起来。

"逗你的。"小耳哈哈大笑。

"你好坏。"女生惊魂未定看着他说。

专家说："年轻男女的肌肤接触是情爱从量变到质变的转折点。"管他这话有没有依据，我们的主人公的情爱至此黏合在一起。

回到宾馆，女生开始冲澡，把海水咸分去除掉。她刚穿好睡衣，小耳就来敲门。

"我也想冲个澡。"

女生没有拒绝。从浴室出来，小耳只裹条浴巾，他帮女生吹头发，女生顺从他。他突然从后面抱住她，她没有反抗。8个月后，小耳领着5个月身孕的女生回到奶奶家，告诉奶奶说：

　　"这是我媳妇。"奶奶喜笑颜开。

　　"还早着呢。"女生打了下小耳的手，转身走向奶奶鞠个躬。

　　"奶奶好。"

　　"我说不可以，你说就可以了？"小耳反打一下女生的手，怼她。

他们又到城关见了小耳的父母。大耳老婆把大耳叫进屋。

　　"都是学你的。"大耳笑着不语。心里想说：这小子，有点能耐。

卖 油 翁

一

在我家乡的村东头，有座石头厝，厝里住着一户人家。看石头厝的模样，是祖上留下来的。虽然房子不大，但石墙是用方整的青石砌成的，勾缝用的也是加了糯米浆的壳灰。但勾缝的壳灰已经斑驳，有的线条已经脱落。几根稀稀落落的杂草从墙根里长出来，墙根的青石面上布满了绿苔，看来有些时候没有人清理了。

同是石头厝，没钱人家基本用乱毛石砌墙。乱毛石不规则，取其一面平就行，虽然费工大，但山上有现成的，只要你有力气，用胶轮板车拉回家就是。

话说青石墙的主人，姓霍，名晓天。曾是个乡绅，做腌鱼生意，并在城关开了一家盐铺，一家金银首饰店。生意兴隆时，店门前车水马龙的，好不热闹。海岛解放前，国民党73军败退台岛，路过我家乡的城关，俗话说：兵过篱笆损，国民党兵把城关一条街洗劫一空，霍家也不例外。

霍老爷子就这样一病不起，到他祖宗那领了盒饭。霍家的这座祖宅就分给他的四个儿子。霍老爷子一生娶过两个老婆，他的原配给他生下三个儿子。二老婆原是原配陪嫁丫鬟。人长得不怎么样，但这丫鬟嘴甜，手脚勤快。老爷子背痒了，她给他挠痒痒，腿脚酸胀了，给他揉捏推拿。一来二去，就和霍老爷子睡上了。怀孕时，这老二很能吃，像老鼠掉进米缸里。尤其喜欢那卤猪脚，嘴巴就没停过。分娩时，胎儿太大，又是头胎，就出不来了。那年代没有剖腹产，有钱人也多数叫本地的接生婆，折腾了半宿，孩子才出来，大人和小孩的命都保住，但孩子的左脚和左手落下了残疾。

霍家除了城关的店铺，村里原本有些田地，老爷子病倒那两年，把世事看透了，把这些土地的一部分给他的佃户，一部分卖了钱治病。剩下的分给自己的儿子们，地也不多，仅能养活家小。海岛解放后，土改队来了，根据现有的状况，给他的几个儿子评了中农的身份。国民党兵的洗劫让他们躲过一劫，不然妥妥的富农身份。遭受的待遇可能不会比旺海好多少。

霍家的这4个儿子，有三个都搬出祖宅，到各地谋生去了，留守祖家的是排行最小的霍老巴。他就是老二所生，左脚发育不良，走路有点瘸。但不影响挑肥担水。左手也不怎么灵光，手腕僵硬，动作有点笨拙。土改时他才20出头，村部把全村的羊拢在一起，交给他放养，他就靠放羊挣工分，换口粮过日子。

到了30来岁了，找了本村的一个姑娘成家了，这姑娘还是个黄花闺女，身体四肢也周全，模样还行，就是说话不太利索，我们叫她大舌头。脑瓜子也有点糊，见到人，总是傻傻地笑，不知道她笑什么。

60年代末的乡村，晚上很热闹，批斗会一场接着一场开，我们这些大小孩就是负责会前、会中、会后喊口号。霍老巴的活是大队指派的，就是负责提着铜锣沿村里绕一圈，一边敲锣一边喊："开会了，开会了。"除了敲锣通知开会，点汽灯的活也是归他干的。那时农村不通电，开大会用汽灯，算是高科技。我们好奇，想弄，霍老巴不让弄。我们只能站在旁边看着眼馋。

他把纱罩戴在喷油口，然后使劲地往煤油罐打气，通过高压把煤油变成气体，打开阀门点燃纱罩，在高热火焰中发出白炽光。处在黑暗中的全屋人都哇地叫起来。那亮度不输于现在60w的白炽灯，他虽然左手不灵便，右手点亮汽灯却行云流手，不带停顿的。点好汽灯要挂到梁上。他让我们帮忙，我们不干。他自己用右腿把一条高长凳勾到身边，又勾起一条矮凳，这样与桌子形成了三级台阶。他手脚并用蹬上桌子，把汽灯牢牢挂在梁上。下来时嘴里嘀咕着："点汽灯是技术活，教你们也不会。哼！"

我知道，他要的是灯亮那一刻，屋内人的欢呼声。看那神气，他一辈子的骄傲只在这里满足过。

二

霍老巴生了一女一男。这对儿女，都像模像样，霍老巴因有残疾，不能讨海捕鱼，就少了一份收入。他只能干些农活，再勤奋也满足不了四张口。他老婆又有病，年轻时就经常发作癫痫病，发作时很吓人，口吐白沫，四肢抽搐，喉咙像鸡噎到了东西发出的怪声音。随着年龄增大，发病次数就越来越多，长年吃药要花钱。一双儿女未成年，不能当作全劳力。

到70年代末的那一年，村里的土地分到每家每户，土地是按在籍的户口分的，他家四口人，分了几亩旱地。分散在不同的地块上。海岛土地很珍贵，闽地山多地少，人们常说八山一水一分田是不假的，尤其沿海地区土地更少，他用两亩地种上了花生，其他地种地瓜。花生收成好坏看底肥，它生长过程中不施肥。底肥足，收成就好。

霍老巴养羊是把好手，"文革"结束后，政策放宽了，允许养家畜，他养了两只羊，积下一年的羊粪，把羊圈堆积得很高，他全把它起出来，用板车拉到自己的地上，隔开10多步码一堆，把周边的沙土与羊粪搅拌在一起，形成土堆，用锄头把土堆从中间扒开，再从旱厕中挑来人粪尿，灌在羊土堆里，就成了混合底肥。过了几天，等人粪尿被土堆吸收了，用铁锹把混合肥料均匀地铺在地面上，再用犁铧翻成畦，就可以把花生种上了。

干农活时，女儿是个好帮手。这年他女儿已经16岁。到了8月，是花生收成的时候，这年雨水很充沛，底肥又足，收成格外的好。颗粒饱满，瘪壳的很少。扬去瘪壳，两亩地共收成500多斤，他留下100斤做种子，剩下的400多斤都拉去榨油。当年的小油坊技术，每100斤花生只能出油20到30斤。有这100来斤油，卖了钱，生活就有希望了。

当年上好的花生油1斤能卖1元钱，是一笔很可观的收入。他掰着手指头在心里分配这笔油钱：去年老婆生病吃药打针，累计向亲戚邻里借了30多元，这钱是要还的。还得留点钱给老婆治病，她吃的药一天也不能停。她女儿已经长大了，还和她妈换穿衣服，眼看霜降就要来了，俗话说白露秋分夜，一夜冷一夜，何况霜降。可她现在穿的还是她妈的夏衣，肩上都拉纱了，露出内衣的肩带。后背腰处破了一个洞，都见肉了。

他心疼自己的女儿，长这么大了，没给她买过一件像样的新衣服，她穿的衣裤都是地摊上的便宜货。他现在的农活都是女儿帮着干的，老婆下不了地。他承诺女儿等卖了油给她买件新衣服。这老房子年久失修，下雨时常漏水，年底得找个日子请瓦工来修一修。另外女儿长大了，再也不能跟13岁弟弟一张床睡，他想把自己和老婆睡的房间挤一挤，给女儿隔出一间房。这些都需要花钱的。老婆也很多年没有买过新衣了，儿子也嚷嚷过几次了，说他的衣服裤子跟不上身子长大，短了一大截，同学们都笑话他。唉，卖油的钱就这么多，可花钱的地方多呀。

三

卖油的那天，节令已过了霜降，寒意悄然弥漫。霍老巴的女儿一夜都没什么合眼，她妈从前年开始，癫痫发作的次数越来越频繁，去医院看过，也吃了药，总不见好。前年的一次农忙，她妈一个人在家里，突然癫痫发作，差点儿把自己的舌头咬断。从去年开始，她妈就卧床不起，家务活就全落在女儿身上。

明早她爸要去卖油，扁担两头，一头挑着全家的希望，一头挑着丰收的喜悦。她怕睡过了头，她爸上城关晚了，占不到卖油的好位置。她刚睡着，就惊醒过来，起床推开窗户，看看天色，觉得还早，又睡着了。她梦见她爸给自己买了件荷叶绿的新衣服，又漂亮又合身，村里的女伴们都羡慕得不得了。

梦中醒来时才四更天，她再也睡不着，起床给她爸煮了地瓜粥。从陶罐里倒出一碟小鱼干，这是留着平常来客时煮面条用的。又从腌缸里掏出一把去年自家腌制的萝卜条。她把萝卜条洗干净，切成方糖大小的块，把锅烧热，下油，把萝卜块炒热。灶台上的油壶昨天刚灌满，有2斤多，是她家一年用的油量。她倒油时，洒了几滴油在手指头上，她把手指放嘴里吮吸干净。又发现有几滴油洒在刀面上，她又拿起菜刀，伸出舌尖把几滴油舔干净。花生油在她口腔里停留许久，她才慢慢地咽下去。

"真香呀。"她自言自语。她很想喝一口，那是怎样的感觉？她闭上眼睛享受着。长到16岁,都没这机会。但她心疼油,心疼父母的辛苦。她把想法按下去。饭菜都好了,她叫父亲起床吃饭,自己回里屋去了。"月月,你出来。"这是她父亲的声音,带着愠怒。霍老巴的女儿叫霍晓月,小名月月。听到爸爸叫她,晓月从里屋出来问她爸:"怎么啦,爸爸?""你这孩子,这萝干一洗不就可以吃吗?还下这么重的油炒?你以为油是井水呀!"霍老巴用筷子指着女儿说。"我女伴说,她家的萝卜都是用花生油炒的,很好吃。我们家不是刚榨的油吗,我就放点油炒了。"晓月嗫嚅着回应。"你又不是不知道咱家的情况,你忘了你妈是怎么用油的?"老巴老婆炒菜时,只用春节留下的一块咸肥肉,锅热了,用筷子夹起这块肥肉,往锅底一刷,就算下油了,一块5两重的咸肥肉,能用大半年。"爸,对不起!"女儿的眼角湿湿的,她知道自己错了。"以后不敢这样了。"她说。

她一边擦眼泪,一边为她爸准备卖油的油桶、油提子和油漏子。那时候的油桶是用马口铁铁片焊接成的,油桶的正中间留着圆孔,孔上用铁盖子罩紧。取油时掀开铁盖子,用油提子把油取出来。倒进油漏子,油漏子插在买方装油的容器上。油桶容量有大有小。这天霍老巴用了两个大号油桶装油,家里没有大秤,不知道多少斤,反正装满两桶油,家里油缸100斤出头的油,差不多见底了。

四

他推开家门看下天气。下弦月还挂在天上,有云朵飞过,半乌半白的,飞得很快很低,弯月一会儿被遮住,一会儿又出来,显得很无奈。不会下雨吧,他心里想。他又用手摸了下门口的篱笆,篱笆上铺着一层厚厚的白霜。他回屋犹豫片刻,决定出门卖油。新出的花生油，是用明火烘熟后榨出来的，油坊出油时，百米以外都能闻到香味，城关人哪有不喜欢的。这么好的油应该卖得很快，早出手早得钱，许多事都等着钱用呢。

他挑着两桶油出门了，转过自家的墙角，一阵寒风扑面而来，都说南方的晚秋比北方温顺，但渔岛的风带着寒气，今天出奇地冷。他是穿着渔袄出门的，出门时她老婆怕他受冻，把自己那条褪色的围脖交给女儿给他围上，但他还是觉得有点冷。挑着这么沉的担子，走一段路就暖和了，他想。

这么早出门的，还有几个去城关买肥的同村人，他们扁担两头挂的是空桶，轻松地从他身边超过。村道两边是一大片田地，昨晚刚下过一层霜，白乎乎的，一阵阵风刮过，掀起地上干燥的花生藤，上下起伏着，像等待出击的伏兵。一阵阵沙沙作响，此起彼落，听了让人心里发慌。从村道转入通往城关的公路，换肩时他一个趔趄，要不是及时收住脚，就摔倒了。他吓出了一身冷汗，赶紧把担子放下，原来昨晚的风吹断路边树的枯枝，掉落地上，枯枝不大，但自己挑着重担，脚抬不高，就这样绊着了。想想都害怕，心跳扑通扑通地响，紧张让他的口干得很，后悔女儿要他带水，他自己不要。他把油桶检查了一遍，摸摸桶盖，没有油泄出。他舒了一口气。不能歇息太久，他想赶在天亮时到城关，占个好摊位。

紧赶慢赶，他喘着气，毕竟自己已五十开外的人，挑着这100斤出头的担子，有点力不从心了。何况左脚有点瘸。走到一半是十字路口，天渐渐地亮了，行人也多了起来。这里有个村落，名声不好，占着村子大，人口多，宗族势力强，常干些欺男霸女的事。每一次路过这里，他都小心翼翼的，担心碰到不讲理的人。

正想着，突然一辆手扶拖拉机从村子里闯出，车斗装着木材，码得很高，木材是横着堆的，比车斗宽出很多。车速很快，老巴想躲，来不及了，急转弯时，车斗前面的木材把老巴横扫在地，车轮从他的左边小腿碾过，扁担也撞飞了，两个油桶重重地摔倒在地上，油桶盖被弹开，油倾泻而出。那辆手扶拖拉机扬长而去。

被撞的那一刻，老巴昏死了过去，路人摇醒了他，他顾不得钻心的痛，哭泣着叩求路人："不要管我的腿，求你了，把我的油桶扶起来。"他用手捶着胸口，嘴上哭喊道："我的油呀，我的油！"他的小腿断了，能看见骨头，血从伤口汩汩冒出。他拖着断腿向油桶爬去，想拿起油提子舀地上的油，但那个年代的公路都是沙土路，油很快被沙土吸干。他腿上的血与油渍混在一起，染红了身下的沙土路。他不知所措，嘴上不停地哭喊着："我的油呀，我的油！"幸好同村人买肥回来时发现了他，撕下他的裤子，撕成布条，扎紧大腿处，血才慢慢止住。又来了一位同村买肥人，见状放下粪桶，跑回村子，告诉了他女儿，晓月一边哭着一边去找远房亲戚，这个亲戚就是当年老巴父亲把地分给佃户的后代。他们借了一辆板车，把老巴拉回家。

我当时高中毕业回乡务农，老巴被拉回家时，我妈让我去看他。我到他家时，围着一群人，大家七嘴八舌，不知怎么办好，断骨在膝关节边，且骨头穿肉而出，若膝关节受损需要置换，当时县医院对这样的手术还不成熟，要到省城医院医治。老巴躺在床上，用手拍着床沿，嘴里一直喊着："我的油呀，我的油呀！"他老婆和女儿也是一把鼻涕一把泪，用眼神向大伙求救。

我想起了边防驻军。

"赶紧找村大队长，跟驻军联系。"我对当年那个佃户的后代说。很快边防驻军就开来了一辆吉普车，随车来位医生，对伤口做了简单的处理，大家把老巴抬到后座，那个佃户的后代陪他连夜去了省城部队医院，医院当夜给他做了手术，救回一条命。边防部队首长让大队支部写了申请减免医疗费用的报告，说明老巴家里的困难状况，盖上红公章。部队医院经上级批准，同意大队部的申请。老巴的腿保住了。可老巴哭喊的那句话"我的油呀"，我却始终挥之不去。我常做梦，被这哭喊声惊醒。

牛倌

一

我家落脚的这个村子，有个牛倌，姓林，名依忠。他本是岚山村人，该村的祖辈曾在朝廷为官，因被诬陷，锒铛入狱，他的两个儿子被义士搭救，逃到渔岛避难，这是800多年前的事。

当时的渔岛没有交通，除了鸟迹没有人踪，是真正的天涯海角，避难居所。天高皇帝远，林家兄弟不再担惊受怕，日子过得平静安然。后来慢慢发展成一个村落，人多了，就往外迁徙，林依忠就来到我们的村子里。

论时间，他应该比我家更早落户这个村。他年轻时应该很魁梧，现在40多岁了，腰板还很挺拔，五官轮廓分明。他的左手食指和中指都少了两截。讨海是手脚齐全的男人才能干的事，卖力气的活，他干不了。大队部就把几头牛交给他放养，他就成了牛倌。他住在一座石头厝里，白天不锁门，晚上也不锁，也可能他买不起锁，也可能家里没什么值钱的东西，不值得锁。他姓林，我姓李，都是这个村子的外来姓，所以他不欺负我。

再说论年龄他应该算是我叔辈了，又没什么利益关系，所以我喜欢接近他。他为什么落户在我这个村？我家是因为穷，没地方容得下，才向别人租间破屋暂时栖身的。他不是，看这石头厝是自家的，且外墙面勾缝多次斑驳，房子应该有点历史了。我不敢问，也不想问。

那时我才15岁，这年龄段的男孩的好奇心，不在他石头厝里，而在他的断指上。

看断指切口，不像被石块砸的或夹的，也不像是先天生下来就有的，是齐刷刷断的，而且两个断指一样齐。对，应该是斧头砍的或菜刀切的……

想到这，我的毛孔竖起来，他不会是坏人吧，杀人越货？海盗卧底？我那时看过我二哥买的一本书，书中就有这样的人，刀疤脸，独眼龙，做老千被砍掉一截手指头。我不敢再往下想。越不想，越想，越好奇。实在憋不住，就跑去问同村一位老人。他听后叹了口气："都是械斗惹的祸！"他说。

"什么是械斗？"我问。

"你还小，不懂咱们村子里的历史呀！械斗就是我村与邻村为了争利益，互相拿着棍棒、扁担、锄头、铁锹、斧头、菜刀进行大规模的武斗。解放前有，解放后还有，政府也阻拦不了。"

原来，我村与邻村的宿怨解放前就有过，曾经有过好几次的大小械斗，输赢无定，从未间断。

50年代的这次械斗是因一头母猪引发的。我们村一头母猪发情了，跳出猪圈钻进山林。当时的后山与邻村相连。满山的相思树，密不透风。大队部也叫了几个年轻人上山找猪，三番五次都没找着。当时集中吃大锅饭，猪是集体的。该死的猪在山上没什么东西吃，就趁着夜色下山吃了邻村的地瓜，连吃带拱，一个晚上糟蹋一大片。连续一个月，拿猪没辙。邻村人后来就设了陷阱，把猪逮着了。我们村里知道了，就去要猪。这猪有记号，当时各家各户的猪被大队部收拢起来集体饲养，都在猪臀上打过我们村的火记。领村人也知道，就是不还猪。

当时猪还在陷阱里，一只猪脚被铁夹夹断了，皮筋还连着，往外淌血。它往死里叫，以为主人会先救它，猪脑子哪里晓得。双方都是小伙子，火气旺得很，哪管猪的死活，争着争着就打起来。

邻村的小伙子口出狂言："别说是母猪，就算你们村的女人落到我们手里，也别想干干净净回家！"

我们村那天只去三个年轻人，挡不住邻村人的殴打，很快三个年轻人脸青鼻肿满口鲜血跑回村，并把邻村的狂言说了一遍。太欺负人！这是导火索，全村人的心火一下子被点燃。因为这事之前，就因避风港停船事件争斗过多次。

生活在海边的人都知道，船是渔民的一切，是生活的依靠。在我们村有个金屿仔，在东北方位，邻村和我村曾共同出钱出力修了一道堤坝，用来防风的。特别是台风来了，两村渔船有个停泊的地方。解放后，政府又出钱修堤，把它加宽加大。堤坝加长了，渔船也多了起来。泊位越来越紧张，这种情况跟我们城市小区停车场一样。于是就出现占位霸位的事。

邻村占着人多势众，渔船还在海上，就用缆绳把避风港的泊位圈起来，我村渔船先进港却停不了船。双方先动嘴，再动手。后来就发展成数百人的械斗，而每次，邻村都占上风，因为他们村大人多。这次抢猪事件再次把械斗摆在面前。大队部挡不住村民的愤怒，也说服不了村民。

于是大队部就推林依忠出来。

二

林依忠知道情势的难堪，已经被对方逼得没有退路了。但他已想好对策，不斗则已，要斗就要给对方一个难忘的教训。他吩咐手下骨干，去搜集祖辈留下的藤牌。能收集多少算多少。藤牌，是戚继光抗击倭寇时发明的一种御击两用兵器，是盾牌的化身。老藤编织的藤牌，坚韧并富有弹性。远攻，敌方的火统射出的铁砂，石子打不透它；近攻，敌方的长矛也刺不透它。戚继光训练的藤牌兵屡创倭寇，所向披靡。

林依忠的故乡曾是戚继光驻军的练兵场，有过光荣的历史传统。村民骁勇善战，保家卫国，个个义薄云天。直到解放后还保留藤牌演练习惯。林依忠走出家乡前就是藤牌操练的业余总教练。

他现在共收集40多面老藤牌，挑选了50个年轻力壮的小伙子为临时的藤牌兵。藤牌不够，临时用竹片编织，满足人手一个。

藤牌兵操练，主要在脚步。鸳鸯步、鸟仔跳是基本功。然后是队列，要灵活多变机动，攻防节奏明快。林依忠要求藤牌兵弯腰近战，左手持藤牌，右手持带弯钩木棍。上防对手扁担棍棒，下击对方小腿胫骨，也叫"脚连骨"，这是人体下肢最脆弱的地方，也是人体痛感最敏感的地方。一击对方倒地，不倒再击，用钩头把他拖倒。但不要伤及生命。

双方械斗时，林依忠训练的藤牌兵果然厉害。打得对方鬼哭狼嚎，满地找牙。他们发誓，抓住林依忠，要把他碎尸万段。

当天晚上，有一个由我村嫁给邻村的妇女跑回家告诉她侄子。说邻村有几个野蛮的年轻人受不了这种窝囊气，想砸开本村民兵枪械仓库，要持枪再次与我村械斗。

当时的情形是：为防止台岛反攻大陆，沿海各村都组织民兵，配备枪械，随时应战。民兵都按正规部队编制要求参加军训，并实弹射击。这还了得。大队部得到消息立即给公社人武部打去电话。人武部派人看管了枪支。但邻村并没有消除气焰。

这时林依忠站了出来，他想一个人到邻村祠堂和解这件事。

他对我村大队长说："事由我出，就由我自己去担当。反正我一个人无牵无挂，对方真把我砍了，又如何！"

他去了，祠堂里站满愤怒的人，个个摩拳擦掌，想把林依忠生吞。林依忠站着对领头说："我今天一个人来，不是来挑事的，是来求和的。大家都没忘记清代张英六尺巷的故事吧，千里送信为院墙，让人三尺又何妨。万里长城今犹在，回头不见秦始皇。你我都在这块地面生活。"依忠用手指了指地面继续说："将来我们的子孙还要在这地面上生活。为了一点利益争斗，冤冤相报，对子孙不是福报，是灾难呀！"

"废话！你以为这三言两语就能把事消了？做梦！"从墙角传来一声怒斥。见一个年轻人，一瘸一瘸地走过来，看起来是被昨天的藤牌兵击伤了腿。他走到林依忠面前，"呸"的一声，把一口浓痰吐在依忠的脸上。

依忠用手把浓痰抹去，单膝着地，双手抱拳说："若我村子有做什么对不起你们的事，我向各位道歉了。"说完准备离开。这时几个小伙子冲过来，按住他。"你训练的藤牌兵昨天把我们的兄弟打成这样子，今天不留点东西，你别想走！"林依忠甩开他们的手，伸出左手的中指和食指，指向空中："我林依忠今天发誓，我不再介入械斗，也不会再训练藤牌兵。"说完，迅速拿起他们放在门后的利斧，把自己左手的食指和中指放在香案桌角，挥斧落下，血溅香案。他抓起一把香炉的灰烬，按在断指上。对方看着地下的断指，鸦雀无声，让开一条路。林依忠握着伤手，挺着腰杆向我村里走去。

过了几天，对方派人到我村大队部，商量双方互相赔偿受伤村民的事，但有一个原则：一切医疗费以公社保健院或县医院票据为准。船的泊位按早到早停顺序排位，谁也不能占着茅坑不拉屎。那头猪已被对方吃掉了，就算对地瓜地损失的赔偿。双方握手言和，从此和睦相处。

三

日子就这样相安无事地过着。林依忠手指伤口好了，也不能再去讨海。他除了放牛，自己也干些自留地的农活。

一个大冬天，他天没亮去城关挑粪，走到村口，看见一个穿黑衣的人影从他身边跑过，好像是个年轻的女人，没看清她的脸。还没等他回神，就听到路边传来了嘤嘤的啼哭声。声音很小，他起先以为是小猫的叫声。上前低头看清了，原来是个婴儿，里面裹着一层婴儿服，外面用一件花棉袄包着。他把婴儿抱起，解开自己渔袄的扣子，把婴儿揣在怀里，赶回家。解开衣服，是女婴，脐带还没掉呢。在花棉袄的衣袋里，他发现了一张字条，上写："谢谢好心人收养我女儿，孩子出生年月某年十二月初八。"再检查四肢没啥毛病，可父母为什么要丢弃她呢?

孩子还在嘤嘤地哭着，不知是冷还是饿。他把家里的一个大竹篮擦洗干净，篮底铺上自己夏天穿的半长短裤，把床底下的一床旧棉胎拿出来剪成几块，拿一块垫底，一块当被子给孩子盖着。他接生过牛犊，但侍弄这么小的婴儿还从来没有过。安置好女婴，他要给她弄吃的，从发现她到现在都好几个小时了，不吃东西她会饿死冻死的。但家里除了地瓜、地瓜片，还有几碗米，其他什么都没有。

还好同村渔民讨海回来，他向人家要了一条不大的乌鲳，麻利地杀了鱼，熬成浓汤，他用汤匙轻轻碰下她小嘴，她就张开小口不哭了。他小半勺小半勺地喂她鱼汤，这孩子不嫌鱼腥，一口接一口地喝了。喝饱了抿着小嘴安然睡去。他用草纸给她擦去脸上的泪滴，可怜的孩子，这是一条命呀。

邻居们都劝他丢了这婴儿，哪儿捡的放哪儿。养一个孩子不像养牛仔，孩子需要钱供养，还需要人待弄。"你自己养活自己都困难，一日三餐有上顿没下顿的，你拿什么养呀？"领居大妈找上门来劝说他，"再说，你出门放牛，孩子放哪儿呀？"依忠不听，他要把孩子养下来。他也不怕别人的闲言碎语，不怕别人说他养女孩成绝户。等女儿养大了，出嫁了，他也就无牵无挂地走了，绝户不绝户有什么关系。他本来就无儿无女，以为这辈子就这样孤独着过，有了新生命做伴，是缘，是命，是福呀。他就是想体验一个小生命的成长过程。

他给女儿取名含晓，小名"小小"。他把自己一辈子的积蓄拿出来，三顿给女儿喂鱼汤，喂地瓜泥。有了女儿，他把自尊放下，向村人要些孩子不穿的旧衣服，洗洗、晒晒、剪剪、缝缝。他学会了针线活，给女儿做合身的衣服，尽可能让她穿得干净些，体面些。白天放牛，他把孩子背身后，下雨时，他穿蓑衣，把孩子贴胸前。他学会识草药，孩子头疼脑热了，也知道拿了草药熬汤喂孩子。这小孩也乖巧，多苦的药汤都能喝下去，发发汗就好了。

渐渐地孩子长大了，能笑了，长牙了，能爬了，能蹒跚学步了。老人感到从没有过的欢乐。小小5岁那年，依忠生了一场病，三天滴水未进。

5岁的小小已经能煮饭了，她跑去邻居刘奶奶家借了5个鸡蛋，把自己的衣服前摆掀起来，把鸡蛋放上面，走回家的路上遇到村里最坏的男孩刚刚，故意打她的手，鸡蛋全摔破在地上。刚刚还用中指羞辱她，说她是没娘的孩子，是笨鸡，是蠢猪。她一边哭着，一边蹲下去把地上两个完整的蛋黄用小手轻轻托起来，放在手心里捧回家。煮好蛋黄她盛在碗里，把沾在蛋黄上的沙粒和草根一一挑出来，端给爸爸说："是我自己不小心把鸡蛋打破了，对不起！爸爸。"她只字不提刚刚打碎鸡蛋和骂她没娘的话，怕爸爸伤心。

过一会儿刘奶奶又送5个鸡蛋过来看依忠，告诉了依忠真相。

　　"是我亲眼看见的，这该遭天谴的刚刚，太坏了！欺负人！"
刘奶奶愤愤地说。依忠把女儿抱在怀里，抚摸女儿的头发："想妈妈
了？""嗯。""哇"的一声，女儿突然大哭，"爸爸，妈妈什么时候
能回来？"她曾经问过依忠："别人都有妈妈，我妈妈呢？"依忠告诉
她："妈妈去很远的地方打工去了，等你长大了，她会回家看你。"

　　依忠看着女儿，想起去年小小住院，那次她又吐又泻又发高烧，依
忠把她送到公社保健院吊瓶，迷迷糊糊中，小小突然抓住护士的手，嘴
里含糊喊道："妈妈你别走。"想到这些，这个铮铮铁汉流下泪水，滴
在女儿头上。"爸爸，你怎么啦？""爸爸去帮你找回妈妈。"他仰头
看着屋顶，喉结滑动，他把泪水咽进肚子。

　　林依忠认识一位文化人，现在在报社工作。他写了一封长信给这位
朋友，要登报寻找小小的妈妈。这位朋友答复他可以。他写了捡小小的
地方和时间，留下自己的联系方式。打电话给报社的电话很多，但都对
不上那张字条上的小小出生年月日。半年后报社朋友写信给他，说是海
外的一位女士打来电话，说出小小的出生年月日无误。又过了两个月，
这位女士要求见面。为不影响孩子，报社朋友陪这位女士单独见了林依
忠，见过当年的字条，这位女士泣不成声。

　　她说当年大学毕业后被分配到渔岛工作，恋上一位当地的男生，
并偷吃了禁果，怀孕了。她父母在海外，死不同意。在男友的亲戚家偷
偷生下女婴后就让亲戚放在村口，希望好心人收留。这几年她到国外，
一直在打听女儿的信息。"你是我女儿的救命恩人。"她说着就要给依
忠下跪，依忠赶忙扶起她。她希望见女儿一面，当面相认。她考虑依忠
收养小小这么多年，相依为命。小小先留在依忠身边，她每年都会来看
她。等女儿长大了，她再接她出去读书。

　　报社朋友听了，点了点头。"这样甚好。"他说。

问依忠，他回答："女儿长大了，经常想妈妈。为了女儿前程，接受好教育，我更愿意女儿跟在她妈妈身边。"顿了顿他又说道："女儿若有心，常回家看看也一样。"说这话时，依忠很不舍。

四

梅萍嫁人以后，我去找过依忠老叔，想向他诉苦。那时他女儿已去了国外。那女士也是个懂得报恩的人，每年都给他邮钱，他推不掉，积攒着，说将来给女儿做嫁妆。

说着说着，话赶话，就聊起了他年轻时候的事。

他说他也有过恋爱，有过爱情。他边吃花生边说，我发现他吃花生有个特点，手离嘴巴很远，剥好花生仁往嘴里扔，居然很准。我也试着这样扔，结果扔到脸上的居多。

"你怎么扔得这么准呀？没有一粒花生仁掉落。"我问他。

"年轻时，练功练成的。习武的人凭眼睛余光就能判断东西的远近距离。"他说。"我师傅更厉害，一只苍蝇飞过，就能凭眼睛余光用筷子把苍蝇夹住。"他又补充说。

我要他说说他的恋爱史。

"那年我23岁，是家乡小学的代课老师，教小孩体育的。小学里有一位教音乐的女教师，比我迟半年来学校。她叫黄淑珍。她来学校的第二天，我们村子就发生了一件怪事。一户人家养了一头母猪，生下8头小猪。母猪每天带着小猪到村前的滩涂找吃的，每天回到主人家，都少了一头小猪。主人很纳闷呀，但不知道为什么，以为小猪被野狗吃了。第九天，突然母猪跑回来，一边跑，一边号叫。主人开门一看，天哪！有一只大章鱼环抱母猪背上，正在啃猪肉。原来8只小猪都是这只大章鱼吃的。"他说。

林叔告诉我，那大章鱼样子很可怕。八只触脚紧紧贴在母猪身上不肯松开。它能感知危险，迅速变化着颜色。它的光头与腕足的连接处，是漏斗，不停地张缩。是喘气还是表示无助，抑或抗议。

众人想把它的腕足掰开，又不敢向前。

看这章鱼的个头，那腕足伸开，长度足够环绕小孩的腰。每个腕足的两排肉质吸盘也很吓人，个个都有瓶盖大，它若发狂甩出腕足，吸住小孩的脸，把小孩提起来，是不费劲的。

所以众人只能围着吆喝。有人拿来长木棍敲打它的脑袋，"滋"的一声，它喷出了浓浓的墨汁，强劲有力。一股鱼腥味弥漫开来。那个拿木棍的人，从头到尾，被喷得一身漆黑，他顿觉头晕目眩，手脚麻木，原来章鱼的墨汁含有麻醉物质。

"我到现在都不明白，这么大的章鱼，一般生活在深海中，怎么会到岸边滩涂上来呢？"林叔说。

"会不会是台风把它卷进岸边，它回不去了？"我提出看法。

"不可能。章鱼是很智慧的海洋软体动物，它的腕足能感知海水气温、气压以及潮流的细微变化。在台风来临之前，早已吃饱喝足躲进巢穴了。"林叔回答我，"后来我想起来，前不久，有本村渔民到深海捕鱼，捕到一只同样大的章鱼。这章鱼当时正在追逐捕吃鱼群的鱼，就一起被捕了。我家当时还分到一块它的腕足呢。煮了很久都咬不烂，像橡皮筋似的坚韧。"

"那爬在这头母猪身上的章鱼会不会是它的情侣，跟随渔船到海岸，躲在近海的礁石丛中，伺机复仇。终于逮到母猪带着小猪到滩涂觅食的机会，吃了小猪，又吃母猪，给人类一个教训。"我异想天开地说。

"有可能。海洋的世界真奇妙，有许多未知的事，人类都还没弄懂，包括你我。"林叔这样解释道。

"后来呢？"我有点迫不及待地问。

"那个刚来的女老师当时也去看热闹了。她站在我前面，离母猪和章鱼很近。不管众人怎么吆喝，那章鱼就是不肯从母猪身上下来。有人建议用开水烫。女主人从家里提来开水，就从章鱼头上淋下去。章鱼腕足立即松开，几只腕足就向周边人甩过来，刚好有一只腕足就甩在这个女教师手上，并勾住她手腕，她一声尖叫，吓得脸色苍白，转身抱住了我喊救命。我护着她走向旁边的一条石凳上，远离章鱼。她心有余悸，哭得梨花带雨。我掏出手帕帮她擦干净手腕上的章鱼黏液，又把手帕翻一面递给她，示意她把脸上的泪水擦干净。就这样我们开始了恋爱。"

他说到这里，眯起眼睛，但我从他眼睛的余光里看到了幸福。"她很漂亮，很小巧，很善良，也很胆小。"他连说了四个很，在他人生的言语中，很少有这样的排比句。

"我们相处一起很开心。饭后经常在沙滩上散步。遇到大潮夕，退潮时，也常到那只大章鱼出没的地方去捡螺，挖藤壶。

"我曾逗她，说我看到了一只章鱼脚，吓得她脸色苍白，紧张地抱住我。脚步像僵住似的，不敢移动。

"有一次，我们又趁着退潮去那里。记得是七月十五，海水退得特别低。她看到礁石底下的水里有一颗大螺，她伸手去拿，礁石缝里突然窜出一只巴掌大的章鱼，腕足碰她的手。她一声尖叫，脚底一滑，掉落水里。还好水不深，脚下有礁石托住。我迅速上前把她抱起，她衣服全湿了。天凉加上被吓着了，她全身发抖发软。我脱下外套披在她身上，快步把她背回我家。

"我帮她烧了热水，又跑到学校宿舍拿到她的衣服。等我到家，她刚洗完澡。我从门缝中把衣服递给她。看见她雪白娇嫩的手臂，心猿意马了起来。她穿好衣服走出浴室，一阵香皂的气味袭来，迷得我不能自持。那晚我们偷吃了禁果。"林叔说完，他仍然沉浸在过去的幸福中，嘴角扬起笑意。

"你们怎么没继续好下去？"我很想知道他们的美好结局。听到我的问话，老人睁开眼睛，眼光暗淡了下去。

"我住宿家里，她和一个同校的女教师住一间宿舍，有一天晚上，同宿舍的那个女教师晚上有事回家了。学校的教务主任就摸进她房间想强暴她，她拼死反抗才挣脱。当晚她哭着跑到我家。我那时年轻气盛，拿根木棍跑到学校，把那个畜牲打残了。就这样我被判了三年徒刑。等我出来，那个女教师已经嫁人了。后来我就离开家乡，搬到这个村落户了。"

他讲完，我们许久没有说话。

"小伙子，别伤心，人人都有难言的苦衷，爱情也一样。有时你拼命维护的情感，可能高估了它的价值。"

临别，他对我这样说。

五

多年后的清明节，我回老家扫墓。侄子告诉我，林伯伯有个儿子来寻亲了。我感到十分惊讶。本来我想直接找林叔问个明白。但回头一想，这样太唐突了。还是先问下村里的那位老人吧，是他当年给我讲述了械斗的事。我提了一盒绿茶给他。

"这是雨前龙井，给您品尝。"我对老伯说。

"客气了。你现在有出息了，要多回家乡看看。"老伯对我说。

他很热情地招呼我。算起来他今年有80多岁了，仍然耳不聋，眼不花。我祝福他高寿时，他笑了："黄泉路离我还远呢。我爸活了98岁，我妈活了102岁。我有长寿秘诀。"

"老伯呀，我今天来，有一事相求。就是想问问依忠叔认儿的事。"我开门见山地问。

"是这事呀。"老伯回答，"依忠是个忠义之人，大家都很敬重他。他的事我清楚。"

于是老伯给我详细讲起林叔儿子认亲的来龙去脉。

几年前的一个中午，有一个穿着军服的小伙敲响林叔的房门。"你找谁呀？"林叔年纪大了，也有了午休的习惯。他打开房门，只见门口站着一个成熟帅气的军人，很疑惑地问。

"你是林依忠吗？"军人问。

"你找他干吗？"迟疑片刻，林叔回答。

"他是我父亲。"军人很坚定地回答。

"你找错人家了。"林叔说完，就要关门。他午觉还没睡好呢。

"且慢。"军人说。

这时，门口已经有人围观。农村都这样，生活太寡味，有点稀罕事，就喜欢围观凑热闹。

"您能让我进屋说吧？"军人很有礼貌，也很有教养。

"进来吧。"林叔把门开大，让军人进屋。

搬来椅子，让军人坐下。只见这位军人，拿出一封封口的信封，双手递给林叔。林叔看到信封上写着一行秀丽的字样：林依忠亲启。他的心一下子收紧。字迹似曾相识。他打开信封，信纸有好几张，他先翻到落款。黄淑珍三字跳进他的眼帘。

阅信时，他的手抖了起来，呼吸急促。他好久没有这样激动过。信中淑珍向他解释了离开学校的原因。林叔进监狱时，她发现自己怀孕了。她不想打掉孩子，她爱林叔。但在那渔岛小地方，当时未婚先孕，是很不光彩的事，流言蜚语的唾沫淹都会把她淹死。还有那个教务主任，仍然色心不改。她好怕他那双淫邪的眼睛。于是她选择了逃离。想想自己无处安身，又没有经济收入养活生下来孩子。她只能远嫁他乡一个二婚的男人。

这男人心地很好，他有一个前妻生下的女儿。他是公社食堂的管理员，在那个年代吃喝没有问题。

孩子生下后，这男人把孩子视为己出。孩子18岁时，报名参军。他今年38岁了，已是中校副团了。25岁那年他结了婚。媳妇在儿子部队所在地医院工作，是心血管科的大夫。就是有点遗憾，到现在他们还没生下一男半女。不幸的是，他的养父在儿子33岁时胃癌去世。儿子一直不知道事情真相，以为养父就是生父。去年8月，她发现自己乳房不适，去医院检查，才知道患了乳腺癌。且是晚期，动了手术，正在化疗。其实，她早已知道林叔出狱后搬到这个村子。但她不敢联系，已为人妻，再纠结往事，只能徒增痛苦。想到自己不久于人世，趁儿子探亲，她把真相告诉了儿子。儿子想见生父，她就让他来了。

看完来信，他抬头凝视眼前的亲骨肉，唏嘘良久。他想抱下儿子，但事情来得太突然，他一时还没转过弯来。"作为父亲，我愧对你，你长这么大，没喝过我一口水。"他哽咽着对儿子说。儿子听了，眼眶湿润了。"我能抱抱您吗？"儿子说着，走向林叔，父子俩紧紧相拥在一起。

这时门口围了很多人，大家争着抢着祝福林叔。

"真没想到，年老了还有这福气，天上掉下个帅气儿子。好人有好报呀！苍天有眼！"众人渐渐散去时，他对儿子说："让我做一顿饭给你吃。"

"吃完饭我们一起去见你妈。"

下午，他们叫了村里的运营摩托，到城关长途车站坐车，去邻县医院看望离别30多年的恋人。看到淑珍时，只能依稀记得她的模样。因为多次化疗，她瘦骨如柴，头发也因化疗脱光了。因为儿子在部队，来医院照顾的只有她丈夫前妻的女儿。人家有家庭，拖儿带女的，不能每天在医院照料，给后妈请了护工照看。这个女儿还是挺孝顺的，每天都来看望一次，给她送些吃的用的。看到这种情形，林叔跟儿子商量，让他妈搬到渔岛医院，由自己来照顾。现在自己身体还硬朗，养女在美国，由她生母带着，他没什么拖累。儿子想想也没有更好的办法，就同意了。

"还要征求妈妈的意见。"儿子说。

淑珍起先不想连累林叔，儿子做了工作。

"那就按你父亲说的办吧。"妈妈说。

临走，林叔对淑珍说："我现在先回渔岛，联系医院，等你这期化疗结束，我来接你回渔岛。"说完，他从内衣口袋掏出一张存折，放在淑珍手里。

"这里有5万元，你先留着用。密码是我们认识的日子。"淑珍欠起身，把存折还给他说：

"我不能接受你的钱。这是你一生的积蓄。你一路走过来也不容易。再说你年纪也大了，冷热病痛，用钱的地方很多。"

林叔说："我对你们母子的愧疚不是这一点钱就能还清的。现在只要我活着，就不能让你一个人遭罪。只要你活着一天，我就要照顾你一天。"

说得三个人都泪汪汪的。放下存折，林叔乘最后一班车回到渔岛。他做出决定，娶淑珍回家。第三天他又赶到淑珍化疗的医院把自己的决定告诉了淑珍和儿子。

"我想明天去办证，户口本都拿来，办了证，化疗后，你就可以名正言顺住我家，免得别人流言蜚语。"

儿子说："听妈妈的。"

淑珍听后大哭。她感动林叔的大义，但心疼他付出这么大的心血照料自己。

六

在林叔家里住了一年，在林叔悉心照料下，淑珍病情奇迹般好了起来，人也长胖许多。

到医院检查，医生都感到吃惊。各项体征恢复正常。更稀奇的是，儿子儿媳10年不育，儿媳这一年却怀上了，并生下一个胖小子。

林叔和淑珍婶结婚的第8个年头，接到大洋彼岸的邀请函，美国某大学邀请他们夫妇参加养女小小法学博士的毕业典礼。小小的生母给他们买好了机票，并汇来3000美金，嘱咐他们要吃好的、住好的。林叔坚持不要，这么多年来小小生母给他汇来约5万美金的生活费用。他没花费多少，打算积攒起来，等小小成家时，作为嫁妆给小小。

林叔知道，小小妈妈虽然是做生意的，但钱也不是大风刮来的。他除了给淑珍婶治病、买营养花了近20万元以外，连同利息收入还有20万元左右。这趟旅差费用自己有能力支付，所以把3000美金又退了回去。

他携妻子从省城机场飞往香港，再从香港飞往旧金山。虽然旅途劳累，但第一次坐飞机，他们很稀奇。国际航班座位很宽敞，双过道，中间有吧台。除了正餐外，饮料糕点可以随意吃。但他们不知道。以为飞机上用餐很贵，出门时带了20包方便面，空嫂第一次送餐时，问他们要不要用餐。林叔摆摆手，说不要。怕被索要天价。

饿了方便面又不敢拿出来泡。他们就去吧台，想吃点糕点充饥。见空乘走过来，林叔赶忙掏出100美金，指着三明治，问人家多少钱。惹得空乘捂着嘴笑。"不需要钱，大爷。这飞机上所有吃的都不需要你们掏钱。"空乘耐心给他解释。好尴尬哦。

在毕业典礼上，小小的妈妈也赶了过来。他们和女儿一起照了合影，女儿戴着学位帽，穿着博士服，人又长得漂亮，特别阳光。女儿带他们参观校园，见熟悉的同学就介绍："这是我爸爸妈妈。"她一点都没感到丢脸，反而以爸爸妈妈为荣。

趁放假那几天，女儿带他俩逛了渔人码头、九曲花街、金门大桥，逛着逛着，林叔在女儿车上睡着了。到了唐人街，林叔才精神起来。这不是我们家乡省城吗？说话听得懂，吃的也是地道菜。"这里舒服。"他对女儿说。

他觉得美国没什么可玩，不如在家看大海舒畅。在美国待了三天就准备回家。

女儿跟两位老人商量，对林叔说："这样好不好，你们不用坐飞机回去，我给你们买豪华邮轮票回国，费用比飞机便宜。而且可以停靠许多地方，走走玩玩，如何？"

听说费用便宜，林叔同意了。

"邮轮上有餐厅，三餐不用钱。"临走时女儿特别交代。

他们登上邮轮，才知道有这么大的船，几十层楼高。船里面的设施，他们从来没有见过。女儿给他们买的是阳台房。拥有私属阳台看景。那大床能睡五六个人。他们推开房门就能看到海景。虽然林叔讨海过，天天跟大海打交道，这是第一次站在高楼上看海景，高高在上，大海踩在脚下，不要担心船身跌入浪底，又浮上浪峰，平稳得像坐飞机一样。淑珍婶原先以为会晕船，现在一点晕的感觉都没有，就像坐在自己家的阳台一样。房间窗明几净，一尘不染。红色的地毯，干净得让人想躺下睡觉。房间有拖鞋，但他们没穿，穿上了，第二天服务员又得换。

"这么干净的地毯，赤脚更舒服，穿拖鞋多浪费呀。"林婶说。

他们白天到邮轮各处走走逛逛。到了游泳池，看到年轻的女士们穿着比基尼，与他们擦肩而过，近在咫尺，毫无遮掩，有点辣眼睛。林叔好多年没下水过，想在游泳池里折腾，可惜没有泳裤，这里管理处有卖。林叔舍不得花钱。他们在两张并排的躺椅上躺下，看见眼前一对对年轻的男女，手拉手，相互逗着，嘻哈欢乐。

他们就想起当年在村子沙滩散步的情景，不禁感慨万千。时光荏苒，一生多舛。从来没想到，到老了还有这一天。想到这里，林叔拉过林婶的手，放在躺椅的扶手上，把自己的手叠在林婶手背上相视不语，他们的眼眶溢满泪水。

在邮轮电影院，他们一起看过几场电影，看言情片时，在情节动人处，林婶还偷偷吻了林叔。看恐怖片时，林婶紧张得抱着林叔不敢放手，跟年轻时一起看章鱼一样心惊胆战。他们仿佛回到40多年前，一切都像做梦一样。

用餐时，他们尝遍各个餐厅的风味。有主题餐厅、自助餐厅、特色餐厅，他们一一吃过。每道菜尝一点，好吃的就多吃。西餐厅他们也去过，只是要了蛋糕和橙汁，其他的吃不惯。

晚上他们很早就睡觉。邮轮停靠过好几个港口，每次他们都随团在不同国家的不同城市或景区逛游，游玩时他们手拉着手，生怕把对方弄掉了，找不回来。他们珍惜每一寸时光。在邮轮上他们度过了30多天，睡好吃好心情好，他们都长胖了。当然也有羞耻和遗憾。

事情是这样的，每次在自助餐厅用餐时，中国的老太太老大爷们都像饿了几天似的，一道菜刚端上来，这些人就蜂拥而上，手里拿着一个盛菜的盘子，手里再拿一个空盘子，争先恐后，拼命地挤着，用空盘子往自己的盛菜盘子里拨拉。有一群国外的游客坐在座位上看热闹，投来不屑的眼光。"他们把老祖宗的脸都丢尽了。"林叔对淑珍婶说，"咱们不能给女儿丢脸。"临走前女儿往他口袋里硬塞了3000美金，他们一分都没花。

邮轮到达上海港，他们下船住进一家上海的星级酒店，这是女儿事先预定好的。当晚女儿的电话打到房间，嘘寒问暖之后，建议两位老人在宾馆休息两天，再报团到国内旅游景点游玩。他们两人谢谢女儿的美意，说这趟玩的时间很久，有点想家了，明年再找个时间去张家界看景。女儿说这样也好。"我好久没回家了，不知门前的那棵枇杷树长得怎么样了。我把工作落实了，有了假期就回家看看。"

门前这棵树，是小小4岁那年，林叔陪着小小种下的。每天早上起床，小小做的第一件事，就是去看看种子发芽了没有。过几天还没发芽，她就用汤匙把土挖开，拿出种子观察。枇杷的种子是栗色的，一点变化都没有，还是光溜溜的。她又埋了进去。又过几天还是没发芽。她又把种子挖了出来。

"爸爸，都这么久了，怎么还不发芽呀？"她问爸爸。

"它发芽很慢，再等等。"他对女儿说，"要有耐心。"

枇杷苗终于长出来了，她就跟生母去了美国。20多年来，林叔细心地照料着枇杷树，每年开花，每年结果，他期待着女儿阳春三月回来吃枇杷。

这年春节，林叔的儿子带着老婆和孩子回家过年。他现在是副师了，上校军衔。他开了军车回来，有专职司机和警卫。他们一家和两位士兵一起吃了团圆饭。饭后，一家人点鞭炮放焰火踩气球，欢度快乐的时光。林叔已经为他们夫妻孙子收拾了房间。

"不住家了。"儿子说，"这次回来有公务，要跟县人武部领导沟通事情。他们已经在城关安排了宾馆。初四我们再回家。"

孙子已经7岁，赖着不走，他要跟奶奶在一起。儿子只好答应。初四那天，县人武部又派了一辆车，两辆车载着他们一家老小回到了林叔阔别40多年的故乡。全村都轰动了，他们拜见了健在的长辈，并到祠堂叩拜列祖列宗。

他们在族人的陪同下上山，一家人跪在林叔父母的墓前，焚香烧纸。林叔对着天空说："爸爸妈妈，不肖子孙回来看望你们了。"

他们上山时，春雾空蒙。下山时，云开雾散。暖阳从云缝里出来，照耀着他们。

借　种

一

有人批评渔岛渔家重男轻女，是事实，生存使然。

古早人讨海靠木帆船，到70年代初，也是靠木帆船，船的动力靠风帆。没有风力的时候，只能靠摇橹，就像苏杭河道乌篷船的那种橹，靠左摇右摆使船前进，但那是很小资的画面。

在大海里，要让一只载重量数千上万斤的木船前进，不是一件轻松的事，十几个男人要轮流上手，一轮二人，双腿叉开成八字，面对面把着橹头，你推我往，用尽力气，木船才能在暗流汹涌的浪涛中前行。拉网时，不像在水库里或河面上那么轻松。一个浪涌过来，船在浪底，桅杆顶与浪峰齐平，浪涌的反拉力，能够把人与网一起拉下海，十几个拉网人像拔河比赛一样，死死用脚前掌顶住船帮，不能动，也不敢动，等浪涌过去，才使劲拉网。每一个动作都是力的较量。

我讨海两年，手掌和脚掌都结了厚厚的茧，十个脚趾现在还放肆展开，脚趾前节弯曲，这都是用力的结果。再说那时船小，男人在船上吃喝拉撒睡，睡觉时挤在狭窄的船舱里，狼藉而眠，半夜爬出舱撒泡尿，再回舱就没有原来的位置，要侧身插在人缝中，用肩膀和屁股使劲左撑右挤，才能勉强把身体放平再睡。船上只需要男人，也只能用男人。

过去的渔村，不管世道怎么变，万变不离其宗。这就难怪渔家人把男丁看得很重要，渔家靠海生活，男丁就成了家庭经济的支柱，更是香火的传承人。

没有男孩的家庭，日子过得要比一般人艰难得多。看村尾的陈家就知晓，他和妻子生下四个女儿，我高中毕业时，他家三个女儿都出嫁了，最后一个女儿比我年纪大不了多少。想留在身边招上门女婿，可迟迟没有人上门。后来年纪大了，婚事等不起，就嫁到外地去了。一年半载四个女儿也会轮流回来一趟，但平常家里冷冷清清的。两位老人不敢吃好的，吃点好的就有人在他们背后指指点点，说他们"绝事吃"。事，就是指后代，指香火。在家乡流行一句话：死嫖活赌绝事吃，绝事与嫖赌并排在一起，着实有点欺负人。但也说明家有男丁的重要性。

没有男丁，村里有红白世事，都不爱请你去，村里做什么善事，捐款都不一定要你捐。等两位老人去世，再好的房子也荒废了，坟前的草与未亡人齐高，也不见得有人清明来焚香烧纸，凄凄凉凉的。再过一代人，这家人就被人忘了，好像没有存在过一样。

我上大学离开家乡时，两位老人还健在，但看到乡人，他们总是避让，唯唯诺诺的样子。可曾知道，他老人家年轻时，曾是船上的橹头。

橹头，是船上的二当家，地位仅次于船老大。什么时候起橹，什么时候停橹，全是他一句话。渔村规矩，分渔获时，每人一份，船老大要1.5份，橹头要1.3份。凭什么？凭橹技和力气，捕鱼时，一网上来，不管有鱼没鱼，大伙一般都会休息片刻，橹头不行，他得把着橹，没风的时候，一把长橹是一个舵，船走向何处，由橹头掌握，可想当年多威风啦。

可如今，家里没有男丁，香火断了，对自家，没有脸面见祖宗。对乡里，不敢抬头见乡亲。所以渔家死活都要生个男丁或过继个男丁，就算我那亦渔亦农的村子，也是这样。有男丁讨海就多了一条生计的路，而农事只是生活来源的补充。因为上述种种原因，才有借种故事的发生。

二

故事的主人公姓杨，名茂福，家住南礁村。村里人都叫他阿福。人长得帅气，身高也令人羡慕。论干活，讨海农事都是一等一的好把手。他娶的老婆也是花对花，蕊对蕊，村里没人比得上。结婚时，村里乡亲都说阿福是有福气的人。

他老婆姓葛，名琼花。瓜子脸，桃花眼，弯月眉，高鼻梁，樱桃嘴，这五官就算在省城美女中也能排上号。她的父母都是正派人，教育得子女个个都很本分，人见人夸。琼花是长女，她还有一个弟弟一个妹妹。她妈妈开了小卖部，平常都交给琼花看管，俗语说："若要精，店前听。"所以论心智琼花要比同龄人早熟。

嫁到阿福家，家里的事都是琼花说了算。阿福是个听话的男人，妻子说东他不往西。但在大事定夺上，琼花听丈夫的。她是个知情达理的女人。每年三月时节，是捕丁香鱼最旺的季节，渔民傍晚出海捕鱼，常常忙到凌晨才回岸上，分完渔获，天都蒙蒙亮了，渔民的老婆都会在岸边等，帮丈夫把渔获挑回家。丁香鱼个小，很容易爆肚，挑回家的丁香鱼要立即蒸煮晾晒成干，才能卖个好价钱。阿福都是自己把丁香鱼挑回家的，他不让琼花来，怕累着她。挑回家的丁香鱼也都是他自己处理好。农忙时，他宁可少睡觉，也要帮琼花把活干完再去讨海。他们夫妻恩爱，让邻里羡慕不已。

但美中不足的是：他们接连生下三胎都是女儿。怀第四胎时，听说孕妇肚形尖的是男孩，阿福陪琼花回娘家问她妈，她妈让她走两步路看看，她照做了，她妈看后手拍大腿对琼花说："这个板上钉钉是男孩！"又摸了摸女儿的肚子，很认真地说："女儿呀，你没听说过这样的话吗？好吃甜，肚形尖，走路往左偏，生下儿子中状元。""妈，是真的吗？"琼花向她妈连问两遍。得到妈妈的肯定后，琼花高兴极了，要不是自己快生了，她真想蹦起来。夫妻俩回家的路上又说又笑，看见路边有残疾人乞讨，琼花还给他一元钱，这在当时已经很大方了。他们看什么都顺眼，海是蓝的，云是白的，庄稼是绿的。他们多想让全村人都知道，他们的第四胎是个男孩。

路过城镇，琼花坚持要去小百货店，阿福也乐意陪着。他俩给孩子买了一双元宝鞋，鞋面绣着小龙的形象。又给孩子买了两套衣服，一个塑料宝剑，一个孙悟空的塑料金箍棒。阿福付钱时对琼花说："这宝剑金箍棒是不是早了点。""不早，男孩都喜欢这，耍剑弄棍。先买着放床下，咱们儿子肯定会喜欢。"

回到家，阿福更加小心侍候着琼花，自己去讨海，他叫妹妹来照顾琼花，农活也让妹妹代劳了。阿福的妹妹在路上见人就说"我嫂子第四胎是男孩"。没几天，左邻右舍都知道了，送鸡蛋的，送线面的络绎不绝。娘家那边也忙开了，琼花妈妈着手做米酒，并吩咐亲戚买了几只家养的母鸡，准备琼花分娩时送过来。仅过了三天，琼花感觉要生了，阿福借来了一辆板车，急匆匆把琼花送到公社保健院。

阿福守在走廊上，一夜没睡。凌晨，随着"哇"的一声哭叫，他们的第四个孩子降生了。阿福冲进产房，嘴里喊着："我想看我的儿子！"在门口被护士拦住。阿福坐也不是，站也不是，焦急得跺脚。过了一刻钟，产房的门开了，护士叫他进去，他快步冲到琼花床前，只见琼花已哭成泪人。"儿子呢？"他急切地问琼花。琼花摇了摇头，无语，只是哭。"恭喜你了，老婆给你生个俏女儿。"护士把擦洗干净的婴儿抱给琼花，笑着对阿福说。阿福听呆了，他不相信地看着琼花，琼花点了点头。阿福没有说话，走出产房，他把双手插进头发，跌坐在排椅上。

三天后的傍晚，他把琼花母女偷偷接回家，他不想让村里人知道，第四胎还是女娃。

<h1>三</h1>

日子一天天过去，四个女孩在渐渐长大，个个都长得很水灵。但没有男孩，是他们的一块心病。一天，阿福的妹妹跑来说，幸福岭那边去年刚开个诊所，从外地请来个老中医，有个药方能帮助女人生男孩，好几个女的吃了很灵验。阿福夫妻听了心动了，决定去看看。

到了幸福岭诊所，果然看到好几个适龄妇女来看病拿药，都是想生男孩的。阿福夫妻信了，老中医问诊了他们夫妻房事的一些事，开了三个月的药，花了300元，中医交代了一定要按他说的时间服药。阿福付了钱拿了药，准备回家煎药，琼花面对半麻袋的中药，有点头大，到底灵不灵？

这时琼花她妈那边又传话过来，说省外有座名山祈梦很灵验，何不去试试。阿福夫妻听了，就想去试试，若祈梦说能生男孩，就吃中药，若说没保证，就把中药扔了。

抱着赌一把的想法，他们来到名山。在殿堂的大厅里，和衣躺着许多男男女女，他们都是来祈梦的。阿福环顾大厅四周，墙面上挂满了"有求必应"的锦旗。他们选择了相信，交了香火钱，有大师对琼花交代说："你去找个地方和衣躺下，闭上眼睛，尽可能睡去，醒来告诉值岗师傅，他会引你到解梦师傅那里，你把做梦内容告诉师傅，他会解释给你听。"

琼花迷迷糊糊梦见电闪雷鸣，一座山突然崩塌了，东海的水退潮不见了，又看见镜子从墙上掉下摔成两半，自家屋的那棵枇杷枯干了，乱七八糟的。阿福和琼花把梦见的事告诉解梦师傅，他告诉琼花，山崩塌了，地上就平坦了；镜子摔成两半，就两边都分明了；海水干枯了，真龙就现身了；果树枯干了，果子就成熟了。琼花想再问些详情，后面排队的就接上来了。师傅说："你们走吧。"

回到家，他们琢磨着解梦师傅说的话，觉得是该生儿子的时候。怀上第五胎，他们满怀希望等结果。琼花按老中医的嘱咐吃中药，一次不拉下，药很苦，她吃时很想吐，但每次都给自己打气，这次一定是儿子。她好几次产生幻觉，看到有一个光腚的男孩蹒跚地向她走来。她伸手去拥抱，那男孩就消失了。又是一个十月，她满怀期待孩子的降生，结果……结果还是女孩。她感到绝望，夫妻俩相拥而泣。

琼花已经麻木了，对生男孩已不抱希望，这辈子就这么过吧！没想到，她发现自己又意外怀上了。她把这事告诉了阿福。"去做掉吧！"她说。阿福皱眉想了两天说："生下吧，也许前次中药错过了时间。祈梦时，你都怀孕两个月了，都过时了。这次咱们结的果，也许是前面栽的树。"

琼花见他这么一说，似乎觉得有道理，就点了点头。这样他们抱着侥幸心理，决定留下孩子，其实在阿福心里，他爱老婆，不想让她去医院打掉，听说那样很伤身体。他自己也不甘心这辈子就这样断了香火，对不起列祖列宗。等待分娩的日子是煎熬的，又充满着期待。每一胎都这样。临分娩时，阿福在家里准备了十几只鸡、蝴蝶干、鸡蛋、线面、米酒，无论生下男女，他都要给琼花补好身子。

第六胎还是公社保健院生的，又是女孩。连助产士们都认识阿福，祝福他喜获第六朵金花。

接琼花回到家，阿福尽心地服侍着琼花，已经是初冬的季节，海岛的天气进入寒冷天，风在屋顶呼呼地响，南方又不开暖气，那时渔村的住房也不装热水器。要用热水都要现烧的。他出门前都把家里三个热水壶灌满水，交代15岁的大女儿，不让琼花碰一点冷水。看到琼花泪汪汪的，他用热毛巾给她捂脸，擦去泪水，拉起琼花的手说道："咱们认这个命吧。我妈生前说，坐月子流泪会落下眼疾。听我的话，咱们一起把六个女儿养大，不拉下一个。"

四

有这么贴心体谅的丈夫，琼花的心情好了一些。一晃两年过去了，小女儿都能下地奔跑了，也会说很多话了。阿福和琼花也慢慢恢复了平常心，不再纠结继承香火的事。又到年底，阿福给琼花过生日，琼花今年40岁，她嫁给阿福时22岁，18年给他生了6个女儿。但她依然漂亮，身材比18年前胖了点，但依然该凸的地方凸，该凹的地方凹。

阿福做了几道菜，都是琼花爱吃的。几只清蒸梭子蟹，俗话说菊花黄，蟹脚痒，从中秋到年底，是母蟹黄膏最满的时候；一盘皮皮虾，活的，沸水开了下锅，5分钟捞起；一道葱油龙趸鱼，活鱼清蒸；一盘酱油煮墨鱼蛋；一盆鱼丸红蛤汤。阿福从小在海边长大，这些菜他做起来得心应手。一家人上桌，孩子们嚷嚷着用汽水给妈妈敬酒。阿福趁高兴多喝了几杯米酒。一家人正热闹着，门口走进一个人，是本村的二流子苏开海，绰号乌贼。他从小就偷鱼窃网，长大了没干什么正经事。中午他刚在他叔家喝了酒，头昏脑涨地路过阿福家，看见满桌子好菜，他瞪大眼睛。"你们这是绝事吃呀！"他对阿福嚷嚷道。

像平地一声炸雷，阿福霍地站了起来，一拳就朝乌贼脸上砸过去。"你再说一遍，看我敢不敢撕烂你的嘴！"乌贼也火了，抹下嘴角的血，拿起桌上的米酒瓶，向阿福砸来，被琼花用胳膊挡了一下，米酒瓶破了，划破琼花的手背，血涌了出来。"你就是绝事吃！"他指着被吓哭的6个女儿："看看你这么多女儿，顶屁用！"阿福冲进厨房拿起菜刀，他要跟乌贼拼命，琼花死死抱住丈夫，乌贼趁机溜走了。阿福找出跌打血伤的药用纱布把琼花的手包扎好，又安抚女儿们吃饭，自己回到房间，号啕大哭。琼花吓坏了，她第一次看见丈夫这么气愤伤心过。

阿福躺在床上三天三夜，不吃不喝。琼花要他吃点东西，他总是摇头。第四天清晨，琼花对丈夫说：

"我想再生一个。"

"还生？你疯了。咱俩就这个命。"他叹了口气，侧身不想搭理琼花。

"借种！"琼花语气坚定，不像敷衍。"借种？你脑袋没发烧吧。"阿福用左肘撑起身子，用手摸摸琼花的额头。

"村西头阿忠的老婆不是也生了5个女孩吗？听说她向村里的钟神公借种，去年生下男孩了。"

"胡扯！我不会同意。"

"那我们怎么办呢，现在连乌贼都敢欺负咱，等女儿们出嫁了，我们老了，还不知道村里村外的人怎么待我们呢。"

说着说着，琼花的眼睛红了。琼花说的那个钟神公阿福知道，他和老婆生了6个男孩，你说这老天怎么安排呀。这钟神公斜眼，猴腮，像雷神，他的绰号就是这么来的。他年轻识过一些字，但不务正业。老婆也是本村人，从小不爱搭理人，绰号蔫巴草。这人早年也讨海，也干过农活，后来出去做生意了，不知什么原因又回村了，终日无所事事的，靠装神弄鬼混口饭吃。喝酒时他对别人夸下海口，说自己身上有特异功能，能控制女人生男孩。还真有女人找过他，到底是真是假，天晓得。

第四天阿福起床了，该干什么干什么去，不把琼花说的话放心上。过了个把月，她妹妹的三儿子过生日，妹妹把老三带到阿福家来跟表姐表妹一起热闹。她妹妹生的这老三才五岁，但小小年纪，能说会道。跟阿福最小的女儿争玩具时，小女儿不给，这老三说了一句："你们以后出嫁了，你家的东西都是我家的。"童言无忌，说者无心，听者有意。阿福和琼花的心咯噔一下，心里难受，脸色顿时难看起来。晚上回到屋里，琼花再次提起借种的事。阿福就默不作声了。

琼花有没有去找中间人说合，我们不知道。琼花有没有给那个雷神好处，我们也不知道。我们只知道那天雷神让村里的二流子提着铜锣鸣锣开道，后面跟着一大群孩子看热闹。

雷神穿着一身黄道袍，戴着方帽，手里拿着拂尘，大摇大摆地向阿福家走去。到了门口，他让二流子敲响那面铜锣，大声吆喝："雷神要要神了，大家快来看哦。"连喊几遍，人越来越多，免费看热闹，在文化娱乐缺少的农村，特别吸引人。很快门口聚集了很多人，男女老少都有。

雷神见人来差不多了，他掏出2元钱给二流子，打发他走了。自己走进大厅，坐在琼花为他准备的椅子上，椅子前面摆着一张香案。他点燃随身携带的三支香，插在香案的香火炉里，又拿出一张白纸放在香案上，他让琼花端来一杯清水，含一口水向屋顶方向喷去。手上的拂尘向上一扬，突然他耸肩缩脖，身体抖了两抖，翻着眼白，嘴里振振有词念着咒语，好像是与老天在对接工作。突然身体又抖了一下。睁开眼睛，叫琼花把水端过来，含一口水向香案上的白纸喷去，白纸上立刻出现一行黑字。他变了声调，瓮声瓮气，一字一顿地念道："我是玉皇大帝的御前使者，受大帝之托，要在这里设立公堂办事。"说完身子又抖了两下，把声音变了回来，恢复了平常身。

门外看热闹的人都屏住呼吸，小孩也不敢喧闹。个个睁大眼睛，把脖子伸得老长，像待宰的乌龟被铁钩子钩住头挂着，生怕漏过雷神的一举一动。雷神对看热闹的村民不理不睬，大摇大摆走进大厅后面，那里是阿福为他用土墙隔出的一间房，供他休息，也供他和妻子做"法事"用的。从此，他每次晚上来，阿福都偷偷躲了出去。雷神大摇大摆地进阿福家的门，又大摇大摆地出门，似乎很光明正大。

这样的荒唐事，在家乡已经没有了，也不可能有。渔岛的近海渔业资源已基本枯竭，还在从事捕鱼的乡民，已用上了大吨位铁壳船，装上渔探机，用上全球通，到远洋捕捞去了。船上有冷冻设备，待鱼货装满了船才回来。渔家女若愿意也可以随船去远洋。没有过去那么多忌讳，也不存在谁笑话谁。这种靠捕鱼养活家小已不是唯一的谋生手段。

而更多的乡民后代，走出渔岛，走向全国，走向世界找活路，从事隧道、海运、贸易、地产开发、出国打工等各种行业。渔家女孩巾帼不让须眉，许多女性生意都做得风生水起。

时代变了，生存生活的路数多了，观念也变了，渔家的各种陋习自然不复存在了。

等　待

一

在我村子背后，靠近山脚有个沙丘，长年累月的海风裹挟着沙尘，顺着山脚的风口吹过来，遇到坡地就堆积了起来。待我七八岁时，沙丘已成了小山，高过村子所有的屋顶。爬到沙丘顶上，都得气喘吁吁。

大海起风时，家里的女人总担心出海亲人的安危，都会叮嘱自家孩子，快到沙丘上去看看，咱们小组的船回港了没有。那时我大哥在讨海，我妈也是这样叮嘱我。

这样，沙丘就成了村里的最高瞭望台。

站在这里能看到很远的海平面。

风大时，提前回归的帆船向家乡的渔港驶来，起先只是一个点，渐渐地能看见鼓起的风帆和船前劈开的波浪，再近就能看到帆布的颜色。

各组渔船的风帆颜色是不一样的，有的浅棕色，有的灰黄色，有的深褐色。也有的风帆打着补丁。补丁打在帆顶、帆腹，还有底端。补丁是横着补的，还是竖着补的，还是斜着补的。这些对瞭望的孩子都很重要。眼尖的孩子靠这些细节来辨别自家小组的船只。

虽然眼尖，但也会经常出差错，"误几次天际识归舟"。遇到这种情况，都很失望，很懊恼，很沮丧。有时也会看错了风帆，孩子间互相争执不休。确定自家小组的船到了，落帆驶进港湾，孩子们就连爬带滚从沙丘上下来，鞋子脱落了，捡起，顾不及穿，一边挥舞着鞋子一边喊：

"我们的船回来了，我们的船回来了。"到了家门口，喊声更起劲，更夸张。

家里女人听了，一块石头才算落地。其实，每一阵风刮过，只要瓦片有响声，在家的女人的心就提起来，担心着海上亲人的安危。行船走马三分命，她们心里都清楚。

早年在台风多发的季节，渔民们乘帆船去远海，从出港的那刻起，家里女人的心就没安稳过。

有个段子，说是三个女人到省城看病，医生听了她们的心率，都高得出奇。

"你们乱吃了什么药吗？"

"没有。我们刚才在门口护士那里听心率还好好的。"她们回答。

医生莫名其妙。

"你把风扇关掉，再试试。我们见风就紧张。"这三个女人说。

关掉风扇，心率真的正常了。

"你们哪里来的？"医生问。

"渔岛。"她们异口同声地回答。

我们下面要说的这位女主人翁，早些年也像渔岛女人一样为丈夫的出海未归提心吊胆过。对她人生来说，这样的担忧也成了美好的回忆。

她在等待丈夫回来，已经等了50年。

她姓朱，名阿颜，是渔岛东楼人。祖上是贩盐的。自古以来，盐是国家严控的物资。私人贩盐得有营业执照，那时叫"盐引"，不像现在的食杂店，谁都可以卖盐。

这"盐引"像赌场牌照一样稀缺。

渔岛是用盐量很大的地方，过去没有冷库，保存鲜鱼的办法，要么做成"鱼鲞"，要么煮熟晒干，要么腌成咸鱼储存。样样都离不开盐。所以谁拿到"盐引"，谁发财。可见她祖上门路有多广，后台有多硬。

到阿颜父亲这一辈，虽然祖宗有余业，家境却大不如前，"盐引"早就作废了。加上兵荒马乱的，阿颜的爷爷被码头青帮绑架过两次，为赎人，家人变卖了码头货栈、商船房产，才保了命。只剩下乡下那座石头厝和城关的一家杂货店，由阿颜的爸爸经营着维持生计。

阿颜的丈夫叫林大福，是林家的长子。当年祖上有十几只商船，阿颜爷爷自己的商船不够用，都是向林大福的爷爷租赁的。当时的盐源来自内陆，他们在省城码头装船，然后出闽江口入海，把商船停靠在渔岛西岸的码头。

"盐引"取消了，大福爷爷的商船也渐渐衰微。没有了财路，身体一天天垮下去。他叫来同样落魄的阿颜爷爷，商量好了，给孙子辈订了娃娃亲。那时，林大福3岁，阿颜2岁。

林大福5岁时，自己的爷爷和阿颜的爷爷相继去世。而大福的父亲在大福16岁时，讨海遭遇台风，不幸遇难。埋葬父亲的墓里只有他的衣冠。

阿颜长大后，出落得如花似玉，清丽脱俗。她虽然只见过大福几面，但已心动不已，天天眉眼含笑，脸颊红晕飞扬。少女的心呀，像涨潮的海水，想拦都拦不住。知女莫过妈妈的心，她知道女大不中留，就催大福来提亲。

他们结婚时，大福19岁，阿颜18岁。女的娇嫩如花，男的威猛强壮。女的知文识礼，男的勤劳肯干。虽然生活并不富足，但夫妻恩爱，如胶似漆。若不是大福要讨海，他们真不想分开片刻。

每次大福出海，阿颜都要拉着他的衣角，问他几时回。"最多两天。"大福轻轻拧着她的脸颊说。"这么久呀！我还要等两天呀！"她总是这样说。

不久她怀孕了，大福不让她干活，呵护到"捧在手心怕摔了，含在嘴里怕化了"的地步。三个月后，她想吃李子，要酸李。那时李子刚上市，大福刚出海回家，天色已晚。为她，他决定去城关碰碰运气，或许还有人营业。到了城关，所有商铺都已关门。他找水果店挨家挨户地敲门，没人应答。后来他找到一家食杂店，想买点杨梅干。终于有人开门了。他说明来意，这掌柜的被感动，带他到一家水果店，"这店也是我开的。天晚了，刚才关门回家。"

买了李子，他赶回家，已经午夜了。看着妻子狼吞虎咽的样子，他怜爱妻子，抚摩着她的头发，亲了亲她的上额。"慢点吃。"他笑着对娇妻说。

接下来的日子里，阿颜呕吐得很厉害。有好几天吃不下饭。一天晚上，海上风大，大福没去讨海，在家陪阿颜。下半夜，阿颜饿醒了，坐了起来对大福说："我想吃咸粿。"大福从梦中惊醒，"现在几点了？"他揉了眼睛，问阿颜也问自己。推开窗户看了看天上星辰，"应该丑时了。"他说。"我想吃呗。"她向大福撒娇道。

"我做，就去做。"他扶着妻子躺下，立即到厨房忙碌开了。咸粿，又叫"时来运转"，工序比较繁杂，比杀鸡、烧水、烫鸡、拔毛炖熟复杂得多。

大福拿出地瓜，削皮切块，放锅上蒸熟。然后把熟地瓜倒在饭桶里，加上地瓜粉捣烂，揉软成团，再捏成小团，用双手指头捏成半球状，然后放进调制好的馅料，把半球状地瓜皮收紧，放蒸笼蒸熟。

馅料的制作也比较麻烦：先泡紫菜，等紫菜发开捞出，用双手握紧挤去水分，剁碎。再把虾仁、鱿鱼丝、咸肉、咸鱼等和紫菜拌在一起，调味。整套下来，没有个把两个小时，是拿不下来的。等到咸糯端到阿颜面前，已经寅时了。他叫醒阿颜，把咸糯拿在手里，烫，左手颠右手。又用嘴吹气，在嘴唇试温好了，再喂她吃。

到了阿颜怀孕七个月，她的脚开始肿了，小腿也疼了起来。大福讨海回家，无论多晚都给她烧了热水，帮她泡脚，揉捏，按摩。等舒服些扶她上床睡下。日子就这样在平平安安、恩恩爱爱中度过。

女儿2周岁了，聪明伶俐，嘴巴又甜，人见人爱。她又怀孕，已有三个月身孕。她计划着，明天傍晚丈夫出海回来，给女儿过个生日。她还特地从娘家带回了一瓶女儿红，等大福回来打开给他喝。没承想，等待她的不是女儿生日的喜乐，而是终身的噩梦。

二

大福是在家里被抓走的，那天他刚讨海回来，一口饭都没吃，保长带着几个荷枪实弹的士兵闯到他家里，二话不说，就捆起来拉走。妻子跪求保长也不顶事。她就扯下黄色的头巾，撕下一半，把家里蒸的几块熟地瓜包起来，哭喊追上已经被带出门的大福。大福双手被绑着拿不了，她求保长带着给大福吃。大福被带走，她六神无主，大福还有个弟弟，小不懂事。婆婆是个老实巴交的渔村人，看到生人都紧张，哪有什么法子救大福。

她把刚满两岁的女儿交给婆婆。孩子刚才受惊了，嗓子都哭哑了，死死抱住妈妈不肯放手，她掰开女儿的手，任她一边号哭一边喊："我要妈妈。"

她忍着妊娠反应，呕吐着连夜跑回娘家，找父母兄长商量怎么办。

娘家心疼她，火急火燎凑了点钱，兄长带她去找保长，看能不能通融放人。保长接了钱，说明天去乡长那边说情，看看行不。保长嘴上说着，眼睛却盯着她手上的玉镯子。

这是她出嫁时，娘家陪嫁中最值钱的东西，娘交代说："这是外婆传给我的，我现在传给你，你要好好保存，将来传给你女儿。"她此时知道保长的心意，便把玉镯脱下来交给保长。只要能救丈夫，她命都舍得。保长接过玉镯掂了掂："那我先保管着。"

第二天，保长那边没有消息。她心急如焚。两夜一天没有合眼，在娘的劝说下，一天也只吃了半碗地瓜稀粥。到了晚上还是没消息。她兄长不知从哪里打听到，绑走大福当晚下半夜，壮丁都已送走了。同被抓去的有100多号人。这可恶的保长，怎么这样欺瞒人。

他们回头去找了保长，他右手掌背往左手掌一拍，很生气地说："他娘的，怎么会这样！我通过乡长找到征兵的头，说好会放人。这些吸血的兵头，接了钱物，拍拍屁股走了？怎么说话不算话呀！"

听完保长的话，她晕了过去。她被兄长背回娘家，不吃不喝，像死过一遍。她娘一直在劝说她。娘说："听说许多壮丁逃了回来，也许大福命大，也逃跑回家，不是不可能。事已至此，你女儿要照顾，婆婆要安慰，还有怀里的这孩子。说不定是个男孩，这是林家的香火呀！"

她最终听从了娘的劝，在家苦苦等待丈夫奇迹般的出现。

这个可恶的保长，解放后被人民政府枪决，从他家搜出的民脂民膏中，就有大福女人的镯子。这是后话。

三

在等待大福的日子里，她几乎天天以泪洗面。夜里，只要有风吹草动，她就从床上爬起，打开窗户看看是不是大福回家。有男人从门口走过，传来低沉的说话声就误认为大福讨海回来了。寂静的深夜，她总想象大福现在哪里，饭吃饱了吗，衣服暖和吗，有几次做梦，梦见大福衣衫褴褛，骨瘦如柴，向她要饭吃。她心疼得醒了过来，呆呆地靠着床背坐到天亮。又梦见到大福浑身是血，手伸向她喊着："救救我！"她害怕得哭醒过来。婆婆听到哭声，跑到她屋里。

"妈，我害怕，他刚才托梦给我了，这子弹不长眼睛，大福他有三长两短，我们可怎么活呀？"

婆婆安慰她："大福命大，小时候拿他出生时辰让瞎子刘半仙算过命，瞎子说大福的寿数七十、八十不算长，九十、过百才正终。再说你怀着孩子，这样担惊受怕的，影响了孩子，万一有什么不测，也对不起大福呀！"

婆婆坚持要在她屋里打个小床，陪她度过难熬的日子。其实婆婆心里跟她一样着急。打仗的地方那是九死一生的，上了年纪的她怎么会不知道呢。

他们到处打听消息，听说西山那边，早些年有人被抓了壮丁，这人父亲过世，还回来过，身边还跟着几个兵，混到中尉了。

本来他家里穷得五口人四条裤子，轮流着穿出门，穷得被人看不起。现在村里人看到他有出息了，都回头来巴结他。

大福一家人听了，心头宽慰了许多。日子就这样在一惊一跳中过下去。7个月后，阿颜生下男婴，小脸像极了爸爸。阿颜给儿子取名福归。

一晃三年过去了，渔岛解放了，阿颜还是没等到大福的消息。社会上有很多传言，说原来被抓壮丁的都随着国民党军撤到台湾去了。

同一批壮丁中有人成了残疾回到家乡，阿颜跑去问了："看到我家大福没有？"

人家说不认识。

"那就是去台湾了。"母亲安慰她。

在大福家的前院，有一棵番石榴树，是大福栽下的，阿颜平常把洗鱼虾的水浇在树根部，这石榴树不缺营养，长得很茂盛。每年秋分白露，树上结满番石榴，硕果喜人。

以前大福这节气讨海回来，就随手摘了一颗往嘴里送。他喜欢吃硬点的，就是果皮青色略带黄的。吃完还把手伸到阿颜的鼻子下，问她香不香。有时他自己吃一半，剩下一半就往阿颜嘴里塞，逗得阿颜咯咯笑，满院子都是笑语欢声。

每年番石榴仍然开花，仍然结果，但大福却不在了。

她常常一个人站在树下发呆，总是幻觉大福突然出现，等他笑眯眯地把番石榴塞进自己嘴里。每年她都把最大的番石榴摘下，装一盘放在香案上，等大福回家吃。

"要摘果皮青色的。你爸喜欢。"她对儿子说。

香案上的番石榴一放就是一个月，都烂掉了，儿女劝她倒掉，她都舍不得。儿女们不知道，这是念想，进进出出，能闻到番石榴的味道，她就觉得是一种安慰。

四

生活还要过下去，两个孩子也要抚养。

她家在渔岛的东头，没有土地栽种四季农作物，生活的来源全靠讨海，没有了大福，家里就断了收入。

开头几年，靠自己和婆婆在渔港码头为别人做帮工，得到些微薄的收入，勉强支撑着这个家。

这几年，婆婆思念大福过度，脑中风了，除了失语，左手没有知觉，只能待在家里看孩子。为了维持生计，阿颜在娘家的帮助下开了一间小卖部，卖些食杂品，也卖香烟。她家离渔港码头很近，常有客人来往，生意还能继续下去。

其实，她这样做，主要想排遣自己对大福的思念，每天接触生熟面孔多了，有机会与人交流说话，心中的苦会淡一些。

后来台岛那边政策松动了，允许民间贸易往来，渔港码头热闹了起来。经常有台湾生意人到她店里买烟。她对台湾人心生好感，不为别的，只因为她想大福也在台湾。台湾男人的模样，也是她想象中大福的模样。

每次台湾生意人买完烟离开时，她都要交流两句："你有没有认识一个叫林大福的人，他是我男人。他被抓壮丁去了台湾。有见到他，就告诉他给家来个信。拜托你了，我给你叩头。"

她含着眼泪说完这些话。客人都被感动了，常向阿颜多买些东西，一为怜悯，二为安慰。

每年冬至节，是渔岛孩子最喜欢的节日。因为这天家家户户都包咸糍，任孩子吃。孩子常常吃饱顶到嗓子口，还想往嘴里送。

婆婆包好咸糍时，因不能说话，就示意孩子叫妈妈来一起吃。阿颜一个人躲房间里哭，她想起怀女儿时，大福半夜起来包咸糍给她吃。她哽咽着，不敢哭出声，怕孩子听到。最难熬的是夜晚，她经常彻夜难眠，想起大福疼爱自己的点点滴滴，心里就像刀刮一样的难过。

她在心里无数遍喊过："大福，你在哪里？我想念你！"夜空如渊，她的心比夜空还空。

"文革"时，红卫兵小将来她家里抓她，要批斗。他们把她推到台前，当着全村人的面，骂她不要脸，嫁给国民党军。

"你是国民党军队逃兵的家属。国民党军队是我们的死敌。他们逃到台湾，个个都是狼心狗肺、五毒俱全，吃人不吐骨头的恶狼！"

"我的大福不是！"她大声反抗。"啪啪"声响起，她被他们扇了两个耳光。

"你还嘴硬！"他们说着，又向她腰上踢了两脚。

"把她吊起来！"一个当头的说。

于是，她被绑住双臂，绳子的一头从梁上穿过，他们拉绳子的一头，一点一点把她吊起来。

"承认不承认你丈夫是国民党军的走狗？"他们逼她屈服。

她咬紧着牙关，摇了摇头。他们把她再拉高，脚尖离开了地面。她感到一阵钻心的痛，咬破嘴唇，鲜血从嘴角流下，她的手臂脱臼了，人晕了过去。

台下有人发话："你们想整死她呀！"

看到惹了众怒，这些小混蛋也心虚了，才把她放下。

几个邻居把她扶到家里，叫来拳师，为她把手臂复位。她醒来眼泪才像断了线的珠子，哭湿了被头。她拧紧被角，向着漆黑的夜空，撕肝裂胆地喊道："大福，你回来吧。"

实在熬不住了，她回了娘家，找妈妈倾诉。

妈妈总是安慰她，说大福会回来。

"听你大哥说，现在台湾不让军营待过的大陆人，与大陆亲人通信来往、探亲，以后或许会慢慢好的。"妈妈说。

"又听说有人退役了，做生意发财了，借道别的国家旅游跑回来了。说不定有一天大福穿西装，系领带，穿皮鞋回家了，你都不敢认了。"妈妈为了让女儿开心，这样逗她。

临走时妈妈给她一罐铜钱。"这是妈年轻时候用的。那时你爸在省城码头货栈看货物，忙时几个月都回不来。别人教我说，晚上难熬时，把这罐铜钱撒在卧室的地上，把灯吹灭了，黑暗中能把这200枚铜钱摸齐了，难熬的时间也就过去。妈试过，管用。"

她带回了铜钱，按妈妈说的做。想大福时，安抚孩子睡着了，她就把铜钱撒地上，然后把灯吹灭开始摸，铜钱摸齐了，人也疲惫不堪。累了，上床就睡了。铜钱摸了一遍又一遍，每一片铜钱都摸得锃光发亮，还是没有等到大福的音信。

五

大福离开第15个年头，她真的扛不住。听说北岛那有算命的，特别灵。无论是活着的，死去的，都能面对面与亲属对话。

兄长带着阿颜去了。找到人家，门口有好几人候着呢。轮到阿颜时，她很紧张。有人把她引到一个房间。有一面很薄的白纱帘把房间隔成两半，一位60多岁的男人，坐在横桌后，让她坐在一条矮凳上。

这男人留着胡须，把长头发往后梳，脑后打了一个节，身着一件黑色长袍，脚上穿的是圆口鞋，小腿用布条扎起来，衣服和裤腿宽宽松松的，有一种仙风道骨的模样。

"我是从弥陀山过来的。"这男人说。

弥陀山阿颜有听说，到那里算命的都很灵验。他给她倒了一杯水，让她喝下，过会儿，她觉得有点迷幻和一种莫名的兴奋。他开始问起她丈夫的姓名、相貌、身材和家庭的情况以及要问的事情。

"等下你丈夫来了，不要紧张，你直接和他对话。"他对阿颜说。

说完他开始净手，点燃棒香。又拿起拂尘，在空中挥舞，好像是在招呼要见的人。又用拂尘沾水向四面挥去。这时，纱帘那头的汽灯亮了。渐渐地有人影晃动，人声嘈杂。一个男人侧面走过，又下去了。看身材长相很像大福。但隔着纱帘，看不清五官。阿颜很激动，她未开口泪先留，颤抖着问：

"你是大福吗？"

"我是。"

从纱帘后面传出了声音。她觉得声音是大福的。

"你在哪？"她禁不住哭出声来。

"我在台湾。这边管禁很严，不让联系你。家里孩子都好吗？"

"好，我给你添了男丁，咱们林家有后代了。"她哽咽着回答。

"我有香火了。"大福也哽咽着，自言自语地说。

"台岛政策允许，我就回去。"

阿颜想再说什么，这时穿道袍的人发话："时间到了。"随即，灯灭了，纱帘后没有了声音。

阿颜付了酬金。出来兴奋地告诉兄长："我听到大福的声音，他还活着，确定在台湾。"一路上阿颜话很多，不停地说。她兄长觉得奇怪，平常不爱言语的妹妹，今天怎么这么多话呢。

青丝等来了白发。

台湾那边开放了，西山那边传来消息。回来一位从台湾回来的老翁。他回乡祭祖，见到年老的结发妻子，几十年离别，乡音无改，旧厝还在。他们相拥而哭。他说那边还有家室，但每年都会回来与老家的亲人相聚。

阿颜让儿子陪她去，要会会这位老乡亲，问问台湾那边的情况。他们见到这位老人，老人跟她详细介绍了台岛那边的老兵生活状况。

"都还好，只要没死，现在当局都同意你回来。来去自由。"老人说。

"您有听说一个叫林大福的人吗？"这是最要紧的一句话。

"没有。"老人努力地回忆着，摇了摇头。

她和福归一起向老人鞠个躬，说声谢谢就离开了。回到家里，她就病倒了，还在想大福过几天就能回来。

"就算你爸那边有家室，我也能接受。只要他活着回家，让我看一眼。"她对儿子说。

六

阿颜的女儿叫福妹。从懂事起就跟着妈妈担惊受怕过日子，替妈妈分担忧愁。她也想念爸爸，但忘了爸爸的样子。她习惯了没爸的日子。只是往村上走，后面经常跟着一群不明事理的孩子，往她身上扔臭鱼虾，还编着歌嘲讽她：

"看你头发像熊样，长满虱子没人样。别人挨打父亲管，我们揍你能咋样。"

她到家门口，擦干眼泪，不敢让妈妈知道受欺负，怕妈妈更难过。她懂事、乖巧、听话、老实、本分。

福妹长大了嫁给本村讨海的小伙子。叫刘磹俤，小名海鳗，因为小时候他特别调皮好动。他比福妹大一岁，自小身体就很壮实，打架从没输过。

福妹受欺负时，他遇见了，都会站在福妹一边，轰走那些坏孩子。从小福妹就信任他，叫他哥。遇到什么事，或受什么委屈，福妹不敢跟妈妈说，都会跑去找磹俤诉说，他是她的精神支柱。

结婚后磹俤家里有父亲要照顾，他父亲原先也是讨海的，还是船老大，在一次台风救船中，被台风吹断的桅杆砸中了双手，粉碎性骨折，没医好，连刷牙洗脸都需要家人帮助。礃俤的妈妈有哮喘病，礃俤8岁时，妈妈就去世了。没有女人的家总是脏乱的。福妹长大后，帮妈妈做完事，就跑到礃俤家帮忙做家务。

到了出嫁年龄，介绍的男孩中，条件比礃俤好的有好几个，她连见面都没去。她只认定礃俤，非他莫嫁。

礃俤很珍惜自己的妻子，像自己这样的家庭条件，没有母亲，父亲治病又欠了债，娶妻很难，谁愿意进门就得照顾生活不能自理的父亲？何况福妹，在村里是数一数二的漂亮。贤惠更是没人可比。

他心疼妻子，家里的重活累活他都抢着干，不让妻子累着。福妹每次月事来，都痛经。他从不让她沾冰冷的东西，特别是冬天，他都是早早起来，为她烧了热水，并把家里的热水壶灌满。月事快来时礃俤都会买好鸡蛋。月事前后，他每天都会为她做红糖煮鸡蛋。他是先煮熟鸡蛋，剥了壳，用细线切成两半和红糖一起煮，让糖水渗透进鸡蛋。

渔岛男人，多数有大男子主义思想。回到家，就把脚翘起来，等着女人做吃的。礃俤不是，他月月做，不厌其烦地照顾着自己的女人。

痛经厉害时，他让她躺床上休息，用热水袋给她敷着，让小腹暖和，并帮她轻揉小腹，直到疼痛减轻些。

福妹先后为他生下两个男孩，他的经济负担更重了。除了自己的家庭，福妹妈妈这边也需要接济，日子过得紧巴巴的。

80年代开始，国内兴起出国热。当时虽然国内已经改革开放，但国内的经济跟美国、日本相比，还落后很多。丈夫跟福妹商量，想出去闯荡，或许还有一条活路。想想两个家庭的现状，福妹犹豫了一个晚上同意了。

"听说邻县那边有许多人去美国，美国赚钱容易，做餐厅服务员，光小费一个月就有3000多美金。"礃俤对老婆说。

他兴致勃勃到中介人那边打听，人家说要想去美国，要准备2万现金，这是偷渡的价码。如果用假结婚的方式出去价码更高。

"2万元，怎么这么贵呀！我要卖多少鱼呀！"礐俤说。

"是美金。"中介不屑地说。

礐俤听了咂舌。明知去美国不可能，但礐俤还是不甘心地问中介：

"什么叫假结婚？"

"就是你跟老婆离婚，外面中介跟你介绍一个美国籍的单身女人，办结婚证。出去后，过两年再离婚。我们收的钱除了中介费，还包括给女方的补偿费。"中介解释说。

他听了摇了摇头，扫兴地回到家，把情况说了一遍。福妹说："假结婚可以。但哪来的这么多钱呢？"他也弄不懂。

第二天礐俤去讨海，问了同船人才知道。邻县人去美国，是自己凑一部分美金，亲戚家每户都出一点，帮助他出去。后面亲戚的儿女要出去，先出国的他也要出同等美金还亲戚，这叫互帮互助。可咱们渔岛人，亲戚们哪有钱呀。有钱还得有信任，还得一条心，难哪。

"倒不如偷渡台湾，成本低，大不了被抓了，遣返，大陆这边教育一番，就放人，又不领刑。"同船的建议说。

礐俤回来跟福妹商量，福妹觉得可行。她还有一种想法，或许丈夫到台湾，能找到父亲。他们去找了"蛇头"——专门组织偷渡的人。蛇头告诉他们夫妻俩，费用要7000元，先交3500元订金。人到了台湾，再交清剩下的3500元。

当时一个大学本科毕业生每个月工资才56元。

"要等时间，能凑一船人才能走。"蛇头说。

"有危险吗？"福妹忧心忡忡地问。

"能有什么危险，我们这边开船，到台湾那边才两个小时，比去邻县都方便。到那边有人接船，安排吃住和工作。我们吃这碗饭的，都送过许多批的人啦。在那里一月赚的钱，都能抵上我们收的费用。请放心吧。"他拍了拍磹俤的肩膀说。

夫妻俩相信"台湾钱，淹脚目"。

实际上，偷渡台湾的风险是很大的。

据大陆的官方报道，偷渡死人的事件很多很惨的。

等了三个月，才接到蛇头的通知，要磹俤凌晨1点在小潭湾上船。这地方很偏僻，白天都没有人迹，更何况凌晨。磹俤到达时，才知道这次偷渡有56人。他们乘坐一艘载重量25吨的小船，所有人都被赶进船舱。船面只留4个驾船的人。

船到台湾南部，被台湾当局巡逻舰发现，他们搜走了偷渡船上的柴油，他们把偷渡船拖到"海峡中线"，扔下不管。以为没有储备的柴油，想再回头也不可能。让台湾巡逻舰没想到，在出发时，蛇头手下的开船人，早已把部分柴油装到可乐瓶里，化整为零，分发给偷渡者。

当巡逻舰离开时，开船人把藏在偷渡客背包的柴油一一取来，灌进油箱，在海上绕了一圈，下半夜又溜进台湾南部。

离海岸还有10多米，他们还是被巡逻舰发现了。开船人把偷渡客强行推进海里，自己也弃船跳海，这次偷渡淹死了6个偷渡客。剩下的人，由4个开船人带领，分别到达岸上指定地点，那里有车接应。

磹俤算是幸运的，他从小玩水，没有溺亡。第二天，福妹接到蛇头的通知，说人已平安到达，要她再交3500元钱。而其他的偷渡客，却没有这么幸运。

在刚偷渡的头一年，磹俤在台湾地下工厂打黑工，因为没有身份，老板故意压低工价，随意延时，没赚到什么钱。

福妹记得通过地下钱庄，拿到过两次10000块钱，后来就没有了音信。问蛇头，人家说他只管送人到台湾，其他不关他的事。

再说，如果被发现，就被遣返了，没被遣返，说明在赚钱。又问他跟磹俤同去的人还有谁，她好去问别人家属。蛇头说："这个我不能告诉你。"福妹没办法，只能在家等消息。

一年一年过去了，她很后悔让丈夫去了台湾。现在一家子生活都压在她身上。通过地下钱庄汇过来的一点钱，扣除7000元向亲戚借的蛇头费，还了一些旧债，加上一年全家的花销，所剩无几。

想想原先一家人在一起，虽然生活艰难些，但早出晚归，互相体贴照顾，也其乐融融。家里的大事小事有丈夫在，她不用操心。现在磹俤不在，且生死不明，担忧和盼望交替着，让她常常失眠。

她除了照顾两个孩子，还要照顾公公。她学会了理发。公公的双手失去功能，她得帮他剃胡须、理发、洗头、擦身、洗衣服。别人怎么看，她不管。她不能让老人受罪，活得窝囊。

公公是磹俤的爸爸，也是她的爸爸。她不照顾好公公，就对不起磹俤。

没有经济来源，她挑起鱼筐，到码头接鱼货，再挑到城关卖。她学会讨价还价，学会精打细算，一分钱掰成两分用。来回十几里路，她累，但没办法。就算月事那几天，她也要忍着疼痛，挑着担子去城关卖鱼。同行的村里女人见她脸色苍白，劝她不要去，她摇摇头，咬紧牙坚持，从没停歇过。

回到家里，她躺床上疼得大汗淋漓，自己灌了热水袋热敷，要是磹俤在身边就好。忍着疼痛，她还要起身给家人做饭。

有几次孩子在学校被别人霸凌，回来向妈妈哭诉，她只能忍着，想起小时候自己被别人欺负，磹俤保护的情景，她潸然泪下。

对丈夫的思念，她能做的就是等。她相信丈夫不会负心的。但他为什么不来信，也不汇钱呢？等急眼了，她就跑到海边，朝台湾方向，不停地喊着丈夫的名字，希望海风能带去她的声音，他能听见。喊到声嘶力竭，她才痴痴地瘫坐在礁石上，感觉全身疲软，无力站起。

这样的日子过了七年，两岸开始互通了。她突然接到地下钱庄的通知，这次她拿到3万元钱。她激动地跑回家，抱着小儿子亲了又亲。又把喜讯告诉了公公和妈妈。这证实了磹俤还活着。又过了一周，她接到丈夫的信。福妹有初小文化，信是看得懂的。

丈夫向她倾诉了七年来的思念。第一年他从台湾地下钱庄寄了两笔钱回家，后来钱庄就被查封了。他又找了一家钱庄，被私吞了，还好只有5000元。从此以后，他把钱积攒起来，不敢汇回家。这些年来，台湾当局对大陆封禁，书信检查很严，他又是偷渡客，被发现了就会被遣返，所以他也不敢跟家人联系。

福妹看完信，又哭又笑，像中邪一样。她给家里人添置了衣裳，自己也买了两套春夏的新衣。这些年她省吃俭用，勉强度日。孩子们和公公的穿着也很埋汰。自己更是污头垢面的，头发都自己剪，哪有能力添新衣、到理发店梳理发型呀。

现在丈夫寄回了钱，她不要家人再过乞丐一样的生活，让别人看不起，给丈夫丢脸。她又用丈夫汇来的钱在她妈食杂店装了一部电话，花了4000多元。还开通了国际长途。她觉得值得，这样她就能接到丈夫的电话，听到他的声音。另外电话也可以对外营业，让妈妈增加一些收入。

同村的女人都说她变了个人似的。

"你还是那样漂亮呀，好花难谢。"她们这样夸赞她。

她觉得等待是值得的。现在能听到丈夫的声音就好了。她通过国内钱庄把自家的电话转告给丈夫。年底，她接到丈夫的第一通电话。

相隔七年，她听到丈夫哽咽的声音。她也泣不成声。

丈夫告诉她，他现在还不能回去，还在躲着藏着打黑工。现在政策放松了，偷渡客想回去，要向当局申请遣返，他们会把我带走，关进"靖庐"，一个专门关押偷渡客的监狱，然后用船运回大陆，交给国内警方处理。他说现在还不想回去，想多赚点钱，另外要等政策稳定，台湾当局的政策经常变化的。

福妹理解丈夫的苦心，既然七年都等过来了，再等段时间也不要紧。福妹把话筒给了妈妈。妈妈知道女婿还活着，还赚了钱，很高兴。末了急切地问女婿：

"你这几年，打听到福妹爸爸的消息了吗？"

"我问过很多人，也偷偷找过几个从大陆撤退到台湾的老兵。他们说没听过岳父的名字。"磹俤心情沉重地回答。

阿颜听了久久没有说话。

她放下电话，沮丧地走向里间，把门关上，福妹隐约听到妈妈悲痛欲绝的哭声。

七

阿颜的儿子福归，生了两个女儿，一个儿子。大女儿叫彩虹，嫁给邻村的小伙子，叫丁明，是初中的同学。男方家境也不是很好。

丁明的爸爸是独子，三代单传，到了丁明他爸这一代，祖坟冒青烟，他妈啪啪啪生下了三个，全是带把子的。爷爷奶奶高兴得合不拢嘴。

丁明自己也生了两个男孩。一家10口人啦。

油盐酱醋茶，开门就得花钱。日子也过得紧巴巴。做生意吧，又没有大本钱。思来想去，他跟父母、老婆商量，想去日本打工。

90年代，出国风吹得国人醉，尤其年轻人，都觉得外面世界很精彩，窝在家里很无奈。当时身边不断听到日本可以赚大钱的消息。说只要肯干三份工，数钱数到手发红。这话刺激得他们心痒痒。

问了中介，什么办法能快点出去？中介说，最快的速度是办真的假护照。彩虹夫妻听不明白，怎么这么拗口。中介解释说：

"就是用真护照，贴上丁明的证件照就行。"

"这样就行？不怕被认出来？"彩虹很怀疑地问。

"这你们就不用管了，我们有专业的人员会处理好。钱要存在第三方名下或用双密码。进了日本国，付钱。出不了国，不收钱。"

"多少钱？"丁明问。

"9万元，一口价。"中介回答。

"什么叫第三方或双密码？"彩虹不解地问。

"就是找个你我都信得过的人，把钱存在他名下。或者用你的姓名到银行开户，你输入密码，我也输入密码。取款时，你我都要到位。听明白了吗？"

"明白了。"彩虹点点头说。

"另外，若出去了，可能一时半会回不来，因为用的是别人的真护照，这次做假出去了，别人要登报申明护照丢失了，作废，再重新补办新护照。你手持的真的假护照就不能用了。要回国，可以申请遣返。"

中介说的是真话。做生意吧，丑话说前头，免得扯皮。

回到家，商议筹钱的事。

丁明这头，只能筹三分之一的钱，彩虹回家找了姑姑，姑姑很信任她，刚好磹俤又汇了2万元回来，全部借给彩虹。他们又向社会上借4万元高息的钱。事情办得还算顺利。

到达日本后，丁明打电话回家，报了平安。

丈夫走后，彩虹的心渐渐冷静了下来。丈夫不时有电话打回来，从他的述说中知道，日本的工作不难找，但劳动强度很高，赚钱不是原先想象的那么容易。丁明忙得连头发都没时间剪，长了就把头发扎起来。

他很吃苦，什么活都干，每天干三份工作。一份是建筑工地绑脚手架；一份是餐厅洗碗工；有时还清理下水道和化粪池。总之脏臭、繁重、危险的活都是中国到日本的打工仔干的。他睡在地下室榻榻米上，晚上回家时都在凌晨2点左右。累得都不想说话，也没人愿意跟他交流。这些底层的打工仔，各忙各的，都在拼命地赚钱还债。除了礼节性的点个头，连笑容都是装出来的。

用了两年时间他才还清债务。

彩虹最不能忍的是后期，遥遥无期。丁明走时，她才25岁。虽然有电话，都是丁明打过来的，但每分钟29元，他总是匆匆地说几句就挂断了，哪有什么儿女情长。跟她同龄的城关同学，每年同学会都在聊游玩的事。她们穿着光鲜，晒全家照，晒穿着，比幸福。她只有羡慕的份。

能拿什么跟人家比呢。已经五年过去了，自己的眼角已经有了皱纹，丈夫还没有回来的打算。想着，等着，蓬勃的年华，像流沙，就这样在指缝中漏掉。

每晚她把孩子安顿好了，躺在床上，翻来覆去地睡不着。她渴望爱，渴望有人疼，渴望男人在身边，只要能闻到他气息也满足。

想起丈夫，她就全身发热，兴奋异常。她抑郁了，常常不由自主地笑，莫名其妙地哭，有时还胡言乱语。吓得孩子都不敢近前。她去看了医生，医生开了药给她。

"这药治标不治本。最好的药，是让你丈夫回来。"

可是他什么时候能回来？问他，他回答：

"再等等。"

"我要等到什么时候？"彩虹自言自语地问空气，失望地摇摇头。

八

福归第二个女儿叫彩凤，比姐姐小两岁。她大专毕业，分配在渔岛园林局工作。虽然收入不高，但手头工作很轻松。接受姑姑和姐姐的教训，她找男人，绝不找出国的。

22岁那年，她真找到了如意郎君。男方家族是做隧道的，家里很富有。

提起渔岛人做隧道，国内外无人不晓。任何新兴事业都是有机缘的。

渔岛男人生活在地理条件恶劣的环境中，从小就吃苦。去参军，也多服役于铁道兵部队，跟开山、掘土、炸石打交道，练就了一身硬功夫。退伍后，不甘寂寞，1962年就打通闽地第一条隧道。接着足迹遍布国内外。现在拿下全国85%的隧道工程，从业人员10万人。每年承接的隧道工程总值达上千亿。包括秦岭隧道、青藏铁路隧道、港珠澳大桥沉管隧道等重大工程都是渔岛人参与建设的，创造了无数个工程奇迹，解决了许许多多世界隧道技术难题。现在还把业务扩展到10多个国家和地区。他们攻克了世界首例特长双向八车道钢壳混凝土沉管隧道的技术难题，解决了世界海拔最高、公里数最长的青藏铁路的隧道冻土问题。

彩凤要嫁的男人，就是这支队伍中的一员。

他是第二代隧道人。他们恋爱了一年就结婚了。婚礼的规格是渔岛最高的，那排场不比明星差。看看婚车阵容你就知道了，一共7辆。领头的是宝马7系E32，仅用来摄像。接下来是奔驰S600，齐刷刷5辆，殿后的是宝马7系E38，是用来放鞭炮的。这可是八九十年代最炫耀的婚车。车队在新郎城关独栋别墅出发，绕城关一圈。一路上鞭炮声连续不断，令路人砸舌。

到了福归家，车队把车停在路边，但围观的人太多，还是把村道堵了，福归家的几个亲戚吆喝着在疏通。新郎下车了，他拉了拉身上穿着的3万元一套西装的衣角，器宇轩昂走向彩凤的家。后面跟着一大群孩子，嚷嚷地朝他要喜糖。一个伴郎从车上拎下一袋酒心巧克力，分给孩子一人一包。这几个伴郎也是一色西装革履，干净利索，个个目光如炬，精明干练。他们左护右卫着新郎。几个伴娘是彩凤的闺蜜，看到这么奢华的婚车，她们叫了一声"哇塞"，伸了伸舌头，啧啧称赞，眼光里满是惊艳和期盼。婚车惊动了整个村子。来观看新郎新娘的村民把福归家团团围住，水泄不通。他们投来羡慕的目光，纷纷祝福彩凤嫁给多金的郎君。从此，彩凤成了"别人家的孩子"。

今天的彩凤比平时多了一分妩媚。海岛的女孩身材本来就修长，长相又继承了奶奶的优点。经跟妆师精心化妆雕琢，不输明星。她脸上洋溢着渔岛女孩从容、大气、纯真的高雅气质。少了明星的胭脂气、夸张和做作。

婚礼在渔岛五星级酒店举行，两台长臂摄像机聚焦在前台上，见证着他们豪华婚礼的每一个细节。婚宴的菜品也是一等一的，在渔岛，婚宴是不上肉菜的。像这样的场合，最多一张桌上一只烤乳猪，供客人吃那酥脆的表皮，其他都是生猛海鲜。当然，燕窝和鱼翅是一定要上的。渔岛的习俗，是不收来客礼金的。这样算下来，100桌的婚宴就花费不少钱。

本来丈夫要她做全职太太，跟他去项目地的城市居住，但彩凤不愿意吃闲饭。

婚后她跟丈夫去了一趟工地，在深山老林中。

流传过一个故事，说一支隧道工程队，夜宿工地。工地旁边有一个湖泊，半夜常听到孩子的啼哭声。工人们觉得很诡异，以为是山神作祟，于是就买了供品祭拜。但声音没有消失，且此起彼落，甚是恐怖。

有个脾气暴躁的工人，点燃炸药扔到湖中，声音没有了。第二天他们去看个究竟，湖上漂浮着一片四脚鱼。后来才知道那就是娃娃鱼。这种鱼需要无污染的水源才能存活。足见这个工人下脚的地方是原生态自然环境，从没有人干扰过。也说明工地常在穷乡僻壤的地方。

她那天去时，通往工地的山路已经修好，但距城市中心车程两个小时。就是住在最近的宾馆，丈夫也不能每晚回来，因为每天清早就得督促工人上班，三班作业。若不到现场，工人就会偷懒或偷工，影响工程质量和进度。

许多工程赚不到钱，很大原因都是督管不到位造成的。

彩凤决定留在渔岛，上班下班，手头有事做，等待就不会显得漫长。

但她低估了丈夫监管工程的艰巨性。

他忙得有时一天只吃两顿饭。要回渔岛要费很多周折。从工地到城市，再到机场都要花一天时间，回到省城机场，再回渔岛，就半夜了。有时人到家刚脱下鞋，电话就来了。说工地透水了，遇到塌方了，谁受伤了，要送医院救治……在家没有几多空闲的时间。所以一年回不了几趟家，待家里的时间也不长，最多三两天，被子刚捂热就走了，留下绵绵相思。

没办法，为了生活过得有尊严，体面些，她只能选择等待。"有了孩子会好些。"妈妈说。"姐姐不是也有孩子吗？"她反问妈妈。妈妈苦笑着，没有回答。

九

这年的八月十五，因为彩凤丈夫手下的工头请假，工期又紧张，工人不能走，丈夫即当监管又当工头，脱不开身，回不了家。彩凤觉得心里空落落的，就回娘家过节。她妈把姐姐和两个孩子也一起叫了过来。一家人在福归家里吃了团圆饭。

饭后，姐妹俩与奶奶一起坐在院子里聊天，俩姐妹好久没有聚一起，起先聊起童年的事，还很开心。孩子嚷着要放烟火，她们就上了楼顶天台，看到隔壁四邻天台上一家人玩在一起，欢欢乐乐，顿时黯然神伤。在村子鞭炮焰火声中，她们望着空荡荡的天空，鹊桥难渡。

每逢佳节倍思亲，遍插茱萸少一人。这是她们真切的感受。奶奶这几年逢年过节总是流泪。"我都烧了47年香了，你们的爹爹到现在都没有音信。月光这么亮，上天看不见，听不到我祈告吗？"说完，又是热泪盈眶。姐妹俩想安慰奶奶，但不知道说什么好，因为她们心里也很苦涩。

阿颜等到去世，也没等到亲人回来。临死前她嘴里一直念叨着她丈夫的名字。在她死去的第二个年头，那天正是她的忌日，一个须发皆白的老人，由一个清秀的女孩搀扶着来到福归家。

"你是大福的儿子吗？"老人问。

"是。"福归回答。

"你妈……"老人看着香炉中，棒香袅袅升起烟雾，他已猜出几分。福归指了指墙上的遗像，眼眶蓄满了泪水。

"她去世了。"他回答完，低下了头。

"我还是来迟了。"老人哽咽着说。他解开上衣的扣子，从内衣的口袋里取出一块头巾，递给了福归。这头巾除了半块月饼大的地方还留着本色，其余的都变成褐色。

"这是你爸大福的遗物。"老人泣不成声。福归摊开头巾，看到一行地址，正是自己家的。

他赶忙打开香案的抽屉，从里头翻出半块黄色的头巾，这是他妈生前留下来，每次逢年过节，他妈总是把这半块头巾拿出，泪如雨下。福归把两块毛巾对上，撕裂的痕迹吻合无误。

"老伯，这是怎么回事？"他很疑惑问老人。

"你听我慢慢说。"老人接过身边女孩的手帕，擦干眼泪，对福归说起事情的前后经过。

他说，自己也是渔岛人，家在南岛那边。是与大福一样同一批被抓壮丁的。当晚就被送往山区兵营，他们也想逃跑，但没有机会。路上他们像牲畜一样两手腕被绑定，一根长绳穿过手腕把一行人串在一起，被赶着往前走。在山区待了两天，吃的不是人饭。晚上睡觉被脱了上衣，门口有士兵把守，子弹上膛，虎视眈眈。长官训话：逃跑者就地正法。两天后又被赶着往前走，连续走了两天两夜，饥肠辘辘，疲惫不堪，颤颤抖抖，蹀躞蹒跚。想逃跑都难，跑不动呀。又到了兵营，他们两个人被编在一个班，只看了示范怎么打枪，就上战场了。逃路谈何容易，前阵就是敌阵，后面长官拿枪逼着。逃跑不是被对方打死，就是被长官枪毙。战场的前夜，大福拿出黄头巾对他说，万一我回不去了，你活着要把这头巾交给我老婆，叫她不要等我，找个人嫁了。她是个好女人，下辈子我再娶她。并要他把大福家的地址写在黄头巾上。

第一次冲锋，被对方打得七零八散。第二次冲锋，很不幸，大福被打中了，伤口在脖子上，血喷涌出来，染红他的前身，他把大福拖到一处土堆后，临终前大福从胸口扯出黄头巾交给他。鲜血浸透了黄头巾。大福头歪靠在他腿上闭上了眼睛。

老人说到这里，泣不成声。平静后，他说，也许自己命大，打了五场战役，大腿和手臂都挂过彩，但没有伤及生命。后来他随国民党军败退到台湾，不久就退役了。

拿到退役金他开了家餐饮店，取名"大兵之家"，后来又开了一家咖啡凉茶店，主要接待中下级退役军人，取名"九品居"。来客基本是大陆来台的老兵。生意一直挺好。他思念家乡的亲人，如涸鱼盼水，鸿雁望归呀，因为台湾与大陆的政治隔阂，台湾当局不准退役军人与大陆亲人联系。上不能服侍高堂尽孝，下不能与妻子儿女团聚，诚如余光中先生《乡愁》所表达的那样。

每当逢年过节，他只能望洋兴叹，不胜唏嘘。数十年来，家里人也不知道他生死。

"再不回家，我就客死他乡了。诺，这是我的小女儿，从小在台湾长大，这次陪我回来。"他指着身边的姑娘，对福归说。

"谢谢老伯送回我爸爸的遗物。"说完就要下跪。

"不可，是我来迟了。"老人拦住福归。又重复开始说过的话。

送走客人，福归跪在香案前，双手捧着两块黄头巾，对妈妈的遗像说："妈妈，爸爸回来了。你听见了吗？"说完，号啕大哭。

等待，这难道是渔岛女人的宿命吗？

第四章

蛇 屿

一

蛇屿离东海岸三公里。查民国县志，记载如下："形似蛇，夜间常见磷火雨点，俗称蛇目云，故名蛇屿。"民国不远。

提起蛇屿，人的习惯思维，认为它与辽宁蛇岛一样，在林丛、石穴、山梁、阴谷中有数万条黑眉蝮蛇所伏，伺机捕食候鸟。

蛇屿没蛇，信不信由你。因为蛇屿没有栖息鸟类，自然也就没有蛇。

我去过蛇屿两次。

一次是我15岁那年，大潮时，大队长高兴，调用了村子的一艘大船，装上大小百来号人，去蛇屿采海货，也叫讨小海。那年代，时兴把村长叫成大队长。上面让村民这样叫，村民不得不叫。但听起来好像对日本鬼子的称呼，村民都成了伪军，见面就来句：报告大队长。着实有点滑稽。

到了蛇屿，大队长发话："到了！大伙分散去讨小海，该干什么的干什么去。到点了，听到我哨子声，大家放下手中的活，集中上船，千万别贪恋，水涨上来，就危险了。拉下谁我都担当不起呀。"

讨海过程我都忘了，只记得涨潮了，太阳快落山了，我还在与一只大章鱼拼搏。我是听到大队长的哨子声，赶紧往刚才下船的地方跑，可是有一只大章鱼也趁着涨潮从洞穴出来，它抱住一只石蟹不放手，还竖起它的光头，眼睛提溜转瞧着我，它身体不断变化着颜色，一会儿红，一会儿黄，一会儿绿，一会儿蓝。一点也不怵我。我的妈呀！我就是来抓章鱼的，一个下午才抓到两三只小章鱼。老子寻你千百度，原来你在洞口处。

这么好的机会我哪能放过。

伸手就抓住它，它哪肯屈服，"咮"的一声，它把一肚子的黑汁喷出来，弄得我满身一片黑。这家伙有力得很，八只腕足捆住我的手往它巢穴里拖呀。我扯它，它扯我，就这样拉锯着。大队长吹了三遍哨子，他没见到我。急了，到处找我。见到我时，他气愤得脸都变歪了。他帮我把手抽出来，紧赶慢赶到船上，全船的人都盯着我，那眼神想把我吞下去。

看看我的手臂，被章鱼的吸盘吸出一连串的印痕，一分钱硬币大小，一个个紫红紫红的。看我这身黑衣服黑脸都是墨鱼汁，弄得活脱脱一个黑包公。这章鱼没捉着，还成了别人耻笑的小丑，还伤到了自己。我无地自容，真想找条船缝钻进去。

二

第二次去蛇屿是10年前的事。

北京来了两位客人，执意要去蛇屿看看，他俩都是资深的钓手。一是想在蛇屿海钓；二是想看看蛇屿广为流传的磷光雨点。我叫了一位乡党，开钓鱼艇陪我们去。对海钓，我多少年没摸竿了。到了蛇屿，系好船绳，客人先登岛了，他俩驾轻就熟，选好钓位，打开冰壶，取出鱼饵开始忙活了。我和乡党整理好船务，刚踏上礁石，听到侧面传来弱弱的女人的呼喊："你是联光？"

这是我在家乡的小名。

在这荒岛上，还有人知道我40年前的小名。我万分惊讶！转身看见眼前这女人，她戴着竹笠，露出的头发已经花白。背有点佝偻，皮肤黝黑，抬头纹深深地刻在前额上。眉毛稀少，眼角下垂，眼角纹纵横交错。双手粗糙，指甲凹凸不平。

我猜不出她是谁。"您是？"我迟疑良久，问道。

她把长袖口往上拉，在胳膊上我看到一处红胎记。

"你是梅萍呀！"我喊出来。她点点头，眼角噙着泪花。

"你怎么在这儿？""我儿子和别人一起在这附近养鲍鱼。"她指着不远处的处所说，"我闲着也是闲着，退潮时，就约几个老姐妹到岛上割些天然海带和海草，鲍鱼喜欢吃。"

我用眼睛扫了附近，确实有三四个同龄的妇人在忙着。

"像以前乡下割猪草喂猪一样。"

她说着，笑了，只有这笑容跟40年前一样。

"我儿子送我们过来，涨潮了，他来接我们回去。"她说。

她抬头仔细打量着我。

"你都没什么变，真的，不然我怎么一眼就认出你。"

"都老了。"我说。

"你的腿关节痛现在好了没？我刚出嫁那会儿，听他家嫂子说村里有个老中医，六代传人，专治关节炎。我买了几贴膏药和中药捎回家，让家人给你。"

"我没收到呀！"我说，"我的腿已经好了。"

"哦！你一定要多保重！我忙去了。"她低着头，声音很小，说完，没再抬头看我，走了。

我沉入了沉思。我俩曾经相恋过。

那时我高中毕业，回乡参加劳动。跟她同一个生产队。初次见面时，我打量过她。身高大约1.65米，生活在亦农亦渔的家乡女，身材都姣好。圆脸，有一对酒窝，笑时很明显。额头很饱满，眼睛不大，笑时总眯着，不笑很耐看。额头有汗沾着头发时，总喜欢用嘴角送气向上吹头发。我回乡时，身高1.77米，体重只有119斤，乡人说我像电线杆。

我的左腿髋关节炎是上初中时患下的。虽然好了但因为在发育期患病，左腿长度就比右腿少了2—3公分，挑重担髋关节还是会痛。为了争高工分，我常去挑140多斤的担子，时间久了，髋骨关节开始疼起来，且日益加重。

同龄人挑起100多斤的担子能走几里路不换肩，不歇气，我不行，瘸着脚，要歇好几趟气，换肩好多次，咬牙才能挑到目的地。她看见我这么吃力，自己先尽快到达目的地，然后就回头把担子接过去，经常这样。当时在生产队出工，要挣到规定的工分才能分到口粮。

每天干活要定量，她总是做完自己的那份工，回头来帮我。

记得有一天，为地瓜施肥。得先把地瓜藤掀起，用犁铧把地瓜垅一边的土掀下，然后施肥，再用犁铧复土。我把犁铧套在牛脖上，牛拉犁铧时把半垅地瓜的根块给犁坏了。

队长走过来，瞪着眼睛对我说："你除了读书，还会什么？油瓶倒了都不懂扶正的人。"

这是骂人的话，就是说愚笨无用。她听到这话从隔壁地快跑过来。怼队长："犁垅施肥，本来就是个难活，干这活谁没有开始的时候？你没失手过？"说完把我的地瓜垅犁好。

离开时又对队长说："要扣分扣我的，我干完的那几垅活跟他对换。"收工后，她来到我身边，我那时心情很不好，眼泪汪汪的。"拿去，把眼泪擦了！"她把手帕递给我说。"像个男子汉的样子。"她补了一句，眼睛盯着我，一直等我笑了，她跑开了。

我第一次见到指甲剪，是她给我剪指甲才知道的。以前我剪指甲都是用剪刀，常常剪出血。有一天她说给我看件东西，说着掏出了一把指甲剪。

"哪来的？"我问她。

"我姑奶奶托别人捎给我们家的。"

我知道她有个亲戚在海外，但不知道哪个国家。有这层关系当时是很大的事，如同敌特呢。她告诉我，是把我当成她家人，不怕我往外传。

"我给你剪指甲。"她说。

也不管我同意不同意。她就拉过我的手。我环顾四周，田那头还有人呢。我的心跳得厉害。"以后指甲长了我都给你剪。"她不管不顾地说，我脸一下子红起来。剪完我的，她剪了自己的，相处这么长时间，我第一次认真看了她的手指甲，虽然天天干活，但指甲是红润的，饱满有光泽。剪完指甲，她拉过我的手，说要给我看手相。

"我不信。"我说。

"我刚学的，不骗你。"她说。

她先把自己的右手掌向内弯成90度，数了数手腕皱褶。

"我有一条长的，两条短的。再看看你的。"她说。

她把我的左手掌也弯成90度。

"你看见没？也是一长二短。"她数了数我手腕皱褶盯着我说。

"什么意思呀？"我不懂。

"代表将来能生多少孩子。长的是男孩，短的是女孩。"说完，她把手放在我的手心上。眼睛直勾勾地看着我，我能听到她的心跳声，看到她眼睛闪着泪光和期待。许久，我们都没有说话。直到听到脚步声，她才把手收回。

为了挣到高工分，我在夏天揽下烧贝壳的活。这是个苦活累活，夏天没有人愿意干，我干了。这活，火不能熄，日夜得有人盯着。接连熬夜，夏天中午，气温37度，在壳窑旁边，温度更高。我戴着草帽，没有防暑措施。眼睛红得像兔子，口干得吃不下饭，只喝水。

她每天中午都来送凉茶，我手里忙着腾不出手来接茶杯，她就喂我喝茶水，用袖子帮我擦拭额头的汗水。我下料时，她帮我脚踩鼓风机。她没戴草帽，热得满头汗。叫她走，不走。说中午有时间，要陪我，能帮一点算一点。见我发脾气了才离开。我看见她背过身时抹眼泪。我知道她真心爱上我。她知道我穷，但护着我，怜爱我。

她是突然订婚的。

那天我正在村里旱厕掏粪，她堂妹找到我。

对我说："我堂姐订婚了，我伯伯逼的。"

我愣住了，身子像被人抽走了筋骨，跌坐在旱厕的地上。

"她约你今晚到村部东南角的榕树见面。"

说完她走了。我努力让自己站起来，扶着旱厕旁边的一棵树，号啕大哭。我没有去赴约。我能说什么？我穷，我不知道前程在哪里，就算她父母愿意，我拿什么娶她？

三个月后她出嫁了，这三个月我被大队部派工去了公社学习班打杂。回村时，再也没见到她身影。收工时我常坐在田头，眼前一直晃动着她无数次帮我干活的情景。看着她向我走来，坐在我身边，帮我剪指甲，逗我开心，弯着手掌数皱褶……

半年后，我考上了大学，我们之间就这样断了音讯。

"想什么啦？"我的乡党走过来，拍着我肩膀说。

刚才我与梅萍说话时，他找北京的朋友钓鱼去了。

"他们等你去钓鱼。"他说。

"好呀！"我缓过神来，跟他来到了钓位。

他为我选择的钓位面向海潮，这样海潮冲击岩礁会带来丰富的浮游生物和氧气，是小鱼最喜欢待的地方。大鱼寻机过来吃小鱼，所以这是大小鱼聚集的地方。

此外准确投抛鱼饵才是海钓高手的独门绝技。

海鱼喜欢栖息、觅食于水下暗礁。那里有海生植物和附着礁石生长的各类海洋生物，是生物链的集聚地。怎样辨别水下暗礁，就要看钓者的眼力了。海水一般是蔚蓝色的，发现深蓝色、墨绿色或黑色的海水，那就是暗礁的地方，就可以大胆下钩了。

他为我选的钓台是一块突出海面的礁石。他用带来的铁铲三五下就铲下半簸箕礁石上的海蛎、藤壶。然后捣碎。"先用这打窝，"他边说边做起示范，抓起海蛎藤壶的碎渣向远处撒去，"等鱼聚拢，再上饵下钩。"他嘱咐说。

收工时，我们都有渔获。钓到的有鲈鱼、黑鲷、黄翅鱼。

偶遇梅萍，我的心一直没放下。趁他们杀鱼准备晚饭时，我对乡党说："我想再过去跟她说些话。"他拉住了我。"我看过一篇《六月尽》的文章，这位很睿智的作家说过，很多往事，荡个涟漪就好。不能有执念，若有执念，心都牵疼。"他说完，拍拍我肩膀，让我自己去体会。

作罢，我把投向远处的目光收回，锁紧。

三

晚餐很简单，杀了一条鱼，吃完鱼，再把滚烫的鱼汤泡筒面。两位朋友把鱼汤喝得一滴都不剩。

打着饱嗝，我们到岛顶上宿营。今晚我们要一起看磷光雨点。

我们怀着忐忑不安的心情，迎接磷光雨点的出现。

"闲也是闲着，不如你们每个人讲一段记忆深刻的海钓往事，如何？"我提议说。

"好呀！"大家都附和。

"你先说。"

我对乡党说："你是地主，应尽地主之谊。"

"好！"乡党很豪爽。

"我和第二任妻子就是在这蛇屿海钓时认识的。"乡党说。

他给我们讲述了认识女孩的经过。

90年代初，渔岛引进台岛十几万粒九孔鲍鱼苗，试养成功，一年多后，收获2吨多成鲍。政府就积极推广渔户养殖鲍鱼。他是大队负责养殖的队副，除了推广养殖技术，还积极帮渔户贷款。自己心大，开始就养了300余箱鲍鱼。养鲍鱼前期投入大，他贷款并东挪西借几十万元投入。养殖费工夫，他和前妻忙不过来，雇了两名内地人帮助料理，还是忙得后脚跟打后脑勺。

这年鲍鱼死亡率太高，亏得很惨。

后来请了养殖专家，原来是渔户连片养殖，密度太高，缺氧造成的。他前妻劳累过度加上亏损打击，就病倒了。她本来就有先天性疾病，由于压力太大就复发了，辗转省城好几家医院，还是无力回天。

说到这里，他低头不语，我们和他一样，都沉浸在悲伤中。

后来他又向做隧道的连襟借了款，重新投入养殖。"我没有回头路。"他说。这次他成功了，扣除成本，赚了几十万元。后期就比较顺利了。他养殖发展了，引进国外好几个品种的鲍鱼，包括从澳洲引进的黄金鲍，每只个头像成人拳头一样大。他给每条小船装上挂机，便于养殖区搬运饲料方便通行。

"鲍鱼吃什么呢？"北京的朋友问。

"吃饲料，主要成分是海带和各类海藻，还有帮助鲍鱼消化的物质，混合成颗粒或其他形状，便于饲养。也可以用新鲜的海带喂养。但大面积的养殖不适宜。"他解释。

他购买了一艘铁壳钓鱼艇，是日本产的NWF23，他叫它"野马"。当时，海岛拥有这样钓鱼艇的人很帅。他闲时经常来蛇屿周边海域礁石区垂钓。那是一个暮春的傍晚，蛇屿周边升起薄薄的雾。他来到这里，见到好几艘钓友的船。其中一个见面熟的钓友，船上还带着一个女孩，面容姣好，明眸皓齿，清雅脱俗，自有一股轻灵之气拂面而来。

"这女孩是你女友吗？"他问钓友。

"不是，我妹妹。"钓友回答。

"好漂亮哦。"他竖起拇指对女孩说。

"哇塞！你这艘钓鱼艇好气派呀。"女孩回应。

他向他们挥挥手，把艇开到潮流的下游，距钓友的船约5米远。装好鱼饵，他不下钩，故意弄这弄那，用眼睛的余光瞄那女孩，等她甩竿。当女孩甩竿后，他判断潮流已把她甩出的鱼钩卷到了他的艇位附近，他才甩竿，这样两根水下鱼线就缠在一起。他把自己的钓鱼艇靠近钓友的船，连声道歉，并帮女孩分解绞在一起的鱼线。这里潮流湍急，鱼线缠得很紧。他们一边弄鱼线，一边交流。

他问她是干什么的。女孩说她中国海洋大学刚毕业，在等分配呢。

"你呢？"女孩问。

"我是养鲍鱼的。"他回答。

他问："你是学什么的。"

"水产养殖。"女孩回答。

她很拘谨，回答也很简单，毕竟初次认识。

"我有个不情之请，你若有时间，不妨到我鲍鱼排看看，我有许多技术问题想请教。"说完，他递给她一张名片。

"我会按专家标准付酬的。"说完，他离开了他们。

几天后，女孩应约坐上他的"野马"——他给钓鱼艇的命名，前往他的养殖场。她自己在家闲着也无聊，早就想找一家水产养殖现场实践，比较下所学知识与现场养殖的差距。到了养殖现场，他开着"野马"带她兜了一圈。

"这么大呀！"她很惊叹。

"这里有多少亩呀？"她问他。

"250亩左右。"他如实回答。

"投入的成本还不少呢。"女孩说。

这女孩是专业的。她估算一下，光成本投入要2000万元以上。

他们到了黄金鲍海域，这里约50亩水面。

"这里的黄金鲍养了三年了，可以出售。每只都有1斤多重。现在市场售价每斤500元，主要供应高档酒店。"他说完，吩咐手下捞出三只黄金鲍，带回中午吃。

"现在主要是幼鲍成活率和病害问题，"他对女孩说，"很头痛的问题。你若有时间，有兴趣，我请你当顾问，省得出现问题我老跑省城请专家。"

"我考虑下。"女孩不置可否回答他。

到了鱼排上的简易房间，房间里有住宿和厨房。是他平时与雇工饮食起居的地方。房间一大溜，搭建在鲍鱼场浮台上。他手下的员工现在有100号左右。他称这是"海上村落"。

他亲自下厨，把黄金鲍杀了，去除内脏，切成薄片，又切了西芹，把水烧开，待水温降到90度，放鲍鱼片氽烫三秒，即刻捞起。锅烧热放油，下葱姜爆香，放西芹炒到断生，最后下鲍鱼片爆炒，再要点刚才氽烫鲍鱼片的原汤，调味出锅。

又做了一道当归清煮鲷鱼汤。就是在清水中放入当归数片，去腥。等水煮开，滚沸时放入清洗好的、切成块状的红鲷鱼，盖上锅盖，待鱼的眼珠子暴突，关火，下点盐巴就好。

"红鲷鱼是自己养殖的。我有一个网箱是用来养红鲷鱼的，专门接待来客，吃不完出售，也是'试验田'，边养边积累经验，以后也要做成产业。"他一边做饭一边对女孩说。

他还炒了一道青蔬，主食是地瓜蒸干饭。席间，女孩不经意问道：

"你平常都在海上生活吗？"

"是。自从我妻子去世后，除了公务，我基本上都在这里度过。"说完，他离开饭桌。

"我去洗个手。"他怕女孩看到他伤感，借口洗手去了。虽然妻子过世多年，提起她，就想起与她一起创业的情景，他就会流泪。

回到餐桌，他给她盛饭，舀汤。

"合口味吗？"他很谦恭地问。

"很好。"女孩回答。

女孩是地道的渔岛人，他的饭菜很合她的胃口。临走时，他又吩咐员工捞了几只黄金鲍和两条鲜活的红鲷鱼，让女孩带回家。

"这不好吧，又吃又带的。"女孩推辞道。

"自己养的东西，又不用钱买。来我这里的客人都没空手回去的。这是伴手礼，小意思。"他的送礼理由，让女孩无语以对。

女孩收下这份伴手礼。

"这就对了，给我赏脸了。"他对女孩说，态度一直很谦恭。

把女孩送到码头，他扶女孩下艇，并把一个红包塞给女孩。

"这是顾问费。"

里面装着5000元。

说完，他跳上钓鱼艇，调最高的时速离开了，艇后卷起欢腾的浪花。女孩站在码头上，略有所思地望着男人远去的"野马"，嘀咕了一句："这个男人。"后来又邀请她几次，她都应约。

看到她经常来他养殖场，她的父母就觉得有点蹊跷了。她有两个哥哥，大哥是他的钓友。父亲早年在工商部门工作，大小也是个头。母亲是中学老师，家教很严。

她是个乖乖女，从小学到大学，父母都看得紧，并告诫她不要在大学谈恋爱。家里只有一个宝贝女儿，父母不希望她远嫁。她很听父母的话，毕业后就回到家乡，父亲已经为她找好了工作，在县水产局。

母亲发现女儿，每次从养殖场回来，总是一个人发呆，或痴痴地笑。母亲也是女人，是过来人，她大概知道了女儿的心事。

有一天，妈妈把女儿拉到身边，悄悄问她："你是不是有意中人了？""没有。"女儿回答。她自己也不知道。在与他相处的过程中，她只觉得这男人很会关心体贴人。

那天她月事来，肚子疼。刚好接到他电话，说是黄金鲍食欲不佳，附着力降低，不知什么原因。她本来想婉拒他，但她没有说出口，还是去了现场。

那是入冬季节，海风有点寒冷。他看到她穿得有点单薄，一上船就脱下自己的棉大衣给她穿上，虽然鱼腥味很重，但她觉得这大衣带着他的体温，很暖和。

到了养殖场，他扶她上了平台，才发现她今天脸色苍白，刚才拉她一把的时候，发现她的手很冰凉。"你怎么啦？"他问，样子很担心。

"没什么，来生理了。"她很羞涩地答道。她坚持想去现场，他不让。

自从她第一次来他养殖场后，他就专门为她整理了一间房，为她来时有地方休息。并为她房间增添了柴油发电机，装上空调。他打开暖气，要她在房间休息，等待。他让员工去捞回病状的鲍鱼。她没办法，只好听他的，这男人有点霸道，但心这么细，这样照顾她，还是她第一次遇到，心里有异样的感动。

她想徒手掰开查看鲍鱼外套内液体，他赶忙阻拦她，拿来胶皮手套，给她戴上。"你这会不宜接触冰冷的东西。"他叮嘱。

她看到鲍鱼液体增多，色淡红，内脏肿大突出。断定鱼病系水流不畅、缺氧、饵料腐败所致。让他加强水质管理，捞出残饵，用抽水泵抽取新鲜海水冲洗网箱，用土霉素加新鲜饵料重新投放。

他烧了热水，端到房间，让她洗手。想到这里，那种异样感受又爬上心头。她看了一眼妈妈，问：

"妈妈，你觉得鲍鱼场那个人怎么样？"

妈妈听了很诧异："女儿，你怎么会有这念头呀？他虽然是单身，但已经有两个孩子了。人又长得那么黑，个头也不高。年纪又比你大这么多。"

"我只是觉得他好辛苦，偌大一个养殖场，里里外外都是他一个人在操劳，生活也没人照顾。再说，他确实需要我这样专业的人帮助。"

"不可以，咱这是小县城，你又是黄花闺女，怎么可以嫁给二婚的人？咱家的脸往哪儿搁呀？"

说这话，妈妈脸色都发青了。爸爸就更不用说了。她听了，犹豫了。

姨外婆这时也过来说亲。男方也住在城关，自家有一座联排别墅。父亲是搞远洋运输生意的，在当时算是大户。家里成员简单，父母、外加一个妹妹。男孩本身条件也不错，不但身高达标，长相也很帅气。中专毕业后，在县财政局工作，那是很吃香的单位。她听了，没感觉。

过了不久，他大哥把原来的一处旧房拆了，向亲友凑了钱盖了一座四层楼。她大哥连日忙碌，睡眠不足，头重脚轻，一天早上起来顺着脚手架爬上屋顶，给昨天倒的水泥浇水。下来时一脚踩空，从三楼摔下，脑袋磕在地面的石头上，昏迷过去。

乡党得到消息，她大哥已经在县医院，医生说，颅内出血，要赶紧送到省城医院，开颅救治，延时可能来不急了。全家老小哭哭啼啼，束手无策。光医疗费也不是一时半会能筹齐的，要先准备50万元。他安慰她一家说：

"包医院的救护车，连同医生护士带上输液设备，先止血和输氧，马上去省城。钱的事，我来负责。"说完，与医院沟通了意见，随车前往省城。

去之前他给省城的朋友打电话，帮忙先去联系医院。到了省城医院立即进入抢救室。好在抢救及时，挽回了生命。他在医院ICU门口长椅上陪侍她大哥七天七夜，夜不脱衣，等待她大哥醒来，度过危险期，才匆匆赶回海岛，料理自己的事务。从此，她家人的态度才有所改变。

后来她真的来他养殖场当顾问。他也真的需要她。天气晴朗时，他带她出海钓鱼，除了蛇屿周边，他们还把钓鱼艇开到外海，带上卡式炉、干粮和雪碧，常常一待就是一天。他教会她开钓鱼艇，在无遮无挡的海面上狂奔。每一刻都是欢乐的。累了，躺下休息。他关掉"野马"引擎，任其自流。大海无垠，天低水平。暖阳和煦，波澜不惊。孤男寡女，四目相视，渐渐生情。

一切顺其自然，瓜熟蒂落。

"她成了第二任妻子后，成了我的得力助手。"乡党骄傲地说。

"现在我们自己都能培育黄金鲍幼苗，一年销售利润几百万元。这都是我妻子的功劳。"

"你这小子，福分不浅呀！"

我开玩笑说："勾引女孩，手段高明。你不使坏，她能上钩吗？"我是真佩服。

"是缘分。"他不喜欢勾引这个词。

"我抛鱼线缠住她鱼线，那叫灵动，临机而动。"他说这话，大伙都笑了起来。

四

轮到北京教海洋动物的教授。他缓缓地说，他业余从事海钩30多年，没有像我朋友这样有艳福。

"我也单身许多年，海钓时也遇过不少女孩，第一呢，我自己不会来事，第二，人家对方也不来电呀。"教授说，"倒是与异类有过一段奇遇。"

他这么一说，我们三个人都把身体坐直，伸长脖子聆听。

"愿听其详。"我们异口同声说。

有一天暑假他跟四个钓友一起到马来西亚海钓。他们是冲着大石斑鱼来的。钓到大鱼不一定要卖了获利，而是把它放归大海。

"我的理解，海钓就是等待的心焦与征服异类快感的过程。"教授认为。

他们到了指定海域，准备饵料下钩。这时一群海豚游了过来，围着钓船发出呀咿呀咿的声音。"海豚能发出25种声音。发出呀咿呀咿的声音，是索取食物或表示友好。"教授向我们解释。

其中有一只雌性海豚把上半身抬得很高，张着嘴，发出嘀嗒嘀嗒的声音，这是在示爱。他抓了几只小鱼放在它嘴里。它吃完，朝教授点头。其他海豚见要不到东西都离开了，只有这只雌海豚不走，一直朝他点头。

大家都在忙着垂钓，他突发奇想，自己是研究海洋生物的，何不下海近距离与海豚戏耍一番，近身体验它们与人类接触的反应。他告知钓友一声就下海了。

他是全校游泳比赛的冠军，他有胆量在深海中戏耍。

海豚见他下水，用胸鳍拍打着海面，表示高兴。它贴着他身边不停跃起落下，嘴里一直发着嘀嗒声。他贴近它，抚摩它的身体，它安静下来，用自己的脸贴着他脸颊，又用鼻子顶他，贴近他的肌肤用自己的身子反复摩擦他。

他是研究海洋动物的，他清楚海豚的习性。这是向他示爱。海豚是胎生的，具有高度发达的大脑，复杂的社会行为和沟通方式。它的性爱和行为跟人类相似，365天都处于发情期。抚摩它的敏感部位会获得快感。

他听说过各种有关人类与豚产生恋情的传闻。这次近距离的接触他才真正感受到。

他记住这条海豚，它的尾鳍上有条裂痕，是旧伤痕。为了让它找同类求欢，他告诉同伴开船离开这片海域。

一年后他交了一个女朋友。"但不是海钓时认识的。"他特地声明说。

"你讲吧，讲吧。我们不会误会你。"乡党等不及了，他知道故事还没完呢。

"这女的是我带的硕士生。我们准备结婚的。"

真是此地无银三百两。我窃笑。

她听说他的异类艳遇，一定也要去看看。

于是，第二年他就带她又去了马来西亚那片海域海钓。刚把钓钩抛下大海，一群海豚又来了。他看到那只尾鳍裂痕的雌海豚，游向他，发出嘀嗒声，并拍打着尾鳍向他示爱。他女友看到了，不可思议。就故意想逗它，她就抱紧了他，脸往他脸上蹭。雌海豚看到了，向他的女友吐口水，喷得她一身湿透了，让她好尴尬。它向她发出唧唧的叫声，这表示抗议。

"海豚真有人类一样的爱恨情仇吗？"我不解地问。

"现在研究数据表明，尽管海豚的大脑皮质表面积比人类还大1.5倍，但它与其他灵长类动物一样，只拥有集体意识，没有人类独立思考能力与情感感受。它依恋人类可能是一种集体意识行为，是一种自然的需求。"教授如是说。

五

教海洋生物的朋友说："我海钓过程倒是平淡无奇。但有一件难以启齿的事。想起来都想给自己一个嘴巴子。"

"什么事呀？至于这样？"大家都质疑。

"我自觉处事很精明，活着活着却糊涂了。"

"咋回事呀？说来听听。"我催他。

是这样，有一年他接受大连钓友的邀请，约他到大连金石滩港口矶钓。钓友这段时间因失恋痛苦，日子难熬，他刚好放假有时间，就过来陪他。因为平时他跟这位钓友关系很好。

到了钓点，他们开始起钓，一会儿钓友接到电话，说女友在某咖啡厅等他，就急匆匆走了。

"两个小时后我开车来接你。"钓友说。

他"嗯"了一声，专心钓他的鱼。

那天手气很好，居然钓到十多斤鱼，有黑鲷、鲈鱼和黄鳍马面鱼。他看下手表，觉得时间差不多了，就背起鱼篓往码头出口走去，两个学生模样的女孩与他擦肩而过。其中一个还怀抱着几本书。

"您好！"她们很有礼貌地向他打声招呼。

"快涨潮了，你们别走远。"虽然是陌生女孩子，但人家先向他问好，他也很绅士地回了这一句。

刚走两步，就听见救命声，他回头一看，那怀抱书本的女孩掉进了水里。旁边的女孩吓得瑟瑟发抖。他放下鱼篓，跳下水去救这个女孩，还好水不深，只淹及大腿部。她哭着抱住他。他让她踩着他的肩膀，他把她托上去，这是个堤坝的斜坡，她同伴拉了她一把，就上去了。

"叔叔，还有我的课本。"

他用脚探索好久，才找到一本书。他用脚拇趾和二趾夹起这本书，看封面上有"大连民族学院金石滩校区"字样。他上岸时，掉水里的女孩告诉他。她是大连民族大学金石滩校区的学生。她是外地人，才读一年级。跟她同来的是高中的同学，这次来大连玩，她陪她。

"很感谢您！叔叔。"

说完，两个女生都弯身向他鞠躬。她给他电话号码和地址，说电话是学校传达室的，地址是她姑妈家的。也向他要了手机号码和单位地址，说以后有机会一定会报答他。

就这样他们开始联系。她几乎每周都给他写信。起先信写得很短，只是简单地汇报学校学习的情况。渐渐地关心起他的饮食起居。她一直追问他的生日，他没办法，只好相告。生日那天他收到一件礼物，是一条金利来领带。作为学生，财力有限，也不算便宜了。他问她生日，她不正面回答。他说他生气了，要把金利来领带寄还给她。她才如实相告。他通过邮局汇了1000元钱给她。不久他收到她退还的1000元钱。她打电话给他，说自己有奖学金，不需要他帮助。他被感动了，精神上对她渐渐有了依赖，家庭有不顺心的事也愿意跟她说。

有一个学期，她突然停止了书信来往。他觉得心里缺了什么。他写信给她，没有回复。打传达室电话，人家说找不到。他心里很着急，以为出什么大事。一个月后，她写信告诉他，自己不小心踩空台阶，髋骨裂了，住院了，自己没通信，是不想把事情告诉他，怕他担心。

他听后，回信给她，想赶去大连看她。她回信说不用，免得别人误会，说不清楚。他问她哪来的钱治病，因为之前她告诉过他，她父亲靠打些短工支付她学费。她回信说向同学老师借的。他父亲卖血也凑了一部分钱。他听了很伤感，也很心疼她。就把自己刚收到的2万元稿费汇给她，叮嘱她好好养病，接下来花费的钱不用考虑。她用公共电话亭的电话给他打了长途，哭得稀里哗啦。他问她怎么还能去电话亭呢？她说父亲用轮椅推她。她给他写了借条，放信里寄给他。之后，她写信告诉他，医生说要动第二次手术，要换髋骨关节，需要5万元。每一张信纸里都有眼泪的痕迹。并说腿好了，要来看他，报答他的恩情。他相信了，又给她汇去了5万元。她又给他写了借条。

事情发生的第二年，他陪一位朋友到大连办事。大连的钓友宴请他们，他也约她出来一起吃饭。席中钓友问她，在大连民族大学金石滩校区哪个院系哪个年级呀？钓友说，这校区他很熟悉，团委书记是他的表弟。她吃了几道菜，说是去趟洗手间。我们一直等她，未见人影。问服务员，她说：

"那女的早已离开了。"

"在座的都知道我受骗了。"教海洋生物的朋友说。

"绕这么长的弯子，是我也防不了呀。"乡党安慰他说。

我们分析，她提供的地址可能就是她自己的，而那电话可能就是隔壁小卖部的收钱固话。

"细想起来，可能是。"当事者说。

六

不知道县志记载是否真实，也不知道它今晚来不来，来了会不会伤害人。这心理应了初恋女生的那句话"希望他来，又担心他乱来"。

半夜过去，还是不见它踪影。蛇屿岛周边的渔火都熄了。只听到我乡党的打鼾声。他说太累了，先睡会儿。蝉噪林逾静，鸟鸣山更幽。古早文人真懂得表达，写得很入心。

凌晨三点，"来了！来了！"我正在迷糊中。身边的北京朋友突然喊了起来。

只见蛇屿岛上的天空出现了蓝色的磷光雨点，它往下滴，先是一滴一滴地下，接着是一束一束地下，后面像天女散花。就像流星雨，一片一片又一片，落到地上都不见。正疑惑间，我们每个人身后都突然出现一团蓝色的磷光，碗口大小，我们想躲开，但走到哪里，它跟到哪里。我们走，它也走，我们停，它也停，沾着我们不离开。

这不是传说中的鬼火吗？我有点害怕起来。

"大家别怕，听我说。"北京来的教授安慰我们。

他原来在北京某化学研究所工作，研究海洋动物的。大家称他唐教授。

他向我们解释道："蛇屿的磷火可能是磷火所误。磷火，俗称鬼火。是磷化氢燃烧时产生的火焰。磷与水或碱作用时产生的磷化氢，是可以自燃的气体。人和动物的尸体腐烂时会分解出磷化氢，并自燃。我们刚才看到的蓝色火焰，就是磷火。"

"那这蛇屿岛上面有什么尸体能产生这么大量的磷化氢呢？"我提出这样的疑问。

"我推测，这蛇屿岛过去有可能是悬崖深谷，很久很久以前，有大量海鸟栖息岛上，它们的尸体和粪便通过亘古的堆积，把深谷填满。天长日久，所产生的磷化氢就慢慢地释放出来，升到海岛上空，遇到带碱性的海水蒸气就自燃了起来。其实它白天也会自燃，只是白天看不见而已。"教授推理说。

"那刚才磷火一直沾着我走又是怎么一回事呢？"我又提出疑问。

"大家知道，在夜间特别是没有风的时候，空气是静止不动的。由于磷化氢很轻，燃点很低，遇到人活动就会自燃起来。人走动就会带动空气流动，磷火就会跟着空气飘动。并伴随你步子，你快它也快，你慢它也慢。你停下来空气不流动，磷火自然也不动了。"唐教授说得条条是道。

"忘记告诉大家一件事。"我说，"刚才教授分析蛇屿的磷光雨点的产生有证据。我讨海时，我们的船老大告诉我，黄爷山角延伸到蛇屿，龟模屿水下有山梁，再低潮位都看不到它的真面目。有一次低潮位，我们的船回港，尾舵就触碰山梁，舵板都被撞裂开。这事实证明山梁的存在。它像一条长臂环抱这个海湾，保护各种鱼类聚集于此，产卵孵化，再游向大海。亘古以来都是如此，食物链决定了鸟类在蛇屿栖息生存，鸟粪与鸟的尸骨堆积成山完全有可能。"

我补充说。

"是哦！刚才你们分析有道理。媒体上有介绍过，瑙鲁共和国，就是建立在鸟粪上的国家。该岛亘古以来，鸟粪堆积成岛，达1亿吨，后来靠开发鸟粪致富。我们现在躺在蛇屿岛顶上，看起来它的山体很像馒头，很丰满。地表绿草盈盈的，地表下面可能都是鸟的尸体和粪便。"

乡党附和道。

"可能还有其他原因，我们姑且相信吧！"教授回答。

说完，四人都释然睡去。

第二天下岛时，我们准备登船。乡党眼尖，他发现一枝黑色珊瑚卡在礁石中。

"这个黑珊瑚很珍贵。"北京来的另一位朋友说。他是教海洋生物的。"该物，估计是台风卷过来的。它由壳角蛋白组成，很坚韧。加工后有蜡状光泽和收缩的树轮状构造，是制造烟斗、戒面的上好材料。它的材质和价值可以与水种俱佳的满绿翡翠相媲美。"他是专业的，说的话我们相信。

"你发财了兄弟！"他拍着乡党的肩膀说。

"不，我不能占为己有，独吞该物。咱们见者有份。"

乡党很大方地说。闽地先民，全是由中原迁徙而来。闽地古为荒蛮之地，瘴疠之乡，且蛇虫出没。特别是沿海一带，先人们下海踏浪，风雨求生，为了活命，只能团结拼搏，互帮互助，渔获共享。见者有份，就这样成了习俗。

"这样吧！"乡党看着北京来的朋友，"你们二位回北京后找个雕刻师，我们四人各做一把烟斗，留个纪念，剩余的边角料抵工钱如何？"

盛情难却，我们接受了。

塌　屿

顾名思义，它的岛形有凹陷。但它有美感，像一位丰腴的女人，侧身躺着，面朝里，与海岸遥遥相望。背朝外，任台风肆虐，任潮流疯狂。它位于金屿仔西北，是全岛。没有船，人是去不了的。退潮时，它的腹部会裸露一片黑紫色的沙滩。越是人迹罕至的地方就越有神秘感，就越想去看看，我就是这样的人。

第一次带我去的是我高中时同学。记得那年暑假，我念大二，回家借宿在村部广播室里。他来找我，说带我去野营。他半年前刚从部队复员回家，当了村里的民兵队长。

"去哪里野营？"我问他。

"塌屿岛呀！不是你想去的吗？"

"我没准备呀！"

"拿上被单就行。"他说。

其他东西他都准备好了。同去的还有他的战友和战友的未婚妻。他俩是从外地赶来的。他向别人借了一只小船，我们就出发了。那时的小船没有马达，行驶全靠风帆和橹。那天无风，我们是摇橹去的，像摇着苏杭的乌篷船。到了塌屿岛，正逢退潮，我们在那片裸露的沙滩上靠船上岸。他从背包里拿出可乐瓶，里面装满白色的液体，"贝壳灰

343

水。"他说。但凡看到沙滩上有并排两个小孔冒水的地方，他就对它滴入灰水。一个二个三个……我们寻找着，他滴着。等了片刻，那滴过的地方，有东西顶出，一边冒水一边上升。我看到了它的身影，也认得它——紫壳竹蛏，这是十分罕见的海中珍品。它的肉体形如狗鞭，是男性求之不得的补品。战友的未婚妻是个护士，欣喜若狂，她小心翼翼地上前想旱地拔葱，却拔不动。她的眼睛本来就大，此刻眼球瞪得浑圆，龇牙咧嘴也无济于事。同学告诉她，此物长10多公分，现在只露出三分，它屁股后面有长长的蛏体死命地正往下钻呢。不用灰水呛它，用锄头挖，挥锄的速度，赶不上它逃逸的速度。

"等一等！我再用灰水催它出来。"同学说完又滴上几滴神水，果然该物乖乖地探出全身，现了原形。我们一共弄到手的紫壳竹蛏有20多斤。个个都有脚拇趾粗细，论斤两，每个应该都有4两左右吧。晚上我们宿营在岛顶上，山上有平坦的石板石。铺上被单，我们开始准备晚餐。

我们用紫壳竹蛏做道汤。每人两只，把它们放在淡水中浸泡，用手反复挤压它，让它吐出灰水。岛上石窝里有雨水，因刚下过一场雨，水是新鲜的。那护士从背包里拿出酒精和烧具，还有一个大号的铝饭盒和几把汤匙。饭盒装不下8个竹蛏，分两次煮，水开了放竹蛏，竹蛏的肉脱离外壳就可以了。没带筷子，我们用拇指和食指尖掐住它的足，从热汤中拉出。提起，吹气，歪头，下嘴。下嘴前三个男人瞄了女孩一眼，心领神会地笑了起来。蛏肉很脆嫩，味道与象鼻蚌比肩。汤不放盐，很鲜甜。就着面包，绝配。

"去摸螺吧！"吃完晚饭后，同学提议。

"不知潮水怎么样了？"我自言自语。

4个人都没戴手表，那时代，手表是稀罕物。我抬头看了看天空月亮的位置，说道：

"今晚是七月十六，应该满潮了。"

"走！"同学很干脆地从背包里拿出尼龙网兜，一人一个，朝礁石走去。我们要摸的螺叫光头螺，也叫涨潮螺。海水退潮时它们躲在礁石缝隙里，海水涨潮了它们才从石缝中爬出，密密麻麻的爬满礁石，重叠着垒起小堆。你只需把网兜下沿贴紧石面，用手一扫，几斤螺就落袋了。我们不想要太多，太沉了，带不动。

往回走时，我们在礁缝里捡到几个封密很好的塑料袋，同学一看，立刻警惕了起来，"这是那边放过来的东西。"

他说的那边指的是台岛。

打开塑料袋，里面有几块姜糖和巧克力，一包压缩饼干，还有一捆花花绿绿的宣传单。

"把它装起来，还没有拆封的也一起带回去，明天我送到武装部。"他说。

我想起他是民兵队长，看来他觉悟很高。女护士不知道我们说什么，一头云里雾里。

回到营地，快半夜了，那对情侣带着夜宿的物品，离开我们的视线，找地方休息去了。

"别走远。"同学叮嘱他俩。

岛上的夜晚，寂静无声。仰躺看天空，高远、辽阔、神秘、畏惧，不敢久视；月亮，很圆很低；星星，清晰可数，每分每秒都有流星划过；远处银河如絮，浩瀚无垠；七月流火，暑气渐消。海上微风，富氧清凉。远眺岸边，有渔火闪烁，星星点点，生活中还有晚归人。

"有点凉。"我说。

同学从船上取来薄被子，盖在我们两个人的身上。

睡前，他拿出一包"大丰收"牌的卷烟，抽出几支烟卷，捏碎。他把碎烟均匀地撒在被单周围。我问其道理，他说在部队学来的，防止蛇蝎鼠虫靠近伤害身体。

躺下时我问他："你怎么发现这里有紫壳竹蛏的？"

"说来话长。"他说。

在部队时，一个来自东北山区的战友跟他说起流传很久的故事：一个老猎人进深山打伤了一只老虎，老虎跑了，他顺着血迹跟踪老虎，来到一处石洞，老虎钻了进去。该洞仅容一人侧身通过。他也钻了进去，钻出洞口，他发现里面是个天坑，方圆数十丈，别有一番天地。天坑地表潮湿，长满了椴树，树荫下长满了山参。他不敢相信有这么好的运气。采下参叶往嘴里咀嚼，浓烈的山参味道在口里弥漫开来。他顾不得多想，选了几棵五品叶的老山参，沿着原路返回。他在每一棵大树上用砍刀做了记号，作为来年进山的路标。每年他都进山挖几棵老山参，留下五品叶以下的让它生长。

几年后他的孙子长大了，好赌，欠了很多钱。家里的老参都被他偷走卖光了，还是堵不上赌债。他逼着他爷爷说出山参的出处，他爷爷缄默不语。第二年他偷偷跟着他爷爷进山，等他爷爷出山，他拿了两个麻袋，雇了帮手，把那片山参挖个精光，他爷爷知道后被活活气死了。

"我发现紫壳竹蛏跟这个故事很相似。"他说，"我去部队时，和村里的一个女孩相处很好，可她父母死活不同意。她的父亲把她关起来，不让她和我见面。没法子，她从窗户逃出来找我，准备私奔。我俩那时没钱。我就向我姐夫借了艘小船，两个人跑到这塌屿岛上来。

"后来我们带的干粮吃完了，就在岛上找东西吃，我发现岛上岩石有一堆紫壳竹蛏的外壳，有的还是新鲜的，我躲在岩石后面，悄悄地观察是谁把紫壳竹蛏带到这里。我看到有一只海鸟，体形如家鸡，喙尖锋利、呈弯钩形；两腿长且有力，利爪带钩。每天退潮后都会叼来这竹蛏，往石头上摔，外壳摔破了，就用带钩的尖喙把蛏肉勾出来吃掉。吃完就飞走了，又去寻找新猎物。我跟踪它飞落的地方，就是这片黑紫色沙滩，就发现这沙滩生长着紫壳竹蛏。

"发现时我俩用手挖，发现10个只挖到4个，这家伙逃得很快，沙是软的，根本不知道它往哪个方向逃。现在知道用灰水，那是在部队时，舟山的战友告诉我的。他家也在海边，小时候就知道大人讨海用这个办法。但他们那挖的是一种小竹蛏。我俩把紫壳竹蛏洗尽，在岛上拔了些干草，把竹蛏并排在干草上，掏出随身带的火柴，点燃干草，发现不熟，又在竹蛏上堆上干草，一直烤到熟。那烧焦的味道至今还记得。

"在岛上待了4天，我们扛不住了，也担心她父母找不到人着急，就回去了。从那以后我又来了几次，弄些竹蛏回去卖钱。今天是第五次。我担心终究会有人发现，将来恐怕连种苗都没有了。"

"你就不怕我说出去吗？"

"不怕。"他迷迷糊糊地回答。

第二天我们起来了，他们还在睡。我同学大声地呼喊他们三次，都不见回音。又不好意思去找他们，怕看到不该看到的东西。

"他俩怎么了？距离也不远呀！昨晚还能听到他俩嗯嗯呀呀的声响。"

我正说着，他们来了，满脸疲惫。

"没睡好呀？"我同学问。

"你问她！"他战友用手指着女生笑着说。

"这岛上的夜晚也太诱惑人了，睡觉都是浪费。可睡了又起不来。"女生有点不好意思地回答。

"能理解，能理解。"我同学挤眉弄眼地应答她。

我们吃了早饭。等待着退潮弄藤壶。

世界上的藤壶有500多种，在我家乡最常见的有两种。一是鹅颈藤壶，也叫海佛手。它形似鹅颈故名之，又形似佛手，又名之。另一种叫圆锥藤壶，外形看上去像座缩小的火山。我们从小就叫它小火山。这两种藤壶在塌屿上都有。只是生长的地方不一样。海佛手生活在礁石隙中，小火山生活在礁石面上。

弄藤壶徒手可不行。它们都牢牢地粘在石头上，需要借助工具才能把它们弄下来。

同学从背包里拿出一把小铁铲，约三指宽，二尺长，握手的地方用竹片夹住，用麻绳扎起来，一防滑溜，二防伤手。这铲子是用来铲小火山的，把小铁铲举起，成45度角对着小火山铲下去，它的底部就离开了石面。其他半岛都有这东西，但塌屿是全岛，来的人少，所以大个藤壶多。

采海佛手就更不容易，它长在潮流湍急的礁石缝隙里，平日里很少抛头露脸的。要等大潮，潮位下降，才能到达它生长的地方，用特制的带钩铁条，伸进夹缝，把它钩出，拿下一个，后面就简单了。因为它一个挨一个地生长，像马牙似的排列。取出一个，牙口就松了。我们弄了两个多小时，才弄到几斤。

快收场时，我们无意中发现一处地方。

两块礁石相依，高数丈，成A字形矗立。礁石中间有横向裂缝，裂缝中长满两排鹅颈藤壶，一个贴着一个，每一个都很肥硕。它们在这里应该生长很长时间了。石隙很深很窄，石壁长满了海苔、海葵、海莲花，它们舞动着触手，吐出很黏糊的体液，潮湿滑溜。

我们不想放弃，拿来船上缆绳，长度不够，又把床单接上。我、同学战友、战友的女朋友三个人站在出口，拉住床单的一头。我的同学把缆绳的另一头绑在双脚跟，他头朝下滑进礁石中间，用带钩的铁条，把佛手藤壶一个个剥下，装进网兜拉了上来。

没想到，出来时，却发生了意外。

他的双肩卡在石缝的窄处，我们怎么用力都拉不动。他又没有着力点使劲。这时开始涨潮，海水不停地涌上来，我们折腾得筋疲力尽，还是无济于事。我看着海水淹过他的头发，淹过额头，然后向鼻子淹去，他把头扭到一边，吃力地用嘴呼吸。人在紧张，特别是生命攸关时，大脑常常处于空白。

还是女生灵活，喊道："快把上衣脱掉！"

他脱掉上衣，终于被我们拉上来。虽然是7月，天气并不冷，但为防止身体被礁石壁上的海蛎尖壳和附庸在礁石壁上的海胆扎伤，他是穿着防风防湿的冲锋衣下去的。因为头朝下吊的时间太长，加上紧张，他脸色苍白，有点虚脱。女生从包里拿出一小袋葡萄糖，倒进他嘴里，用纯净水灌下。坐了片刻，我的同学缓了过来，又满血复活了。

海水上来了，在我们脚边亲吻。我们收拾好东西往岛顶走去。我用手掂了掂网兜里的鹅颈藤壶，刚才的收获有10多斤重。

看到时间还早，大家肚子也饿了，我们就架起酒精炉灶，开始清水煮藤壶。洗藤壶，放水，开沸，把它们扔进去。同学交代护士，水开后数数到200，打开盖子。她闭上眼睛认真数数，开头数数还算认真，后面就越数越快。才数到180，她就睁大眼睛，迫不及待掀开铝盒盖，掏出藤壶，烫得左手倒右手，嘴里发出嘘嘘声。她不知道怎么打开。同学走过来，教她，小火山要从上面往下捅，因为它上小下大，不这样弄拿不出来。

而海佛手呢，它的身体分上下两部分，上部分是鳞状硬壳，下半部是软质包裹，类似皮革。吃时一手捏住它的上部，一手捏住它的下半部，向右一拧，软质包裹就下来了，露出鲜嫩鲜嫩的里肉。这两种藤壶肉的鲜美，与紫壳竹蛏不一样，除了鲜甜，还有一种说不出的风味。要不，怎么会有"来自天堂的味道"的美称？又怎么会有那么多的饕餮者紧追不舍呢？

准备返回海岸还有一段时间。同学战友和他的未婚妻对塌屿依依不舍，他们往岛外东南东北方向又去走走看看。

突然那女生大叫起来："你们快来看呀！"她招手。

顺着她手指的方向，我们看到了，那里有一大片海蚀岩礁。塌屿背靠深海的那边，每年9月至次年3月，风大浪高，潮流湍急，岩礁经过亘古岁月的冲击侵蚀，就形成了千奇百怪的海蚀群像。

中国历代历朝，皇家后院，行宫园林，权贵别墅，所用奇石，多产于太湖。太湖石以瘦、漏、透为上品。塌屿的海蚀岩礁，构造独特，玲珑剔透，让太湖逊色。可能是天高皇帝远的原因，它幸运地躲过人为的开采。生在斯，长在斯的我，对海蚀现象已司空见惯。

"你们好好看吧！给你们一刻钟。"同学说。

"前两年有人在这开采过海蚀岩礁，想运往日本卖钱，被政府阻止了。以后能否保得住这一方山水，难说呀！"他回头私下对我说。

返岸的途中，经过塌屿腹地，同学指着这片海域说，从它的腹部到海岸，这方圆几百米都是细软的沙滩，很平坦，下切度很低，每到大潮，周边村民都会带上特制工具，在这里耙红蛤。因为这里海流疏缓，是各种贝类繁衍产卵的地方，尤以红蛤为甚。还有牛螺，就是螺壳可以吹号的那种大螺，也在这里生长。

话未说完，船已到岸。我们与那对未婚夫妻握手道别。

这一别就是40多年，还真想再到塌屿去看看。

看看那生长紫壳竹蛏的地方，看看那片海蚀岩礁。它们还一如既往地存在吗？还能找到它们的踪迹吗？

龟模屿

在海坛湾海域有个岛屿叫龟模屿。海边生活的古早人常根据岛屿的形状来起名字的。龟模屿形同海龟，头朝海岸线，屁股朝大海，就这样趴着，任男男女女进进出出，爬上爬下。

从我记事起到现在都没发生什么变化。看当地地图标识就知道，龟模屿并非全岛，不用轮渡进出。退潮时它露出岛上沙滩，与海岸连接，人就可以上岛了。涨潮时，海龟不会告知你，它会把进岛的路径悄悄封闭，慢慢地提高水位。它就像一艘离开码头的轮渡船，离海岸越来越远了。错过上岸的人，这时，无论是谁，除了无助恐惧，还是恐惧无助。外地来的旅客一定要先熟悉它的涨潮退潮时间。

关于它的来历，阅正史，没查出它的什么名堂。民间传说倒有好几种。

我见过一个知事者认真跟我说："听说你是大学教书的，又是土生土长的，你读过《西游记》吗？知不知道它就是当年驮着唐僧师徒，度过800里宽通天河的那只老鼋？"他指了指龟模屿，画了一个大圈，中间点了一下，那神情，显示他比我懂。我真不懂，便两手作揖，向他表示臣服。

他见我示弱，下巴向上扬了扬，继续说："你们读书人，只知道老鼋因为唐僧失信，返程时把唐僧一行人连同经书掀翻河里，却不知道后来的事。""是的，是的。"我如实回应他。"你知道吗？"这好像是他的口头禅，"事后如来佛祖要惩罚它，它就跑到东海龙王这里求情。如来佛祖也是通情达理之人，免了死罪，但活罪难逃，就发配它来到龙王头这地方，点化成岛，协助东海龙王镇治台风之害。"说完，他拍了拍我的肩膀，让我自己去体会。

这故事有点牵强，通天河在青海，离东海十万八千里，一个地北一个天南，怎么撮合也凑不到一起呀。正疑惑时，又有一个知事者对我说："其实这海龟是东海老龙王的坐骑，他一直跟着老龙王走南闯北，上天入地。除了没跟老龙王倒尿壶，什么事都做过，当然吃香的喝辣的，也没少享受。它守密，听话，不僭越，不谋私，像个忠实的仆人跟随老龙王左右。后来龙王老了，把它叫到跟前，对他说：这辈子辛苦你了，鞍前马后地侍候我，我也快退休了，你去龙王头那地方做个镇守吧。我也思谋过，想把你放在大一点的地方当副手，但你是个本分人，我退位后不一定有人买我的账，你斗不过他们啦。考虑再三，还是去龙王头那当一把手吧。俗语不是说了吗？宁为鸡口，勿为牛后。这地方虽小，但你说了算呀。这海龟听从老龙王的安排，就来到这里安家了。"

我听完点点头，表示感谢。不管怎么说，人家出于热心，给我提供了这素材。我琢磨着，后面这个传说也太具现代感了吧。但人家说这是神话。愚公都能移山，女娲都能补天，后羿都能射日……既然是神话，老鼋镇守这里有什么稀奇呢。看着眼前的龟模屿，我脑袋里就浮现出老鼋当年驮人渡河时笨拙的模样。我笑了，信了神话。

距龟模屿前面百把米，有几块很大的圆形巨石，石高数丈。涨潮时淹没海水中，退潮时裸露在岸上。小时候每年3月，我经常与小伙伴搭人梯爬到石头顶部搓紫菜。那是全天然的头水菜，细如发丝，炖排骨煮面条凉拌都清甜得很。这石头据说是天上神仙玩棋，遗落人间的棋子。但不知什么时候什么原因，它被从中劈成两半，用铜刀切豆腐，也没这样齐整。

这谜团困惑了我几十年。直到前年清明，我返乡扫墓，空闲之余，我让侄孙开车到海边逛逛，旧地重游。

好巧又遇到那个知事者。他给我讲述了这些巨石的前世今生。

"听我家祖爷讲，古早时候，这巨石是完整的。"他说。

"巨石下面有深渊，没人丈量过它的深浅。渊中有海蛇，见过它的人说，海蛇的头有米斗那么大。也有人说，有夜归人路过，正值七月十五，皓月当空，玉宇澄清。夜光洁白，风平浪静。涛声不语，海滩无声。突然他觉得有股阴风吹来，像冰镇过的沙巾拂过皮肤。他警觉起来，抬头看到有两条海蛇盘在巨石顶上。它们身粗如桶，纠缠在一起。蛇头高昂，身子扭动不停，分叉的信子不断进出吐纳，对着月亮吸收精华，它们想成精呢。

"但它们不是善蛇。有一天，有户人家赶公猪去邻村与母猪配对。沿着海岸线走，路过巨石深渊，公猪嘴馋，去拱深渊周边沙滩上的虾蟹吃，主人背向公猪撒尿，尿没拉完，只听公猪一声惨叫，回头看，公猪就不见了。主人肯定公猪是被海蛇拖下深渊的，他看到公猪被拖往深渊的痕迹。从此，闹得人心惶惶。周边村民见孩子啼哭不止的，一说海蛇来了，孩子立马就不敢出声了。"

我和侄孙都听得很投入。他喝了一口我递给他的纯净水，润了润口，接着扬起头咕咚咚喝了大半瓶。

沉思良久，他接着说："这事传得沸沸扬扬，有很长时间都没人敢往那儿走，讨小海的人，更是把它视若禁地。"

"后来呢？"我侄孙很期待后续。

他迟疑了一会儿，有点不想讲，人家来讨小海的。我递了个眼神给侄孙，他心领神会对知事者说："我们不耽误你时间，你篓里的红蛤卖给我，我付50元可以吗？"

见状，知事者面露喜色，他接过钱，把红蛤装进塑料袋，递给我侄孙。我们邀他到车上，车上有一袋莲雾，我刚买的还没清洗过。我拿一个递给他，本想拿纯净水冲洗下，他说不用。他把莲雾往衣服下摆象征性地擦了擦，就咬了起来。

"这水果没吃过，水分足，解渴。"他说。吃完水果，他用纯净水漱了漱口咽了下去。

他清了清嗓子接着说："你知道吗？"又是口头禅。"我祖爷的祖爷也是读书人，还是晚清的秀才。后来家道中落，才从内地迁徙到福建宁化，又从宁化迁移到这里生活。"

"你把刚才的事接着说。"我侄孙打断他的话，担心他扯远了。

"刚才说到哪里？"他不好意思地问。

"海蛇吃猪。"

"哦！你知道吗？我祖爷说，他的祖爷的祖爷的祖爷，有一年，跟几个年轻人在这一带讨小海。那天也不是台风天，不知怎么搞的，他们看见龟模屿屁股后面的海面上，突然卷走一个柱形的东西，旋转着扭扭曲曲升上天去。旋转的水柱越过龟模屿岛顶，把岛屿上的草木都卷了起来，嗖嗖、呼呼，声音很吓人。祖爷他们吓得趴在沙滩上，大气不敢出。一阵狂风从他们头顶飞过，他们头顶戴的竹笠都被卷走了。只觉得一阵天昏地暗，耳朵嗡嗡作响，他们闭上眼睛，身子僵硬地趴着，心想今天是没命了，再也见不着妻儿老小了。他们不敢哭，也不敢喊，只能听天由命。还好，这旋风只在他们这里停留瞬间，就旋转着向巨石去了，消失在深渊中。当天晚上，没有预兆突然狂风暴雨，电闪雷鸣。闪电亮得让人睁不开眼，雷声近得仿佛就在身边炸开。周边村子的家犬一起叫了起来，它们上蹿下跳，向闪电方向狂吠。有个办事晚归的人，他看见远处巨石火光冲天。第二天，讨小海中胆大的人前往察看，只见巨石被雷电劈成两半。深渊一夜之间也消失了。"

我俩听完如释重负，都深深地舒了一口气。好久三人都没有出声。

"我该去干活了。"他说。

"你祖爷怎么解释？"我侄孙追着问。

"不明摆着吗？海蛇残害生灵，成精了上岸害人，上天就把它劈了。"

"那巨石怎么也劈了？"我侄孙有点惋惜，问他。

"你没听说吗？城门失火，殃及池鱼！"他回答道。

"看来还是海龟好，诚实憨厚本分，吃苦耐劳贡献。天荒地久，不取报酬。怪不得人们都把它视作吉祥物。"我侄孙感叹着。

"是呀，现在还有许多人喜欢它，每天人来人往的，对它顶礼膜拜。老天爷护着它呢，听说膜拜者无不吉祥如意，健康长寿。"知事者附应道。

走时，我把那袋莲雾递给他。他不接。

"君子爱财，取之有道。我刚才以物易钱，你不欠我人情，我们两清。"说完，他笑着向我们作揖告别。

金屿仔

我的家乡从村部到海岸线触潮的地方也就五六百米远。一年四季更深人静时，都能听到亘古不变的涛声；晴朗的日子，抬头就能看到亘古不变的日出；潮起潮落，云起云飞。生活在这片土地上的乡民，祖祖辈辈无心留意这涛日潮云。岁月更迭，涛声依旧。日出而作，日落而归。娶妻生子，望子成龙。成龙落空，复而轮回。就这样生生不息，过了一辈又一辈。

家乡径直走向大海，就是金屿仔。涨潮时，它是全岛；退潮时它是半岛，露出的沙滩与陆地相连，人就可以上岛了。一条金黄色的岛岩，宽约两米，蜿蜒地嵌入这座岛屿的腰间。它一头扎进北面的海窝里，一头甩在南边海水的礁石丛中。这金腰带鳞次栉比，颜色土金黄，与周边的黑褐色岛岩相比，很突兀，也很诡异。它虽然没头没尾，但形态生动，弯曲的身躯活灵活现。

前些年朋友来旅游，我陪他登岛观玩。他看到这岛上金腰带。惊讶得说不出话来。我这朋友是不信神的，但此刻他双手合掌，弯腰向这条金腰带深深地鞠了一躬。

"冒犯了，神灵！"他喃喃自语地说，眼神有点迷幻。我上前抚摩这条金腰带，心灵也是一阵颤动，有种触电的感觉。又一次用手接触，有湿滑的东西粘在手指间，细瞧，有粉红的黏液从岩隙间流出，闻它有腥味，好奇心促使我伸出舌尖，诚惶诚恐凑近手指头，舔舐，异常的咸。抬头看天，有白云飞过，似棉絮，飞云很低，触手可及。

下岛时遇到一位年老渔夫。他戴着斗笠，笠沿压得很低，看不清他鼻梁以上的眉眼。身上穿着旧式的蓑衣，这大晴天的。我们正疑惑间，他开口了。"你们瞧，"他指着扎进海窝那头金腰带说，"那窝海水浑浊了。"我们顺着他的手指回头看，真的，那窝海水变得灰暗色了，与周边深蓝的海水不一样。

"明天会变天，台风就要来了。"他看看天空很肯定地说。

我们不解，今天还是南风天，风和日丽的。

"你怎么知道明天会变天呢？"

他又用手指了指那窝浑浊的海水。

"那是龙头，每次台风要来，那海水都变浑浊。"

老渔夫说完转身就走，一转眼消失不见了。我和朋友待在原地，盯着那窝变浑的海水，身上隆起了鸡毛疙瘩。我俩不想离开，仿佛处在梦幻的世界里，直到涨潮，海水淹过脚踝，才悻悻地离去。

见时间还早，我领着朋友到一位年岁很高的老人家里坐坐。论学识，我年轻时就敬仰他。他见多识广，常给我谈古论今。我们问起金屿仔的事。

他说，这金屿仔和金腰带的故事跟东海龙王有关。哪吒闹海的传说在中国家喻户晓，不管哪个版本，都以他肉身成圣结束。他扬善惩恶的行为也成了几百年来人们津津乐道的话题。但他的形象和人品，在我们渔乡却不待见。因为在渔岛，信仰的是龙王庙，百姓供的是东海龙王。是心中无比崇高的神。他们认为，世世代代自己用的吃的，都是龙王赐给的，岂容哪吒乱来。尤其他对东海龙王三太子剥皮抽筋，惨无人道，他们很愤怒。你哪吒先扰了人家龙宫，人家出来理论，你却下了这般狠手。这样的人，天道还不灭他，还为他歌功颂德，岂有此理。

爱屋及乌，众信徒心情可以理解。这还不算，哪吒割肉剔骨还父母肉身，佛祖凭他一线残魂，取荷藕重塑他的肉身，也就罢了。他居然反过来要砍杀自己的父亲。只因这之前他父亲李天王不想让这逆子继续作恶，想大义灭亲。他怀恨在心，这大逆不道，岂能在渔岛横行。这渔岛的乡民还怎么教育后代，面对祖宗？所以对哪吒闹海这久远传说，体现在金屿仔中就另有一个版本。

传说哪吒闲来无事，来东海晃悠，正值盛夏，酷暑难耐，他光着屁股在海水里学狗爬式游泳。龙王三太子是个帅哥，有修养也很文明。这一天他正坐在龙宫一处的官署里，与镇守渔岛龟模屿的那只海龟商议海水红潮治理的事。忽然传来巡海剑鱼使的报告，说有个毛小孩光着屁屁在海水里屙屎拉尿。三太子急忙率几个亲兵前往。他用手一指，海水分道。两道白色的波浪，像急流而下的瀑布闪开。到了哪吒身边，他和颜悦色问道：

"你是谁家的孩子，玩水就玩水呗，怎么屙屎拉尿？"

"我想什么时候屙屎就屙屎，拉尿就拉尿，你管得着吗？"语气很霸道。

"看来要让你的家长来管教你。"

"切，你去叫呀！实话告诉你，我父亲是托塔李天王，要不是佛祖给他宝塔，镇住我，我早就把他灭了。除了佛祖，我谁都不怕！"

说完，又翘起小鸡鸡朝三太子撒尿，嘴里不停地挑衅：

"有本事你来呀，来呀！"

三太子手下气不过，想拽住他到龙宫问罪。岂料这厮从肚兜里拿出"混天绫"，在海水里舞动，整片海洋晃动了起来。好在三太子取出镇妖定海珠，含到嘴里，稳如摩天岛。他取出斩妖雌雄双剑，一挥手把哪吒手中混天绫切成两节。哪吒不服，又变出师傅太乙真人给予的乾坤圈，向三太子砸来。

两人你来我去，大战三百回合。坐镇龙宫的东海龙王，知道哪吒有佛祖撑腰，太乙真人传授的功力，儿子再这样下去，没有胜算，就托梦给了民间众信徒，以求帮助。因为哪吒这种天界间的武功，对凡间是没有用的。于是渔岛的众信徒操起鱼叉、渔网、锄头、扁担朝东海一隅涌去。人山人海，如蚂蚁抬虫，硬是把哪吒用渔网罩住，抬到龙王庙认错。趁着晚上值守打盹，夜色朦胧，这厮逃跑了。

他跑到太乙真人那里哭诉，师傅为他支招，要他到佛祖处，借来呼风唤雨催令锣。他又跑到东海来，令风神刮大风，让渔民下不了海，想断了民生，让众信徒对龙王庙失去信仰。又令雨神几个月不下雨，让众信徒屈服。

渔岛是全岛，喝水靠打井，干旱了，水位下降，井水干涸，人畜会渴死。真是个损招呀！小小孩童，为报私仇，居然动起了这弥天大罪的念头。东海龙王没辙，只好联合南北西三位龙王，向玉皇大帝告御状。玉皇大帝被视为天界的实际领导者。统御三界十方诸神以及人间万灵。被认为是众神之王，掌管一切神、佛、仙、圣和人间、地府之事。

东海龙王向玉皇递了投诉状，其他三位龙王附和做证。玉皇大帝很生气，没有批示转佛祖处置，他知道佛祖会袒护哪吒。他是直接给东海龙王一道法符，他让东海龙王把耳朵靠近，交代一番使用咒语。并赐给一条龙头金腰带，可以抽杀所有作妖之物，先斩后奏。

龙王又托梦给众信徒，在渔网上泼染狗血，把哪吒捉拿归案。然后把他扔在东海岸边。龙王口中念念有词，拿出玉皇大帝给他的法符，贴在哪吒头上，又拿出玉皇赐给的龙头金腰带，对准他的腰身狠狠抽下，留下金色的印痕，以惩罚他祸害乡民的罪过。

他叫痛的声音还没喊出，瞬间就化作一座岛屿，就是现在的金屿仔。

从此他成为东海龙王的小弟，老老实实镇守一方，为乡民万世造福。

听完他的讲述，我们觉得很稀奇，也很新鲜。

回到老家旧宅，我家侄孙告诉我金屿仔一件更离谱的事。

他说，金屿仔除了那条金腰带外，还有一件事很少有人知道。金屿仔半腰的金腰带，能看得见的只是中间的一小节，它往海里延伸很长，尽头在哪，谁也没见着。据说在它的尽头，放置着一个金寿棺，棺木是黄金打造的，棺内装满了金锭子。这事村里只有一家人知道，是当家人的祖上传下来的秘密。

有一年大旱，端午节刚过，天气热得出奇，海水比往年清澈了很多，风平浪静，能见度也高了起来。七月十六这一天，海平面比往年罕见地低，那是几千年不见的低潮位，海水底下，长年不见天日的金腰带也渐渐露了出来。

这家刚满17岁的男孩不知什么时候偷听了大人的秘密，背上鱼篓，直奔金棺材去。他站在最后一节金腰带上，看到水下真的有部金棺材。其实它只是一个箱子，尺寸不大，形似棺材而已。这孩子兴奋得手舞足蹈。他学着奶奶拜财神的样子，双手举过头顶，嘴里念念有词："谢谢财神爷，回家给您上供了。"

说完他一头扎进水里，屏住呼吸，想掀开棺盖，他使出吃奶的劲，棺盖也没有挪动半点。他浮出水面吸了一口气，又扎了下去，这次他用脚踹一下，挪动一条缝，再踹，棺盖移动一角，仅容他的手伸进去。在海边长大的孩子，憋气的功力不用吹的，他不再浮出水面换气，装金锭要紧。刚装下半篓金锭，突然海面卷起了大风，浪随风涌，像一排巨兽，吼声如雷，席卷过来。脚下好像有股逆流使劲把他拖进金棺。他失禁了，一股热流从他的裤裆里冲出，顺着腿根往下淌。高度紧张中，腿部的尿液热度，他误认为是海怪的触手。他拿出随身携带的小刀，往自己的腿上乱划，企图割断海怪触手。血顿时冒了出来，染红他身边的海面。他以为被海怪咬伤，更加惊慌了起来。

他想挣脱逃离金棺。但水流湍急，像无数只巨手向他的鱼篓伸来，慌乱中他的鱼篓被弄翻，金锭全部倒进海里。这时一只鲨鱼闻到血腥味向他快速游来，眼看就到眼前，他吓得昏死过去。好在几个小钓的乡亲看到，把钓到的章鱼摔死扔向鲨鱼，把它引开。乡亲奋力把他抢救上岸，背回家中。

他捡了一条命，人却吓疯了。白天脱光衣服满村跑，嘴里不停地喊道："不要追我，不要追我！我不要了，我不要了。"家人四处求医，总不见好，弄得鸡犬不宁。父母以泪洗脸，孩子奶奶在龙王庙前跪了几天几夜，香烛纸钱烧了一遍又一遍，也不顶用。

一天夜里，他父亲迷迷糊糊梦见一个黄衣老者，头戴竹笠，笠沿很低，不见眉眼，只听到他的声音。老者对他说，篓里还有金子，拿去卖钱买药去吧。说完转身不见。小孩的父亲惊醒，开门到院子角落拿起鱼篓，果真看到夹在篾片中的一块金锭。他卖金锭买药，钱花光了，人就好了。但他好好的脚却变瘸了，再也不能去讨海了。

我推测，这金棺材的事，也许不是传说。

渔岛"碗礁一号"事件，大伙都听说了吗？在渔岛西北端五洲群礁海域，这里曾是"海上丝绸之路"，许多商船从内陆装满瓷器经这条航线运往西亚和南洋诸岛，再销售到欧洲等地。因海域暗礁密布，海流湍急，导致一些商船触礁沉没。当地渔民不知从什么时候起，撒网捕鱼时，常在此处捞起青花瓷碗，故称"碗礁"。

21世纪初，水下瓷器遭当地渔民疯抢。文物部门知道后组织专业队伍，对碗礁瓷器进行抢救性发掘，取名"碗礁一号"。共发掘各类精美瓷器17000余件，均为清康熙年间的民窑出品。件件精美绝伦，被称为"瓷器珍品"。而被当地渔民盗掘的瓷器不少于16000件。据考古队估算，光这艘沉船，包括失散的、毁掉的，瓷器总数在5万件以上。

我知道这件事的详情，是10年后的事。有个不认识的人，拿着从当地渔民手里弄来的两个瓷碗，欲出让给我，我担心来历不明，婉拒。

他说，渔民盗掘时，有几十艘船介入，用天价雇来专业潜水员，深入沉船地点，一摞一摞地往船上搬。他们即挖即卖，买者云集。售价也不高，有的一个瓷碗卖几百元，有的卖几千元。

前不久听说都卖到几万了。现在那一带已经划为禁入地。

联想这箱状金棺材，会不会也是康熙年间或更早时间，从金屿仔海岸出发的商船，因触礁而沉没，遗落下的东西呢？如果是这样，那肯定不只一件。海底世界，没被探明的那一天，都是不解的谜。

附 录

历史的在场与精神的返乡

——李国武《苦蚕》读后

聂茂　　胡游

　　每个人的一生都是一本大书。只不过，绝大多数人由于种种原因，没有把这本书写出来而已。同时，在这本大书中，人生所有的灿烂，无论是世俗意义上的成功，抑或是超脱世俗意义的辉煌，都是由一层一层汗水、寂寞和孤苦堆积出来的。所谓成功，就是把这层汗水变成了珍珠；所谓辉煌，就是把寂寞和孤苦变成了荣光。这是我在读《苦蚕》时首先产生的一些想法，并由此生发了本文的主题"历史的在场与精神的返乡"。

　　《苦蚕》的作者李国武出生于平潭岛，这个地方原归福州市管辖，为县级机构，现被国家命名为"平潭综合试验区"，赋予其特区待遇。但在作者看来，这个地方"人文很单薄，缺少厚重感"。他要把亲临、所闻、所见、所感写出来，展现海岛世代乡民的生存、生活和海景地貌的原生状态，亦渔亦农的劳作场景，以及其作为自幼失怙、积贫积弱出身的渔家孩子，最终逆袭成功的人生历程。这大约就是李国武的写作动力或创作诉求。

　　我之所以强调"历史的在场"，即是说，作者还原了历史、再现了历史、丰富了历史，甚至是创新了历史，虽然作者经历的那些日子不在，那些苦难不在，那些场景、那些气味以及那些人物的音容笑貌也不在，但作者的情感在，作者的记忆在，他没有抽身其外，而是置身其中，他在沉思，在追问，在抓取他感兴趣的一点一滴，并且记录下来。

历史也是新闻。那些发生在别人身上的你不曾见过和经历的事情，是历史，更是新闻。《苦蚕》作为自传体小说式散文，包含着多向度的历史经验和审美意蕴，其中一根红线贯穿着作者李国武"精神的返乡"之独特视角，是整本书的聚光源和发光点，彰显他既作为历史在场者、参与者、见证者的内在表达，又作为乡情守望者、故园寻根者和社会探脉者的外在冲动。

首先，《苦蚕》有着极强的非虚构性，作者恰到好处地把握文本的节奏与在场感，原生态故事的烟火气扑面而来。作品第一部分主要以李国武的个人故事为主，对独特的身世娓娓道来。作者在记叙自己和伙伴踏水游泳，到百米远无人值守的渔船上偷吃煮熟的鱼虾，不留痕迹。更深夜静时潜入番石榴果园偷果，让看门狗噤声等故事时，充满机智与童趣，引导读者回到自己的童年时光中。但生活不只有美好，更多的是苦痛。第二部分的《壳山春秋》，作者写福建沿海地区常用贝壳灰做建筑材料的沉重故事。高中毕业后的李国武曾干过贝壳烧窑的工作，这段经历令人痛苦。原本李国武心里已决定哪怕饿死都不再干了，但生活不仅仅是为个人"活"，还要为家人"活"，为未来的希望"活"，他只能咬牙忍受这样的煎熬："我的皮肤许多地方已溃烂化脓，带着盐分的海水从我身上一遍一遍地刷过，像干燥的麻纱紧贴在我破溃处，又立即撕下。"这样的细节浸润着作者"历史的在场"的人生况味。许多年后，他要以"精神的返乡"为坐标，将这一切写下来，留给子孙，留给世人。苦难就是苦难，苦难不是财富。我们要正视苦难，更要透过苦难，珍惜今天的幸福。在《草地印象》中，作者记述了一种看似不起眼但是很有韵味的植物，名叫水仙花。起初作者和同学说不止闽南有水仙花，海岛上也有。然后两人打赌。这就留下了悬念，调动了读者的阅读兴趣。随着故事的推进，他们从农科院专家那里得来一个回答。专家判定海岛上没有水仙花。作者输了。但多年之后，海岛上发现了许多水仙花，大家不以为奇。生活的现实战胜了专家的"权威"。这是发生在作者生活中的一件小事，只有亲身经历过的人，才能把握某种植物尚未普及时的准确时间，以及由此得出的哲理。这也是李国武《苦蚕》能打动人、感染人，具有超出公共生活的陌生感，作品具有时代性、趣味性和审美性的原因。

其次，《苦蚕》书写福建沿海地方中的乡亲、乡情和乡愁，是典型的"精神的返乡"。李国武对家乡人的书写寄予着他浓厚的故土情结和文化乡愁。作品书写了李国武熟悉的家乡人，如《求学》中教数学的林老师。林老师看"我的指甲被房门的铁合页夹飞，指尖一节的肉爆裂开"，他赶紧帮我止血，背我到村里的医师那里治手。他默默挨下医师的责怪。林老师很愧疚他没有看好"我"。作者通过叙述手指甲被夹受伤的经历，寥寥几百字，一个爱护学生、关心学生的老师就浮现在眼前。《乡村郎中》中写了乡村的两位赤脚医生。勤快好学吃苦的卢医生为了留在乡下行医，无奈和男友分开。她真诚待人，救治了很多村里人，解决了他们的疑难杂症。即使在动乱的十年中，大家也都纷纷为她求情。除了卢医生，另一位就是黄华遗医生。黄医生经常上山采药，帮人接骨、推拿和针灸，医术高超。"我"身体酸痛，去了很多医院都没有治好，最终在黄医生的精心治疗下有了明显好转。"赤脚医生"无疑是当年乡村最美的一道风景，给很多家庭带来希望和温暖。林老师、卢医生、黄医生等众多的乡亲们不断绘制着"我"成长路上的那块拼图。生活中尽管多是"逆旅"，但这些真诚、勤劳、神秘又充满魅力的家乡人，点亮着作者日复一日的凡俗日常，也点亮每一个不忘来路的赶路人。《讨海》还写了丁香鱼、巴浪鱼等海货。渔民们"靠山吃山，靠海吃海"，平凡人的一生也有平凡朴素的幸福。这份对乡亲们的挂念与惦念凝结成《苦蚕》这样一本饱含深情的感恩之作，为普通乡民立传，就是为文化乡愁立传。

第三，《苦蚕》是李国武对过往生活的回望和凝视，唱响了一曲"独上江楼思渺然，月光如水水如天"的乡村挽歌。无论是《依依紫荆》《油坊》，还是《借种》《蛇屿》，他经历的是一系列生动而真实的灵魂拷问和精神找寻。在中国现代化的进程中，乡村凝结着一代又一代人丰富而复杂的情感。李国武对家乡人的书写，代表的是离开乡村又返回乡村的那一批人，他们有一强烈的文化执念，要为逝去的日子和日益陌生的乡土、乡情、乡亲做些什么，身体上的重回故里和心灵上的精神返乡都是他们的自觉行为。

这些年，文学创作有一种不好的现象：声称"底层书写者"不在底层，声称"在场者见证者"不在现场。这是写作者的虚伪，更是写作者的无能。李国武年愈古稀，像个文学素人，他没有教条，也不知道守旧，只凭着一颗真诚的心，将乡愁安放在笔端，将真诚放在首位，老老实实倾诉。作为一种无功利性写作，李国武既不为稻粱谋，又为不浮名累，所以他才能做到"冷"的书写：不欺世、不盗名、不媚俗、不应景、不评判，笔力老道，行文从容，追求平实、素朴、日常生活流和口语化的风格，让作品有历史的穿透力、在场的代入感和生动的画面感。无论是对王家兄弟、大耳父子、牛倌、金屿仔的勾勒，还是对蛇屿、壳山、草地、渡口的书写，都是献给故乡亲情的一份厚礼，都是向生养自己的故土致敬。

（聂茂，中南大学人文学院二级教授、博士生导师、鲁迅文学奖评委；胡游，中南大学人文学院博士生）

在精神还乡中升华苦难

——读李国武的《苦蚕》

伍明春

纵观当下福建文学写作现场，诗歌无疑是最受读者关注的一个文类，其次是小说，相对而言，散文写作却显得颇为沉寂。事实上，进入新时期之后，在中国当代文学整体话语版图中，前有以郭风、何为等人为代表的前辈作家的开疆拓土，后有章武、唐敏、南帆、舒婷、孙绍振、刘登翰、黄文山、萧春雷等实力作家的加盟和接力，使福建当代散文一度占据着重要位置。反观近年福建散文写作界，活跃的几乎都是上述作家，鲜少后来优秀的作者，出现了某种代际性的青黄不接现象，整体状态不免显得有点低迷。在此大背景下，李国武《苦蚕》的写作以乡村纪实和笔记体的形式，又不同于报告文学和其他通讯囿于事实和新闻性，创出一种新的非虚构性文学创作模式。诚如孙绍振教授所言：李国武《苦蚕》的问世，可以说为福建当代非虚构性文体写作提供了一个值得关注的文本，注入了一股鲜活的动力。

被不断"发明"的故乡风景

《苦蚕》主要叙写作者故乡海岛与其生命经验密切关联的风土人情及其背后的故事，不过，值得注意的是，关于故乡风景的想象和叙述，本书作者并没有囿于那种标签式的对于故土意象的平面化呈现或狭隘罗列，而是从时间和空间两个向度分别拉开必要的距离，进而获得一个观照故乡风景的更为广阔的视野，让故乡风景成为一个具有丰富意涵的审美对象，从而内化为一道道精神的心灵的风景。具体而言，从纵向的时间轴线看，作者在本书中所叙述的故乡人事，大多属于过去时，亦即站在当下回望往昔时光。不过，需要指出的是，在思想成熟的写作主体的有力观照之下，作者笔下的故乡风景不仅仅停留在记忆层面，而是和当下生活发生一种全方位、多层次的关联，甚至也指向某种未来的情境。而从横向的空间场域变化来看，作者常年在外打拼，在获得丰富的人生阅历的同时，也获得了一个重新打量故乡风景的超越性视角，也就得以跳出千丝万缕的具体人事牵绊，找到提升思考的高度和砥砺思想的支点。

作者在本书中所表现的故土情结，一方面显得十分接地气，体现为一种天然的血脉连结，就像《追思考妣》一文中作者引用母亲说的那句话："人都有潮起潮落的时候，家乡是你的血露地。"此语那么朴素而又直击人心，既流露出一位老母亲的慈悲情怀，更道明一位仁厚老者超脱的人生智慧。这里的情怀和智慧，不仅仅属于母亲，显然也润物细无声般地构成作者人生哲学的底色之一。另一方面，作者的故土情结又具有某种超越性，即常常跳脱出故乡的现实地理空间和乡土社会结构，以现代知识分子的眼光，通过非虚构文学的独特话语方式去观察、想象和审思故乡，进而构建起另一个"纸上故乡""发明"出另一种故乡风景。比如在《等待》一文的结尾，作者在叙述阿颜、福妹、彩虹、彩凤等故乡三代女性殊途同归的人生遭遇，及其背后所折射的不同时代语境之后，发出这样的质问："等待，难道是海岛女人的宿命吗？"这句质问看似简洁淡然，实则表达了作者对于故乡女性命运的深切悲悯和深沉思索。

多维度演绎的苦难诗学

正如本书书名《苦蚕》所喻示的，苦难主题显然是这部非虚构文学作品表达的重心所在。不过，作者并没有采用伤痕文学的话语方式去揭示或控诉曾经的苦难经历，而是在一种从容的叙述中如同抽丝剥茧，层层抵近苦难主题的内核，使繁复多姿的苦难叙事经由不同路径得到升华、跃迁，从而获得厚实丰富的诗性内涵和诗学质地。

作者对苦难主题的叙写，首先落实到个体生命的切身经验的呈现。第一部分中的五篇作品既是写作主体的个人成长史，也是家庭命运的变化史，当然也反映时代的变迁过程。其中有大量生动、鲜活的细节描写，成为这些非虚构文本艺术结构的有力支撑。譬如，《追思考妣》一文中通过一系列的动作细节来表现母亲寻找离家出走的小儿子未果时的焦虑和绝望感："我跑过水塘时，丢落了一只拖鞋，因为紧张，来不及捡。我妈那晚来水塘找过，看到我的拖鞋，以为我掉进水塘。大声哭喊，自己奋不顾身想跳下池塘救我，被一起来的三姐拦住。我妈守着池塘，让三姐回家拿来松土用的四齿铁耙，绑在竹竿上伸向水塘深处捞人，没有结果。"作为一种天性和本能的母爱在这里得到充分的流露，不仅再现在作者的回忆中，也向读者的心灵传递。再如，《求学》一文写到作者求学过程中遇见的多名老师，其中有这样一位数学老师："有一对老师是夫妻，他们从省城分配来海岛，这已经很不容易了。他们又从海岛城关来到我们学校。……男的教我数学，是我的班主任，人很帅气。书写工整，整齐划一。一节课下来，正好写满一张黑板。多一字嫌多，少一字嫌少。可惜当时没有手机，无法留下历史的见证。有一次单元考，我数学只考80分，错在一道应用题。老师在我的试卷上打叉，力透纸背，把试卷都戳破了。我知道，他是恨铁不成钢。在他心目中，这道题我是不应该错的。"如果说板书这一细节突出了数学老师过人的专业素质，那么批阅考卷的细节表现了老师对学生成长的热切关爱。二者相互生发，共同塑造了作者记忆中的老师丰满、高大的形象。

以幽默语言来消解苦难主题的沉重，也可以说是这部非虚构文学作品的可圈可点之处。譬如在《大耳父子》一文中，作者这样写道："大耳在食品站10年，交了很多女友。一副猪下水，拉动了全县的关系，也牵动了许多少女的心。但他只抱着玩的心态，从没把女孩付出的感情当真。"作者在这里以一个旁观者的视角叙述故乡人事，却也通过一种不无夸张的黑色幽默，反映了那个特殊年代的荒诞性，以及由此折射出当时包括作者自身在内的人们普遍的苦难境遇。其中既显示出一层批判色彩，也带有几分包容和同情。

叙事性的加持和整体感的突显

就非虚构文学写作的艺术策略而言，突出的叙事性和鲜明的整体感是《苦蚕》的两大特点。而在两个特点之间，也具有一种内在的相互呼应和彼此勾连。

这里所说的突出的叙事性，指《苦蚕》的叙事已然突破了传统叙事散文的边界，不仅大量借鉴了小说的叙事策略，比如故事情节设置、人物形象塑造、叙述视角切换等，譬如《借种》一文的后半部分出现的情节突转："她妹妹生的这老三才五岁，但小小年纪，能说会道。跟阿福最小的女儿争玩具时，小女儿不给，这老三说了一句：'你们以后出嫁了，你家的东西都是我家的。'童言无忌，说者无心，听者有意。阿福和琼花的心咯噔一下，心里难受，脸色顿时难看起来。晚上回到屋里，琼花再次提起借种的事。阿福就默不作声了。"这里显然采用了小说的叙述手法，旨在揭示和呼应人物内心的波动起伏。本书有许多些地方还突显了非虚构写作的叙事特点，如记录性、场景重建、叙事主体的强调等，比如《求学》一文中的第十一节突然出现了叙述人称的变化，作者还现身说法，做出这样的自我解释："这个他就是我。我之所以用他称，因为我觉得我这辈子在文学上没有大的成就，辜负了她，我不配用我称呼自己。"这种元叙述手法，其实是对叙述主体的一种强调，在非虚构写作中颇为常见。上述二条借鉴路径共同构成本书的叙事性的总体特征。

而从全书内容的编排结构来看，《苦蚕》一书虽然由多篇独立成文的非虚构文学作品组成，却也体现出一种内在的整体感，这种整体感既表现为叙事主题的一致性，也表现为情感逻辑的统一性。这一特点首先体现在全书四部分的内容构成的双重叙事主题的整体性上：第一重是各部分内部的整体性，第一部分写个人成长经历、第二部分写故土风物、第三部分写故乡人物，第四部分写故乡小岛；第二重是四小部分内容从不同方向聚焦于作者乡愁忆念的整体性。其次体现为写作主体在本书各个独立非虚构文本中显露的相近或相似的情感倾向和价值取向，包括对故乡、时代、世界、人生等多方面命题的观察和思考。

此外，《龟模屿》《金屿仔》等文中对海龟海蛇传说、哪吒闹海等海岛故乡民间故事的征用、改写，使之纳入本书的整体叙事框架，成为非虚构文本的有机组成部分，既获得了叙事性的有力加持，也进一步强化了作品的整体感。

（伍明春，福建师范大学教授、福建美学学会会长、福建文艺评论家协会副主席）